日本漢詩話集成

七

趙季
葉言材　輯校
劉暢

中華書局

九華山房詩話

角田九華

《九華山房詩話》一卷,角田九華(一七八四—一八五六)撰。據竹田市立圖書館(日本國大分縣)藏「角先生手編真本謹寫」本校。

按:角田九華(つのだきゅうか TSUNODA KYUKA),江户時代後期儒者。豐後國岡藩(今屬大分縣竹田市)藩士仲島休治之子,出生於岡藩之大阪藩邸。名簡,字大可、廉夫,世稱「才次郎」,號九華山房。自幼孤兒,爲藩醫角田東水收養。才學優秀,十數歲便受藩命完成編纂《豐後國志》。此後往復於大坂與豐後竹田,同田能村竹田主導岡藩之學藝。尊養父遺言而决定出仕岡藩,並繼承角田家任「由學館」教官。再赴大阪學於中井竹山。歷任句讀師、侍讀、組頭班、用人見習、近習物頭。與賴山陽等相交風雅,漢詩唱和等。中年時入林家(はやしけ,江户時代,林羅山爲初代之參與幕府教學累計十二代之家)博搜書籍,仿擬《世説新語》編作近世人物逸話集《近世叢語》《續近世叢語》,成爲傳世之作。其他還有《近世人鏡録》(木活字版)、《孔子履歷考》及《漢文中學讀本初步》之「松本豐多編」第十、「本多忠朝」第十七、「根津宇右衛門·一」第十八、「根津宇右衛門·二」第十九、「諫争之臣」第二十二、「淺野長矩」第四十二、「井伊直孝勤儉」等,日本重要文物田能村竹田筆《絹本著色歲寒三友雙鶴圖》上有天保三年竹田自題與賴山陽、雲華(うんげUNGE,一七七三—一八五〇年,江户後期真宗儒僧。出生於豐後國〈今屬大分縣〉滿德寺,東本願寺學寮講師,善詩文書畫,其畫蘭最爲有名)、角田九華之贊。天明四年生,安政二年十二月二十八日歿,享年七十二歲。

其著作等身,然著述多爲寫本,大多散逸不見。

唐庚氏曰：六經已後便有司馬遷，《三百五篇》之後便有杜子美。六經不可學，亦不須學。故作文當學司馬遷，作詩當學杜子美。二書亦須常讀，所謂「不可一日無此君」也。

又曰：《琴操》非古詩，非騷詞，惟韓退之爲得體。退之《琴操》，柳子厚不能作；子厚《皇雅》，退之亦不能作。

又曰：東坡詩叙事言簡而意盡。惠州有潭〔一〕，潭有潛蛟，人未之信也。虎飲水其上，蛟尾而食之，俄而浮骨水上，人方知之。東坡以十字道盡云「潛鱗有飢蛟，掉尾取渴虎」。言渴，則知虎以飲水而召災；言饑，則蛟食其肉矣。

又曰：詩在與人商論，深求其疵而去之，等閒一字放過則不可，殆近法家，難以言恕矣，故謂之詩律。皎然以詩名於唐，有僧袖詩謁之，然指其御溝詩云：「此波涵聖澤，『波』字未穩，當改。」僧怫然作色而去。僧亦能詩者也，皎然度其去必復來，乃取筆作「中」字掌中，握之以待。僧果復來云：「欲更爲『中』字如何？」然展手視之，遂定交。要當如此乃是。

又曰：蘇黄門云：「人生逐日，胸次須出一好議論。若飽食暖衣，唯利欲是念，何以别於禽獸？」

又曰：蜀道館舍壁間題一聯云「天不生仲尼，萬古如長夜」，不知何人詩也。凡作詩，平居須收

〔一〕惠州：底本脱，據《苕溪漁隱叢話前集》卷四十二補。

拾詩材以備用。退之作《范陽盧殷墓銘》曰：「於書無所不讀，然正用資以爲詩」是也。又曰：謝玄暉詩云「寒城一以眺，平楚正蒼然」，平楚，猶平野也。

鍾嶸曰：昔《南風》之詞，《卿雲》之頌，厥義夐矣。夏歌曰「鬱陶乎吾心」，楚謡曰「名予曰正則」，雖詩體未全，然是五言之濫觴也。逮漢李陵，始著五言之目矣。古詩眇邈，人世難詳，推其文體，固是炎漢之製，非衰周之倡也。自王楊枚馬之徒，詞賦競爽，而吟詠靡聞。從李都尉迄班婕妤，將百年間，有婦人焉，一人而已。詩人之風，頓已缺喪。東京二百載中，惟有班固《詠史》，質木無文。降及建安，曹公父子篤好斯文，平原兄弟鬱爲文棟。劉楨王粲爲其羽翼，次有攀龍托鳳自致於屬車者蓋將百計，彬彬之盛，大備於時矣。爾後陵遲衰微，迄於有晉。太康中，三張二陸兩潘一左勃爾復興，踵武前王，風流未沫，亦文章之中興也。永嘉時貴黄老，稍尚虚談。於時篇什，理過其辭，淡乎寡味。爰及江表，微波尚傳。孫綽、許詢、桓庾諸公，詩皆平典似道德論，建安風力盡矣。先是郭景純用俊上之才變創其體，劉越石仗清剛之氣贊成厥美。然彼衆我寡，未能動俗。逮義熙中，謝益壽斐然繼作。元嘉中，有謝靈運，才高詞盛，富艷難蹤，固已含跨劉郭，陵轢潘左。故知陳思爲建安之傑，公幹、仲宣爲輔；陸機爲太康之英，安仁、景陽爲輔；謝客爲元嘉之雄，顔延年爲輔。斯皆五言之冠冕，文詞之命世也。

又曰：昔曹、劉殆文章之聖，陸、謝爲體貳之才。鋭精研思，千百年中而不聞宫商之辨、四聲之論。或謂前達偶然不見，豈其然乎？嘗試言之，古曰詩頌，皆被之金竹，故非調五音，無以諧會。

若「置酒高堂上」「明月照高樓」爲韻之首，故三祖之詞文或不工，而韻入歌唱，此重音韻之義也，與世之言宫商異矣。今既不備管絃，亦何取於聲律耶？齊有王元長者，嘗謂余云：「宫商與二儀俱生，自古詞人不知之。唯顔憲子乃云律吕音調，而其實大謬。唯見范曄、謝莊頗識之耳。常欲進《知音論》未就。」王元長創其首，謝朓、沈約揚其波。三賢或貴公子孫，幼有文辨，於是士流景慕，務爲精密，襞積細微，專相淩架。故使文多拘忌，傷其真美。余謂文製，本須諷讀，不可蹇礙，但令清濁通流，口吻調利，斯爲足矣。至平上去入，余病未能；蜂腰鶴膝，閭里已具。

釋皎然曰：作者措意，雖有聲律，不妨作用。如壺公瓢中自有天地日月，時時抛鍼擲綫，似斷而復續。此爲詩中之仙，拘忌之徒非可企及矣。

又曰：樂章有宫商五音之説，不聞四聲。近自周顒、劉繪流出，宫商暢於詩體，輕重低昂之節，韻合情高，此未損文格。沈休文酷裁八病，碎用四聲，故風雅殆盡。後之才子，天機不高，爲沈生弊法所媚，懵然隨流，溺而不返。

又曰：詩有四離。曰雖期道情而離深僻，雖用經史而離書生，雖尚高逸而離迂遠，雖欲飛動而離輕浮。

又曰：詩有六迷。曰以虚誕而爲高古，以緩漫而爲沖澹，以錯用意而爲獨善，以詭怪而爲新奇，以爛熟而爲穩約，以氣少力弱而爲容易。

陳繹曾曰：晋傅咸作《七經詩》，其《毛詩》一篇略曰：「聿修厥德，令終有淑。勉爾遁思，我言維服。盜言孔甘，其何能淑？讒人罔極，有靦面目。」此乃集句詩之始。

宋人所著《詩談》曰：三言詩自晋散騎常侍夏侯湛始，四言詩自前漢楚王傅韋孟諫楚夷王戊始，五言詩自漢騎都尉李陵與蘇武詩始，六言詩自漢大司農谷永始，七言詩自漢武帝柏梁殿聯句始，九言詩自魏高貴鄉公始。賦自楚三閭大夫屈原始，《反離騷》自漢揚雄始，離合詩自漢孔融作四言離合詩始，歌詩自枚皋作《麗人歌》始，挽詞自魏光禄勳繆襲始。是梁任昉之説。

又曰：沉存中謂唱和聯句之起，其源遠矣。自舜作歌，皋陶颺言賡載，及柏梁聯句，顔延年、謝玄暉有《和伏武昌登孫權故城》等篇，梁何遜集中多聯句。至唐，文士唱和固多，元稹作「春深何處好」二十篇，並用「家花車斜」四字爲韻，白居易、劉禹錫和之，亦同此四字韻。令狐楚作謂詩多次韻起於此〔一〕。或聯句，或兩句、四句，亦有對一句者，謂轆轤體焉。詩律之興，其來久矣。自建康以後訖於江左〔二〕，格律屢變。至沈約、庾信，以韻音相婉附，屬對精密。及沈佺期、宋之問，又加靡麗，曲忌聲病，約句準篇，如錦繡成文，學者宗之，號爲沉宋體。語曰：「蘇李居前，沈宋比肩。」唐李肇云：「元和已後，文則學奇澀于樊宗師，學放曠於張籍；詩則學嬌激於孟郊，學淺切於白居易，學淫靡於元稹，俱名爲元和體也。」

〔一〕作謂：《事實類苑》卷三十八引《楊文公談苑》作「所和」。
〔二〕建：底本訛作「逮」，據《説郛》卷七十九下改。

又曰：李長吉歌詩有「天若有情天亦老」之句，人以爲奇絶。石曼卿嘗對以「月如無恨月長圓」，人以爲勁敵。

又曰：寇萊公在中書，與同列戲云「水底月爲天上月」，未有以對。會楊太年適來，因語其對，太年應聲曰「眼中人似面前人」，一坐皆稱爲的對。

蘇轍云：王介甫，小丈夫也。方其未得志也，爲《兼并》之詩，其詩曰：「三代子百姓，公私無異財。人主擅操柄，如天持斗魁。賦予皆自我，兼并乃姦回。姦回法有誅，勢亦無自來。後世始倒持，黔首遂難裁。秦王不知此，更築懷清臺。禮義日已媮，聖經久埋埃。法尚有存者，欲言時所咍。俗吏不知方，掊克乃爲材。俗儒不知變，兼并可無摧。利孔至白出，小人私闔開。有司與之爭，民愈可憐哉。」及其得志，專以此爲事，設青苗法以奪富民之利。民無貧富，兩税之外，皆重出息十二，吏緣爲姦，至倍息，公私皆病矣。蓋昔之詩病，未有若此酷者也。

葛立方曰：韋應物詩平平處甚多，至於五字句，則超然出於畦徑之外。故白樂天云：「韋蘇州五言詩高雅閑淡，自成一家之體。」東坡亦云：「樂天長短三千首，卻遜韋郎五字詩」。

又曰：東坡謂孟郊詩曰：「初如食小魚，所謂不償勞。又似食蟛蜞，竟日嚼空螯。」貶之亦太甚矣。

又曰：退之贈郊詩云：「陋室有文史，高門有笙竽。何能辨榮辱，直欲分賢愚。」蓋言貧者文史之樂，賢於富者笙竽之樂也。

又曰：唐人與親别而復歸，謂之拜家慶。盧象詩云：「上堂家慶畢，顧與親恩邇。」孟浩然詩云：「明朝拜家慶，須著老萊衣。」

又曰：凡物皆可占，非特蓍龜也。市中亦有聽聲而知禍福者，莫知其所自。余觀王建集有《聽鏡詞》云：「重重摩拭嫁時鏡，夫婿遠行憑鏡聽。」豈今聽聲之類邪？《大涅槃經》云：「不以瓜鏡芝草楊枝鉢盂髑髏而作卜筮。」則鏡能占卜信矣。

又曰：《帝王世紀》及《逸士傳》載《擊壤歌》，初不知壤爲何物。因觀《藝經》云：「壤，以木爲之，前廣後鋭，長尺四寸，闊三寸，具形如履。將戲，先側一壤於地，遠三四十步，以手中壤擊之，中者爲上。」蓋古戲也。

又曰：秦太虚舉進士不得，東坡詩曰：「底事秋來不得解，定中試與問諸天。」深爲稱屈也。李方叔省試不得第，而東坡領貢舉，嘗有詩贈之云：「平生謾説古戰場，過眼常迷日五色。我慚不出君大笑，行止皆天子何責。」山谷和云：「今年持橐佐春官，遂失此人難容責。」座主歸過於己，門生歸命於天，俱一世之賢也。

蘇轍曰：唐人工於爲詩，而陋於聞道。孟郊嘗有詩曰：「食薺腸亦苦，强歌聲無歡。出門如有礙，誰謂天地寬。」郊，耿介之士，雖天地之大，無以安其身，起居飲食有戚戚之憂，是以卒窮以死。而李翺稱之，以爲郊詩「高處在古無上，平處猶下顧沈、謝」。至韓退之亦談不容口。甚矣！唐人之不聞道也。孔子稱顔子「在陋巷，人不堪其憂，回也不改其樂」。回雖窮困早卒，而非其處身之非，可以言命。與孟郊異。

葛立方曰：王維因鼓《鬱輪袍》登第，而集中無琵琶詩。畫思入神，山水平遠，雲勢石色，繪者以爲天機所到，而集中無畫詩。豈非菿成而下不欲言耶？抑以樂而娛貴主，以畫而奉崔圓，而不欲言耶？

嚴有翼曰：河豚有大毒，肝與卵人食之必死〔一〕，瀹而爲羹，或不甚熟，亦能害人。歲有被毒而死者，然南人嗜之不已。故聖俞詩云「炮煎苟失所，入喉爲鏌鎁」，則其毒可知。

《譚苑醍醐》：蕭穎士曰：「六經之後有屈原、宋玉，文甚雄壯而不能經。賈誼文辭最正，近於治體。枚乘、相如，亦瓌麗才士，然而不近風雅。楊雄用意頗深，班彪識理，張衡宏曠，曹植豐贍，王粲超逸，嵇康標舉，左思詩賦有雅頌遺風，干寶著論近王化根源。此後敻絶無聞焉。近日惟陳子昂文體最正。」蕭之所取，此可以知其所養矣。

謝氏《詩源》曰：昔有姜氏，與鄰人文胄通殷勤。文胄以百錬水晶針一函遺姜氏，姜氏啓履箱，取連理線貫雙針結同心花以答之。故《定情篇》曰「素縷連雙針」。

又曰：堂北曰背，堂南曰襟。故陸士衡詩曰「焉得忘歸草，言樹背與襟」，言前後皆樹，庶冀其忘也。宋遷《寄試鶯》詩有云「誓成烏鰂墨，人似楚山雲」，《南越志》云：「烏鰂懷墨，江東人取墨書

〔一〕死：底本訛作「食」，據《説郛》卷八十改。

契以給人物，逾年墨消，空紙耳。」

又曰：漢有女子舒襟，爲人聰慧，事事有意。與元群通，嘗寄群以蓮子曰：「吾憐子也。」群曰：「何以不去心？」使婢答曰：「正欲汝知心内苦。」故後世《子夜歌》有「見蓮不分明」等語，皆祖其意。

又曰：輕雲鬢髮甚長，每梳頭立於榻上，猶拂地。已綰髻，左右餘髮各粗一指，結束作同心帶，垂於兩肩，以珠翠飾之，謂之流蘇髻。于是富家女子多以青絲效其制，亦自可觀。

《本事詩》曰：陳太子舍人徐德言之妻，後主叔寶之妹，封樂昌公主，才色冠絶。時陳政方亂，德言知不相保，謂其妻曰：「以君之才容，國亡必入權豪之家，斯永絶矣。儻情緣未斷，猶冀相見，宜有以信之。」乃破一鏡，人執其半，約曰：「他日必以正月望日賣於都市，我當在，即以是日訪之。」及陳亡，其妻果入越公楊素之家，寵嬖殊厚。德言流離辛苦，僅能至京。遂以正月望日訪於都市，有蒼頭賣半鏡者，大高其價，人皆笑之。德言直引至其居，設食具言其故，出半鏡以合之，仍題詩曰：「鏡與人俱去，鏡歸人不歸。無復嫦娥影，空留明月輝。」陳氏得詩，涕泣不食。素知之，愴然改容，即召德言，還其妻，仍厚遺之。聞者無不感嘆。仍與德言、陳氏偕飲，令陳氏爲詩曰：「今日何遷次，新官對舊官。笑啼俱不敢，方驗作人難。」遂與德言歸江南，竟以終老。

又曰：寧王曼貴盛，寵妓數十人，皆絶藝上色。宅左有賣餅者妻，纖白明媚。王一見注目，厚遺其夫取之，寵惜逾等。環歲，因問之：「汝復憶餅師否？」默然不對。王召餅師使見之，其妻注視，雙淚垂頰，若不勝情。時王座客十餘人，皆當時文士，無不淒異。王命賦詩，王右丞維詩先成：

「莫以今時寵，寧忘昔日恩。看花滿眼淚，不共楚王言。」

又曰：開元中，須賜邊軍纊衣，製於宮中。有兵士於短袍中得詩曰：「沙場征戍客，寒苦若爲眠。戰袍經手作，知落阿誰邊。畜意多添線，含情更著綿。今生已過也，重結後身緣。」兵士以詩白於帥，帥進之。玄宗命以詩遍示六宮，曰：「有作者勿隱，吾不罪汝。」有一宮人自言「萬死」，玄宗深憫之，遂以嫁得詩人。仍謂之曰：「我與汝結今身緣。」邊人皆感泣。

又曰：朱滔括兵，不擇士族，悉令赴軍。自閱於毬場，有士子容止可觀，進趨淹雅。滔自問之曰：「所業者何？」曰：「學爲詩。」問：「有妻否？」曰：「有。」即令作《寄内》詩，援筆立成，詞曰：「握筆題詩易，荷戈征戍難。慣從鴛被暖，怯向雁門寒。瘦盡寬衣帶，啼多漬枕檀。試留青黛著，回日畫眉看。」又令代妻作詩答曰：「蓬鬢荆釵世所稀，布裙猶是嫁時衣。胡麻好種無人種，合是歸時底不歸。」滔遺以束帛放歸。

又曰：韓晋公鎮浙西，戎昱爲部内刺史失州名。郡有酒妓善歌，色亦嫻妙，昱情屬甚厚。浙西樂將聞其能，白晋公召置籍中。昱不敢留，餞於湖上，爲歌詞以贈之。且曰：「至彼令歌，必首唱是詞。」既至，韓爲開筵，自持盃命歌送之，遂唱戎詞。曲既終，韓問曰：「戎使君於汝寄情邪？」悚然起立曰：「然。」淚下隨言。韓令更衣待命，席上爲之憂危。韓召樂將責曰：「戎使君名士，留情郡妓，何故不知而召置之？成余之過。」乃十笞之，命妓與百縑，即時歸之。其詞曰：「好去春風湖上亭，柳條藤蔓繫離情。黄鶯久住渾相識，欲别頻啼四五聲。」

又曰：博陵崔護，姿質甚美，而孤潔寡合。舉進士下第，清明日獨遊都城南，得居人莊。一畝之宫而花木叢萃，寂若無人。扣門久之，有女子自門隙窺之，問曰：「誰耶？」以姓字對曰：「尋春獨行，酒渴求飲。」女人以杯水至，開門設牀命坐，獨倚小桃斜柯佇立，而意屬殊厚，妖姿媚態綽有餘妍。崔以言挑之，不對，目注者久之。崔辭去，送至門，如不勝情而入。崔亦睠盼而歸，嗣後絶不復至。及來歲清明日忽思之，情不可抑，徑往尋之。門墻如故，而已鎖扃之。因題詩於左扉曰：「去年今日此門中，人面桃花相映紅。人面祇今何處去，桃花依舊笑春風。」後數日，偶至都城南，復往尋之，聞其中有哭聲，扣門問之，有老父出曰：「君非崔護耶？」曰：「是也。」又哭曰：「君殺吾女。」護驚起，莫知所答。老父曰：「吾女笄年知書，未適人。自去年以來，常恍惚若有所失。比日與之出，及歸，見左扉有字，讀之入門而病，遂絶食數日而死。吾老矣，此女所以不嫁者，將求君子以托吾身。今不幸而殞，得非君殺之耶？」又特大哭。崔亦感慟，請入哭之，尚儼然在牀。崔舉其首，枕其股，哭而祝曰：「某在斯，某在斯。」須臾開目，半日復活矣。父大喜，遂以女歸之。

又曰：李太伯初自蜀至京師，舍於逆旅。賀監知章聞其名，首訪之。既奇其姿，復請所爲文。出《蜀道難》以示之，讀未竟，稱嘆者數四，號爲「謫仙」，解金龜换酒，與傾盡醉，期不間日，由是稱譽光赫。賀又見其《烏棲曲》，嘆賞苦吟曰：「此詩可以泣鬼神矣。」故杜子美贈詩及焉。白才逸氣高，與陳拾遺齊名，先後合德，其論詩云：「梁陳以來，艷薄斯極。沈休文又尚以聲律，將復古道，非我而誰與？」故陳、李二集律詩殊少。嘗言：「興寄深微，五言不如四言，七言又其靡也。況使束於聲調俳優哉？」故戲杜曰：「飯顆山頭逢杜甫，頭戴笠子日卓午。借問何來太瘦生，總爲從前作詩苦。」蓋譏其拘束也。玄宗聞之，召入翰林，以其才藻絶人，器識兼茂，便以上位處之，故未命以官。嘗因宮人行樂，謂高力士曰：「對此良辰美景，豈可獨以聲伎爲娱？倘時得逸才詞人詠出之，可以誇耀於後。」遂命召白。時寧王邀白飲酒已醉，既至，拜舞頽然。上知其薄聲律，謂非所長，命爲宮中行樂五言律詩十首。白頓首曰：「寧王賜臣酒，今已醉。倘陛下賜臣無畏，始可盡臣薄技。」上曰：「可。」即遣二内臣掖扶之，命研墨濡筆以授之。又令二人張朱絲欄於其前，白取筆抒思，略不停綴，十篇立就，更無加點，筆迹遒利，鳳跱龍拏，律度對屬，無不精絶。常出入宮中，恩禮殊厚，竟以疎縱乞歸。上亦以非廊廟器，優詔罷遣之。後以不羈流落江外，又以永王招禮，累謫於夜郎。及放還，卒於宣城。杜所贈二十韻，備叙其事，讀其文，盡得其故跡。杜逢禄山之難，流離隴蜀，畢陳於詩。推見至隱，殆無遺事，故當時號爲「詩史」。

又曰：宋考功以事累貶黜，後放還，至江南遊靈隱寺。夜月極明，長廊吟行，且爲詩曰：「鷲嶺鬱岧嶢，龍宮隱寂寥。」第二聯搜奇思，終不如意。有老僧點長明燈，坐大禪床，問曰：「少年夜久不寐，而吟諷甚苦，何邪？」答曰：「弟子業詩，適偶欲題此寺，而興思不屬。」僧曰：「試吟上聯。」即吟與之。再三吟諷，因曰：「何不云『樓觀滄海日，門聽浙江潮』？」之問愕然，訝其遒麗。又續終篇曰：「桂子月中落，天香雲外飄。捫蘿登塔遠，刳木取泉遥。霜薄花更發，冰輕葉未凋。待入天台路，看余度石橋。」僧所贈句乃爲一篇之警策。遲明更訪之，則不復見矣。寺僧有知者曰：「駱賓王也。」之問詰，曰：「當敬業之敗，與賓王俱逃，捕之不獲。將帥慮失大魁，得不測罪。時死者數萬人，因求戮二人者函首以獻。後雖知不死，不敢捕送。故敬業得爲衡山僧，年九十餘乃卒出趙魯《遊南嶽記》。賓王亦落髮，遍遊名山，至靈隱以周歲卒。當時雖敗，且以匡復爲名，故人多護脱之。」

又曰：宋武帝嘗吟謝莊《月賦》，稱嘆良久，謂顔延之曰：「希逸此作，可謂前不見古人，後不見來者。昔陳王何足尚邪？」延之對曰：「誠如聖旨。然其曰『美人邁兮音信闊，隔千里兮共明月』，知之不亦晚乎？」帝深以爲然。及見希逸，希逸對曰：「延之詩云『生爲長相思，殁爲長不歸』，豈不更加於臣邪？」帝拊掌竟日。

王世懋曰：今人作詩必入故事，有持清虚之説者，謂盛唐詩即景造意，何嘗有此？是則然矣，然亦一家言，未盡古今之變也。古詩兩漢以來，曹子建出而始爲宏肆，多生情態。此一變也。自此作者多入史語，然不能入經語。謝靈運出，而《易》辭《莊》語，無所不爲用矣。剪裁之妙，千古爲宗。又一變也。中間何、庾加工，沈、宋增麗，而變態未極，七言猶以閑雅爲致。杜子美出而百家稗官都作雅音，馬浡牛溲咸成鬱致，於是詩之變極矣。子美之後，而欲令人毁靚妝、張空拳以當市肆萬人之觀，必不能也。其援引不得不日加而繁，然病不在故事，顧所以用之何如耳。善使故事者，勿爲故事所使。如禪家云「轉法華，勿爲法華轉」。使事之妙，在有而若無，實而若虚，可意悟不可言傳，可力學得不可倉卒得也。宋人使事最多，而最不善使，故詩道衰。

又曰：詩有古人所不忌，而今人以爲病者。摘瑕者因而酷病之，將併古人無所容，非也。然今古寬嚴不同，作詩者既知是瑕，不妨併去。如太史公蔓詞累句常多，班孟堅洗削殆盡，非謂班勝於司馬，顧在班分量宜爾。今以古人詩病後人宜避者，略具數條，以見其餘。如有重韻者，若任彦昇《哭范僕射》一詩三壓「情」字，老杜排律亦時誤有重韻。有重字者，若沈雲卿「天長地闊」之三「何」。至王摩詰尤多，若「暮雲空磧」「玉靶角弓」，二「馬」俱壓在下。「一從歸白社，不復到青門」「青菰臨水映，白鳥向山翻」，「青、白」重出。此皆是失點檢處，必不可借以自文也。又如「風雲雷雨」，有二聯中接用者；「一二三四」，有八句中六見者。今可以爲法邪？此等病，盛唐常有之，獨老杜最少，蓋其詩即景後必下意也。又其最隱者，如雲卿《嵩山石淙》前聯云「行漏」「香爐」，次聯云「神鼎」「帝壺」，俱壓末字。岑嘉州「雲隨馬」「雨洗兵」「花迎蓋」「柳拂旌」，四言一法。摩詰「獨坐悲雙鬢」「白髮終難變」，語異意重。《九成宫避暑》三四「衣上」「鏡中」，五六「林下」「巖前」，在彼正自不覺，今用之能無受人揶揄？至於失嚴之句，摩詰、嘉州特多，殊不妨其美。然就至美中，亦覺有微缺陷。如吾人不能運，便自誦不流暢，不爲可也。

又曰：少陵故多變態，其詩有深句，有雄句，有老句，有秀句，有麗句，有險句，有拙句，有累句。後世别爲大家，特高於盛唐者，以其有深句雄句老句也。而終不失爲盛唐者，以其有秀句麗句也。輕淺子弟往往有薄之者，則以其有險句拙句累句也，不知其愈險愈老，正是此老獨得處，故不足難之。獨拙累之句，吾不能爲掩瑕。雖然，更千百世，無能勝之者何？要曰無露句耳。其意何嘗不自高自任？然其詩曰「文章千古事，得失寸心知」，曰「新詩句句好，應任老夫傳」，温然其辭而隱然言外，何嘗有所謂吾道主盟代興哉？自少陵逗漏此趣，而大智大力者發揮畢盡，至使吠聲之徒群肆撏剥。遐哉唐音，永不可復。噫嘻！慎之。

又曰：太白《遠別離》篇，意最參錯難解。小時誦之，都不能尋意緒。范德機、高廷禮勉作解事語，了與詩意無關。細繹之，始得作者意。其太白晚年之作邪？先是，肅宗即位靈武，玄宗不得已稱上皇。迎歸大内，又爲李輔國劫而幽之。太白憂憤而作此詩，因今度古，將謂堯舜事亦有可疑。曰「堯舜禪禹」，罪肅宗也。曰「龍魚鼠虎」，誅輔國也。故隱其詞，托興英皇，而以《遠別離》名篇。風人之體善刺，欲言之無罪耳。然「幽囚野死」，則已露本相矣。古來原有此種傳奇議論，曹丕下壇曰：「舜禹之事，吾知之矣。」太白故非創語。試以此意尋次讀之，自當手舞足蹈。

又曰：李于鱗七言律俊潔響亮，余兄極推轂之。海内爲詩者争事剽竊，紛紛刻鶩，至使人厭。余謂學于鱗不如學老杜，學老杜尚不如學盛唐。何者？老杜結構自爲一家言，盛唐散漫無宗，人各自以意象聲響得之。

又曰：今人作詩，多從中對聯起，往往得聯多而韻不協。勢既不能易韻以就我，又不忍以長物棄之，因就一題衍爲衆律。然聯雖旁出，意盡聯中。而起結之意，每苦無餘。於是别生支節而傅會，或即一意以支吾，掣衿露肘。浩博之士猶然架屋叠床，貧儉之才彌窘。所以《秋興八首》寥寥難繼，不其然乎？每每思之，未得其解。忽悟少陵諸作，多有漫興，時於篇中取題，意興不局，豈非柏梁之餘材搠爲别館，武昌之剩竹貯作船釘？英雄欺人，頗窺伎倆。有識之士，能無取裁。

又曰：談藝者有謂，七言律一句不可兩入故事，一篇中不可重犯故事。此病犯者故少，能拈出亦見精嚴。然吾以爲皆非妙悟也。作詩到神情傳處，隨分自佳，下得不覺痕跡。縱令一句兩入，兩句重犯，亦自無傷。如太白《峨眉山月歌》，四句入地名者五，然古今目爲絶唱，殊不厭重。蜂腰、鶴膝、雙聲、叠韻，休文三尺法也。古今犯者不少，寧盡被汰邪？

又曰：今世五尺之童，纔拈聲律，便能薄棄晚唐，自傳初盛。有稱大曆而下，色便赧然。然使誦其詩，果爲初邪盛邪？中邪晚邪？大都取法固當上宗，論詩亦莫輕道。詩必自運，而後可以辨體。詩必成家，而後可以言格。晚唐詩人如温庭筠之才、許渾之致，見豈五尺之童下？直風會使然耳。覽者悲其衰運可也。故予謂今之作者，但須真才實學，本性求情，且莫理論格調。

又曰：每一題到，茫然思不相屬，幾謂無措。沈思久之，如瓴水去窒，亂絲抽緒，種種縱横坌集，卻於此時要下剪裁手段。寧割愛，勿貪多。又如數萬健兒，人各自爲一營，非得大將軍方略，不能整頓攝服，使一軍無嘩，若爾朱榮處貼葛榮百萬衆。求之詩家，誰當爲此？

錢塘瞿佑曰：古詩《三百篇》皆可絃歌以爲樂，除施於朝廷宗廟者不可，其餘固上下得通用也。洪武間，予忝臨安教職。宰縣王謙，北方老儒也。歲終行鄉飲酒禮，選諸生少俊者十人，習歌《鹿鳴》等篇，吹笙撫琴，以調其音節。至日就講堂設宴，席地而歌之。器用罍爵，執事擇吏卒巾服潔浄者。賓主歡醉，父老嘆息稱頌，儼然有古風。後遂以爲常，凡宴飲則用之。如會友則歌《伐木》，勞農則歌《南山》，賀新居則歌《斯干》，送從役則歌《無衣》，待使客則歌《皇華》之類，一不用世俗伎樂，識者是之。

周伯弜《三體詩》首載杜常《華清宮》詩〔一〕，連用二「風」字，讀者不知其誤。曩見一善本，作「曉乘殘月入華清」。易此一字，殊覺氣味深長。

又曰：王荆公《詠謝公墩》云：「我名公字偶相同，我屋公墩在眼中。公去我來墩屬我，不應墩姓尚隨公。」或謂荆公好與人争，在朝則與諸公争新法，在野則與謝公争墩，亦善謔也。然公《詠史》云：「穰侯老擅關中事，長恐諸侯客子來。我亦暮年專一壑，每逢車馬便驚猜。」則公不獨欲專朝廷，雖邱壑亦欲專而有之。蓋生性然也。

又曰：曹組元寵《題村學堂圖》云：「此老方捫虱，衆雛争附火。想當訓誨間，都都平丈我。」語雖調笑，而曲盡村俗之狀。近吴敬夫一聯云「闌干苜蓿先生飲，顛倒天吴稚子衣」，其景況可想也。

戴式之嘗見夕照映山，峰巒重叠，得句云「夕陽山外山」，自以爲奇，欲以「塵世夢中夢」對之，而不愜意。後行村中，春雨方霽，行潦縱横，得「春水渡傍渡」之句以對，上下始相稱。然須實歷此境，方見其奇。

又曰：後村劉克莊絶句云：「新剃闍黎頂尚青，滿村聽講法華經。那知世有彌天釋，萬衲如雲座下聽。」謂小道易惑衆，而不知有大道也。又云：「刮膜良方直萬金，國醫曾費一生心。誰知鬛髩

〔一〕常：底本訛作「牧」，據《徐氏筆精》卷三改。

携籃者，也有盲人問善鍼。」謂精萩難成，而小萩亦可售也。又云：「黄童白叟往來忙，負鼓盲翁正作場。死後是非誰管得，滿村聽説蔡中郎。」亦可感嘆云。

仁和姜南曰：姑蘇沈石田啓南嘗有詩《題趙子昂畫馬》云：「隅目晶熒耳竹披，江南流落乘黄姿。千金千里無人識，笑看胡兒買去騎。」西涯李文正公亦有一絶云：「宋家龍種墮燕山，猶在秋風十二閑。千載畫圖非舊價，任他評品落人間。」二詩之意，皆惜子昂事元之非也。

又曰：孫仲衍典籍，南海人，詩格高粹。其《朝雲》三律，皆集古句而成，若出一手，而不見其牽合。本朝集句雖多，其人視之仲衍，蓋不止於退三舍也。其一：「妾本錢塘江上住，雙垂别淚越江邊。鶴歸華表添新冢，燕蹴飛花落舞筵。野草怕霜霜怕日，月光如水水如天。人間俯仰成今古，祇是當時已惘然。」其二：「家住錢塘東復東，偶來江外寄行踪。三湘愁鬢逢秋色，半壁殘燈照病容。艷骨已成蘭麝土，露華偏濕蕊珠宫。分明記得還家夢，一路寒山萬木中。」其三：「三生石上舊精魂，願作陽臺一段雲。詞客有靈應識我，碧山如畫又逢君。花邊古寺翔金雀，竹裏春愁冷翠裙。莫向西湖歌此曲，清明時節雨紛紛。」

吴郡都穆曰：陳後山曰：「陶淵明之詩切於事情，但不文耳。」此言非也。如《歸園田居》云：「曖曖遠人村，依依墟里煙。狗吠深巷中，鷄鳴桑樹顛。」東坡謂「如大匠運斤，無斧鑿痕」。如《飲酒其一》云：「衰榮無定在，彼此更共之。」山谷謂「類西漢文字」。如《飲酒其五》云：「結廬在人境，而無車馬喧。問君何能爾，心遠地自偏。」王荆公謂「詩人以來無此四句」。又如《桃花源記》云「不知有漢，無論魏晋」，唐子西謂「造語簡妙」，復曰「晋人工造語，而淵明其尤也」。

又曰：昔人謂詩盛於唐壞於宋，近亦有謂元詩過宋詩者，陋哉見也。劉後村云：「宋詩豈惟不愧於唐，蓋過之矣。」予觀歐、梅、蘇、黄、二陳，至石湖、放翁諸公，其詩視唐，未可便謂之過，然真無愧色者也。元詩稱大家，必曰虞楊范揭，以四子而視宋，特太山之卷石耳。方正學詩云：「前宋文章配兩周，盛時詩律亦無儔。今人未識崑崙派，卻笑黄河是濁流。」又云：「天歷諸公製作新，力排舊習祖唐人。粗豪未脱風沙氣，難詆熙豐作後塵。」非具正法眼者，焉能道此！

又曰：王孟端舍人作詩清麗，嘗有人久客京師，乃别取婦。孟端作詩寄之云：「新花枝勝舊花枝，從此無心念别離。可信秦淮今夜月，有人相對數歸期。」其人得詩感泣，不日遂歸。

又曰：世人作詩以敏捷爲奇，以連篇累册爲富，非知詩者也。老杜云「語不驚人死不休」，蓋詩須苦吟，則語方妙，不特杜爲然也。賈閬仙云「兩句三年得，一吟雙淚流」，孟東野云「夜吟曉不休，苦吟鬼神愁」，盧延遜云「險覓天應悶，狂搜海亦枯」，杜荀鶴云「生應無輟日，死是不吟時」。予由是知詩之不工，以不用心之故，蓋未有苦吟而無好詩者。

又曰：袁景文初甚貧，嘗館授一富家。景文性疎放，師道頗不立。未幾辭歸其家，别延陳文東璧。文東懲景文故，待弟子甚嚴。一日景文來訪，文東適出，因大書其案云：「去年先生靡恃己，今年先生罔談彼。若無幾個始制文，如何教得猶子比。」亦可謂善謔已。

又曰：劉長卿《餘干旅舍》云：「摇落暮天迥，丹楓霜葉稀。孤城向水閉，獨鳥背人飛。渡口月初上，鄰家漁未歸。鄉心正欲絶，何處擣征衣。」張籍《宿江上館》云：「楚澤南渡口，夜深來客稀。月明見潮上，江静覚鷗飛〔一〕。旅望今已遠，此行殊未歸。離家久無信，又聽擣征衣。」二詩皆奇而偶似，次韻尤可喜也。

又曰：謝惠連詩云：「屯雲蔽層嶺，驚風湧飛流。零雨潤墳澤，落雪洒林丘。浮氛晦崖巘，積素惑原疇。」張正見詩云：「含香老顔駟，執戟異揚雄。惆悵崔亭伯，幽憂馮敬通。王嫱没故塞，班女棄深宫。」謝詩三韻句法皆相似，張詩六句皆見古人。若今人則必厭其重複，古人之詩正不如是拘也。

葉秉敬曰：凡作詩者，繩墨必宗前人，意辭要當獨創。若全依樣畫葫蘆，便如村兒描字帖，惡足言詩也。嗚呼！不讀《三百篇》，不足以濬詩之淵源；不讀五千四十八卷，不足以入詩之幻化；不盡窮《十三經》，不足以閎詩之作用。此千古談詩者所未及也。今人作詩者，于前數書盲不接目，第曰：「吾觀《選》詩而已〔二〕，唐詩而已。」其與村學究教癡兒讀《千家詩》者何異？

東陽李氏曰：古歌辭貴簡遠。《大風歌》止三句，《易水歌》止二句，其感激悲壯，語短而意益長。《彈鋏歌》止一句，亦自有含悲飲恨之意。後世窮技極力，愈多而愈不及。予嘗題柯敬仲《墨

〔一〕鷗：底本作「歐」，據《張司業集》卷三改。
〔二〕吾：底本訛作「五」，據《敬君詩話》改。

竹》曰：「莫將畫竹論難易，剛道繁難簡更難。君看蕭蕭祇數葉，滿堂風雨不勝寒。」畫法與詩法通者，蓋此類也。

又曰：律詩起承轉合，不爲無法，但不可泥。泥於法而爲之，則撑拄對待，四方八角，無圓活生動之意。然必待法度既定，從容閑習之餘，或溢而爲波，或變而爲奇，乃有自然之妙。是不可以彊致也。若并而廢之，亦奚以律爲哉？

又曰：國初東南人士重詩社，每一有力者爲主，聘詩人爲考官，隔歲封題于諸郡之能詩者，期以明春集卷。私試開榜次名，仍刻其優者，略如科舉之法。今世所傳，惟浦江吴氏月泉吟社。謝翱爲考官，《春日田園雜興》爲題，取羅公福爲首。其所刻詩以和平温厚爲主，無甚警拔，而卷中亦無能過之者。蓋一時所尚如此。

又曰：國初人有作九言詩曰：「昨夜西風擺落千林梢，渡頭小舟卷入寒塘坳。」貴在渾成勁健，亦備一體，餘不能悉記也。

羅明仲嘗謂三言亦可爲體，出「樹、處」二韻，迫予題扇。予援筆云：「揚風帆，出江樹。家遥遥，在何處。」又因圍棋，出「端、觀」二韻，予曰：「勝與負，相爲端。我因君，得大觀。」

李太伯集七言律止二三首，孟浩然集止二首，孟東野集無一首，皆足以名天下傳後世。詩奚必以律爲哉？　以上李東陽詩話

顧元慶曰：衡山文先生徵明有《病起遣懷》二律，蓋不就寧藩之徵而作也。詞婉而峻，足以拒

之於千里之外。詩云：「潦倒儒官二十年，業緣仍在利名間。敢言冀北無良馬，深愧淮南賦小山。病起秋風吹白髮，雨中黄葉暗松關。不嫌窮巷頻回轍，消受爐香一味閒。」又：「經時卧病斷經過，自撥閒愁對酒歌。意外紛紜知命在，古來賢達患名多。千金逸驥空求骨，萬里冥鴻肯受羅。心事悠悠那復識，白頭辛苦服儒科。」後寧藩敗，凡應辟者崎嶇萬狀，公獨晏然。始知公不可及也。

朱承爵曰：詩非苦吟不工，信乎。古人如孟浩然眉毛盡落，裴祐袖手衣袖至穿，王維走入醋甕，皆苦吟之驗也。

梁簡文帝《春情》詩曰：「蝶黄花紫燕相追，楊低柳合路塵飛。已見垂鈎挂緑樹，誠知淇水霑羅衣。兩童夾車問不已，五馬城南猶未歸。鶯啼春欲駛，無爲空掩扉。」楊慎曰：此詩似七言律，而末句又用五言。王無功亦有此体。又：唐律之祖，而唐辭《瑞鷓鴣》格韻似之。

陳後主《聽箏》詩曰：「文窗玝瑁影嬋娟，香幃翡翠出神仙。促柱點唇鶯欲語，調弦繫爪雁相連。秦聲本自楊家解，吴歈那知謝傅憐。只愁芳夜促，蘭膏無奈煎。」

温子昇《擣衣》詩曰：「長安城中秋夜長，佳人錦石擣流黄。香杵紋砧知遠近，傳聲遞響何淒凉。七夕長河爛，中秋明月光。蠮螉塞邊絶候雁，鴛鴦樓上望天狼。」

隋王勯《北山》詩曰：「舊知山裏絶氛埃，登高日莫心悠哉。子平一去何時返，仲叔長遊遂不來。幽蘭獨夜清琴曲，桂樹淩雲濁酒盃。槁項同枯木，丹心等死灰。」楊慎曰：此四首聲調相類，七言律之濫觴也。

沈君攸《薄暮動弦歌》曰：「柳谷向夕沈餘日，蕙樓臨砌徙斜光。金户半入叢林影，蘭徑時移落蕊香。絲繩玉壺傳綺席，秦箏趙瑟響高堂。舞裙拂履喧珠珮，歌音出扇繞塵梁。雲邊雪飛弦柱促，留賓但須羅袖長。日莫邀歡恒不倦，處處行樂爲時康。」又《桂楫汎中河》詩曰：「黄河曲渚通千里，濁水分流引八川。仙槎逐源終未返，蘇亭遺跡尚依然。眇眇雲根侵遠樹，蒼蒼水氣合遥天。波影雜霞無定色，湍文觸岸不成圓。赤馬青龍交出浦，飛雲蓋海遠凌煙。蓮舟渡沙轉不礙，桂棹距浪弱難前。風重金烏翅自轉，汀長錦纜影微懸。榜人欲歌先扣栧，津吏猶醉强持船。河堤極望今如此，行杯落葉詎虚傳。」楊慎曰：此六朝詩也。七言律未成，而先有七言排律矣。雄渾工致，固盛唐老杜之先鞭也。

謝偃《新曲》曰：「青樓綺閣已含春，凝妝艷粉復如神。細細香裙全漏影，離離薄扇詎障塵。樽中酒色恒宜滿，曲裏歌聲不厭新。紫燕欲飛先繞棟，黄鶯始弄即嬌人。撩亂絲垂昏柳陌，參差濃葉暗桑津。上客莫畏斜光晚，自有西園明月輪。」

崔融《從軍行》曰：「穹廬雜種亂金方，武將神兵下玉堂。天子旌旗過細柳，匈奴運數盡枯楊。關頭落月横西嶠，塞下凝雲斷北荒。漠漠邊塵飛衆鳥，昏昏朔氣聚群羊。依俙蜀杖迷新竹，仿佛胡床識故桑。臨海舊來聞驃騎，巡河本自有中郎。坐看戰壁爲平土，近待軍營作破羌。」

蔡孚《打毬篇》曰：「德陽宫北苑東頭，雲作高臺月作樓。金鎚玉鑾千金地，寶仗琱紋七寶球。竇融一家三尚主，梁冀頻封萬户侯。容色從來荷恩顧，意氣平生事俠遊。共道用兵如斷蔗，俱能走馬入長楸。紅鬛錦鬉風騄驥，黄絡青絲電紫騮。奔星亂下花場裏，初月飛來畫杖頭。自有長鳴須決勝，能馳迅足滿先籌。曹王漫説彈棊妙，劇孟休矜六博投。薄暮漢宫愉樂罷，還歸堯室曉垂旒。」

楊慎曰：七言排律，唐人亦不多見，初唐有此三首，可謂絶唱。其後則杜工部《清明》二首，此外何其寥寥乎。楊伯謙選《唐音》乃取王建二首，醜惡之甚。中唐則僧清江一首、温庭筠一首，皆雋永可誦，《品彙》已收。以上九首見楊氏所著《千里面談》

女郎李月素贈情人詩曰：「感郎千金意，含嬌抱郎宿。試作帳中音，羞開燈前目。」轉結妙。此首亦見《面談》

謝榛曰：凡作七言絶句，起如爆竹斬然而斷，結如撞鐘餘響不輟，此法之正也。

又曰：凡造句，遲則愈見其工，鏗然徹耳，焕然奪目，其充盛何如也。譬諸西洋賈客携所有張肆，其珠玉金寶珊瑚琥珀犀角象牙之類，具羅滿前，以愜衆觀。增之弗覚其多，減之弗覚其少，不免冗句雜於中焉。有時翻然改削，調乃自調，格乃自格耳。

田藝衡曰：東野云「出門即有礙，誰謂天地寬」，陳無己云「天地豈不寬，妾身自不容」，似覚有味。

又曰：唐避高祖諱，以「淵」作「泉」。耿湋云「何事學泉明」，韓君平云「聞道泉明居止近」，李太白云「酣歌一夜送泉明」。

又曰：張謂《別韋郎中》詩，八句中五句著地名。盧象《雜詩》，八句中四地名。王昌齡《送朱越》一絶，四句四地名。孟浩然《宴榮山人池亭》律詩，四句中用八人姓名。皆不妨其好處，然終是一病也。

江盈科曰：詩本性情。若係真詩，則一讀其詩，而其人性情入眼便見。大都其詩瀟灑者，其人必𢡟快；其詩莊重者，其人必敦厚；其詩飄逸者，其人必風流；其詩流麗者，其人必疏爽；其詩枯瘠者，其人必寒澀；其詩豐腴者，其人必華贍；其詩淒怨者，其人必拂鬱；其詩悲壯者，其人必磊落；其詩不羈者，其人必豪宕；其詩峻潔者，其人必清修；其詩森整者，其人必謹嚴。譬如桃梅李杏，望其華便知其樹，惟剿襲掇拾者，麋蒙虎皮，莫可方物〔一〕。

又曰：假如未老言老〔二〕，不貧言貧，無病言病，此是杜子美家竊盜也。不飲一盞而言「一日三百杯」，不捨一文而言「一擲數萬錢」，此是李太白家掏摸也。舉其一二，餘可類推。如是而曰「詩本性情」，可啻千里。

又曰：凡爲詩者，若係真詩，雖不盡佳，亦必有趣。若出于假，非必不佳，即佳亦自無趣。試觀我輩縉紳，褒衣博帶，縱然貌寢形陋，人必敬之，敬其真也。有優伶于此，貌俊形偉，加之褒衣博

〔一〕物：底本誤置下文，據《雪濤詩評》補。
〔二〕「假如」前涉上衍一「物」字，據《雪濤詩評》删。

帶，儼然貴客，而人賤之，賤其假也。嘗記一人送文字求正于王陽明，評曰：「某篇似《左》，某篇似班，某篇似韓柳。」其人大喜。或以問陽明，陽明曰：「我許其似，正謂其不自做文，而求似人也。譬如童子垂髫，整衣向客，嚴肅自是可敬。若使童子戴假面挂假鬚，佝僂咳嗽，儼然老人，人但笑之而已，又何敬焉。」觀此則知似人之文終非至文，而詩可例已。

又曰：姑蘇唐寅字伯虎，發解南畿，旋被詬削籍，放浪丹青山水間，以此自娱，亦以自闊。嘗題所畫小景云：「不練金丹不坐禪，不爲商賈不耕田。興來只寫江山賣，免受人間作業錢。」又題一釣翁畫云：「直插漁竿斜繫艇，夜深月上當竿頂。老漁爛醉喚不醒，滿船霜印蓑衣影。」此等語皆大有天趣，而選刻伯虎詩者都删之，蓋以繩尺求伯虎耳。

又曰：一下第舉子題昭君圖云：「一自峨眉别漢宫，琵琶聲斷戍樓空。金錢買取龍泉劍，寄與君王斬畫工。」蓋以畫工喻典試也，意亦巧矣。

又曰：趙子昂孟頫，宋宗人也，而仕于元。書法丹青皆名後世，然多有題其畫相譏訕者。一人題子昂山水圖云：「吴興公子玉堂仙，畫出王維勝輞川。兩岸青山多少地，可無一畝種瓜田。」又一人題子昂畫蘭云：「滋蘭九畹誠多種，不及墨池三兩花。此日國香零落盡，王孫芳草遍天涯。」世所爲譏孟頫者如此。然孟頫生于元世而仕于元，則亦勢之無柰者也。見江氏《雪濤詩評》，以上皆同

校書盧象妻崔氏有詞翰，結縭之後，以校書年暮微嫌。盧請賦詩，立成一絶曰：「不怨盧郎年紀大，不怨盧郎官職卑。自怨妾身生較晚，不及盧郎年少時。」

元載妻王韞秀貞烈，且工詩。憂元載爲相拒客，賦詩諫之曰：「楚舞燕歌動畫梁，更闌重換舞衣裳。公孫開館招佳客，知道浮雲不久長。」

王元妻黄氏有孟光之賢，夫婦安貧，相得甚歡。賦聽琴曰：「拂琴開素匣，何事獨顰眉。古調俗不樂，正聲公自知。寒泉出澗澀，老檜倚風悲。縱有來聽者，誰堪繼子期。」

元氏遺山之妹，女冠也。張平章欲娶之，微探所向。見《補天花版》詩，不敢出言。其詩曰：「補天手段暫鋪張，不許纖塵落畫堂。寄語新來雙燕子，移巢别處覓雕梁。」又其《吴人嫁女》詞曰：「種花莫種官路傍，嫁女莫嫁諸侯王。種花官道人争取，嫁女侯王不久長。花落色衰人易變，離鸞鏡破終成怨。不如嫁與田舍郎，白首相看不下堂。」

盧氏，海寧人，嫁董湄兩月，湄卒，誓不再醮。父母微動之，乃賦菊詩自見守節。其詩曰：「移得春苗愛護周，柴桑無主爲誰秋。寒芳甘抱枯枝萎，羞墜西風逐水流。」太倉陸震母茅氏，早寡家貧，能詩。其賣宅自遣詩曰：「壁有蒼苔甑有塵，家園一旦屬西鄰。傷心怕見門前柳，明日猶如陌路人。」

豫章商人妻某氏，金陵人，獨居，有挑之者，作詩拒之。其絶客詞曰：「失翅青鸞似困鷄，偶隨孤鶴到江西。春風桃李空嗟怨，秋水芙蓉强護持。仙子自居蓬島境，漁郎休想武陵磯。金鈴挂在花枝上，不許流鶯聲亂啼。」

東坡曰：詩須要有爲而作，用事當以故爲新，以俗爲雅。好奇務新，乃詩之病。

歐陽永叔曰：吴僧贊寧，國初爲僧録，頗讀儒書，博覽强記，亦自能撰述，而辭辨縱横，人莫能屈。時有安鴻漸者，文詞雋敏，尤好嘲詠。嘗街行遇贊寧與數僧相隨，鴻漸指而嘲曰「鄭都官不愛之徒時時作隊」，贊寧應聲答曰「秦始皇未坑之輩往往成群」。時皆善其捷對。鴻漸所道，乃鄭谷詩云「愛僧不愛紫衣僧」也。

又曰：李伯戲杜甫云「借問别來太瘦生，總爲從前作詩苦」，「太瘦生」，唐人語也。至今猶以「生」爲語助，如「作麽生」「何似生」之類是也。

又曰：楊大年與錢、劉數公唱和，自《西崑集》出，時人争效之，詩體一變。而先生老輩患其多用故事，至於語僻難曉，殊不知自是學者之弊。如子儀一作大年《新蟬》云「風來玉宇烏先轉，露下金莖鶴未知」，雖用故事，何害于佳句也。又如「峭帆横渡官橋柳，叠鼓驚飛海岸鷗」，其不用故事，又豈不佳乎？蓋其雄文博學，筆力有餘，故無施而不可。

又曰：退之筆力，無施不可，而嘗以詩爲文章末事，故其詩曰「多情懷酒伴，餘事作詩人」也。然其資談笑助諧謔，叙人情狀物態一寓于詩，而曲盡其妙〔一〕。此在雄文大手，固不足論，而予獨愛其工於用韻也。蓋其得韻寬，則波瀾横溢，泛入傍韻，乍還乍離，出入回合，殆不可拘以常格，如「此日足可惜」之類是也。得韻窄則不復傍出，而因難見巧，愈險愈奇，如《病中贈張十八》之類

〔一〕盡：底本訛作「書」，據《六一詩話》改。

是也。

司馬温公曰：陳亞郎中性滑稽，嘗爲藥名詩百首，其美者有「風雨前湖夜，軒窗半夏涼」，不失詩家之體。其鄙者有《贈乞雨自曝僧》云：「不雨若令過半夏，定應曬作胡蘆巴。」又詠上元夜遊人云：「但看車前牛領上，十家皮没五家皮。」蔡君謨嘗嘲之曰「陳亞有心終是惡」，亞應聲曰：「蔡襄除口便成衰。」

劉貢父曰：楊大年不喜杜工部詩，謂爲「村夫子」。歐公亦不甚喜杜詩，謂韓吏部絶倫。吏部於唐世文章未嘗屈下，獨稱道李杜不已。歐貴韓而不悦子美，所不可曉。然於李白而甚賞愛。

又曰：唐詩賡和有次韻先後無易，有依韻同在一韻，有用韻用彼韻不必次。

又曰：真宗問近臣：「唐酒價幾何？」莫能對。丁晋公獨曰：「斗直三百。」上問：「何以知之？」曰：「臣觀杜甫詩『速須相就飲一斗，恰有三百青銅錢』。」亦一時之善對。

又曰：陳文惠善爲四句詩〔一〕，在江湖有詩云：「平波渺渺煙蒼蒼，菰蒲纔熟楊柳黄。扁舟繫岸不忍去，秋風斜日鱸魚鄉。」

陳後山曰：王師圍金陵，唐使徐鉉來。鉉伐其能，欲以口舌解圍。謂太祖不文，盛稱其主博學多藝，有聖人之能。使誦其詩，曰：「《秋月》之篇，天下傳誦之。其句云云。」太祖大笑曰：「寒士語

〔一〕善：底本脱，據《中山詩話》補。

爾。吾不道也。」鉉内不服，謂大言無實，可窮也，以請。殿上驚懼相目〔一〕，太祖曰：「微時自秦中歸，道華下，醉卧田間，覺而月出，有句曰『未離海底千山黑，纔到天中萬國明』。」鉉大驚，殿上稱壽。

又曰：歐陽永叔不好杜詩，蘇子瞻不好司馬《史記》。余每與黄魯直怪歎。以爲異事。

又曰：蘇子瞻曰：「子美之詩，退之之文，魯公之書，皆集大成者也。學詩當以子美爲師，有規矩，故可學。退之于詩本無解處，以才高而好爾。淵明不爲詩，寫其胸中之妙爾。學杜不成，不失爲工。無韓之才與陶之妙而學其詩，終爲樂天耳。」

又曰：蘇詩始學劉禹錫，故多怨刺。學不可不慎也。晚學太白，至其得意則似之矣，然失於粗。以其得之易也。

又曰：唐語曰「二十四考中書令」，謂汾陽王也，而無其對。或以問平甫，平甫應聲曰「萬八千户冠軍侯」，不唯對偶精切，其貴亦相當也。

許彦周曰：詩人寫人物態度，至不可移易。元微之《李娃行》云「髻鬟峨峨高一尺，門前立地看春風」，此定是娼婦。退之《華山女》詩云「洗妝試面著冠帔，白咽紅頰長眉青」，此定是女道士。東坡作《芙蓉城》詩亦用「長眉青」三字云「中有一人長眉青，炯如微雲淡疏星」，便有神仙風度。

〔一〕殿上：底本作「上殿」，據《後山集》卷二十三《詩話》改。

又曰：古人文章不可輕易，反覆熟讀，加意思索，庶幾其見之。東坡《送安惇落第》詩云「故書不厭百回讀，熟讀深思子自知」。

又曰：柳子玉祭文「郊寒島瘦，元輕白俗」。

又曰：林和靖《梅》詩云「疎影横斜水清淺，暗香浮動月黄昏」，大爲歐陽文忠公稱賞。

又曰：「春水滿四澤，夏雲多奇峰。秋月揚明輝，冬嶺秀孤松。」此顧長康詩，誤編入陶彭澤集中。

又曰：韓退之《聽穎師彈琴》詩云「浮雲柳絮無根蒂，天地闊遠隨飛揚」，此泛聲也，謂輕非絲、重非木也。「啾啾百鳥群，忽見孤鳳凰」，泛聲中寄指聲也。「躋攀分寸不可上」，吟繹聲也。「失勢一落千丈强」，順下聲也。僕不曉琴，聞之善琴者云。

又曰：羅隱詩云「只知事逐眼前過，不覺老從頭上來」，此語殊有味。

張表臣曰：前人作詩未始和韻，自唐白樂天與元微之爲二浙觀察，往來置郵筒倡和始依韻，而多至千言，少或百數十言，篇章甚富。

又曰：刺美風化，緩而不迫，謂之風。采摭事物，摛華布體，謂之賦。推明政治，莊語得失，謂之雅。形容盛德，揚勵休功，謂之頌。幽憂憤悱，寓之比興，謂之騷。感觸事物，托於文章，謂之辭。程事較功，考實定名，謂之銘。援古刺今，箴戒得失，謂之箴。猗遷抑揚，永言謂之歌。非鼓非鐘，徒歌謂之謡。步驟馳騁，斐然成章，謂之行。品秩先後，叙而推之，謂之引。聲音雜比，高下短長，謂之曲。吁嗟慨嘆，悲憂深思，謂之吟。吟詠情性，總合而言志，謂之詩。蘇李而上，高簡古澹，謂之古。沈宋而下，法律精切，謂之律。此詩之語衆體也。帝王之言，出法度以制人者，謂之制。絲綸之語，若日月之垂照者，謂之詔。制與詔同，詔亦制也。道其常而作彝憲者，謂之典。陳其謀而成嘉猷者，謂之謨。順其理而迪之者，謂之訓。屬其人而告之者，謂之誥。即師衆而申之者，謂之誓。因官使而命之者，謂之命。出于上者，謂之教。行于下者，謂之令。時而戒者，敕也。言而諭之者，宣也。諮而揚之者，贊也。登而崇之者，册也。言其倫而析之者，論也。度其宜而揆之者，議也。别嫌疑而明之者，辨也。正是非而著之者，説也。記者，記其事也。紀者，紀其實也。纂者，纘而述焉者也。策者，條而對焉者也。傳者，傳而信之也。序者，緒而陳之也。碑者，披列事功而載之金石也。碣者，揭示操行而立之墓隧也。誄者，累其素履而質之鬼神也。志者，識其行藏而謹其終始也。檄者，激發人心而喻之禍福也。移者，自近移遠使之周知也。表者，布臣子之心致君父之前也。箋者，修儲后之問伸宫閫之儀也。簡者，質言之而略也。啓者，文言之而詳也。狀者，言之于公上也。牒者，用之於官府也。捷書不緘，插羽而傳之者，露布也。尺牘無封，指事而陳之者，劄子也。青黄黼黻，經緯以相成者，總謂之文。此文之異名也。

劉貢父曰：余靖兩使契丹，虜情益親，能胡語，作胡語詩。虜主曰：「卿能道我爲卿飲。」靖舉曰：「夜筵設邏厚盛也臣拜洗受賜〔一〕，兩朝厥荷通好情感勤厚重〔二〕。微臣雅魯拜舞祝若統福佑，聖壽鐵擺嵩高俱可忒無極。」主大笑，遂爲醽觴。《漢史》有《槃木》《白狼》詩，亦出夷語，殆不若靖，真胡語也。

魏文帝曰：文章經國之大業，不朽之盛事。年壽有時而盡，榮樂止於其身。二者必至之常期，不若文章之無窮。

江淹曰：楚謠漢風，既非一骨；魏製晋造，固亦二體。譬猶藍朱成彩，錯雜之變無窮；宫商爲音，靡曼之態不極。

劉禹錫曰：片言可以明百意，坐馳可以役萬景，工於詩者能之；風雅體變而興同，古今調殊而理一，達於詩者能之。

李德裕曰：古人辭高者，蓋以言妙而工，適情不取於音韻；意盡而止，成篇不拘於隻耦。故篇無足曲，詞寡累句。又曰：譬如日月，終古常見，而光景常新。

皮日休曰：百煉成字，千煉成句。

梅聖俞曰：思之工者，寫難狀之景如在目前，含不盡之意見於言外。

〔一〕厚：底本訛作「後」，據《中山詩話》改。

〔二〕感：底本訛作「幹」，據改。

黄省曾曰：詩歌之道，天動神解。本於情流，弗由人造。古人構唱，真寫厥衷。如春蕙秋華，生色堪把，意態各暢，無事雕模。末世風頽，矜蟲鬬鶴，遞相述師。如圖繒剪錦，飾畫雖研〔一〕，割强先露。

謝榛云：詩有造物，一句不工，則一篇不純。是造物不完也。

皇甫汸曰：或謂詩不應苦思，苦思則喪其天真，殆不然。方其收視反聽，研精殫思，寸心幾嘔，脩髯盡枯，深湛守默，鬼神將通之。又曰：語欲妥貼，故字必推敲。一字之瑕，足以爲玷；片語之類，並棄其餘。

王世貞曰：大抵詩以專詣爲境，以饒美爲材。師匠宜高，捃拾宜博。

又曰：余讀《琴操》所稱記舜禹孔子詩，咸淺易不足道。《拘幽》，文王在繫也，而曰：「殷道圂圂，侵濁煩，朱紫相合不別分，迷亂聲色信讒言。」即無論其詞已，内文明外柔順，蒙難者固如是乎？「瞻天案圖殷將亡」，豈三分服事至德人語？「望來羊」，固因眼如望羊傅也。他如《獻玉退怨歌》謂楚懷王子平王。夫平王，靈王弟也。歷數百年而始至懷王，至乃謂玉人爲樂正子，何其俚也？《窮劫曲》言楚王乖劣，任用無忌，誅夷白氏，三戰破郢，王出奔。用無忌者，平王也。奔者，昭王也。太子建已死，有子勝，後封白公，非白氏也。其辭曰「留兵縱騎虜京闕」，時未有騎戰也。《河

〔一〕研：底本訛作「嚴」，據黄省曾《上李崆峒書》改。

梁歌》「舉兵所伐攻秦王」，句踐時，秦未稱王也，勾踐又無攻秦。夫僞爲古而傳者，未有不通於古者也〔一〕。不通古而傳，是豈僞者之罪哉？

又曰：詞賦非一時可就。《西京雜記》言相如爲《子虛》《上林》，游神蕩思百餘日乃就。故也梁王兔園諸公無一佳者可知矣。坐有相如，寧當罰酒，不免腐毫。

又曰：自昔倚馬占檄，橫槊賦詩，曹孟德、李少卿、桓靈寶、楊處道之外，能復有幾？自非本色，故足貽姍。敖曹《行路難》猶堪放浪，崇文酵兒有愧祖武。至於權龍褒輩，祇供盧胡而已。獨《南史》所載梁曹景宗，目不知書，好以意作字。及當上讌朝賢，以曹兜鍪，不煩倡和。曹固請不已，許之，僅餘「競、病」二韻，即賦云：「去時兒女悲，歸來笳鼓競。借問行路人，何如霍去病？」一座賞服。宋沈慶之目不知書，每將署事，輒恨眼不識字。上嘗歡飲群臣，逼令作詩。慶之請顏師古執筆，口授之曰：「微生遇多幸，得逢時運昌。朽老筋力盡，徒步還南岡。辭榮此聖世，何異張子房。」上悦，衆坐稱美。北齊斛律金不解書，有人教押名曰：「但五屋四面平正即得。」至作《敕勒歌》曰：「敕勒川，陰山下。天似穹廬，蓋四野。天蒼蒼，野茫茫，風吹草低見牛羊。」爲一時樂府之冠。宋野史載韓蘄王世忠目不知書，晚年忽若有悟，能作字及小詞，皆有宗趣。一日蘇仲虎尚書方宴客香林園，韓乘小騾徑造，劇歡而散。次日餉尚書一羊羔，仍手書《臨江仙》《南鄉子》二詞遺之，瀟

〔一〕通：底本脱，據《藝苑卮言》卷二補。

灑超脱，詞多不載。此四事頗相類。又蜀將王平，識不過十字。後周將梁臺，識不過百字。而口授書令，辭旨俱可觀。豈釋氏所謂宿習餘因耶？

又曰：范、沈篇章雖有多寡，要其裁造，亦昆季耳。沈以四聲定韻，多可議者。唐人用之，遂足千古。然以沈韻作唐律可耳，以己韻押古《選》，沈故自失之。

又曰：吾覽鍾記室《詩品》，折衷情文，裁量事代，可謂允矣。詞亦奕奕發之。第所推源出於何者，恐未盡然。邁、凱、昉、約，濫居中品。至魏文不列乎上，曹公屈第乎下，尤爲不公。少損連城之價。

又云：余謂七言絶句，王江陵与太白争勝毫釐，俱是神品，而于鱗不及之。王維、李頎，雖極風雅之致，而調不甚響。子美固不無利鈍，終是上國武庫，此公地位乃爾，獻吉當於何處生活？其微意所鍾，余蓋知之，不欲盡言也。

又曰：李杜光焰千古，人人知之。滄浪竝極推尊，而不能致辨。元微之獨重子美，宋人以爲談柄。近時楊用脩爲李左袒，輕俊之士往往傅耳。要其所得，俱影響之間。五言古、《選體》及七言歌行，太白以氣爲主，以自然爲宗，以俊逸高暢爲貴；子美以意爲主，以獨造爲宗，以奇拔沈雄爲貴。其歌行之妙，詠之使人飄揚欲仙者，太白也；使人慷慨激烈歔欷欲絶者，子美也。《選》體，太白多露語、率語，子美多稚語、累語，置之陶謝間，便覚傖父面目，乃欲使之奪曹氏父子位耶？五言律、七言歌行，子美神矣，七言律聖矣。五七言絶，太白神矣，七言歌行聖矣，五言次之。太白之七言律，子美之七言絶，皆變體，間爲之可耳，不足多法也。

又曰：十首以前，少陵較難入。百首以後，青蓮較易厭。揚之則高華，抑之則沈實。有色有聲，有氣有骨，有味有態，濃淡深淺，奇正開闔，各極其則，吾不能不伏膺少陵。

又曰：于鱗選老杜七言律，似未識杜者。恨曩不爲極言之，似非忠告。

又曰：七言絶句，盛唐主氣，氣完而意不盡工。中晚唐主意，意工而氣不甚完。然各有至者，未可以時代優劣也。

又曰：有一貴人時名者，嘗謂予：「少陵傖語，不得勝摩詰。所喜摩詰也。」予答言：「恐足下不喜摩詰耳。喜摩詰，又焉能失少陵也。少陵集中不啻有數摩詰，能洗眼静坐，三年讀之乎？」其人意不懌，去。

又曰：楊用脩駁宋人「詩史」之説，而譏少陵云：「詩刺淫亂，則曰『雝雝鳴雁，旭日始旦』，不必曰『慎莫近前丞相嗔』也。憫流民則曰『鴻雁于飛，哀鳴嗷嗷』，不必曰『千家今有百家存』也。傷暴斂則曰『維南有箕，載翕其舌』，不必曰『哀哀寡婦誅求盡』也。叙饑荒則曰『牂羊羵首，三星在罶』，不必曰『但有牙齒存，所堪骨髓乾』也。」其言甚辨而覈，然不知嚮所稱皆興比耳。詩固有賦，以述情切事爲快，不盡含蓄也。語荒而曰「周餘黎民，靡有孑遺」，勸樂而曰「宛其死矣，它人入室」，譏失儀而曰「人而無禮，胡不遄死」，怨讒而曰「豺虎不受，投畀有昊」。若使出少陵口，不知用修何如貶剥也。且「慎莫近前丞相嗔」，樂府雅語，用脩烏足知之？

又云：韋左司平淡和雅，爲元和之冠。又云：宋人乃欲令之配陶陵謝，豈知詩者！

又曰：韓退之於詩本無所解，宋人呼爲大家，直是勢利地語。子厚於風雅騷賦，似得一班。

又曰：王勃「河橋不相送，江樹遠含情」，杜荀鶴「承恩不在貌，教妾若爲容」，皆五言律也。然去後四句作絶乃妙。天寶妓女唱高達夫「開篋淚沾臆」，本長篇也，删作絶唱；白居易「曾与情人橋上别」一首，乃六句詩也，亦删作絶，俱妙。

又曰：剽竊模擬，詩之大病，亦有神与境觸，師心獨造，偶合古語者。如「客從遠方來」「白楊多悲風」「春水船如天上坐」，不妨俱美，定非竊也。其次裒覽既富，機鋒亦圓，古語口吻間，若不自覺。如鮑明遠「客行有苦樂，但問客何行」之於王仲宣「從軍有苦樂，但問所從誰」，陶淵明「鷄鳴桑樹顛，狗吠深巷中」之於古樂府「鷄鳴高樹顛，狗吠深宫中」。夫模擬之妙者，分歧逞力，窮勢盡態，不唯敵手，兼之無跡，方爲得耳。

又曰：太白《鸚鵡洲》一篇，效顰《黄鶴》，可厭。「吴宫」「晋代」二句，亦非作手。律無全盛者，惟得兩結耳：「總爲浮雲能蔽日，長安不見使人愁」「借問欲棲珠樹鶴，何年卻向帝城飛」。

又曰：敖陶孫評：魏武帝如幽燕老將，氣韻沈雄；曹子建如三河少年，風流自賞；鮑明遠如饑鷹獨出，奇嬌無前；謝康樂如東海揚帆，風日流麗；陶彭澤如絳雲在霄，舒卷自如；王右丞如秋水芙蓉，倚風自笑；韋蘇州如園客獨繭，暗合音徽；孟浩然如洞庭始波，木葉微落；杜牧之如銅丸走阪，駿馬注坡；白樂天如山東父老課農桑，事事言言皆著實；元微之如李龜年説天寶遺事，貌悴而神不傷；劉夢得如鏤冰琱瓊，流光自照；李太白如劉安鷄犬，遺響白雲，覈其歸存，恍無定處；韓退之如囊沙背水，惟韓信獨能；李長吉如武帝食盤露，無補多欲；孟東野如埋泉斷劍，卧壑寒松；張籍如優工行鄉飲，醻獻秩如，時有詼氣；柳子厚如高秋獨眺，霽晚孤吹；李義山如百寶流蘇，千絲鐵網，綺密瓌妍，要非適用。宋朝蘇東坡如屈注天潢，倒連滄海，變眩百怪，終歸雄渾；歐公如四瑚八璉，正可施之宗廟；荆公如鄧艾縋兵入蜀，要以險絶爲功；山谷如陶弘景入宫，析理談玄，而松風之夢故在；梅聖俞如關河放溜，瞬息無聲；秦少遊如時女步春，終傷婉弱；陳後山如九皋獨唳，深林孤芳，沖寂自妍，不求識賞；韓子蒼如黎園按樂，排比得倫；吕居仁如散聖安禪，自能奇逸。其他作者，未易殫陳。獨唐杜工部，如周公制作，後世莫能擬議。

又曰：文徵仲太史有戒不爲人作詩文書畫者三：一諸王國，一中貴人，一外夷。生平不近女色，不干謁公府，不通宰執書。誠吾吴傑出者也。

又曰：黄五嶽省曾言，南城羅公玘好爲奇古，而率多怪險飷飣之辭。居金陵時，每有撰造，必棲踞於喬樹之巔，霞思天想。或時閉坐一室，客有於隙間窺者，見其容色枯槁，有死人氣，皆綏履以出。都少卿穆乞伊考墓銘，銘成，語少卿曰：「吾爲此銘，瞑去四五度矣。」

又曰：始見于鱗選明詩，余謂如此何以鼓吹唐音？及見唐詩，謂何以衿裾古《選》？及見古《選》，謂何以箕裘《風雅》？乃至陳思《贈白馬》、杜陵李白歌行，亦多棄擲。豈所謂英雄欺人，不可盡信耶？

又云：闞駰《九州記》：「正月解凍水，二月白蘋水，三月桃花水，四月瓜蔓水，五月麥黄水，六月山礬水，七月豆花水，八月荻苗水，九月霜降水，十月後槽水，十一月走淩水，十二月蹙淩水。」

又曰：正德間有伎女失其名，於客所分詠，以骰子爲題，伎應聲曰：「一片寒微骨，翻成面面心。自從遭點汙，抛擲到如今。」極清切感慨可喜。又一妓得一聯云「故國五更蝴蝶夢，異鄉千里子規心」，亦自成語。

又曰：王充有云：「韓非之書傳在秦廷，始皇嘆『不得與此人同時』。陸賈《新語》奏一篇，高祖稱善，左右呼萬歲。王莽時，郎吏上奏劉子駿章尤美，因至大用。永平中，神雀群集，孝明詔上《爵頌》，百官文皆比瓦石，惟班固、賈逵、傅毅、楊終侯諷五頌若金玉，孝明覽而異焉。當時人主自曉文菽，作主試，令人躍然。

又曰：開元帝性既豪麗，復工詞墨。故於宰相拜上，岳牧出鎮，往往親御宸章，普令和贈，爲一時盛事。四明狂客以庶僚投老得之，尤足佳絶。青蓮起自布素，入爲供奉，龍舟移饌，獸錦奪袍，見於杜詩。及他傳奇所載天子調羹，宮妃捧硯，晚雖淪落，亦自可見。

又曰：唐時伶官伎女所歌，多採名人五七言絶句，亦有自長篇摘者。如「開篋淚沾臆，見君前日書。夜臺猶寂寞，疑是子雲居」之類是也。王昌齡、王涣之、高適微服酒樓，諸名伎歌者咸是其詩，因而歡飲竟日。大曆中，賣一女子，姿首如常，而索價至數十萬，云：「此女子誦得白學士《長恨歌》，安可牽他比？」李嶠汾水之作，歌之明皇，至爲泫然，曰：「李嶠真才子。」又宣宗，因見伶官歌白《楊柳枝詞》「永豐坊裏千條柳」，令取永豐柳兩株，栽之禁中。元稹《連昌宮》等辭凡百餘章，宮人咸歌之，且呼爲「元才子」。李賀樂府數十首流傳管絃，又李益与賀齊名，每一篇出，輒以重賂購之入樂府，稱爲「二李」。嗚呼！彼伶工女子者，今安在乎哉？

又曰：巧遲拙速，摛辭与用兵，故絶不同。語曰：「枚皐拙速，相如工遲。」又曰：「工而速者，唯士簡一人。」士簡，張率也，第一時賞譽之稱耳。皇甫氏乃以入談，何也？時又有蘭陵蕭文琰、吴興丘令楷，一擊銅鉢，響滅而詩成。唐温飛卿八叉手而成八韻小賦，俱不足言。蓋有工而速者，如淮南王、禰正平、陳思王、王子安、李太白之流，差足倫耳。然《鸚鵡》一揮，《子虚》百日，《煮豆》七步，《三都》十年，不妨兼美。

鉏雨亭隨筆

東夢亭

《鉏雨亭隨筆》三卷，東夢亭（一七九六—一八四九）撰。據文會堂《日本詩話叢書》本校。

按：東夢亭（ひがし むてい HIGASHI MUTEI），江户時代後期儒醫。伊勢（今屬三重縣）山田人，名聚，字伯傾，號悔庵、夢亭，世稱「文良」（一説「文亮」）、「一學」。從山口凹菴（一説山本凹菴）修經史。交菅茶山、篠崎小竹、梁川星巖、貫名海屋等人。長於詩文，且擅書，從其學者甚衆。寬政八年生，嘉永二年六月十二日殁，享年五十四歲。

其著作有：《五代史注》二十卷、《唐詩正聲箋注》二十卷、《王建宫詞百首箋注》二卷、《詠史百絶》一卷、《瘟疫論注》二卷、《病間隨筆》、《夢亭詩鈔》三卷、《鉏雨亭隨筆》三卷等。

序

伊勢山田夢亭東君，與余書牘交通多年。往歲爲序其所注《唐詩正聲》，而未相識面。聞君將以一兩年間來遊浪華而未果，溘焉病逝，遺言寄其所著《鉏雨亭隨筆》三卷，亦使作之序。余慘然繙而閲之，自詩文及瑣事，隨得隨録，其論説足以略見所造詣。閲至下卷有一條曰：「余在浪華，一日米薪俱盡，囊無一錢。僑居日淺，無所假貸。自謂坐而忍饑不如卧而忘之，就枕而睡。及覺，枕上有炒麥粉一包，不知所由。問之鄰翁，曰：『野人報小便也。』乃乞茶喫之，得以一飽。是夕，沿街吹笛按摩數人獲百餘錢，實少年客中第一厄也。」余乃喟然嘆焉曰：嗚呼！是夢亭之所以爲夢亭乎？以此一事推其平生，蓋知命安遇，不變操於夷險，著書自娱者，其爲人信可珍重也。抑若余則生長市中，叨承先業，飽食暖衣，與紈綺爲伍，以至七十無一書可傳身後，其懶惰實可愧之甚也。君乃不惟不鄙棄，爲所繾綣如此，何也？使君而在焉，則一堂對酌，余將問其由。而今已矣，姑書報遺言云。嘉永庚戌之冬，浪華小竹老人筱崎弼撰。門人吴策書。

小竹先生嘗撰此序，浄寫未成，忽然長逝矣。東氏因囑余代書。先生於夢亭翁未識其面，而聞其遺言，慘然傷悼之意見于序中。余於先生親炙多年，今臨寫遺文，其慘然者不啻如先生于翁。嗚呼哀哉！辛亥暮秋，吴策識。

鉏雨亭隨筆 卷上

乙亥之歲，余患勞症，寓于鉏雨亭，自謂難得活路。一夕，凹巷韓先生垂訪，適河崎良佐亦來，燈下置酒。先生曰：「余數年前夢汝養疾于此，氣體稍佳，余與良佐喜舉一盃，宛然今夕情狀。必當復常，請勿過念。」調治歲餘而痊，因效沈括夢溪之意，自號夢亭，竝記先生之言。先生有奇想，蓋其所夢之事後日往往有驗，如合符節，亦不自知其所以然云。

鉏雨亭在高倉山下藤丘之北，文化十年，吾社所建，頗爲佳地。孟夏之月，土木工成，諸子始開清宴，分韻賦詩。凹巷先生詩云：「藤丘之北半弓地，本將纔置一牀杠。役工締構旬餘竣，茅宇不論華與庬。誰是主人誰是客，賀成各載酒盈缸。我豈賭墅謝安石，君皆推門賈長江。社擬月泉快吾意，詩振衰弱流海邦。況逢梅雨昨初晴，山如畫幛巧無雙。芻童隱見籬邊度，雉麥風輕吹短襘。無限夕陽鐃夏意，鵓鳩聲杳彼谽谾。前有古人難著句，紫藤雲木對吟窗。」亭未命名之時，適備後茶山菅翁書齋榜二紙見贈，曰「鉏雨」，曰「耕雲」，因名亭曰鉏雨，即以耕雲爲橋本氏別莊之號，是亦社友小集之所。

余病中慵把筆，偶得故人書問，不能一一答之。嘗記白香山詩云：「豈是交親向我疎，老慵自愛閉門居。近來漸喜知聞斷，免惱嵇康索報書。」按嵇康《與山濤絶交書》云：「素不便書，又不喜作書。而人間多事，堆案盈几。不相酬答，則犯教傷義。欲自勉强，則不能久。」余年未及壯，豈可遽效白之老慵失禮於人乎？而惡札自愧，自然至此。因讀白詩，謂獲我心。

久霖初晴，落照在山。時余睡起，牀上攤卷。農歌一聲，似讀《豳風》。乃扶杖步南畝，簑笠兩兩出翠秧中，偶誦李紳《憫農》詩。世間多般不解之，何心悠悠過了一生。《林下清録》云：「陶淵明嘗聞田水聲，倚杖久聽，嘆曰：『秫稻已秀，翠色染人。時剖胸襟，一洗荊棘。此水過吾師丈人矣。』」千歲之下，仰止高風。

經史子集、稗官小説，强仕前後，可一氣讀，然不得其要領。則世俗所謂多識耳，是何足道？學問之要，自博入約。博以開見聞，約以修心性，謂之君子儒矣。我於吾鄉，未見其人。

東坡《與王郎書》云：「少年爲學，每一書作數次讀。譬如入海，百貨皆有，人不能兼收盡取，但得其所欲求者爾。故願學者每次作一意求之，勿生餘念。事迹文物之類，又別一次，他皆效此。若學成，八面受敵，與涉獵者不可同日語。」黄山谷曰：「讀書欲精不欲博，用心欲純不欲雜。觀書欲博，常不盡意。用心不純，訖無功。」又《與洪氏甥書》云：「尺璧之陰，以三分之。一以治公事，一以讀書，一以爲棋酒，則公私皆辦。」

陸樹聲曰：「李翱《復性篇》主排佛也，而間用其言；王坦之《廢莊論》以反莊也〔一〕，而多襲其

〔一〕坦：底本訛作「怛」，據《晋書》卷七十五本傳改。

語，此文章家之操戈入室者。」余謂柳宗元作《非國語》，亦多以《國語》爲法。

邦俗謂艮隅曰鬼門，凡經營忌犯之。吾鄉一士人造宅當艮隅，家人懼而止之。士人乃向其方再呼鬼門，笑曰：「鬼不在焉。」就起土木，竟無他異。諺云「斷而敢行，鬼神避之」，正謂此也。宋嘉祐中，將修東華門。太史言：「太歲在東，不可犯。」仁宗批其奏曰：「東家之西乃西家之東，西家之東乃東家之西，太歲果何在？其興工勿忌。」吾神祖討石田三成，石川家成請曰：「司天之法，今年塞在西方，願厭勝而後行。」神祖曰：「西今正塞，我往啓之耳。」遂發。宋武帝攻南燕，或曰：「今日往亡，不利行師。」帝曰：「我往彼亡，何爲不利？」英雄所見，千古合符。近來流俗甚畏方位，因舉三事以破陋習。曆書，二月以驚蟄後十四日爲往亡日。

余携室寓迂齋韓翁隱居，一日米盡，因賦小詩呈凹巷先生云：「炊煙不上竹間扉，聊摘園蔬充曉饑。昨雨米囊花已盡，一雙蝴蝶欲何依。」先生即賜白粲一斗。陸放翁詩云：「糴米歸來午未炊，家人竊憫老翁饑。不知弄筆東窗下，正和淵明乞食詩。」按陶潛有《乞食》詩，余不取之爲典故，僅借物以達意，陋亦甚矣。後讀沈鐘彦《罌粟花》詩云：「炊煙時或斷貧家，曉起俄看五色霞。任爾侏儒誇獨飽，籬頭已放米囊花。」當時構案之際不知有此，乍及見之，竊喜余詩有據。

東鄰一小兒夜啼，父母百計慰之。余聞之不寐，燈下偶讀吳子經《論性不同》文，其略云：「稚子夜啼，拊背以哀之而不止，取果以與之而不止，許之以早市物而不止。於是其母滅燭，其父户下伏爲狐鳴，其口如窒。」此雖一時取喻，亦能悉世間愚夫婦驕養癡子之情狀矣。

梁一權貴讀誤本《蜀都賦》注解「蹲鴟，芋也」乃爲「羊」字。人饋羊肉，答書曰：「損惠蹲鴟。」唐馮光震入集賢院校《文選》，又注「蹲鴟」爲今之芋子，即是著毛蘿蔔。張九齡知蕭炅不學，故相調謔。一日送芋，書稱「蹲鴟」，蕭答曰：「損芋拜嘉，惟蹲鴟未至耳。然僕家多怪，亦不願此惡鳥也。」一出《顔氏家訓》，一出《譚賓録》，一出《諧謔録》，竝令人不堪捧腹。

晁無咎書《燈銘》云：「武子聚螢，孫生映雪。雪自易消，螢亦易滅。惟此銀缸，不疚其光。黄簾翠幕，永夕煌煌。經史在右，子集在左。如或不勤，負此燈火。」余寒夜讀書之際，每誦此文，肅然自警。

詩之妙在韻致，不必以理勝也。歐陽公與人行，令各作詩兩句，須犯徒以上罪者。一云：「持刀哄寡婦，下海刼人船。」一云：「月黑殺人夜，風高放火天。」公云：「酒粘衫袖重，花壓帽簷偏。」或問之，答曰：「當此時，徒以上罪亦做了。」一段巧妙出於意表。東坡云：「賦詩必此詩，定非知詩人。」

楊升庵曰：《漢書》虞詡云「公卿巽懦，容頭過身」，蓋以猫犬喻之。凡猫犬鑽穴，頭可容，身即過矣。按《梁書·高祖紀》，張弘策曰「徐孝嗣才非柱石，聽人穿鼻」，亦喻牛被人穿鼻而受制於人。

余性疎懶，加以羸瘦，正坐讀書，不久而倦。薛崗《天爵堂筆餘》云：「曹操有欹案可卧讀，楊盈川有卧讀書案，對書而睡者當仿之。」然其製不可考。一日仰卧牀上，好書數卷亂抽讀之。白香山詩云：「趁凉行繞竹，引睡卧觀書。」古人獲我心矣。陸放翁詩云：「體倦尚憑書引睡，心安不假酒攻愁。」翻用白意最妙。

沈明遠曰：「閉閤焚香，静對古人。凝神著書，澄懷觀道。或引接名勝，劇談妙理；或觴詠自娱，一斗徑醉；或儲思静睡，心與天遊。當是之時，須謝遺萬慮，勿令相干，雖明日有大榮大辱大禍大福，皆當置之一處，無令一眼睫許壞人佳思。習熟既久，静勝益常，群動自息，便是神仙以上人也。一世窮通付之有命，萬緣成敗處以無心。」余謂，達識之語意味極長，足以破邊幅，解束縛。區區如余者，宜寫一通以置座右。讀書會心之際，外物動壞人意，每覽此文，胸中快然。倪思《經鉏堂雜志》云：「讀義理書，學法帖字。澄心静坐，益友清談。小酌半醺，澆花種竹。聽琴翫鶴，焚香煎茶。登城觀山，寓意奕棋。雖有他樂，吾不易矣。」此語比諸明遠，綽有餘也。

俗謂互市馬曰博勞。初，余不詳其義，偶閲韻書，伯樂一作博勞。樂，魯刀反，音勞。乃知互市之際，能相馬者或稱之曰博勞。後訛爲互市之義，又至諸物交易總稱博勞，轉借失義甚矣。

方密之著《物理小識》，格物窮理，無復餘藴。其論海市，末段曰：「秦之阿房，楚之章華，魏之銅雀，陳之臨春、結綺，突兀淩雲者何限？運去代遷，蕩爲焦土浮埃，是亦蜃也。」波瀾汪汪，如長流水。余嘗題《蜃樓圖》云「海氣騰蒸物象幽，乍成城市半空浮。顧他全盛消沈跡，結綺臨春亦蜃樓」，本此。

浪華客中訪村上恒安家，適一伶人在，聽余聲曰：「卿一兩年前病虚損耶？腎氣未復，可慎調護。」余年十七八實患此症，聞之爲神。《靈樞經》云「内有五臟以應五音，外有六府以應六律」，伶人之技至哉。天王寺有樂部，伶人其一員也。

古人寄物以寓微意者多。《左傳》，士會「乃行，繞朝贈之以策」，杜預注：「策，馬撾。臨别授之馬撾，竝示己所策以展情。」《晋書》，姜維歸蜀失其母，魏人使其母手書呼維令反，竝送當歸以譬之。維報書曰：「良田百頃，不計一畝。但見遠志，無有當歸。」遠志、當歸〔一〕，竝藥名。《通鑑綱目》，盧循遺劉裕益智粽，裕報以續命湯，注：「益智子味辛温，主益氣安神。循以益智爲粽遺之，蓋言劉裕智氣窮也。續命湯，成藥名，治中風不省人事。裕以此藥報之，蓋言循不省事也。」又王國珍獻明鏡于蕭衍，衍斷金以報之，注：「鏡所以照物，獻鏡者欲衍照其心也。《易》『二人同心，其利斷金』，故衍取以爲報。」《魏書·奚康生傳》：「蕭衍直閤將軍徐玄明戍於郁州，殺其刺史張稷，以城内附。詔遣康生迎接，賜細御銀纒槊一張竝棗奈果，面敕曰：『果者果如朕心，棗者早遂朕意。』」《隋史》，李穆使子渾奉熨斗於楊堅曰：「願執威柄以慰安天下。」又以十三環金帶遺堅。十三環金帶者，天子之服也。《通鑑·唐紀》：「雲南王異牟尋遣使者三輩……各齎生金丹砂詣韋臯，金以示堅，丹砂以示赤心。」《明史·張嵿傳》：「寧王宸濠欲拓地廣其居，嵿執不可。大恚，遺人餽之。嵿發視之，則棗梨薑芥，蓋隱語也。」按棗梨薑芥，即「早離疆界」之意〔二〕。李長吉詩云：「密書題荳

〔一〕志：底本訛作「思」，據上文及《本草綱目·草一·遠志》改。

〔二〕離：底本訛作「理」。按《明史紀事本末》卷四十七：「嵿呼吉曰：『我知之矣。是欲我早離江西界也。』」據改。

蔻，隱語笑芙蓉。」按荳蔻一名相思子；芙蓉，蓮也，蓮與憐音同。《吴志·太史慈傳》注：《江表傳》，孫策以慈爲建昌都尉，并督諸將拒劉磐。曹公聞其名，遺慈書，以篋封之，發省無所道，而但貯當歸。此在姜維前。

五代有兩獨眼龍，歐《史》李克用一目眇，號獨眼龍。《五國故事》，延稟者，審知之養子。眇一目，亦謂之獨眼龍。北魏谷楷眇一目，而性甚嚴，時人號曰「瞎虎」。瞎虎，亦奇。

焦弱侯曰：「韋蘇州『澗底束荆薪，歸來煮白石』，讀者謂其寓言耳。按《晋書》，鮑靚爲南陽太守，嘗行部入海，遇風饑甚，取白石煮之以自濟。則實有其事矣。」余嘗讀《神仙傳》云：「白石先生常煮白石爲糧。」此寄全椒山中道士詩，故引白石先生事，以謂仙家之趣耳。焦説近迂。

《丹鉛録》云：「王維《老將行》『耻令越甲鳴吾君』，此舊本也。近刻爲不知者改作『吴軍』，蓋『越甲、吴軍』似是連對，不思前韻已有『詔書五道出將軍』。」五言古詩有用重韻，未聞七言有重韻。」《隨園詩話》：「曹子建《美女篇》押二難字，謝康樂《述祖德》詩押二人字，阮公《詠懷》押二歸字。以故杜甫《飲中八仙歌》，香山《渭村退居》，昌黎《寄孟郊》詩，皆沿襲之。」余謂《飲中八仙歌》船眠天前複韻，就中用三前字，此是少陵創意，自我作古。隨園引以爲證，未確。盧照鄰《長安古意》「別有豪華稱將相，轉日回天不相讓。意氣由來排灌夫，專權判不容蕭相」，用二相字。李白《粉圖山水歌》「洞庭瀟湘意邈綿，三江七澤情洄沿」，「東崖合沓蔽輕霧，深林雜樹空芊綿」，用二棉字。《盧山謡》「影落明湖青黛光，金闕前開二峰長」，「翠影紅霞映朝日，鳥飛不到吴天長」，用二長字。杜甫《冬狩行》「夜發猛士三千人，清晨合圍步驟同」，「春蒐冬狩侯得同，使君五馬一馬驄」，用二同字。白居易《琵琶行》「别有幽愁暗恨生，此時無聲勝有聲」，「潯陽地僻無音樂，終歲不聞絲竹聲」，用二聲字。《長恨歌》「侍兒扶起嬌無力，始是新承恩澤時」，「春風桃李花開夜，秋雨梧桐葉落時」，「七月七日長生殿，夜半無人私語時」，用三時字。盧仝《有所思》「心斷絶，幾千里，夢中醉卧巫山雲。美人兮美人兮，不知爲暮雨兮爲行雲」，用二雲字。王翰《古長城吟》「麒麟殿前拜天子，走馬爲君兩擊胡」，「秦王築城何太愚，天實亡秦非北胡」，用二胡字。此餘複韻，不可勝數。升庵曰「未聞七言有重韻」，亦失考。

顔之推曰：「治點子弟文章，以爲聲價，太弊事也。一則不可常繼，終露其情；二則學者有凴，益不精厲。」余於此言深有感焉。凹巷先生好稱故人門生詩，見其所不妥貼，輒必苦思改之，如吾詩然，甚至全篇塗抹不存一字，故吾社詩斐然可觀，而亦不免有此二弊也，余戲同窗曰：「僕輩庸劣終無所成，先吾師而死者，反不露拙。古人所謂不幸之幸也。」呆翁《竹譜》、霞亭《涉筆》、嵯峨《樵歌》，皆經先生筆削。霞亭後在備後，著《三原三歸省游囊》，如出於别人之手。

凹巷先生《登賤岳》詩云：「賤岳登臨吊古還，江雲越樹戰争閑。七槍競鋭人如夢，電影時過夜雨山。」一時膾炙人口。有一鴻儒，以《茶山鍾馗詩》《五山早發遠州作》，爲天下三絶，改其起承云「暗谷悲風吊古還，江雲越樹戰争間」。如余淺才，不知孰優。然詩話之弊多失于鑿，古人亦所不免也。周紫芝《竹坡詩話》云：「柳子厚别弟宗一詩『欲知此後相思夢，長在荆門郢樹煙』，煙字只當用邊字，蓋前有江邊故耳，不然當改云『欲知此後相思處，望斷荆門郢樹煙』，如此卻是穩當。」可謂癡人説夢矣。「賤岳七槍」前有「蟹江七槍」，然人稱彼而不稱此，一顯一晦，各有其數。

徐陵詩「相看不得語，密意眼中來」，盧思道詩「深情出艷語，密意滿横眸」，二詩一意，横眸最艷，而不如徐詩之含蓄無限。然亦有據，劉孝綽《詠眼》詩「欲知密中意，浮光逐笑迴」。

《晋書·習鑿齒傳》：苻堅陷襄陽，素聞鑿齒名，與釋道安俱輿而至，以其有蹇疾，云：「昔晋氏平吴利在二陸，今破漢南，獲士才一人半耳。」唐施肩吾與崔嘏同年不睦，嘏舊失一目，以珠代之。施嘲之曰：「二十九人及第，五十七眼看花。」元和十五年也。排調相類，可發一笑。《金史》，王競轉河内令，夏秋之交，沁水泛溢，歲發民築堤，豪民猾吏因縁爲姦。競覈實之，減費幾半。縣民爲之語曰：「西山至河岸，縣官兩人半。」蓋以前政韓希甫與競相繼治縣，皆有幹能，絳州正平令張元亦有治績〔一〕，而差不及，故云然。

余多年所作詩凡千餘首，驢鳴狗吠，聒耳而已。然經吾師潤色者，一二可觀焉。嘗求一胡蘆，投草稿其中，凹巷先生題云：「舊詩删稿探猶在，零紙隨塵恨未焚。」近余檢之，半爲烏有，令人悵然自失。因謂自今以往，每得一篇，輒手録之。而病中詩思益苦，不可多作。

《周易》一書，玄妙不測，孔子曰：「加我數年，五十以學《易》，可以無大過矣。」《孟子》七篇多引《詩》《書》斷之，獨不及《易》。所謂「神而明之，存乎其人」，非言説之所能盡也。管公明曰「善《易》

〔一〕令：底本脱，據《金史》卷一百二十五補。

者不論《易》」，今人饒舌談《易》，何其容易也。《容齋隨筆》云：「夏曰《連山》，以艮爲首。商曰《歸藏》，以坤爲首。周曰《周易》，以乾爲首。乾，天也。周匝四時，故曰《周易》，非周公之周也。」初余讀之以爲確説。然據孔穎達《正義》，則亦不可信也。

毛西河曰：夫子三十五即游仕齊魯間，五十而爲中都宰。未至五十，則游仕之餘，猶思學《易》。所謂《易》則無時不學者，蓋思借此入官之年，爲窮經之年，故曰假、曰借、曰五十。此鑿鑿不可易者。古者五十以後不復親學，故養老之禮以五十始，故曰「四十五十而無聞焉，斯亦不足畏也」。先仲兄曰：「魯魚亥豕，必其字形相類者，故曰形近致誤。卒與五十，不近也。」案《説文》，五者，互也，從二從乂，謂陰陽交互於二大間也。卒者，隸人給事名也。古以染衣題識，故從衣從十，謂衣飾有異色也則識。以今文觀之，「五」字與「衣」字相近乎否乎？即因而觀古文，𠄡與仌相近乎否乎？毋亦宋後陋儒習見。草書有草卆字者，以卒字合九十爲文，九字近五，故以云。

《梁書·朱齡石傳》「軍人緣河南岸牽百丈，有漂度北岸者」。《演繁露》：「劈竹爲辮，以索連貫爲牽具，名百丈。」杜甫詩「百丈誰家上瀨船」，又云「銅瓶未失水，百丈有哀音〔一〕」，此借以名汲水之綆。鮑照詩「百丈不及泉」即此。木華《海賦》「候勁風揭百尺，維長綃挂帆席」，李善注：「百尺，帆檣也。」是百尺亦可入詩，未見用之者。

〔一〕音：底本訛作「韻」，據《杜詩詳註》卷八改。

近時桑門以詩鳴者，余聞三人，曰道光，曰月航，曰萬空。嘗于韓氏櫻葉館觀其詩各數首，不唯無酸餡氣，句句精錬深入文字。東坡贈惠通詩云「語帶煙霞從古少，氣含蔬筍到公無」，余於三人亦云。近得月航《萬歲樂》詩，不勝欣賞，附載於此。詩云：「大和村伶入京師，烏帽青袍賀新禧。擊鼓家奏萬歲樂，此曲亦可答清時。君不見二百年前事戰争，群雄割據互敗興。擊鼓動地血漂杵，此時誰聽萬歲聲。又不見如今正遇治平世，文物聲名被四裔。只願今政無變更，四海相安樂萬歲。國學鄉庠開化元，養老恤孤民歸敦。汝曹安樂是誰力，一飯無忘國王恩。」

《隋唐嘉話》，煬帝善屬文，而不欲人出其右，司隸薛道衡由是得罪，後因事誅之，曰：「更能作『空梁落燕泥』否？」又帝爲《燕歌行》，文士皆和，著作郎王胄獨不下帝，帝每銜之，胄竟坐此見害。而誦其警句曰：「『庭草無人隨意緑』，復能作此語耶？」按空梁燕泥，《隋史》亦載之。何帝忌人才之多？雖微驕淫，其斯足以取亡矣。《北史》，庾自直爲隋煬帝改詩，許其詆訶，帝必削改至於再三，俟其稱善而後已。由此觀之，亦似不必忌人才。

凹巷先生《觀九枝松記》云：「九枝松在五鈴川之南，凡十有八里而近。始度溪矼，水淺深皆可鑑，新樹淡翠如染。此間鰒岩鏡石，余往年歷涉。距鏡石七八里有三大石，下臨潭水，對岸山木清美，蓋尤可憩之佳處，余恨來遊之晚也。又七八里，觀所謂九枝松，其圍徑一丈八尺，高可五丈。但本幹至九尺許，支分爲九，其中央一枝竪直，八枝圍之，宛如九燭之在盤，故俗名燈臺松。今曰九枝，自余輩始。既徘徊松下，重山複水，鹿竄蛇潛，石鴨之聲與谷相應，人跡杳絶。是遊，余朝與西維祺詣薩雲、義隆二禪師俱發，期餘子於中路。尋及者春松、洞田、柳坡，又有不至者，獨山伯頎取野徑先行，俟余輩不至，謂已後期，遂獨游究勝。余輩回步數里，有從後呼余名者，聲出叢薄，顧則伯頎也。喜甚，乃相與歸，時已夕陽，景物閑麗，采野蕨盈把，仰看歸鳥，竊悵然感往事之不回，今遊之難繼也。丁卯晚春廿四日記。」時余年十七，未解古詩之法，途上漫賦五古一篇，誤蒙先生過賞，古人所謂强作解事語者，詩云：「獨登朝暾山，適見溪上松。高標數百尺，堅心幾十冬。蒼如清雨洗，鬱若翠嵐重。初驚老龍鱗，斑斑苔痕封。仰看氣象雄，俯疑神秀鍾。暮風吹密葉，絶壁靈籟空。孤鶴巢猶在，閑雲去無蹤。予亦恣幽抱，積翠衣上濃。松子何所處，采苓永此從。」是遊，余與諸公參差山中，饑甚。適逢燒炭夫，隨到其廬，同居數人，皆無賴之徒也。然喜余到，供飯勸酒，陶然一飽，頗似仙境。此地南距九枝松二十町許，簷外有細流，蓋五鈴川源云。

陳子昂詩云：「聖人不利己，憂濟在元元。黄屋非堯意，瑶臺安可論。吾聞西方化，清浄道彌敦。奈何窮金玉，彫刻以爲尊。雲構山林盡，瑶圖珠翠煩。鬼功尚未可，人力安能存。誇愚適增累，矜智道逾昏。」子昂仕武后朝，佛教方盛，此首《感遇》三十八章之一，議論正大，維持風化。黄面老子亦當首肯。

雍陶詩「處處春風枳殼花」，枳本單名，橘類，醫家用其實皮，名曰枳殼。此句於理不通。温庭筠詩「枳花明驛墻」，真得名物之義。然枳殼花反似通稱。《西京賦》「揩枳落，突棘藩」，李善注：「落亦籬也。」按此邦俗所云枳殼籬也。張潮詩「蓮子花開猶未還」，此非子實之子，亭子笠子皆助語辭。王漁洋有「開遍空山白芨花」之句，白芨即紫苑根名。邦人用此種字面，無不嗤笑，是亦不知詩中消息故也。

曹操呼孫策爲「猘兒」，關羽罵孫權使爲「狢子」，猘兒、狢子，可以爲對。《魏書·司馬叡傳》：「中原冠帶呼江東之人皆爲『狢子』。」

《梁書·張率傳》，率在新安，遣家僮載米三千石還吴宅，既至，遂耗大半。率問其故，答曰：「雀鼠耗也。」率笑曰：「壯哉雀鼠。」竟不研問。《五代史·王章傳》，往時民租一碩輸二升，爲雀鼠耗。蓋祖於此。

人才天分不可學而長，余十年讀書，不下千卷，當作文下筆之際，反思平生所讀，茫然不湊，畢竟屬無用。劉子玄曰：「夫有學無才，猶愚賈操金不能貨殖。」蓋不才如余者之謂也。

枚乘《七發》云：「皓齒蛾眉，命曰伐性之斧；甘脆肥醲〔一〕，命曰腐腸之藥。」余多病，常稱之。鄭雲叟詩云：「翠蛾紅粉嬋娟劍，殺盡世人人不知。」最是激切，令人竦然。又有謂酒爲伐性之斧者，郭璞別傳，璞時有醉飽之失，友人于令升戒之曰：「此伐性之斧也。」

攝州湊川楠公碑陰，舜水朱先生文，叙事簡約，而楠公忠勳、中興成敗，一筆能振收之。余嘗觀其墨拓，楷法勁潤，頗有顔柳之風。當今昇平二百餘年，海内立碑不少，余特推此爲第一。近來

〔一〕醲：底本訛作「釀」，據《文選》卷三四改。

寺僧護此碑，扃鑰禁人拓去，故世罕傳也。按《年山紀聞》，西山公命佐佐宗淳，建楠公碑於攝州湊川，買其旁近之田，屬諸廣嚴寺，以修冥福，自書「嗚呼忠臣楠子之墓」，碑陰刻舜水先生文，末有「故河攝泉三州守贈正三位近衛中將楠公贊，明徵士舜水朱之瑜字魯璵之所撰，勒代碑文以垂不朽」四十字〔一〕，乃西山公書也。或謂此碑祖唐玄宗題張説父碑，云「嗚呼積善之墓」。玄宗亦有所本，吾丘衍《學古編》，延陵季子十字碑在鎮江，人謂孔子書，文曰「嗚呼有吴延陵君子之墓」。按古法帖，止云「於乎有吴君子」而已，篆法敦古，似乎可信。今此碑妄增「延陵之墓」四字，除之外三字是漢人方篆，不與前六字合，借夫子以欺後人，罪莫大于此。余謂西山公以「嗚呼」二字冠之，所以慨當世振名教，不徒效彼嘆美也。朱子書蔡西山墓碣云「嗚呼有宋蔡季通父之墓」，亦效延陵十字碑也。

劉昌詩《蘆蒲筆記》，京口有十字碑，世傳爲孔子書，曰「嗚呼有吴延陵季子之墓」，而「季」字作「㽞」。予考篆文皆無之，得曾皎元豐中編《潤州類集》，乃曰「君子之墓」。後湖居士李仲殊《題季子廟》詩亦曰「溪邊君子墓，始悟爲君子」，非「季子」也。六一先生謂古以竹簡書，今字闊盈尺，必非孔子作。然古法帖有魯司寇仲尼書，僅存十有二字，内有「有吴君子之」五字，與碑字畫如一，或者後人衍此題墓上。要知夫子蓋嘗爲是書爾。

〔一〕四十：底本作「四十三」，眉批有「三之字衍」，據刪。

張長史學吴畫不成，而爲草書；顔魯公學張草不成，而爲真書。各開一家，傳於後世。學問之法亦然，不必攻吾所短也。

七律第二句，有用通韻者，杜詩「不見旻公三十年，封書寄與淚潺湲」，以下皆押「先」韻。

「老子」有二義。《後漢書》，韓康曰：「此自老子與之。」是以老子爲自稱。陳簡齋詩「從今老子都無事」，是亦自稱也。《老學庵筆記》：「余在南鄭，見西陲俚俗謂父曰老子。雖年十七八，有子亦稱老子。乃悟西人所謂大范老子，蓋尊之以爲父也。」

歐陽公《豐樂亭遊春》三首，其一云：「春雲淡淡日輝輝，草惹行襟絮拂衣。行到亭西逢太守，籃輿酩酊插花歸。」風流温藉，令人敬羡。又《簡梅聖俞》詩云「樓臺碧瓦輝雲日，蓮芰清香帶水風」，對仗精密，出乎自然。

理氣之説古今紛然。王陽明曰：「理者氣之條理，氣者理之運用。」直截痛快，不待多辯。

司馬温公曰：「修萬物之體用，莫過於字；包衆字之形聲，莫過於韻。故讀書須識字，作詩須辨韻。」晁景迂曰：「吾晚年日課識十五字，凡爲文者宜略識字。」楊誠齋曰：「無事好看韻書。」《輟耕録》：「凡男女締親者，兩家相謂曰『親家』。」此二字見《唐・蕭嵩傳》，邦俗所稱「親類」即此。

余七八歲時，社師授童子句讀者，除四書五經之外，必讀《古文真寶》《唐詩選》，余亦暗誦，及長頗覺有益。今則師弟皆束高閣，或辯《唐詩》非李于鱗選，且如《古文》稱爲魯莽。習尚之移，可慨嘆乎。

唐有租庸調、食邑、食實封之制，兹爲幼學舉之。《演繁露》：「唐制，取民者爲租庸調三色。其曰庸者，一歲而用人力止於二十日。役不及二十日，則輸絹三尺，是名爲庸。若有事而加役二十五日者，免其調，調謂輸絹銀之屬也。」左暄《三餘偶筆》，唐代諸臣封邑，其見於碑刻，有云食邑者，有云食實封者。大抵食邑者多，而食實封者少。又有食邑而兼食實封者，既云食邑，而又云食實封，何也？按《唐書·百官志》：「凡户三丁以上爲率，歲租三之一入於朝廷。食實封者，得真户，分食諸州。」實封之不同于食邑，其區别如此。《唐書·食貨志》，租庸調之法，以人丁爲本，人授田十畝，歲輸粟二斛，謂之租丁。

《隨園隨筆》，漢予告、賜告有别。予告者，許歸家，三公予告令也。賜告者，不得歸家，病滿三月賜告，恩也。大抵賜告如病假之類。又有令敕格式之分：禁於未然之謂令；施於已然之謂敕；設於此而使彼至之之謂格；設於此而使彼效之之謂式。

五代康澄上疏曰：「爲國家者，有不足懼者五，深可畏者六。三辰失行不足懼，天象變見不足懼，小人訛言不足懼，山崩川竭不足懼，水旱蟲蝗不足懼也。賢士藏匿深可畏，四民遷業深可畏，上下相狥深可畏，廉耻道消深可畏，毁譽亂真深可畏，直言不聞深可畏也。」按三辰失行、天象變見、小人訛言、山崩川竭、水旱蟲蝗，是皆人主所可懼者，而其謂不足懼，則歸重下文深可畏者之上，欲令人主竦聽也。王安石曰：「天變不足畏，祖宗不足法，人言不足恤。」此祖澄語，以逞一己執拗耳。

劉更生上書曰：「昔孔子與顔淵、子貢更相稱舉，不爲朋黨；禹稷與皋陶傳相汲引，不爲比周。何則？忠於爲國無邪心也。」歐陽公《朋黨論》反用此意。

王質觀棋柯爛，或作聽琴，一人二事，要之皆出假託。《水經注》：「晋中朝時，有民王質伐木至石室中，見童子四人彈琴而歌，質倚柯聽之。童子以一物如棗核與質，質含之不饑。俄頃童子曰：『其歸。』承聲而去，斧柯㴺然爛盡。既歸，質去家已數十年，親情凋落，無復向時比矣。」周處斬蛟，又有鄧遐，同書云：「沔水中常苦蛟害。襄陽太守鄧遐，負其氣果，拔劍入水。蛟繞其足，遐揮劍斬蛟，流血丹水。自後患除，無復蛟難矣。」

今世士人，或愧厥祖之所出草莽寒微，世系附會某源某平，所謂遥遥華胄，真可笑之甚也。按《氏族博考》云：「狄青爲樞密使，有狄梁公之後，持梁公畫像及告身十餘通，詣青獻之，以謂青之遠祖。青謝之曰：『一時遭際，安敢自附梁公？』厚贈而還之。比之郭崇韜哭子儀之墓，所得多矣。」《五代史・郭崇韜傳》：「豆盧革等以其姓郭，因爲子儀之後，崇韜遂以爲然。其伐蜀也，過子儀墓，下馬號慟而去。聞者頗以爲笑。」

謝莊五子：颺、朏、顥、嵸、瀹。世謂莊名子以「風月景山水」。此亦一好事也。

江户中野觚哉，嘗送河崎良佐南歸，遂與偕來從吾社遊。性嗜古書畫，善鑒定，能證諸名家姓字、鄉貫及没日、葬地，叩之響答。又有墓癖，終日尋碑剥蘚，偶得一逸事，如獲至寶，將編緝成書以垂後世。蓋謂名公巨匠之顯然乎世，則何必待我？其一生盡心思而名或湮没者，是宜昭揭以傳之。觚哉今在江户，數寄書諸友，其中有云：「近來都下古碑，香火絶者，石工乞僧求之，磨礱再用，可爲慨嘆。」隋秦王俊卒，僚佐請立碑，文帝曰：「欲求名，一卷史書足矣，何用碑爲？若子孫不能保家，徒與人作鎮石耳。」真千古格言也。張籍詩「千金立碑高百尺，終作他人柱下石」，亦祖此語。

《五代史·吕琦傳》：「琦言：『方今之勢，不如與契丹通和如漢故事，歲給金帛，妻之以女。使彊藩大鎮〔一〕，顧外無所援引，可弭其亂心。』廢帝以琦語問樞密直學士薛文遇，文遇大以爲非，因誦戎昱『社稷依明主，安危託婦人』之詩，以誚琦等。」廢帝大怒，其議遂寢。按昱《詠史》云：「漢家青史上，計拙是和親。社稷依明主，安危託婦人。豈能將玉貌，便擬静胡塵。地下千年骨，誰爲輔佐臣。」《雲溪友議》云：「唐憲宗朝，以北狄頻侵邊境，大臣奏議：『古者和親有五利，而無千金之費。』帝曰：『朕記《詠史》一篇，此人若在，與朗州刺史。』其詩『漢家云云』。帝笑曰：『魏絳之功何其懦也。』大臣公卿遂息和戎之論。」余謂和親固可鄙，而亦不可全廢也，戎昱此詩，君以壓臣，臣以激君，一事出一轍。然晋招契丹之禍，由此啓之，可謂一言亡國矣。

余病問講唐詩，不惟逐句分晰，人物、地理、職官之類，博證諸書，反覆説之，秖令聽者神倦，厭

〔一〕使：底本訛作「便」，據《新五代史》五十六改。

吾喋喋。於是余説一篇大意而已，餘竢疑問，聽者便之。昔樊文深每解書，多引漢魏以來諸家義而説之，故後生聽其言者，不能曉悟，皆背而議之曰：「樊生讀書，多門户不可解。」古人亦有是弊，講書之法可深思矣。

韓翁自號迂齋，一曰迂叟，蓋取司馬公《獨樂園記》。然白香山詩「初時被目爲迂叟，近日蒙呼作隱人」，又云「自哂此迂叟，小迂老更迂」，則迂叟之號，不獨温公也。

東坡詩「只遣三千履，來遊十二峰」，《史記》「春申君客三千人，其上客皆躡珠履」，按三千人當言「六千履」。猶田村謡云「一發千矢」，蓋千手觀世音，一發五百矢也。

王荆公《遊褒禪山記》：「褒禪山亦謂之華山，唐浮圖慧褒始舍於其址，而卒葬之，以故其後名之曰『褒禪』。今所謂慧空禪院者，褒之廬塚也。距其院東五里所謂華山洞者，以其乃華山之陽名之也。」「其乃」二字，直指上文褒禪山亦謂之華山，以釋其非太華山也。邦人文章决不能用此等助字，在彼土則常套。

祠前有神門，俗云「鳥居」，詞人借用「華表」。華表圖出《三才圖會》，其製甚異。何平叔《景福殿賦》「故其華表則鎬鎬鑠鑠，赫奕章灼，若日月之麗天也」，李善注：「華表，謂華飾屋外之表也。」此是别義。

賴山陽詩「遠帆如坐近帆行」，余謂「坐」字不穩，析用行住二字，改「住」爲可。或引杜詩「春水舟如天上坐」爲證，是坐字屬人不屬舟，「老年花作霧中看」，看亦屬人。讀詩不精，成此附會，可笑。

《醫學要則》：「雁來瘋，此症緣脾經有濕，肺感風邪，風濕搏結而成。然肺主皮毛，脾主四肢，故每至八月秋風蕭索之時，則手足乾燥，乖癩麻痒，形似蝕癬，或頑厚如牛領之皮，麻痺不仁。破則血水頻流，時常疼痛。久則遊溢周身，潰爛而莫能救矣。」邦俗所謂雁瘡，輕重雖異，其症頗同。牛山翁治此症用雁來紅，余亦試之，頗有功。

少年輕俊之徒，風流自喜，忘吾本分，專心詩章，以要虛譽，四書五經舍而不講。衆人稱曰才子，彼亦以才自任。年及四五十，區區碌碌，學無所成，蒼顔白首，奔走衣食之間，觀其所爲，不過墦間祭者也。噫！

細紙條塗胡粉，長尺餘，每條略其中央，半紅半白，或用金銀箔。凡贈遺物用此縛結，俗稱水引。按索麵一名水引，蓋以其狀肖，故名。

辛卯夏秋之際，三十日餘無雨，夕燒如火，初更漸減，東南海氣蒼茫，月色隱如碧銅。劉禹錫詩「孤輪徐轉光不定，游氣濛濛隔寒鏡」，寫得巧妙。中元後一日記。

十五夜稱月半夜，劉孝綽有《月半夜泊鵲尾》詩云：「客行三五夜〔一〕，息棹隱中洲。月光隨浪動，山影逐波流。」

〔一〕夜：底本訛作「行」，據《漢魏六朝百三家集》九十六改。

楊敬仲曰：「仕宦以孤寒爲安身，讀書以饑餓爲進退，居家以無事爲平安，朋友以相見踈爲久要。」余味此言，稍入蔗境。褚遂良曰：「朋友深交者易怨，父子滯愛者多愆。」今世士人最有是弊。

近時句讀師學問淺薄，不過「都都平丈我」，而自公然不愧，以師自任，弟子亦仰爲一先生，鄙諺所謂「一盲引衆盲」者。《委巷叢談》云：「曹元寵《題村學圖》云：『此老方捫虱，衆雛爭附火。想當訓誨間，都都平丈我。』語雖調笑，而曲盡社師之狀。杭諺云，社師談《論語》，『郁郁乎文哉』訛爲『都都平丈我』，委巷之童習而不悟。一日宿儒到社中，爲正其訛，學童皆駭散。時人爲之語云：『都都平丈我，學生滿堂坐。郁郁乎文哉，學生都不來。』曹詩本此。」按《宋書》，王彧子絢，六歲讀《論語》「郁郁乎文哉」，外祖何尚之戲曰：「可改耶耶乎文哉。」以郁乃其父嫌名也。其訛聖言，無識之至，如改聖經，何非禮之甚也。方巨山詩「村夫子挾兔園册，教得黄鸝解讀書。能記蒙求中一句，百般嬌姹可憐渠」，注：「蓋俗以其聲爲『吕望非熊』。」《隨園詩話》或戲村學究云：「漆黑茅柴屋半間，猪窩牛圈浴鍋連。牧童八九縱横坐，天地玄黄喊一年。」二詩能極其趣。

崔瑗善章草，王隱謂之「草賢」，此在「草聖」之前。「書聖」二字見《梁書·王志傳》。《宛委餘編》：「沛國劉顯偏精《班漢》，時人目之爲『漢聖』。杜預研精《左傳》，時人目之爲『左氏癖』。同一癖也，一以稱聖，一以稱癖。」

高廷禮曰：登慈恩塔詩，杜甫云「高標跨蒼穹，烈風無時休。俯視但一氣，焉能辨皇州」，高適云「秋風昨夜至，秦塞多清曠。千里何蒼蒼，五陵鬱相望」，岑參云「秋色從西來，蒼然滿關中。五陵北原上，萬古青濛濛」，是皆雄渾悲壯，足以淩跨百代。按陶淵明詩「濛濛百尺樓，分明望四荒。山河滿目中，平原獨茫茫」，自余觀諸公詩，不出其範圍中，但氣力過之耳。謝玄暉詩「寒城一以眺，平楚正蒼蒼〔一〕」，不甚讓陶。

王荆公《圍棋》詩云：「莫將戲事擾真情，且可隨緣道我贏。戰罷兩奩收黑白，一枰何處有虧成。」僅僅二十八字，與韋曜《博奕論》足以警世之惑木野狐者矣。

劉後村詩云：「馬上功名成畫餅，林間身世似持棋。」《棋經》：「無勝敗曰持。人唯知持不知芇。」芇亦持之謂也。《通玄集》：「圍棋，兩無勝敗曰芇。」《説文》相當也，綿、免二音。按《左傳》，鄭子羽謂子皮曰：「子與子家持之。」杜注：「持之，言無所取與。」此《棋經》所本。

余病來善忘，因製小牌，黄漆塗之，名曰記事牌。常置几案間，逐條輒書，事畢復拭，每日如此。蓋水牌之類也。

宋儒以詩爲閑言語，「閑言語」三字，唐人既用之。張祐《讀老莊》詩云：「等閒緝綴閑言語，誇向時人喚作詩。昨日偶拈莊老讀，萬尋山上一毫釐。」

余同學之徒少年輕俊，或誤陷野狐窟，多喪宿志，交際狎褻，一日呼某曰「牛糞」，某亦甘受之。陶穀《清異録》：「陳喬、張佖之子，秋晚竝遊玄武湖。群鷗遊汎，佖子曰：『一輪活水瀟湘浦。』喬子

〔一〕蒼蒼：各本均作「蒼然」。

俄顧吏卒曰：『此白色水禽可作脯否？』」人謂佖子半莖鳳毛，喬男一堆牛糞。」鄙語亦有典故，可笑。姓有牛糞氏，出《紫芝園漫筆》。遼皇族西郡王名驢糞，金宣宗時濮王傅名猪糞，二事極奇。又有猪王、驢王出《宋書》。

王伯厚曰：「杜詩『初月出不高，衆星尚争光』，謂肅宗初立盜賊未息也。」按曹子建《贈徐幹》詩「圓景光未滿，衆星粲以繁」〔一〕，張銑注：「圓景，月也，喻道不明也。衆星，喻群小邪人也。」杜句祖此，「尚」字著眼。

隋文帝江南之役，命大作戰艦，船人請密之，帝曰：「吾將顯行天誅，何密之有？使投柿於江，若彼能改，吾又何求？」按王濬令何攀造舟艦器仗，時作船，木柿蔽江而下，吴建平太守吾彦，取流柿以白吴主曰：「晋必有攻吴之計，宜增建平兵，以塞其衝要。」故船人畏如吾彦者復取流柿，以諫陳主爲之計，請密之也。文帝此語似真王者，而固知彼無能爲發之耳。

梁鍠《詠木老人》詩云：「刻木牽絲作老翁，鷄皮鶴髮與真同。須臾弄罷寂無事，還似人間一夢中。」詞盡而意不窮，勢利赫赫者多是不能讀，讀亦不能解。苟讀而解之，感其何如？全唐詩題作《傀儡吟》，一作磊子人引。《明皇雜録》云：「李輔國矯制遷明皇西宫，戚戚不樂，日一蔬食，嘗詠此詩。或云明皇所作。」開天五十年富貴，一旦變遷，猶傀儡戲弄寂然觀止，謂爲明皇之作，亦似不

〔一〕幹：底本訛作「翰」，據《文選》二十四改。

虛。洪容齋曰：「士之處世，視富貴利禄，當如優伶之爲參軍，方其據几正坐，噫嗚訶箠，群優拱而聽命，戲罷則亦已矣。」

俗稱善熟人情世態、渾然無圭角者曰「通人」。少年才子欽之，與世浮沉，士氣不振，多爲蘇摸稜之徒。夫士以有忠慨之志爲要，或臨事感激，不能無圭角，所謂通人者，非吾所好也。唐員半千，本名餘慶，師學士王義方，義方嘉重之，嘗語之曰：「五百年一賢者生，足下當之矣。」因改名半千。《金史·雷淵傳》：「淵彈劾不避貴戚，出巡郡邑，所至有威譽，奸豪不法者立箠殺之，至蔡州杖殺五百人，時號曰雷半千。」蓋其命名同，而其爲人天壤不啻。又明有龔賢字半千，上元人。

折臂三公，人皆所知，又有折臂太守。《梁書》，劉之遴字思貞，初在荆府，嘗寄居南郡廨，忽夢前太守袁彖謂曰：「卿後當爲折臂太守，即居此中。」之遴後果損臂，遂臨此郡。

《宋書·天竺迦毗黎國傳》：「沙門惠琳嘗著《均善論》，其詞曰：『有白學先生，以爲中國聖人，經綸百世，其德弘矣。有黑學先生陋之。」按白謂儒，黑謂佛。

陳勝曰「王侯相將寧有種乎」，豪放不羈；東坡曰「江山風月本無常主，閑者便是主人」，逍遥自適。

詩有一氣呵成，又有年鍛月鍊，然不以遲速爲之妍媸。但思澀而難得，當借他物助之，神氣一旺，斐然成章。桓玄作詩，或時思不來，輒作鼓吹，既而思得云「鳴鵠響長阜」，嘆曰：「鼓吹固自來人思。」李翰文雖宏暢，而思甚苦澀，晚居陽翟，常從邑伶皇甫曾求音樂，思涸則奏樂，神逸則綴文。

不唯詩文爲然，書畫亦有之。張旭自言：「始見公主擔夫争道，又聞鼓吹而得筆法。觀倡公孫舞劍器，得其神。」裴旻嘗請吴道玄畫天宫寺壁，道玄曰：「聞將軍善劍舞，願作氣以助揮毫。」旻欣然爲舞一曲，道玄看畢，奮筆立成，若有神助。《西京雜記》：枚皋文章捷疾，長卿製作淹遲，皆一時之譽。長卿首尾温麗，枚皋時有累句。故知疾行無善迹矣。

徐幼文詩：「柳短短，春江滿。蘭渚雪融香，東風釀春暖。山長水更遥，浩蕩木蘭橈。蘭橈向何處，送君南昌去。離愁落日煙中樹。」結用七言單句，餘情無限。余欲擬之，遂不能也。又《送張景則歸天台》詩：「浙江東去有名山，路遠天台雁宕間。我未得遊空悵望，是君鄉里喜君還。」句句自在，如聽情話。

孫蕡《發忠州》詩：「摇船夜半發忠州，漩深浪緊船欲立。」余嘗到志州南島，海上東風暴起，舟首仰乘逆浪，殆有欲立之勢。古人造語務去腐套，讀者非歷實境，則不能知其妙也。

古今閨秀，有文才者往往失節，末路浮沉，不如無學之女。翁志琦答女口號云：「左家嬌女稟夙慧，把卷問耶欲學吟。耶窮正緣苦吟誤，爾何學吟費苦心。不聞郝鍾禮法重大義，婦德何嘗在識字？」

陌頭盲女無愁恨，猶抱琵琶説趙家。此南宋人詩，失其姓名。

徂徠先生推服李于鱗，唱復古學，海内文章爲之一變，其爲人亦相類。錢謙益曰：「于鱗舉進士，候選里居，發憤讀書，刺深鈎擿，務取人所置不解，摭拾以爲資。而其嬌悍勁鷙之材，足以濟之。高自誇許，詩自天寶以下、文自西京以下，誓不污吾毫素也。」嬌悍勁鷙四字，亦可以稱先生也。

《徂徠集》有《孔子贊》云「日本夷人物茂卿」，或譏其不得國體。按紂有億兆夷人，夷人猶平人也。《書》孔傳「平人，凡人也」。此翁虛喝，駭人耳目，可以見其一斑也。

助語於文關係極大，虛字亦不可忽。孟子曰「牛羊茁壯長而已矣」古文蒼勁，韓文公曰「牛羊遂而已矣」簡而能古，王臨川曰「牛半蕃而已矣」已離古色。《史記·留侯世家》「谷城山下之黄石即我矣」，《漢書》作「已」，《列仙全傳》作「也」。子長最妙，孟堅次之，然亦奇也。如《列仙全傳》則不襲舊套耳。洪文科《語窺今古》論圯上老人事，其説確實，益覺矣字之妙，其文云：「圯上老人，古今異人也。世云黄石是其後身，誤矣。當時命子房，取履橋下，已知孺子可教，但惜其悻悻一擊，客氣未消，故抑授書，而爲王者師焉。曰『十三年見黄石，即我』，乃仙去託言，豈真也耶？獨知十三年後從高祖過穀城山下，爲奇耳。子房取黄石而葆祠，是無忘本師之誼，亦豈以黄石爲真老人也？」

費衮《梁溪漫志》：「韓退之《祭十二郎文》，一篇大率皆用助語，其最妙處自『其信然邪』以下，至『幾何不從汝而死也』一段，僅三十句，凡句尾連用『邪』字者三，連用『乎』字者三，連用『也』字者七，幾於句句用助辭矣。而反覆出没，如怒濤驚湍變化不測，非妙于文章者，安能及此？後歐陽公作《醉翁亭記》繼之，又特盡紆餘不迫之態。」余謂《醉翁亭記》自首至尾多用「也」字，此體蓋出於《周易·雜卦》一篇。

蘇威嘗言於隋主曰：「臣先人每戒臣云：『唯讀《孝經》一卷，足以立身治國，何用多爲？』」趙普再相，人言普山東人，所讀者止《論語》。太宗嘗問普，普對曰：「臣平生所知，誠不出此。昔以其半輔太祖，今欲以其半輔陛下致太平。」是皆萬世不易之言也。然不遍讀天下書，亦不能通天下事。孔子曰「博學而約取之」，讀書之法以此爲最。唐伯虎詩：「宋朝受命政維新，魏國稱爲社稷臣。空使終年讀論語，如何不做託孤人。」千古公論，普有慚色。

隋煬帝勞楊素曰：「古人有言曰『疾風知勁草，世亂有誠臣』，公得之矣。」唐太宗賜蕭瑀詩曰「疾風知勁草，版蕩識誠臣」，此改「世亂有」三字耳，然其君臣美惡，相去邈如霄壤。《藝林伐山》云：「『疾風知勁草，嚴霜識貞木』，晉顧凱之詩也。」

王仲宣《登樓賦》，古今詩中用之不少，或謂「登閣」亦可。《魏書》，李騫曾爲《釋情賦》曰：「含毫有思，斐然成賦。猶潘生之《秋興》，王子之《登閣》。」

温飛卿以「蒼耳子」對「白頭翁」，竝是藥名。清許彬取作一聯云：「道上鈎衣蒼耳子，風前聒耳白頭翁。」鳥有白頭翁，此奪胎法。《世説補》，曾有白頭鳥集吴殿前，孫權問群臣：「此何鳥也？」諸葛元遜對云：「此名白頭翁。」張輔吴自以坐中最老，疑元遜戲之，因曰：「恪欺陛下，未嘗聞鳥名白頭翁者。試使恪復求白頭母。」元遜曰：「鳥名鸚母，未必有對。試使輔吴復求鸚父。」張不能答。姜實節《白頭翁鳥》詩云：「霜鬢逢春可自由，老人端的爲多愁。不知小鳥緣何事，也向花前白了頭。」往歲海舶貢白頭翁，適來京師，梅莊源先生有「聞名尚怕白頭翁」之句，不及姜詩遠甚。

謝在杭《五雜俎》云：「人有頭斷而不死者，神識未散耳，非關勇也。傳記所載，若花敬定喪元之後，猶下馬盥手，聞浣紗女『無頭』之言乃仆。賈雍至營問將佐：『有頭佳乎？無頭佳乎？』咸泣言：『有頭佳。』答曰：『無頭亦佳。』乃死。蓋其英氣不亂爾。」余謂頭斷而不即死者，理或有之，聞聲發言，絶無之事。在杭嘗曰「言固有習聞而不覺其害於理者」，可爲一笑。在杭此語，操戈自戕也。

余五六年前讀一書，有「鸚鵡瘴」字，謂黄茅青草之類耳。後閲《北户録》：「廣之南新勤春十州，呼爲南道，多鸚鵡。凡養之俗，忌以手頻獨其背，犯者即多病顫而卒，土人謂爲『鸚鵡瘴』。」《桂海虞衡志》：「南人養鸚鵡者云，此物出炎方，稍北，中冷則發瘴噤戰，如人患寒熱。以柑子飼之則愈，不然必死。」據此，則鸚鵡亦發瘴，不止人也。

近時作家率好宋詩，而高、李所選唐詩諸本，至以覆醬瓿。余謂物極而變，二三十年後必有興起者，竊撰《唐詩正聲箋注》，以俟來者。古人云：「文章固關氣運，亦係習尚，非人力所能挽回。」余於詩亦云。周南峰云：「閑閲風騷萬卷詩，拈花摘葉尚新奇。莫嫌句裏無唐律，唐句吟成不入時。」和漢今古，同一感慨。

宋犖《漫堂説詩》云：詩者性情之所發，《三百篇》《離騷》尚已，漢魏高古不可驟學。元嘉、永明以後，綺麗是尚，大雅寖衰。獨唐人諸體咸備，鏗鍧軒昂，爲風雅極致。顧篇什浩繁，別裁不易。高廷禮《品彙》庶幾大觀，廷禮又拔其尤者，爲《正聲》一編，近代庶常館課，與《文章正宗》竝誦習之，蓋詩家之正軌也。學者從此入門，趨向已定，更盡覽《品彙》之全編，考證三唐之正變，然後上則溯源于曹陸陶謝阮鮑六七名家，又探索于李杜大家，以植其根柢，下則汎濫于宋元明諸家所謂取材富而用意新者，不妨流覽以廣其波瀾，發其才氣。久之，源流洞然，自有得於性之所近，不必撫唐，不必撫古，亦不必撫宋元明，而吾之真詩觸境流出，釋氏所謂「信手拈來」，莊子所謂「螻蟻稊稗瓦甓無所不在」，此之謂悟入境。悟則隨吾興會取之，漢魏亦可，唐亦可，宋亦可，不漢魏不唐不宋亦可。無暇摸古人，竝無暇避古人，而詩候熟矣。不則胸無定見，隨波而靡，譬一盲導之於前，群盲隨之於後，曰左曰右，莫敢自必，嗚乎可哀也已。余欲載此文於《唐詩箋注》卷端，以爲初學指南，姑記於此。

李西涯《岳陽樓》詩云「吴楚乾坤天下句，江湖廊廟古人心」，上句用杜詩「吴楚東南坼，乾坤日夜浮」，下句用范仲淹《岳陽樓記》中語，一聯渾成，如出自然，對仗精確，氣象雄壯。

《本草》，菊一名傅延年。朱仲新詩云「三徑誰從陶靖節，重陽惟有傅延年」，可謂佳對矣。余亦作《九日》詩云：「掃徑未招延壽客，看山將訪辟邪翁。」《道書》，茱萸爲辟邪翁，菊花爲延壽客。故假此二物，以消陽九之厄。

《水經注》：「水中有物，如三四歲小兒，鱗甲如鯪鯉，射之不可入。七八月中好在磧中，自曝膝頭似虎，掌爪常没水中，出膝頭。小兒不知，欲取弄戲，便殺人。或曰人有生得者，摘其皋厭，可以小使，名爲水虎者也。」《後漢・郡國志》注引《荆州記》云：「生得者摘其鼻厭，可小小便，名爲水虎。」《十道志》引《襄沔記》云：「或有生得者，摘其鼻，可小小使之，名曰水虎。」或云：「皋厭者，水虎之勢也，可爲媚藥，善使内也。」按，是邦俗所稱河太郎之類。

宋之問《浣紗篇》云：「鳥驚入松蘿，魚畏沉荷花。」始余讀之，不知其佳。《莊子》曰：「毛嬙麗姬，人之所美也，魚見之深入，鳥見之高飛。」乃知宋詩有所祖焉。

《猗覺寮雜記》：「相形家以人形如物形者佳，如班超虎頸燕頷，何尚之真猿之類是也。」余嘗聞之，豐臣太閤面如獮猴，其起匹夫，位極人臣，宜哉。

《升庵外集》：「世言輿地圖，始於漢光武披輿地圖，而不知《前漢·淮南王傳》已有按輿地圖之語。」按《史記·刺客傳》，荆軻曰：「誠得樊將軍首與燕督亢之地圖，奉獻秦王。」是即輿地圖之始。

落日謂之西日，又謂西夕。《魏書·彭城王勰傳》，王果曰：「顧瞻西夕，餘光幾何。」又謂山日爲山光，孟浩然詩「山光忽西落，池月漸東生」。

朱子詩云：「川原紅緑一時新，暮雨朝晴尤可人。書册埋頭何日了，不如抛卻覓殘春。」此在朱子可也，他人則否。清丁珠詩云：「香焚寶鴨客吟哦，萬軸牙籤手自磨。此事未知何日了，著書翻恨古人多。」二首轉句同用「何日了」三字，命意清新，不相踏襲，蓋非著書者不解此句實際精妙也。《堅瓠集》，有人譏讀書者曰：「春天豈是讀書天，夏日炎炎正好眠。夏去秋來冬又到，且將收拾過殘年。」余謂如是消磨歲月，終是一癡漢耳。韓退之詩：「時秋積雨霽，新涼入郊墟。燈火稍可親，簡編可卷舒。」實讀書好時節，人間至樂不過之。

凡欲著書者，先顧吾才力，而後起草矣。不然，所謂志大而才疎，一生辛苦竟無所成。趙甌北詩：「少時學語苦難圓，只道工夫半未全。到老始知非力取，三分人事七分天。」

余讀朱子《勸學文》，因謂學者不可須臾棄日，棄日猶棄吾身。身名美惡在「學」一字，而其爲志要不切迫，如夫嘔血瀕死，皆切迫故也。

蕉葉柿葉桐葉皆能受墨，古今題者多。《齊書》，徐伯珍少孤貧，書竹葉及地學字。則竹葉亦可書也。

司馬公《詩話》，寇萊公貶雷州司户參軍，及境，吏以圖獻，閲之首載，郡東南抵海岸凡十里。公恍然悟曰：「吾少時有詩『到海只十里，過山應萬重』，人生得喪，豈偶然耶？」古人所謂詩讖者也。萊公詩才融遠，年十九進士及第，初知巴東縣，有詩云：「野水無人渡，孤舟盡日横。」按此演韋蘇州「野渡無人舟自横」句，一聯便好。

商山之外别有四皓，徐伯珍家甚貧寠，兄弟四人皆白首相對，時人呼爲四皓。

友人某宿一青樓，適有浪花瞽者菊川氏，近時三絃名手，平明度《殘月曲》數十遍。某隔壁聽之，怪叩其故，答曰：「每朝如此，然後授人，不然爲衆楚人所咻。」其勸於技，令人警動。隋文帝曰：「多彈曲者，如人多讀書。讀書多則能撰書，彈曲多即能造曲。」於是乎余益憤勵。

東方虬嘗云：「百年後可與西門豹對。」鄭少師於里第植小松七本，號七松處士，嘗曰：「異代可對五柳先生。」二子名號謂與古人對，其自任亦大矣，但未聞後世有虬對豹、七松配五柳之語，蓋其爲人，邈然不可等之故乎？近讀《國朝詩别裁》，倪瑞璿詩云：「人生重賢豪，不在名字美。難以易相方，赤將白自比。豈遂足追配，效顰空復爾。」自注：「唐進士黃居難，爲詩慕白樂天，故名居難，字樂地。」李赤自比李白，《詩人玉屑》，東坡云：「余嘗舟次姑熟堂下，讀《姑熟十詠》，怪其語淺近不類李白。王平甫云：此李赤詩也。赤見柳子厚集，自比李白，故名赤。其後爲厠鬼所惑以死。今觀其詩止此，而以太白自比，則其人心疾久矣，豈厠鬼之罪也？」弇州《巵言》：「柳子厚記李赤死厠鬼事，以爲其人慕李白，故名赤，已可笑矣。《霏雪録》所載，慕太白者，張碧字太碧；慕樂天者，黃居難字樂地。又富家子杜四郎自號荀鴨，以比杜荀鶴者，尤可笑也。」《唐才子傳》：「張碧字太碧，貞元間舉進士，不第。初慕李翰林之高躅，故其名字皆亦逼似，如司馬長卿希藺相如爲人也。天才卓絶，氣韻不凡，委興山水，投閒吟酌，言多野意，俱狀難摹之景焉。」然則碧非赤之比也。

李白有《題隨州紫陽先生壁》詩，朱子亦稱紫陽；又有《寄參寥子》詩，宋亦有參寥，蓋取莊子之説，以爲號也。唐二人姓氏不詳，疑是道士之徒。涪翁出《後漢·逸民傳》，山谷謫涪州别駕，因號涪翁。先是陸龜蒙亦有此稱。

陸放翁詩：「烹野八珍邀父老，燒窮四和伴兒童。」一作魏野。《壺中贅録》，山林窮和香，以荔枝殼、甘蔗滓、乾柏葉、黃連和焚，又加松毬、棗核、梨核，皆妙。

某甲出一句以求對云「初看神馬藻」，乙云「未識佛牛花」，滿座嗟賞。問其形狀，曰：「我未識也。」一時滑稽，固無此花。」按佛桑花與神馬藻，自然確對。

《坦齋通編》云：「詩人好改易地名，以就句法。如大孤山旁有女兒港，小孤山對岸有澎浪磯。

韓子蒼詩『小姑已嫁彭郎去，大姑常隨女兒住』，四者之中所不改者，女兒港耳。蜀大散關有喜歡浦，東坡入贛詩『人遇喜歡來遠夢，地名皇恐泣孤臣』，自下而上第一灘，在萬安縣前，名黄名灘，坡乃更爲『皇恐』，以對『喜歡』。」按東坡集云：「予初謫嶺南，過田氏水閣，東南一峰豐下鋭上，俚人謂鷄籠山，予更名獨秀峰。今復過之，戲留一絶：『倚天巉絶玉浮屠，肯與彭郎作小姑。』」此猶李青蓮改九子山爲九華山，歐陽公《歸田録》：「世俗傳訛，惟祠廟之名尤甚。江南有大小孤山，而世俗轉孤爲姑。江側有一石磯，謂之澎浪磯，轉爲彭郎。云，彭郎，小姑婿也。」據此，則子蒼直用世俗所稱之名耳。坡公亦既取以爲句。《雲林遺事》：「元鎮有《雅宜山竹枝詞》二首，舊名娜如山，蓋虞道園所名，然未若娜如之近古也。」楊誠齋詩云「里名只道新名好，不道新名誤後人」，二句最妙。吾邦先儒私改地名，多用漢土字面，雅則雅矣，但恐其地後世難辨，况有陵谷之變乎？語曰：「既往不咎，來者可追。」操觚之士慎勿效顰。

吾勢大湊，人家一千户，商舶渡東洋者多泊於此，以待風便。余嘗欲作《竹枝詞》，或病其名不雅。按《通雅》云大湊爲四方所輻湊也，然則大湊之名不失當矣。始余意以爲俗，反是余之不免陋見耳。

皇甫崧《飲論》云〔一〕：「醉花宜晝襲其光也，醉雪宜夜樂其静也〔二〕，醉得意宜艶唱宣其和也，醉將

〔一〕崧：底本作「菘」，據《説郛》卷九十四下改。
〔二〕静：《説郛》卷九十四下作「沍」。

離宜擊缽壯其神也，醉丈人宜謹節奏慎章程畏其侮也〔一〕，醉俊人宜益觥盂加旗幟助其烈也，醉竹宜暑資其清也，醉水宜秋泛其爽也。」余謂此文真得酒中趣矣。韓文公詩云：「長安衆富兒，盤饌羅羶葷。不解文字飲，惟能醉紅裙。」文公嘗嘆之。今時解文字飲者，宜其不易得也。

《蜀都雜抄》：「嘉定州有鳥，一名山和尚，一名雨道士，堪作對偶。」按楊升庵《鷓鴣天》云：「秋水澄清勝酒醅，野煙籠樹似樓臺。彈聲林鳥山和尚，寫字寒蟲水秀才。乘興去，興闌回，夕陽影裏記徘徊。正思修禊明年約，無奈鳴粥得得催。」水秀才比雨道士，音韻整而屬對佳，古人所謂「可以衡秤」，言輕重不偏也。山和尚即山鵲也。水秀才狀似蚊而大，游泳水面，池中多有之。

吾鄉後輩讀書不多，而其於詩，險覓是務。自謂不如此做，則無一警策，句句常套。或其寫實境，不知取捨，至有蛙翻蚓死之弊，遂令讀者不可解其爲何等語也。《震澤長語》云：「世謂詩有別材，是固然矣。然亦須博學，亦須精思。唐人用一生心於五字，故能巧奪天工。今人學力未至，舉筆便欲題詩，如何得到古人佳處？」真是至當之論也，賈長江詩云「吟安五字句，以費一生心」，《長語》用此。

《全唐詩話》云：「權龔褒好賦詩，而不知聲律。常作《秋日詠懷》詩曰：『簷前飛七百，雪白後園僵。飽食房裏側，家糞集野蜋。』參軍問之，權曰：『鷂子簷前飛直七百，《七修類稿》：鷂子者，鷂乃鷙鳥，

〔一〕丈：底本訛作「文」，據《說郛》卷九十四下改。　侮：底本訛作「悔」，據《說郛》卷九十四下改。

飛不太高，擬今紙鳶之不起者。洗衫挂後園白如雪，飽食房中，側卧家裏，便轉集得野澤蜣蜋。』聞者笑之。」《拊掌録》云：「宋哲宗朝，宗室子有好爲詩而鄙俚可笑者，嘗作《即事》詩云：『日暖看三織，風高鬪兩廂。蛙翻白出闊，蚓死紫之長。潑聽琵梧鳳，饅拋接建章。歸來屋裏坐，打殺又何妨。』或問詩意，答曰：『始見三蜘蛛織網於簷間，又見二雀鬭於兩廂。有死蛙翻腹似出字，死蚓如之字。方喫飯，聞鄰家琵琶作《鳳棲梧》，食饅頭未畢，閽人報建安章秀才上謁。迎客既歸，見內門上畫鍾馗擊小鬼，故云打殺亦何妨。』哲宗嘗灼艾，諸內侍欲娱上，或舉其詩，上笑不已，竟不灼艾而罷。」友人某性麤拙，嘗與諸老先生夜集，置酒論志。老輩責某不學，策厲切至。時爐中煨芋，某即席賦詩，有「芋魁鞭策」之句，滿座爲之絶倒。後遂爲吾社故事，見詩之有魯莽者，輒謂爲芋魁鞭策。與夫二詩，其愚相類，比李華「芋魁遭遇」之語，不啻天淵。

《麓堂詩話》：「鷄聲茅店月，人跡板橋霜」，人但知其能道羈愁野况於言意之表，不知二句中不用一二閑字，止提掇出緊關物色字樣，而音韻鏗鏗，意象具足，始爲難得。若强排硬語，不論其字面之清濁，音韻之諧舛，而云我能寫景用事，豈可哉？

能取古人詩句，如自其肺腑中出者，是亦竊狐白裘之手。陳沂震《試院即事》云：「畫戟森嚴晝漏遲，凝香燕寢日斜時。韋蘇州詩：兵衛森畫戟，燕寢凝清香。柝聲繞院人聲寂，滿箔春蠶正吐絲。」歐陽公《試院》詩：無嘩戰士銜枚勇，下筆春蠶食葉聲。

吾友山子亭云：「往年菩提山萱堂有一老僧，晨起禮佛，偶見一佛卧其龕前，狀如涅槃。謂是真佛，念誦懇至。俄而佛起。翛然淩空，立於瀑布巖上，容色端嚴，五雲圍繞，久之而滅。時僧精神恍惚，法侶知其爲狐所魅，修符除之，竟無他異。」余始聞之以爲虚誕，然世所傳奇譎之事，率出於惑。佞佛之與淫色，大惑易生焉。狐之惑人，多乘是而逞其魅，亦不足爲怪也。

佛氏有四大，空風火水是也。道家亦有四大，名同而實異。《淮南子·道應訓》：「老子曰：『天大地大，道大王亦大。域中有四大，而王處其一焉。』以言其能包裹之也。」

星河謂之秋河，謝玄暉詩「秋河曙耿耿」，注「天漢也」。又其向曉，謂曙河或殘河，陳後主詩「耿耿曙河天」，韋應物詩「殘河欲曙遲」。又有單用漢字者，陳後主詩「烏啼漢没天應曙」。

《全唐詩》陳黯《自詠豆花》詩云：「玳瑁應難比，斑犀定不加。天嫌未端正，滿面與妝花。」此似詠豆痕者。自詠二字可觀，豆花亦奇。黯字希孺，泉州人，會昌迄咸通，累舉不第。集五卷，今存一卷。

東坡《慈湖峽》詩云：「此生歸路覺茫然，無數青山水拍天。猶有小舟來賣餅，喜聞墟落在山前。」澱河舟中光景與此相似。沈德潛《西湖》詩云：「湖光宜雨最宜晴，好景偏憐夜色清。十里畫船歌舞歇，月明静聽按箏聲。」浪華橋下，遊船納涼，夜深人散，頗有此趣。

無釋道人訪余草堂，話問謂余曰：「皇朝自古稱『某天皇御宇』，御宇二字創於漢土何代乎？」余茫然失對。適鷹羽世誼在坐，質之不記。道人笑曰：「白居易《長恨歌》『御宇多年求不得』，公等何踈漏也。」余輩愧伏。後閲《文心雕龍·詔策篇》，有「皇帝御宇」之語，又《陳書·宣帝紀》「大陳御宇」，蓋自六朝用之。

唐太子賓客薛謙光，以武后鼎銘云「上天降鑒方建隆基」，爲上受命之符獻之，隆基即玄宗諱。王陽明擒宸濠，勒石廬山，有「嘉靖我邦國」五字，亡何世宗即位，年號嘉靖。平安方廣寺鐘銘有「國家安康」四字，神祖遂保天下。此等之事，豈偶然哉。

南部彝《技養録》：「吾周長俗，兒初生，概服款冬根汁，呼曰「土五香」，不知何據。」愚按，邦俗款冬用「蕗」字，而蕗本爲甘草一名，古者初生兒多用甘草一品，蓋此其初。俗醫見方書有用蕗，以爲蕗即款冬，此物宜兒，遂用之。民俗無知，遞誤至於此也，余嘗客浪華，時患脚氣，或有勸鯉頭商陸煮汁者。是亦俗醫見方書有「鯉魚一頭」，以爲鯉頭，蓋不學之弊一也。

自如、自若，意義少異，然如、若二字又相通用。任彦升《齊竟陵文宣王行狀》，「食邑如干户」，注「如干猶若干也」。《演繁露》：「若干者，設數之言也。干猶箇也。若箇，猶言幾何枚也。又説，干者，十幹自甲至癸也，亦以數言也。」

漢有趙飛燕，以其善歌舞名之。後漢渚飛燕，輕勇趫捷，軍中號曰飛燕。又馬有飛燕，亦取其輕捷之意。《通鑑・齊紀》「豫章王自東府乘飛燕，東迎太子」是也。

始余寓迂叟別莊，從遊者八九人，同執薪水之役。三徑塵積，門無雜賓，時時竹外聞唔咿聲。余謂人生百年間，是樂不易得矣。橋本吉甫、長井不遠，最推余爲知己。吉甫既逝，追念不已。不遠與余交誼益親，其爲人好讀書，然以多病不能勉强，余亦爲之不加一鞭。

宋順帝下詔禪位於齊，當臨軒不肯出，逃於佛蓋之下。王敬則引令升車，帝收淚謂敬則曰：「欲見殺乎？」敬則曰：「出居別宮耳。官先取司馬家亦如此。」帝泣而彈指曰：「願後身世世勿復生天王家。」又王世充遣梁百年酖皇泰主，皇泰主乃布席焚香禮佛，願自今已往，不復生帝王家。飲藥不能絕，以帛縊殺之。余謂二主雖曰閏位之餘，各稱尊號，主於南北。運移祚短，姦臣乘之，徒吐悲酸之語，不能以死社稷，可慨嘆哉。

鉏雨亭隨筆　卷中

一箇「忍」字，於修身上所關係絶切。不惟忍之於色於貨，至於喜怒哀樂悲恐驚亦然。《君陳》曰：「必有忍，其乃有濟。」或以苛殺少恩，爲忍之一端，此則殘忍不情之徒，固不足道耳。譬如「利」字，《易》所謂利者，蓋言事之宜也。然至後世，私利之貪，故夫子罕言利，孟子云「何必曰利」，太史公謂「利爲亂之始」，是皆指私利斥之，猶吾不取殘忍之類也。《通鑑・唐紀》張公藝九世同居，高宗幸其宅，問所以能共居之故，公藝書「忍」字百餘以進。余謂張氏九世之間，或有不可其意者，然能同居如是其久，一家工夫自忍字出。凡欲有爲者，可能致意於忍，最於兵家觀之。《晋書》朱伺曰：「兩敵共對，惟當忍之。彼不能忍，我能忍，是以勝耳。」東坡論子房，潁濱論劉項，專説一忍字。唐伯虎《百忍歌》多舉故事，善述其所以忍者。

《琅邪代醉編》云：「月中仙名結鄰，硯亦名結鄰。唐李衛公收硯至多，其尤妙者名結鄰，言與相結爲鄰也。」按《香祖筆記》引《七聖記》云「欝華，奔日之仙；結璘，奔月之仙」，然則璘、鄰通用，前説附會可疑。但余乏書，不能考證。嘗寓佐藤子文不除軒，其友在京師者，寄書竝硯圖曰：「都下某近獲華硯一枚，好事傳賞，謂爲希世之珍。」余就主人觀之，狀圓而不厚，圍可五六寸，圖上有「結璘」二字，蓋衛公遺愛之物云。欲引此爲一證，恨今不記字傍從阜從玉也。

《徐氏筆精》云：「古詞『長檣鐵鹿子』，鐵鹿，以鐵爲轆轤，而拘帆者，故下句云『布帆阿那起』，阿那二字，又狀布帆因轆轤而動之意。」古樂府「暫泊千渚磯，歡不下艇板」，艇板即今上岸透板也。刻本誤作「廷板」，非。

宋太宗在澶淵南城，高瓊請幸河北曰：「陛下不幸，北城百姓如喪考妣。」馮極在旁呵之曰：「高瓊何得無禮。」瓊怒曰：「君以文章爲大臣，今虜騎充斥如此，猶責瓊無禮，君何不賦一詩詠退虜騎耶？」此朱伺所謂「諸人以舌擊賊，伺惟以力耳」之意。

唐庚曰：《樂府解題》，熟讀大有詩材。余詩云「時難將進酒，家遠莫登樓」，用古樂府名作對也。

某生自稱六六山人後，然山人不娶妻，終身閒居。《梅澗詩話》云：「泉南林洪，字龍發，號可山。肆業杭泮，粗有詩名。理宗朝上書自稱和靖七世孫，刊中興以來諸公詩，號《大雅復古集》，亦以己作附於後。時有無名子作詩嘲之曰：『和靖當年不娶妻，只留一鶴一童兒。可山認作孤山種，正是瓜皮搭李皮。』蓋俗云以强認親族者，爲瓜皮搭李樹云。」某生亦此類耳。

王維詩「隔牖風驚竹，開門雪滿山」，僧無可詩「聽雨寒更盡，開門落葉多」，落第二義。

《通鑑綱目·元紀》云：「至正二十五年夏五月，大都雨氂，長尺許，或曰龍鬚也，命拾而祀之。」《發明》：「雨氂之事，初未嘗見於《綱目》，今特書之者，記大異也。」按《前漢·五行志》，天漢三年八月天雨白氂。又《王莽傳》注，師古曰：「毛之强曲者曰氂。」

《淮南子》：「古未有天地之時，有二神混生，經天營地。」本朝開國之始與此相似，《日本紀》「天地未剖」云云，亦祖《淮南子》。

人以放生爲佛家事，不知既出《列子》。《列子》：元日「邯鄲之民獻鳩於簡子，簡子厚賞之而放其鳩。客問其故，曰：『正旦放生，示有恩也。』」柳子厚《放鷓鴣詞》云：「齊王不忍觳觫牛，簡子亦放邯鄲鳩。」

《易》「潤之以風雨」，風可乾而不可潤也。《淮南子》「雷電之聲，可以鐘鼓寫也」，電是陽光，非有聲者。杜詩「塞上風雲接地陰」，風本無形，陰字不接。然皆熟語連用，不相妨也。

書法有落茄點，後素者流不知其義。按《爾雅・釋草》：「荷，芙蕖，其莖茄。」《説文》：「茄，芙蕖莖，從艸加聲。荷，芙蕖葉，從艸何聲。」落茄之落，猶落木之落，蓋言遠枝無枝，似芙蕖枯莖直立之狀也。孟浩然《李氏園卧疾》詩「伏枕嗟公幹，歸田羨子平」，劉公幹詩「余嬰沉痼疾，竄身清漳濱」，張平子有《歸田賦》，子平倒錯，恐是涪翁巴西之類。陳簡齋詩「賣藥韓康伯，談經管幼安」，後漢韓康字伯休，常采藥名山，賣於長安市。此云韓康伯乃合姓名字而用之，亦不免誤也。

世人多愛櫻、萩、卯花，然此三種揷瓶中，則風趣索然，不入清賞。或病櫻萩無漢名，余謂直用櫻萩字可也。卯花即楊櫨花，不如卯花之雅，萩出徐葆光《中山傳信録》。一日，河崎生携凹巷先生《詠隨軍茶》詩，令余次韻。邦俗以隨軍茶、天竺花、胡枝子花之類稱萩，不當。余詩云：「花稱天竺或胡枝，未有佳名副艷姿。珍重中山傳信録，艸頭秋色令人知。」艸頭秋，即萩字也。

竹山翁著《草茅危言》一書，以議時政得失，其命名取李覯《袁州州學記》「草茅危言者，折首而不悔」之語。李亦有所本，《漢書·梅福傳》「廟堂之議，非草茅所當言也」。「危言」出《論語》。

岑嘉州詩：「前年見君時，見君正泥蟠。去年見君處，見君已風摶。」此似誤作「摶扶遥」解。

達磨腹中有許多佛書，然後面壁九年，不立文字之説興焉。今行脚僧不知其意所在，一向坐禪，以爲可造三昧。嗚呼！惑亦甚矣。我觀近時書生，率無陸、王學問文章，遽唱虚心良知之説，恰與行脚僧識見一般。

魯道原《重九》詩：「白雁南飛天欲霜，蕭蕭風雨又重陽。已知建德非吾土，孟浩然詩：建德非吾土，維揚憶舊遊。還憶并州是故鄉。賈島詩：卻望并州是故鄉。蓬鬢轉添今日白，菊花猶似去年黃。登高莫上龍山路，極目中原草木荒。」湊合成語，以成佳對。楊升庵《塞垣鷓鴣詞》：「秦時明月玉弓懸，漢塞黃河錦帶連。都護羽書飛瀚海，單於獵火照甘泉。高適詩：校尉羽書飛瀚海，單于獵火照狼山。鶯閨燕閣年三五，馬邑龍堆路八千。誰起東山謝安石，爲君談笑靖烽煙。李白詩：若用東山謝安石，爲君談笑净胡沙。」此是生吞活剥。

今人學書，好欲超乘先輩，字字多客氣。詩亦逞才，句句眩惑人目。俱乏温柔之氣。

《唐書·牛李傳贊》云：「夫口道先王語，行如市人，其名曰盜儒。」張履祥曰：「從德性上做工夫，讀書方有益。若讀書不歸之德性，非徒無益，甚者藉寇兵、資盜糧而已。」

金剛寺尼惠音善製茶焙，用菟道法，氣味甘美，不減喜撰。年年餉余以驅睡魔。寺即甘露寺舊址，因名茶曰甘露。不必本蕭尚故事也。

余常多夢，或謂余有妄想，然如黄帝高宗孔子莊子，夢華胥，夢良弼，夢周公，夢蝴蝶，果有妄想歟？古人所謂「至人無夢」，亦誣。

陳繹曾《詩譜》：「晋傅咸作《七經》詩，其《毛詩》一篇略曰：『聿修厥德，令終有淑。勉爾遁思，我言維服。盜言孔甘，其何能淑。讒人罔極，有靦面目。』此乃集句之始。或謂集句起於王安石，非也。」

李翱《來南録》蓋爲紀行權輿，歐陽公《于役志》次之，叙事簡潔，可以爲法。

王摩詰詩：「輕陰閣小雨，深院晝慵開。坐看蒼苔色，欲上人衣來。」蘇子由所謂不帶聲色者。王安石詩「山中十日雨，雨晴門始開。坐看蒼苔紋，欲上人衣來。欲，一作莫。」「紋」字刻畫頗費工夫，唐宋之域判然分矣。

初學以古人心讀今人詩，不至輕視以覆醬瓿也。以今人心讀今人詩，沉鬱如杜，飄逸如李，淡泊如陶韋，匆匆看過，不知其妙矣。

吾邦詩有二弊，去之難矣：有才者笨，無才者板。

杜詩「一片花飛減卻春，風翻萬點正愁人」，十四字中含許多情。白香山《雨中憶元九》詩云「天陰一日便堪愁，何况連宵雨不休」，事異而意同，善得脱化之妙。

古人借禪喻詩，以要妙悟。又有以禪教讀書之法者，葉秉敬《書肆説鈴》：「弟子問讀書之法，予曰：『讀書不可不學禪。』衆問其故，予曰：『讀書養静，不萌妄念，這便是禪心。讀書出家，不理塵務，這便是禪行。讀書作文，意在筆先，神游象外，這便是禪機。』」余謂此語，讀書正法眼藏第一義也。

陶弘景讀書萬卷，一事不知，深以爲耻。此是記誦之學，不可以爲君子儒也。

東坡少年時嘗過一村院，見壁上有詩云：「夜凉疑有雨，院静似無人。」不知何人詩也。宿黄州禪智寺，寺僧皆不在，夜半雨作，偶記此詩，故作一絶：「佛燈漸暗饑鼠出，山雨忽來脩竹鳴。知是何人舊詩句，已應知我此時情。」按《老學庵筆記》：「『夜凉』云云，此潘逍遥句也。」近人對其後句以「門開如有客」，可謂鎔金成鐵。

漢人稱物，動過其實，故讀書者不可不察。《晋書·馬隆傳》：「依八陣圖，奇謀間發。或夾道累磁石，賊負鐵鎧行不得前。隆卒悉被犀甲，無所留礙，賊咸以爲神。」所謂奇謀者，不免兒戲也。《水經注》：「磁石門在阿房前，悉以磁石爲之，令四夷朝貢者，有隱甲懷刃入門而脅之，以示神，故亦曰『卻胡門』。」此亦過稱耳。琥珀之吸芥，磁石之引鐵，雖曰造化自然，不足深怪，如此二書所載，恐是迂而誕矣。

《通鑑·梁紀》：「治河，役夫多溺死。劉貴曰：『一錢漢，隨之死。』」吾俗駡不能辨事者，謂「不當一文錢」。蓋一錢漢亦此義也。

張士信聞倪元鎮善畫，使人持絹，侑以重幣，欲求其筆，元鎮怒曰：「倪元鎮不能爲王門畫師。」

即裂去其絹。此與戴安道破琴，氣象極類。《語林》：「齊澣善知今事，高仲舒善知古事。姚崇每諮此兩人，嘗曰：『欲知古事問仲舒，欲知今事問齊澣。』」一作今事問崔琳。《近峰聞略》：「周益公云：『蘇子容聞人語古事，必令人檢出處。司馬温公聞新事，即便抄録，且記所言之人。故當時諺曰：古事莫語子容，今事勿告君實。』」此一轉語俱見其美。

俗云鴉報親戚之喪，聞者惡之。然鴉非能殺人也，人死而後報之耳，世之惡鴉，豈不寃乎？朱子詩云：「鵲噪未爲吉，鴉鳴豈是凶。吉凶人自召，不在鳥聲中。」程俱詩云：「烏啼未必惡，麾去恨不早。鵲噪兩耳聾，主人亦言好。安知一喙鳴，喜戚自顛倒。朝來群鵲噪不已，童稚無知助吾喜。群鵲自與烏争巢，慎勿喜歡真誤爾。」按《古樂苑》：「清商曲七曲有《烏夜啼》。《唐書・樂志》，宋臨川王義慶所作也，元嘉十七年，徙彭城王義康於豫章。義慶時爲江州，至鎮相見而哭。文帝聞而怪之，徵還。義慶大懼，伎妾聞烏夜啼，扣齋閤云：『明日應有赦。』其年爲南兗州刺史，因此作歌。李勉《琴説》，何晏之女所作。初晏繫獄，有二烏止於舍上，女曰：『烏有喜聲，父必免。』遂撰此操。與前義同而事異。」據此，則彼土人似不皆忌也。《容齋隨筆》云：「北人以烏聲爲喜，鵲聲爲非。南人聞鵲噪則喜，聞烏聲則唾而逐之，至於弦弩挾彈，擊使遠去。」

辛未之歲，余在志州迫湖，作《秋興》八首，寄大冢不騫。不騫和之，句句清新，所謂以蚓投魚者，恨失其稿不復記得。不騫爲人慷慨有古人風，受業於凹巷先生，與余友善。不騫既没，三年碑尚未建，每一念及此，不覺淚下。因舉其遺篇四首。《中秋威勝寺高閣望月》云：「西川日落濸斜陽，回看東山月出光。玉鏡飛騰懸遠樹，彫雲點綴散高岡。諸天有影交杉竹，世界無聲下露霜。冷彩透衣寒病骨，悽然一嘯向風長。」《中秋東伯傾來訪即去悵然有作》云：「寂寥書室鎖初更，月上窻前樹影横。人自有心煩遠訪，我猶如夢喜相迎。頻年多病違良會，今夜中秋值好晴。何處水亭重引興，無由留爾到平明。」《既望伯傾再訪，得清字》：「沉淪不復逐浮名，且卜閒居且養生。疾在膏肓知學苦，心期泉石覺身輕。故人江上厭新識，秋月池頭訪舊盟。過我重吟昨宵句，犖然風露入懷清。」《廣臺寺歸途作》云：「黄雲十里亘平田，處處農歌收穫天。煙淡風寒秋野外，人歸雁起夕陽邊。山含黛色連峰暗，林帶霜華遠葉鮮。村徑蕭條迷客跡，墻頭殘柳月如弦。」不騫嘗從先生游信、越二州，作新瀉、鵝湖《竹枝》各十首，先生《北陸遊稿》中收之，不復贅。

一夕，余與不騫作《燈説》不成。古人以燈油喻性情，以油爲氣，而燈心爲質，燈焰乃精神也。及其照物則爲才能，其熱者性也。燈滅而燼落，魄降也。煙氣上騰，魂升也。油有清濁，燈心有肥細，乃資質之美惡耳。當時不騫及余未見此文，説得分明，理盡於此，乃欲與不騫談之。幽明一隔，把筆惘然。

己巳暮春，凹巷先生北游信越，諸子餞之清渚。時余爲事所阻，不能執祖道之役。《北陸遊稿》云：「清渚席上一大盆，盛肴象山下成點景，宛然姨山月夜之狀。蓋信州之勝，以姨山賞月爲最，余平生夢想所涉。知友以此饗予，意亦至矣。」余及讀之，恍如身往清渚，親陪盛宴。按《紫桃軒雜録》云，唐有浄尼，出奇思，以盤飣簇成山水，每器占輞川圖中一景。人多愛玩，腐臭不忍食。

蓋清渚所施設，與此争巧，其寓情則爲優。

常建「戰餘落日黄，軍敗鼓聲死」，孟東野「看取芙蓉花，今年爲誰死」，高季迪「夜半殺氣來，劍寒燈欲死」，三死字皆妙。《唐書·薛萬均傳》「城中氣死，鼓不能聲」，八字善叙破亡之兆。

維春向晚，紅謝緑歸。偶與友人游櫻樹里，殘花二株，似留春色。醉客數輩婆娑其下，或有緣樹撼花以助歌舞者。余悵然而還，可謂殺風景矣。後讀黄涪翁詩云「春殘巳是風和雨，更著遊人撼落花」，反覺一段韻致。

《經鋤堂雜志》云：「凡事寬作程，極有意味。且如讀書工夫，計工以兩日看者作五日看，則玩味有餘矣。出入登途計程，以十日行作半月行，則不至勞苦冒險矣。」又曰：「一歲栽培，花不過十日，又有風雨摧折之變。譬之人生，勞苦一世，其如得意，則不過數年耳。」

辛未春夏之際，南島疫癘盛行，父老云：「八九十年來，未曾有之事。」日夕村民相聚，擊鐘鼓驅疫鬼，以紙糊船送之海上。其所過路次，户户皆閉，人燒線香隨之，頗有閩俗之風。

《七修類稿》云：「杜工部詩：『蜀主窺吴幸三峽，崩年亦在永安宫。翠華想像空山裏，玉殿虚無野寺中。』温公作《通鑑》，不以正統與蜀，唯此詩許之。其曰幸、曰崩、曰翠華、曰玉殿，皆以天子與之也。張注謂『若春秋之筆』信矣，老杜豈直詩人而已哉。然『主窺』二字尚有未滿，蓋主者一家一國之稱，窺者睥睨覬覦之意也。天子有征無戰，況窺竊云乎？昭烈加兵於吴，問斬壯繆之罪，非無名之師也。愚意，欲以『漢』字易『蜀』，以『帝』易『主』，以『征』易『窺』，庶乎名正言順，而於聲律亦不乖也。」余亦嘗以「蜀主窺」三字爲白璧微瑕，然改「漢帝征吴幸三峽」，則語氣不健。此中消息，非知詩者不可俱語也。

《漁洋詩話》云：「陳伯璣常語余曰：『姑蘇城外寒山寺，夜半鐘聲到客船，妙矣，然亦詩與地肖故爾，若云南城門外報恩寺，豈不可笑耶？』余曰：『固然，即如滿天梅雨是蘇州，流將春夢過杭州，白日澹幽州，風聲壯岳州，黄昏鼓角見并州，澹煙喬木隔綿州，皆詩地相肖。使云白日澹蘇州，流將春夢過幽州，不堪絶倒耶？』」按柳宗元《登柳州峩山》詩云：「荒山秋日午，獨上意悠悠。如何望鄉處，西北是融州。」王阮亭《題清流關》詩云：「瀟瀟寒雨渡清流，苦竹雲陰特地愁。回首南唐風景盡，青山無數繞滁州。」又《寄陳伯璣》詩云「東風作意吹楊柳，緑到蕪菁第幾橋」，此亦詩地相肖。于忠肅詩云：「楊柳陰濃水鳥啼，豆花初發麥苗齊。相逢盡道今年好，四月平陽米價低。」「平陽」字面極好，不可易也。吾邦稱曰大家，解此意者頗少。

詩書畫有三看之訣，《簷曝雜記》云：「詩看用事，字看用筆，畫看用墨。」真僞工拙，一目可了。

《梅花仙史》曰：「釋玄政讀袁中郎集凡二十遍，最後焚之，不復觀古人集，乃其做詩惟意所適。」余嘗獲《瓶花齋外集》，中有草山瑞光蘭若及玄政之印，然則其謂付丙丁，亦不可信也。又余所藏《季漢文》三册，皆有玄政及草山瑞光蘭若之印，草山瑞光蘭若六字，即楷書也。

朱竹坨《題顧秀才畫梅》詩云：「平生冷笑林君復，活剥江爲兩句詩。畫到影疎香暗處，始知一字可稱師。」《静志居詩話》云：「『竹影横斜水清淺，桂香浮動月黄昏』，非江爲句乎？林君復易

『疎、暗』二字，竟成千古名句，所云一字之師，與生吞活剥者有别也。」按陳輔之謂此一聯「近野薔薇」，亦得言外風神。如王晉卿謂杏與桃李皆可用〔一〕，實不知詩者之言也。《南唐書》，江爲，其先宋州人，避亂建陽，遂爲建陽人。

王元之《黄州竹樓記》，文字瀟灑，善盡四時之勝。以竹作樓，唐時有之。李嘉祐《寄王舍人竹樓》詩云：「傲吏身閑笑五侯，西江取竹起高樓。南風不用蒲葵扇，紗帽閑眠對水鷗。」三四句不及竹，而竹樓風致溢於言外，可與王文衡行。

《三餘贅筆》云：「吴人呼暖酒器爲急須，呼暖飲食具爲僕憎。急須者，以其應急而用，吴人謂須爲蘇，故其音同。僕憎以銅爲之，言僕者不得竊食，故憎之也。」按邦人呼茶瓶爲急須，誤矣。

盧同《茶歌》蓋祖陳後主《獨酌謡》，云：「獨酌謡，獨酌且獨謡。一酌豈陶暑，二酌斷風飆。三酌意不暢，四酌情無聊。五酌盂易覆，六酌歡欲調。七酌累心去，八酌高志超。九酌忘物我，十酌忽淩霄。淩霄生羽翼，任致得飄飄。寧與世人醉，揚波去我遥。爾非浮丘伯，安見王子喬。」此體既肇於鮑明遠《數詩》，云：「一身事關西，家族滿山東。二年從車駕，齋祭甘泉宫。三朝國慶畢，休沐還舊邦〔二〕。四牡曜長路，輕蓋若飛鴻。五侯相餞送，高會集新豐。六樂陳廣坐，祖帳揚春風。

〔一〕王：底本訛作「玉」，據《瀛奎律髓》卷二十改。
〔二〕邦：底本訛作「都」，據《鮑明遠集》卷五改。

七盤起長袖，庭下列歌鐘。八珍盈彫俎，綺肴紛錯重。九族共瞻遲，賓友仰徽容。十載學無就，善官一朝通。」

庾子山賦絶似唐人歌行，《春賦》云：「宜春苑中春已歸，披香殿裏作春衣。新年鳥聲千種囀，二月楊花滿路飛。河陽一縣併是花，金谷從來滿園樹。一叢香草足礙人，數尺遊絲即横路。」又云：「百丈山頭日欲斜，三輔未醉莫還家。池中水影縣勝鏡，屋裏花香不如花。」《對燭賦》云：「龍沙雁塞甲應寒，天山月没客衣單。燈前桁衣疑不亮，月下穿針覺最難。刺取燈花持挂燭，還卻燈檠下燭盤。」《蕩子賦》云：「蕩子辛苦逐征行，直守長城千里城。隴水恒冰合，關山唯月明。况復空牀起，怨倡婦生離。」又云：「别後關情無復情，奩前明鏡不須明。合歡無信寄，迴文織未成。游塵滿牀不用拂，細草横階隨意生。前日漢使著章臺，聞道夫婿定應迴。手巾還欲燥，愁眉即剩開。逆想行人至，迎前含笑來。」其他不可枚舉，《春賦》云「樹下流杯客，沙頭渡水人」，亦似唐人五律。

袁子才曰：「元白七言古詩，得力於初唐四子，而四子又得之庾子山及《孔雀東南飛》諸樂府者也。」按《長恨歌》、《連昌宫詞》等專主流麗，蓋自徐陵、江總雜曲中來。

六朝詩風一變，遂開唐人律詩之源。吕讓《和入京》詩云：「俘囚經萬里，憔悴度三春。髮改河陽鬢，衣餘京洛塵。鍾儀悲去楚，隨會泣留秦。既謝平吴利，終成失路人。」明餘慶《從軍行》云：「三邊烽亂驚，十萬且横行。風卷常山陣，笳喧細柳營。劍花寒不落，弓月曉逾明。會取淮南地，持作朔方城。」此等詩攙入唐人集中，不可復辨。

崔顥詩「春風吹淺草，獵騎何翩翩」，不如鮑照「獸肥春草短，飛鞚越平陸」之古。

月支，音肉支，本匈奴名。曹子建《白馬篇》「控弦破左的，右發摧月支」，注：「月支，射貼也。」

按：稱射帖曰月支，蓋取射殺胡兵之義也。

掌上舞本爲趙飛燕事，又《南史・羊侃傳》，有儛人張浄琬，腰圍一尺六寸，時人咸推能掌上舞。

俗説云：「鬻鰻鱺者必有奇禍。」余謂妄言不足信也，然其所由來久矣。《顔氏家訓》：「江陵劉氏以賣鱓羹爲業，後生一兒，頭是鱓，自頸以下爲人。」是亦理之不可解者。《晉書》：「盛彦母既疾久，至於婢使，數見捶撻。婢忿恨〔一〕，伺彦暫行，取蠐螬炙飴之。母食以爲美，然疑是異物，密藏以示彦。彦見之，抱母慟哭，絶而復蘇。母目豁然即開，從此遂愈。」按《本草》，蠐螬治目中淫膚青翳白膜。其欲害者適治之耳，蓋孝感之所致。

宮川西岸有川端村，村中絶無蝮蛇。土民傳云：「社神惡之，故然。」鄰村相距數十百步有蝮蛇，村農往往爲其被害，余嘗療其人，聞之。

王維詩云：「青草瘴時過夏口，白頭浪裏出湓城。」余謂「頭」字爲「鷗」音訛，鮑照詩「翻浪揚白鷗」，李善注：「翻浪有似白鷗鳥也。」錢起詩云「不知鳳沼霖初霽，但覺堯天日轉明」，「鳳沼」一作

〔一〕婢：底本脱，據《晉書》卷八十八補。

「傳説」，余謂「説」當作「野」，《書》「説築於傅巖之野」，青草對白鷗，傅野對堯天，尤妙。以今觀之，反覺牽强。

杜少陵《石龕》詩云：「熊羆咆我東，虎豹號我西。我後鬼長嘯，我前狨又啼。」余謂本魏武帝「熊羆對我蹲，虎豹夾路啼」二句。偶閲《楚詞》：「螻蛄兮鳴東，蟊蠽兮號西。蛓緣兮我裳，蠋入兮我懷。蟲豸兮夾我，惆悵兮自悲。」此真少陵所祖。

劉長卿詩「欲掃柴門迎遠客，青苔黄葉滿貧家」，妙矣。若改「紅葉」，則失貧家光景。王秋史詩「亂泉聲裏才通屐，黄葉林間自著書」，亦佳。近來茶山翁名其集曰《夕陽黄葉村舍詩》，世人以爲新奇，不知夕陽黄葉村舍，沈德潛所居之名，出《唐詩别裁序》。

李杜之詩，二王之書，後人學之，非不善也，然一句一字，必其面目，則優孟衣冠耳。歐陽公曰：「學書當自成一家之體，其摸仿他人，謂之奴書。」余亦謂摸擬之詩爲奴詩，豈過論哉。

《唐書·温造傳》：「大和二年内昭德寺火，延禁中野狐落。」按：野狐落者，宫人所居也。唐朝文物一時盛矣，而宫中有此卑名，抑亦不典之極。

唐太子承乾，私引突厥與相狎比。于志寧上疏極言，太子大怒，遣張師政、紇干承基往刺之。二人入其第，見志寧憔然在苫塊中，不忍殺乃去。蓋鉏麑之流也。

《東國通鑑》云：「新羅武烈王妃，文明王后金氏，庾信之妹也。初，其姊寶姬夢登西兄山頂，坐旋流遍國内。覺與文明言，明文戲曰：『願買兄夢。』因與錦裙爲直。後武烈與庾信蹴鞠，庾信故踐武烈衣紐落之，庾信曰：「吾家幸近，請往綴之。」因與俱往，置酒，從容喚寶姬來綴。寶姬辭曰：「豈可以細事輕近貴公子乎？」文明乃進綴紐，美而艷，武烈悦之，仍請婚，遂生男。」是與源公夫人北條氏買夢相類。

《隨園詩話》：「尹文端公論詩最細，有差半個字之説。如唐人『夜琴知欲雨，晚簟覺新秋』，『新秋』二字現成語也，『欲雨』二字以『欲』字起『雨』字，非現成語也，差半個字矣。以此類推，名流多犯此病。必云『晚簟恰宜秋』，『宜』字對『欲』字。」余謂律詩嚴對偶，然亦不可太拘於法。此句活動，在「覺新秋」三字，如尹所改，不過求確對耳。元稹詩「雨冷新秋簟，星稀欲曙樓」，亦同一法。

陸深《豫章漫抄》云「予往歲謫延平，北歸宿建陽公館。時薛宗鎧作令，與酌堂後軒。是歲閏中大雪，四山皓白，而芭蕉一株，横映粉墻，盛開紅花，名美人蕉。世稱王維《雪蕉圖》爲奇格，而不知冒雪看花乃實境也。」按《夢溪筆談》云：「予家所藏摩詰畫《袁安卧雪圖》，有雪中芭蕉，此乃得心應手，意到便成，故其理入神，迥得天意。」據此則雪中芭蕉，其點景耳。美人蕉一名紅蕉，與芭蕉别種。

南燕主備德，宴群臣於延賢堂，酒酣，謂群臣曰：「朕可方自古何等主？」青州刺史菊仲曰：「陛下中興聖主，少康、光武之儔。」備德顧左右，賜仲帛千匹。仲以所賜多辭之，備德曰：「卿知調朕，朕不知調卿邪？卿所對非實，故朕亦以虚言賞卿。」韓範進曰：「天子無戲言。今日之論，君臣俱失。」柳宗元《桐葉封弟辯》祖此。李承嘉附武三思，詆尹思貞於朝，思貞曰：「公附會姦臣，將圖不軌，先除忠臣邪？」承嘉怒，劾奏思貞，出爲青州刺史。或謂思貞曰：「公平日訥於言，及廷折承嘉，何其敏邪？」思貞曰：「物不能鳴者，激之則鳴。」韓退之《送孟東野序》祖此。

《唐書》：「漢以來葬喪皆有瘞錢，後世里俗，稍以紙寓錢爲鬼事。」吾邦葬喪亦有瘞錢，俗謂之「六道錢」。余謂天下之廣，人物之夥，日日所費，不可勝數。以有用之物，爲無益之事，當如殊俗代用紙錢。《鼠璞》云：「寓錢與塗車芻靈何以異？俗謂果資於冥塗，則可笑。」真是格言。

「禽」字，鳥獸通稱。《禮記》「猩猩能言，不離禽獸」，《後漢書》華佗曰：「吾有一術，名五禽之戲，一曰虎，二曰鹿，三曰熊，四曰猿，五曰鳥。」又《考工記》：「天下大獸五，脂者，膏者，贏者，羽者，鱗者。」「獸」字亦似汎指鳥魚也，牝牡雌雄可以通稱禽獸。《寄園寄所寄》引《博物志》云：「周丞相與客閑步園中，玩群鷗，問曰：『此牝鶴耶，牡鶴耶？』客從旁曰：『獸稱牝牡，禽爲雌雄。』丞相曰：『雄狐綏綏，狐非獸乎？牝鷄司晨，鷄非禽乎？』客不能對。」雖然，牝牡二字從牛，雌雄二字從隹，乃禽獸之別也。自雄狐、牝鷄之外，經史中亦不多見。

少陵從軍行云：「驅馬天雨雪，軍行入高山。徑危抱寒石，指落層冰間。」《漢書·匈奴傳》：「高帝自將兵往擊之，會天大寒雨雪，卒之墮指者十二三。」少陵取此，改墮爲落，蓋其用字縱橫，不泥舊套，然亦確乎有據。《魏書·盧昶傳》：「諸軍遇大寒雪，軍人凍死，及手足落者三分而二。」古人云「杜詩無一字無來處」，信矣。

《唐書·柳公權傳》：「穆宗問公權用筆法，對曰：『心正則筆正，筆正乃可法矣。』時帝荒縱，故公權及之。帝改容，悟其以筆諫也。」又有醫諫，柳公綽進《大醫箴》曰：「氣行無間，隙不在大。」憲宗曰：「卿愛朕者深。」蓋以醫諫也。《金史》：「楊雲翼嘗患風痺，稍愈，哀宗親問愈之之方。對曰：『但治心耳，心和則邪氣不干。治國亦然，人君先正其心，則朝廷百官莫不一於正矣。』上瞿然知其爲醫諫也。」《元史・廉希憲傳》：「世祖詔楊州名醫王仲明視希憲疾。既至，希憲服其藥，能杖而起。帝喜曰：『卿得良醫，疾向愈矣。』對曰：『醫持善藥以療臣疾。苟能戒慎，則誠如聖諭。設或肆惰，良醫何益？』蓋以醫諷諫也。」《明史・夏良勝傳》：「武宗南巡詔下，醫士徐鏊亦以其術諫，略云：『喜無傷心，怒無傷肝，慾無傷腎，勞無傷脾。』」東坡《蓋公堂記》引謝醫卻藥，以諷王安石新法，議論卓絶，能中時弊。張文潛《藥戒》千餘言，蓋祖此文。

吴又可《温疫論》二卷，蓋崇禎辛巳，疫氣蔓延數省，以傷寒法治之多死，因推究而著此書，謂傷寒中風，脈絡因表入裏；温疫之氣，自口鼻而入，伏於膜原，在不表不裏之間。其説發前人所未發，然亦有據。《周書・異域傳》：「鄯善，古樓蘭國也，去長安五千里，所治城方一里，地多沙鹵少水草，北即白龍堆沙路。魏太武時，爲阻渠安國所攻，其王西奔且末〔一〕。西北有流沙數百里，夏日有熱風，爲行旅之患。風之欲至，惟老駞知之，即鳴而聚立，埋其口鼻於沙中。人每以爲候，亦即將氈擁蔽鼻口。其風迅駛，斯須過盡，若不防者，必至危斃。」按多紀先生《醫賸》，舉醫書數種，

〔一〕末：底本訛作「未」，據《周書》卷五十改。

證邪從口鼻入之言，可謂該博矣。然不引《周書》，故此表出。

《温疫論·原病》云：「昔有三人，冒霧早行，空腹者死，飲酒者病，飽食者不病。」按《博物志》：「王恭、張衡、馬均昔冒重霧行，一人無恙，一人病，一人死。問其故，無恙人曰：『我飲酒，病者食，死者空腹。』」竇革《酒譜》引《本草》云：「酒味辛苦甘，大熱有毒，主行藥勢，殺百蟲惡氣。昔有三人晨犯霧露而行，空腹者死，食粥者病，飲酒者無疾。明酒禦寒邪，過於穀氣矣。酒雖能勝寒邪通和諸氣，苟過則成大疾。」吴氏之説與此二書相反，别有所據乎？抑不可信也？鄉俗，出入疫家者多借酒力以避疫氣，遂無傳染之患。

《通鑑》：「嘗有一人士，參和士開疾，值醫云：『王傷寒極重，應服黄龍湯。』」注：「陶弘景曰：今近城寺别塞空罌口，内糞倉中，久年得汁，甚黑而苦，名爲黄龍湯。治温病垂死者皆差。」按《温疫論》載陶氏黄龍湯云，此症下與不下皆死，用此或可回生，尚勝坐以待斃。湯名本此。《肘後方》：「絞糞汁，飲數合至一二升，謂之黄龍湯。」又小柴胡湯，亦名黄龍湯，見《千金方》。

王阮亭曰：「越處女與勾踐論劍術曰：『妾非受於人也，而忽自有之。』司馬相如答盛覽曰：『賦家之心，得之於内，不可得而傳。』雲門禪師曰：『汝等不記己語，反記吾語，異日稗販我耶？』數語皆詩家三昧。」余謂不啻詩家，亦可以爲醫者三昧矣。

余讀釋策彦《南遊稿》，其所履歷令人艷羡，蓋吾邦有韻紀行中第一壯觀，但恨佳篇不多。《淮陰侯祠》云：「秦楚平來未賞功，雲夢遊獵失良弓。當時若用蒯通計，漢祖乾坤掌握中。」《楚項廟》

云：「執鋭被堅亡暴秦，豈圖天下屬寬仁。監司休掃廟前草，又有春風生美人。」許袁詩：「千載興亡莫浪愁，漢家功業亦荒丘。空餘原上虞姬草，舞盡東風未肯休。」朱静庵詩：「力盡重瞳霸氣消，楚歌聲裏恨迢迢。貞魂化作原頭草，不逐東風入漢郊。」竝用虞美人草以詠虞姬，策彦詩不及遠矣。《送魏提舉》詩云：「聖代祇今多寵華，休官何事獨歸家。晚春一別兩行涙，半恨啼鵑半落花。」《金山寺》云：「解道金山山裏寺，上方隔在翠微間。龍爲行者點燈去，鷗與殘鶯結社閑。茶鼎烹泉銷世味，蒲團坐砌杜禪關。過船日暮重多少，稛載鐘聲樹影還。」張祐詩：「一宿金山寺，微茫水國分。僧歸夜航月，龍出曉堂雲。樹影中流見，鐘聲兩岸聞。因悲在城市，終日醉醺醺。」結句用此。又佳句云「遮莫西東語音異，良媒幸有管城侯」，「眼似老年看不見，六橋風景霧中花」杜詩「老年花作霧中看」，一聯云「客愁滴破松堂雨，僧夢燃殘茶竈煙」，此祖岑嘉州「孤燈燃客夢」之句，風斯在下矣。

《全浙兵制》有《日本風土記》，中載邦人詩十餘首，因舉異同以備參考。《詠西湖》云：「一株楊柳一株花，本是唐朝賣酒家。唯有吾邦風土異，春風無處不桑麻。」此首或云策彦作。《堯山堂外記》云：交趾使遊西湖絶句：「一株楊柳幾枝花，醉飲西湖賣酒家。我國繁華不如此，春風遍地是桑麻。」「昔年曾見此湖圖，不意人間有此湖。今日卻從湖上過，畫工猶自欠工夫。」《春日感懷》云：「中原二月綺如塵，異卉奇葩景物新。可是吾天仁更闊，小塘幽草亦成春。」《奉邊將》云：「棄子抛妻入大唐，將軍何事苦堤防。關津橋上團圓月，天地無私一樣光。」《保叔塔》云：「保叔緣何不保夫，造成七級石浮圖。縱然一派西湖水，説得清時也是污。」《被張太守禁舟中嘆懷》云：「老鶴徘徊日出東，笑看宇宙作樊籠。

只因飛入堯天闊，恨在扁舟一葉中。」《四友亭》云：「四友亭名萬古香，清香曾遞到遐方。我來不見庭中主，松竹青青梅自黄。」《題花鳥畫》云：「嬌鳥奇花誰畫成，花無香氣鳥無聲。任君舒卷從君看，花不凋零鳥不驚。」《鳩鵲争鳴》云：「鳩一聲兮鵲一聲，鳩聲啼雨鵲聲晴。老天若也難分判，一半晴晴一半陰。」恐是「一半陰陰一半晴」之誤，陰字失韻。《答風俗問》云：「君問吾風俗，吾風俗最淳。衣冠唐制度，禮樂漢君臣。玉甕藏新釀，金刀割細鱗。年年二三月，桃李一般春。」按：「衣冠」一聯，僧奝然對宋太祖之作，《宋史》不載全篇，疑是後人續成前後。嗜哩嘛答大明高皇帝問日本風俗云：「國比中原國，人同上古人。衣冠唐制度，禮樂漢君臣。銀甕芻新酒，金刀膾錦鱗。年年二三月，桃李一般春。」《普福迷失樂清被獲感懷》云：「來游上國看中原，細嚼青松咽冷泉。慈母在堂年八十，孤兒爲客路三千。心依北闕浮雲外，身在西山返照邊。處處朱門桃李巷，不知何日是歸年。」《題春雪》云：「昨夜東風勝北風，釀來春雲滿長空。梨花樹上白加白，桃杏枝頭紅不紅。鶯問幾時能出谷，燕愁何日得泥融。寒冰鎖卻鞦韆架，路阻行人去不通。」《萍》云：「錦鱗密密不容鍼，只爲根兒做不深，曾與白雲争水面，豈容明月下波心。幾番浪打應難滅，數陣風吹不復沈。多少魚龍藏在底，漁翁無處下鈎尋。」《堅瓠集》，明初胡虚白詠萍云：「重重疊疊砌魚鱗，根蒂渾無半寸深。偏爲太陽遮水面，不容明月印波心。千層浪打依然聚，幾度風吹不肯沉。多少錦鱗藏葉底，教人無計下鈎尋。」《寄園寄所寄》引《莫氏八林》云：「明朝欲征安南國，作一萍詩當檄文，曰：『穿田渡水冒秧針，到底原來種不深。空有根苗空有葉，敢生枝節敢生心。但知聚處焉知散，秪識浮時不識沉。大抵中天風勢惡，掃歸湖海竟難尋。』安南國得檄，即次韻云：『錦鱗密密莫容針，帶葉連枝不計深。常與白雲争水面，豈容明月墜波心。千條雨綫穿難破，萬頃風濤滚不沉。多少魚龍藏水底，漁郎無計把鈎尋。』」《育王》云：「偶來覽勝鄮峰境，山路行行雪作堆。風攪空林飢虎嘯，雲埋老樹斷猿哀。抬頭東塔又西塔，移步前臺更後臺。正是如來真境界，臘天香散一枝梅。」《徐氏筆精》，倭夷入貢，駐舶杭城外湧金門，詠柳云：「湧金門外柳如金，三日不來成緑陰。折取一枝城裏去，教人知道是春深。」又「西風古道摧楊柳，落葉不如歸意多」。《寄園寄所寄》引《西墅雜記》云，成化甲午，倭人入貢，見欄前蜀葵花不識，人問之，題詩云：「花如木槿花相似，葉比芙蓉葉一般。五尺闌干遮不盡，尚留一半與人看。」按《花譜》「葵花一名一丈紅」，三四句隱用之。陸次雲《譯史紀餘》，釋金俊和宋學士贈詩云：「一曲錯買離鄉船，抹過鯨波萬里間。震旦扶桑無異土，參方飽看浙西山。」金俊姓神，氏秀，日本國高井縣人，詩見宋學士集中。查爲仁《蓮坡詩話》，汪琬贈人句云「家臨緑水長州苑，人在青山短簿祠」，與沐景顒《滄海遺珠集》所載日本使臣天祥《題虎邱寺》「樓臺半落長洲苑，簫鼓時來短簿祠」之句似暗合〔一〕，細味之用意各别，詩格亦自不同。釋黄泉《山堂清話》云，福省海濱有漂船，其中人物儀具極清楚，省主知貴人，以觚翰置前通信，其人即賦詩曰：「日出扶桑是我家，飄摇七日到中華。山川人物般般異，唯有寒梅一樣花。」其末書曰：「某日本國王某王之子，因月夜泛舟，不覺至此。」省主見嘆曰：「異方之人亦有才如此，可嘉。」命有司以盛禮款待，具大船送回。予及至此邦，詢其人，竝無有知之者。江村

〔一〕顒：底本訛作「顓」。按明代沐昂字景顒，一字景高，編《滄海遺珠集》。據改。

北海曰：「曹學佺《明詩選》載日本僧天祥詩十一首，機先詩二首。二僧被賞乎中土，而湮晦乎我邦，甚可嘆惜。」朝鮮徐剛中所著《東人詩話》以「清磬月高知遠寺，長林雲盡辨遥山」爲日本僧梵嶺詩，余未考梵嶺何人。

《茅亭客話》：「勾居士名令玄，蜀都人，有《敬禮瓦屋和尚塔偈》曰：『大空無盡劫成塵，玄步孤高物外人。日本國來尋彼岸，洞山林下過迷津。流流法乳誰無分〔一〕，了了教知我最親。一百六十三歲後，方於此塔葬全身。』瓦屋和尚名能光，日本國人也。嗣洞山悟本禪師，天復年初入蜀，僞永泰軍節度使鹿虔扆〔二〕，捨碧鷄坊宅爲禪院居之。至孟蜀長興年末遷化，時齒一百六十三。故有此句。」按天復元年當吾延喜改元，瓦屋和尚不詳其人，録竢追考。

或以「日域」爲本邦之稱，非。日域，猶言天下也。《魏書·李孝伯傳》：「世祖太武皇帝，英叡自天，籠罩日域。」

賀蘭進明曰：「晋用王衍爲三公，祖尚浮虚，致中原板蕩。今房琯專爲迂闊大言，以立虚名。所引用皆浮華之黨，真王衍之比也。」琯布衣時，與杜甫善。及爲宰相，請自帥師討賊，敗於陳濤斜。此役，琯用車戰，果是迂闊。甫有《悲陳濤》詩，又其《詠懷》云：「杜陵有布衣，老大意轉拙。寄

〔一〕乳：底本訛作「亂」，據《茅亭客話》卷三改。

〔二〕鹿：底本訛作「庶」。《茅亭客話》卷三作「禄」，他本或同音作「鹿」。據改。

身一何愚，竊比稷與契。」所謂浮華之黨，甫亦不免其責也。朱竹垞曰：劉健不喜詩，謂人曰：「縱爲李杜，不過一酒徒耳。」然其英廟挽歌可謂佳作。此語蓋有所激而發也。

余性嗜酒旁好詩，恨乏韻致。近者不自量，欲專攻歐陽公《五代史》，加之評注，他未暇也。韓文公詩云「多情懷酒伴，餘事作詩人」。他日若編吾詩，當以《夢亭餘事》名之。蘇潁濱亦曰：「讀書須學爲文，餘事作詩耳。」與此少異。

文者，邦人之所難，紀事最難。初學以省助字爲先務，《明史》簡潔，可以爲法。如《左》《國》《史》《漢》，不易學也。

《魏書》，皇始六年，島夷桓玄廢其主司馬德宗而自立。天賜元年，島夷劉裕起兵誅桓玄。按司馬氏篡魏爲天子，而北魏亦自立稱帝，當時史體當然。

韓文公示姪孫湘詩云：「一封朝奏九重天，夕貶潮陽路八千。欲爲聖明除弊事，肯將衰朽惜殘年。雲横秦嶺家何在，雪擁藍關馬不前。知汝遠來應有意，好收吾骨瘴江邊。」柳柳州《别舍弟宗一》詩云：「零落殘魂倍黯然，雙垂别淚越江邊。一身去國六千里，萬死投荒十二年。桂嶺瘴來雲似墨，洞庭春盡水如天。欲知此後相思夢，長在荆門郢樹煙。」二詩同韻，工力相敵，韓詩落句劣於柳，柳詩起句讓於韓。又《奉和庫部盧四兄曹長元日朝迴》云：「天仗宵嚴建羽旄，春雲送色曉鷄號。金爐香動螭頭暗，玉佩聲來雉尾高。戎服上趨承北極，儒冠列侍映東曹。太平時節身難遇，郎署何須嘆二毛。」雍容雅麗，勝杜少陵《和賈舍人早朝大明宫》之作。高廷禮《正聲》取彼而不取此，何也？《宿龍宫灘》云：「浩浩復湯湯，灘聲抑更揚。奔流疑激電，驚浪似浮霜。夢覺燈生暈，宵殘雨送涼。如何連曉語，一半是思鄉。」《送嚴大夫》云：「蒼蒼森八桂，兹地在湘南。江作青羅帶，山如碧玉篸〔一〕。户多輸翠羽，家自種黄柑。遠勝登仙去，飛鸞不假驂。」《酒中留上李相公》云：「濁水汙泥清路塵，還曾同制掌絲綸〔二〕。眼穿長訝雙魚斷，耳熱何辭數爵頻。銀燭未消窗送曙，金釵半醉座添春。知公不久歸鈞軸，應許閑官寄病身。」此三詩雖絶妙，已開宋人門户。《秋字》云：「淮南悲木落，而我亦傷秋。况與故人别，那堪羈宦愁。榮華令異路，風雨苦同憂。莫以宜春遠，江山多勝游。」宛然蘇州語氣，可見大家無不具諸體也。《三堂新題二十一詠》，不及王維輞川諸篇。

劉盛不好讀書，唯讀《孝經》《論語》，曰：「誦此能行足矣，安用多誦而不行乎？」蘇綽戒子威曰：「讀《孝經》一卷，足以立身治國。何用多爲？」陳莢湖《漫成》云：「茅屋誰家絃誦聲，未曾日午掩山扃。應知多學還多事，只教兒童讀孝經。」蓋用劉、蘇二子意。學不知要，猶不學也。

温庭筠《贈彈箏者》詩云：「天寶年中事玉皇，曾將新曲教寧王。鈿蟬金雁皆零落，一曲伊州淚萬行。」寧王名憲，玄宗兄也，開元七年封寧王，二十九年薨。庭筠太中間人，自天寶元年至太中

〔一〕篸：底本訛作「篸」，據《别本韓文考異》卷十改。
〔二〕制：底本訛作「席」，據《别本韓文考異》卷十改。

初，凡百五年，上溯開元，則更加二十餘年，疑是作者設題以寓感慨，非實有其人也。玄宗兄弟五王相次薨逝，至天寶間已無存者，楊太真以天寶四載入宫，元稹《連昌宫詞》云「百官隊仗避岐薛」，李義山詩云「薛王沈醉壽王醒」，張祐詩云「閑把寧王玉笛吹」，皆誤。庭筠亦似以寧王爲天寶間人。

高楚薌詩云：「作詩無知音，不如不作妙。作詩徒苦心，碎鑿渾沌竅。」余詩固拙，徒苦思耳，時無同調，不作爲妙。

《鍾山語録》，皇甫冉詩「暝色赴春愁」，下得「赴」字最好，若下「起」字，即小兒語矣。足見吟詩要一字兩字工也。按王世貞「秋陰生檜早，暝色赴花遲」，蓋祖皇甫句，「生」字欠工夫。李長吉詩「眼逐春暝醉」亦佳。

《望海録》引《燕居筆記》曰，東坡賞心十六事：清溪淺水行舟，涼雨竹窗夜話，暑至臨流濯足，雨後登樓看山，柳陰堤畔閒行，花塢樽前微笑，隔江山寺聞鐘，月下東鄰吹簫，晨興半炷名香，午倦一方藤枕，開甕忽逢陶謝，接客不著衣冠，乞得名花盛開，飛來佳禽自語，客至汲泉煎茶，撫琴聽者知音。

「騎虎之勢必不得下」，隋獨孤后語也。《五代史·郭崇韜傳》稱爲俚語。《晉書·温嶠傳》「騎猛獸，安可中下哉」，此唐史臣避高祖諱，改「虎」曰「猛獸」，此語相傳久矣。

古樂府《讀曲歌》「音信闊弦朔，方悟千里遥。朝霜語白日，知我爲歡消。」初，余以譚元春「土鼓語木鐘」句爲新，及見此詩，覺其陳腐。

《玉溪清話》：「梁武帝得鍾繇破碑，愛其書，命周興嗣次韻成文。或又云武帝欲學書，命殷鐵石選二王千文，召周興嗣次韻。二説不同，然皆武帝時事也。」按次韻，選次韻字以成文也，與後世詩人次韻異。《梁書·蕭子範傳》：「南平王使子範製千字文，其辭甚美，命蔡遠注釋之。」自是別本。

吾邑福井某，不知字。嘗遊青樓，一妓狡黠，謂某曰：「賤妾欲書『七』字，偶忘其畫何如書得。」先作一畫，停筆問之，不應。强請，某執其手左曲作亅，滿座絶倒。《北齊書·庫狄干傳》：「干不知書，署名爲干字〔一〕，逆上畫之。時人謂之『穿錐』。」又有武將王周者，署名爲先吉，而後成其外。此種之人，實不辨一丁者。

〔一〕干：底本訛作「于」，據《北齊書》卷十五改。

鉏雨亭隨筆　卷下

李白《贈汪倫》詩云：「李白乘舟將欲行，忽聞岸上踏歌聲。桃花潭水深千尺，不及汪倫送我情。」起句突出，硬語橫空。然以汪倫結之，前後呼應，真爲傑作。杜甫《送孔巢父》詩，破題云「巢父掉頭不肯住」，末段「南尋禹穴見李白，道甫問訊今何如」，韓愈詩云「孟郊死葬北邙山，日月風雲頓覺閑。天恐文章還斷絶，再生賈島在人間」。三子步驟一轍。孫蕡《送河都闞》詩「酒酣耳熱悲故鄉，孫蕡在坐情更傷」，又云「三郎今年三十幾，平生與蕡最知己」，亦同。又有不拘此格，直記時事者。毛奇齡《贈柳敬亭》詩云：「流落相憐柳敬亭，消除豪氣鬢星星。江南多少前朝事，説與人間不忍聽。」大欠工夫。

《橘窗茶話》云：蘇頲詩「東望望春春可憐」。孫連云，上望字向東望也，下望字望春色也。按岑嘉州詩「東望望長安」，疊用望字，與此同法。然此首《奉和幸望春宫》之作，乃以「望春」爲宫名者穩也。

雨芳洲曰：「作詩如做手簡兒一般，略言之，有始中終三等。細言之，一二三四五六各有次序。但據事直書，平平鋪將去，謂之手簡。借著風云雪月山河草木來形容，錯綜成章，語言不多，意思有餘，又清雅又響亮，謂之詩。手簡如段匹，織得容易；詩如錦繡，最要纖麗。」此語直截痛快，實爲作詩妙訣。初學之徒得隻句或一聯，前後補綴以成全篇，不得血脈貫通也。

杜少陵《漫興》詩云：「糝徑楊花鋪白氈，點溪荷葉疊青錢。竹根稚子無人見，沙上鳧雛傍母眠。」稚子或以爲筍，或以爲竹鼦，或曰甫有二子，一曰宗文字稚子。並非。稚一作薙，此首全對，雉子鳧雛最確。

《静志居詩話》：杜子美集有《漫與》五絶九首，又七言云「老去詩篇渾漫與，春來花鳥莫深愁」，渾漫與者，言即景口占，率意而作也。其後蘇子瞻、黄魯直、楊廷秀諸公皆襲用之，押入「語」韻。姜堯章《詠蟋蟀》詞云「豳詩漫與笑，籬落呼燈，世間兒女」，段復之詞云「詩句一春渾漫與，紛紛紅紫俱塵土」。陰時夫輯《韻府群玉》亦采入「語」字韻中。蓋元以前無讀作漫興者，迨楊廉夫作《漫興》七首，妄謂學杜者必先得其性情，語言而後可得。其性情語言必自其《漫興》始。而其弟子吴復見，心從而傅會之，注云：「《漫興》者，老杜在浣花溪之所作也。」漫與之爲言，蓋即眼前之景，以爲漫成之辭，其言語似村，而未始不俊，此杜體之最難學者。自楊廉夫出，而世之人遂盡改杜集之舊，易「與」爲「興」，首沿其誤者，張孟兼也。

歸雁本稱春雁，然秋亦用之，猶歸鴉之歸也。林子來詩「露葦霜荷落晚風，數行歸雁下秋空」。吾輩賦秋日詩用歸雁字，讀者無不嗤笑。

黄花本稱菊花，又稱菜花。沈德潛曰：「劉宗霈《看菜花》詩云：『乍逢紅雨點迴塘，又見平畦千頃黄。色比散金無異種，香連繡壤不分疆。已娱老眼消春晝，旋引歸心立夕陽。燕麥兔葵無感觸，不須佳句憶劉郎。」張翰『青條若揔翠，黄花如散金』，指春日黄花也。唐代以黄花句試士，通場皆指菊花，無一合者。故太白云『張翰黄花句，風流五百年』，詩中第三語本此。」

陸放翁《入蜀記》：「太白《登黄鶴樓送孟浩然》詩云『孤帆遠映碧山盡，惟見長江天際流』，蓋帆檣映遠山尤可觀，非江行久不能知也。」按李于鱗《唐詩選》「映」作「影」，「山」作「空」，非矣。既曰碧空，又曰天際，語且重復，意亦索然。是類甚多，不可枚舉。南郭附言，兩可難裁，從其多且正者，是亦妄耳。

魏孝文帝太和十二年詔曰：「日月薄蝕，陰陽之恒度耳。聖人懼人君之放怠，因之以設戒，故稱日蝕修德，月蝕修刑。」胡主亦有卓見。李景珍嘗謂人曰：「吾所以好讀書，不求身後之名。異聞異見，心之所願，是以孜孜搜討，欲罷不能。豈爲聲名勞七尺也。」此乃天性，非爲力强。余之於讀書，亦是同癖，非求身後之名。

富商大賈有讀書生，勿以簿帳爲俗，以置度外。諺云「一日不書，百事荒蕪」，破産之人，必忽簿帳。

祖元珍曰：「文章須自出機杼，成一家風骨，何能共人同生活也。」蓋譏世人好偷他文以爲己用。余才庸劣，毫無所成，但願欲做吾詩，硬語拙句所不辭也。

戴益詩云：「盡日尋春不見春，茅鞋踏遍隴頭云。歸來適過梅花下，春在枝頭已十分。」孟子曰：「道在邇而求諸遠。」凡學道者，要在自修，不必求之高遠。古人每於活處觀理，此詩興也。題云《探春》，然非漫爾之作。羅景綸曰：「詩莫尚乎興，興者，因物感觸，言在於此而意寄於彼，玩味乃可識，非若賦比之直言其事也。」《鶴林玉露》載此爲尼悟道詩，第三句作「歸來笑撚梅花嗅」，不及「過梅花下」之自然。貢性之詩「湧金門外柳垂金，三日不來成緑陰。折取一枝入城去，使人知道已春深」，亦得言外之味。

益叔亮隱于南島，以詩授島中少年。有稍嫻聲律者脇喜，字伯慶，《冬夜吟》云：「寒宵客到暖新醅，爐畔閑傾一兩杯。坐久愈憐山月白，數枝梅影上窗來。」

菜根吟社課題《初夏即事》，賦者若干人。古森守一詩最佳，詩云：「客到茅堂興不孤，壁間新挂夏山圖。殘棋算罷閑評畫，已有薰風度碧梧。」三浦大年《偶成》詩云：「自非問奇客，不到子雲亭。白髪千莖雪，青燈一盞螢。眼於經史豁，身在賤貧寧。聊寄生平樂，山肴酌野醽。」前聯奇峭，有賈島風。又寄余詩云：「勢南羽北各天涯，憾昔上游欠見期。茅屋點妝君識否，壁間多是夢亭詩。」

《清波雜志》：孫莘老請益于歐陽公，公曰：「此無他，唯勤讀書而多爲之自工。世人患作文字少，又懶讀書。每一書出，必求過人。如此少有至者。疵病不必待人指摘，多作自見之。」蓋揚子雲令桓君山誦千首賦之意。《后山詩話》云：「歐陽永叔謂爲文有三多，看多做多商量多。」三多之中，商量尤難。至其極功，不待人指摘。

韓文公《南山》詩險語叠出，千古傑作，非大手筆不能辨之。後輩容易看過，不知斡旋之妙，謾擬此等之作曰：「我學韓體。」鋪張雜然無復節制，多見其不知量。《謝自然詩》專排白日輕舉之妄，雖曰正大之見，然亦陷於理窟，遂失騷人之旨。又如「是時雨初霽，懸瀑垂天紳」，「泉紳拖修白，石劍攢高青」，造語俱奇，吾曹學之，恐有畫虎之誚。《送無本師》詩云「姦窮怪變得，往往造平淡」，此是詩之正路。《山石》《雉帶箭》《汴泗交流》三篇熟讀玩味，可以得紀事之法也。《南溪始泛》三首，不讓柳柳州。《南澗中題》，黄山谷最愛此詩，以爲有詩人句律之深意。

賈長江《訪隱者不遇》詩，徐而庵以爲一問三答，語氣甚急。余講此詩，更爲一問二答，三問四答，起承轉合，整然不亂。只在二字著眼。蓋長江聞童子采藥之言，意謂除卻此山之外，不應他適。因指山爲自斷之辭曰：「只在此山中。」童子答以「山云甚深，不辨行跡」，結句截然語盡而意無限。

葉石林云：「後人但令不斷書種，爲鄉黨善人，足矣。若夫成否，則天也。」吾鄉書種不斷，而稱爲善人者鮮矣。

《豫章漫抄》云：「今人家池塘所畜魚，其種皆出九河，謂之魚苗，或曰魚秧。」二名並奇。

《西京雜記》：「玉之未理者爲璞，死鼠未屠者亦爲璞。」戴植著書名《鼠璞》，蓋本于此。

胡三省曰：「沙苑之戰，宇文泰不敢乘勝追高觀。邙山之戰，高觀不敢乘勝追泰。蓋二人者智力相敵，是以相持而不足以相斃也。」余謂信玄之於謙信，亦是智力相敵，互有勝負，遂不能得意。蓋泰觀之類耳。

《晁氏客語》云〔一〕：「止罵所以助罵，助罵所以止罵也〔二〕。」此語善悉人情。

《前漢·夏侯勝傳》「章句小儒，破碎大道。」近時解經者多駁朱子，不免是弊。張履祥曰：「讀書從先儒發明，已極詳盡。但能擇其善者而從之，優柔厭飫期於自得，不當復有著述，徒亂人意，無益於學也。好立文字，是學人一種通病。」薛文清曰：「自考亭以還，斯道大明，無煩著作，須躬行耳。」

張泊素與徐鉉厚善，因議事不協，遂絶。然手寫鉉文章，訪求其筆札藏篋笥，甚於珍玩。此與李德裕不讀白居易詩相反，而愛其文才一也。

方薰《山静居畫論》云：「畫稿謂粉本者，古人於墨稿上加描粉筆，用時撲入縑素，依粉痕落墨，故名之也。今書手多不知此義，惟女紅刺繡上樣尚用此法，不知是古書法也。今人作畫用柳木炭起稿，謂之朽筆。古有九朽一罷之法，蓋用土筆爲之，以白色土淘澄之，裹作筆頭，用時可逐次改易，數至九而朽定，乃以淡墨就痕描出，拂去土跡，故曰一罷。」吾邦近世畫家所稱粉本者，即摹本也。畫手用朽筆描摹本背，更以素紙撫摺其痕，絹則直就摸本寫之，甚失古法。

韓家藏池大雅二絶句小幅，詩云：「帝里風光行處好，就中最好此東山。山山近遠花千樹，看

〔一〕語：底本訛作「話」，據《晁氏客語》改。

〔二〕助：底本訛作「罵」，據《晁氏客語》改。

去看來乘醉還。」「祇園言説四時春，况乃煙花三月新。騷客行遊同野客，忙人來往似閒人。」題云：「右春吟倣白體，書亦然。」筆迹流麗，詩亦可誦。款云無名，下有無名連珠印。

錢起雪詩「怒濤堆砌石，新月孕簾鈎」，雪積簾鈎如新月狀，「孕」字下得妙。

唐伯虎題妓湘英家匾云「風月無邊」，見者皆讚美。祝枝山見之曰：「此嘲汝輩爲虫二也。」湘英問其義，祝枝山曰：「風月字無邊，非虫二乎？」湘英終以爲美，不之易。按《俳諧歲時記》云，出羽尾花驛里正家所藏角力繪，芭蕉翁句用「風月」字，蓋祖此意。

東坡《雪中過淮謁客回》詩「萬頃穿銀海，千尋度玉峰」，又《次仲殊雪中遊西湖》云「曲終天自明，玉樓已峥嶸」，俱言雪景潔白耳。銀海玉樓一聯，注家引道書，鑿矣。

本朝南北俱爲皇統，非異邦六朝之比也。當時勤王之師各尊其主，大義當然。近世學者動以南朝爲正，娓娓辯之，蓋不思之甚也。一書生以《芳野懷古》詩示余，余題周南峰嶺梅詩還之，詩云：「老樹峩峩欲入雲，瘴煙蠻雨客消魂。春風强自分南北，畢竟枝梢共一根。」

析用地名如自然者，李士允《晚過劉中丞園》詩「緑深裴相野，香滿白公山」，裴度午橋作別墅，號緑野堂。白樂天自號香山居士。又用故事無痕跡者，唐子西「殘梅詩興晚，細草夢魂春」，上句用杜詩「東閣官梅動詩興」，下句用靈運「池塘生春草」。

程佳《獨坐》詩云：「空館寂無人，摵摵鳴木葉。乍疑風雨聲，忽見當窗月。」「乍、忽」二字同訓異義，觀此可知。

唐宋之詩風調自異，然亦不可一概論也。郎瑛曰：「『周公恐懼流言日，王莽恭謙下士時。假使當年身便死，一生真僞有誰知。』諸書引者以爲荆公之詩，《臨川集》不載，不知何人者也。以格律論之，亦必宋人耳。」按此白樂天所作，本爲七律，兹舉其半。讀詩鑒別時代，豈容易哉？

周密《浩然齋雅談》云：「白傅詩『天黄生颶母，雨黑長楓人』《送客遊嶺南》詩，注云：『颶母如斷虹，有大風即見。楓人因夜黑雲雨暗，長數丈。』比見李仲賓云：『往年在東平舟夜行，殘夜微月，擁篷眺望，忽有黑雲起天角，漸成巨人，其長數十丈，棹臂闊步行水上，掠舟而西。一舟皆驚魘，群起視之，其去如飛。』得非所謂楓人耶？」按任昉《述異記》：「南中有楓子鬼，楓木之老者爲人形，亦呼爲靈楓。」白詩所稱即此。仲賓之説誕妄，不足信也。

神祖命林信勝監造銅材活字，既成，擺印《群書治要》，頒賜諸藩。實曠古盛事。清主康熙亦造銅材活版，然至乾隆時銅乏，鎔之鑄錢云。

《老子》五千言中，用「兮」字必押韻，其餘諸子百家皆然。吾邦先儒文，用「兮」字或不押韻，可謂杜撰。

楊伯謙《雨夜董信溪過訪》詩云：「卧病滄江上，柴扉晝不開。况兹風雨夕，乃有故人來。繞屋吟黄葉，疎燈照緑苔。平生丘壑意，共盡掌中杯。」夜雨蕭條之際，每誦此詩，以慰幽獨。但無如信溪者，深以爲憾矣。

農父作草偶人置於田間，或稱之曰案山子，余未知漢名。而西土亦有之。陸詮詩「清明日薄晝陰陰，籬外新秧短似針。縛草象人田畔立，借他風力逐飛禽。」此與案山子一般。梅園日記辯案山子事，其說確實，可從。

李葂《過廢園》詩云：「誰家亭院自成春，窗有莓苔案有塵。偏是關心鄰舍犬，隔墻猶吠折花人。」第三四句不言興廢事，反借鄰家狗兒以及偷折花枝之人，隱然見其無主，「自」字著眼，「春」字一篇血脈。

《避暑録話》：「婦人以姓爲稱，故周之諸女皆言姬，猶宋言子、齊言姜也。自漢以來，不復辨類，以爲婦人之名。故《史記》言高祖居山東，好美姬。《漢書·外戚傳》云所幸姬戚夫人、唐姬等，皆妾而非后，則又以爲衆妾之稱。近言妾者遂皆爲姬，事之流傳失實每如是。今謂宗女爲姬，亦因《詩》言『王姬』之誤也。」吾邦謂公侯女曰姬，其誤一轍。京俗謂妓曰姬，蓋自衆妾之稱來，失實益遠。姬音基，姓也。音怡，婦人美稱。

北魏徐遵明，與田猛略就孫買德受業一年，復欲去之。猛略謂明遵曰：「君年少從師，每不終業。千里負帙，何去就之甚？如此用意，終恐無成。」遵明曰：「吾今始知真師所在。」猛略曰：「何在？」遵明乃指心曰：「正在於此。」余嘗讀近人經解，賦三絶句，其一云：「吾道古來人所由，卻迷邪路遠相求。胸中本有真師在，一箇工夫只自修。」

文人相忌，自古而然。彫蟲之弊，極於此矣。真學道者自修爲要，何關世俗毀譽？

世稱皮日休爲詩人，余讀《鹿門隱書》，其中多格言，實爲有道君子也。《隱書》云：「學而廢者，不若不學而廢。學而廢者，恃學而有驕，驕必辱；不學而廢者，愧己而自卑，卑則全。勇多於人謂之暴，才多於德謂之妖。」又云：「文學之於人也，譬乎藥。善服有濟，不善服反爲害。」又云：「毀人者自毀之，譽人者自譽之。夫毀人者人亦毀之，不曰自毀乎？譽人者人亦譽之，不曰自譽乎？」又云：「嗚呼！才望顯於時者殆哉。一君子愛之，百小人妒之。一愛不勝於百妒，其爲進也難。」孟子與荀揚同列，漢以來皆然。請廢莊列之書，以孟子爲主，自皮日休始。《唐才子傳》：「日休隱鹿門山，性嗜酒癖詩，號醉吟先生。」又自稱醉士，世知白居易號醉吟先生，不知日休亦有此號，故記。

《焦氏筆乘》引《該聞録》，言皮日休陷黄巢爲翰林學士，巢敗被誅。今《唐書》取其事。按尹師魯作《大理寺丞皮子良墓誌》，稱「曾祖日休避廣明之難，徙籍會稽，依錢氏，官太常博十，贈禮部尚書。祖光業爲吴越丞相。父燦爲元帥府判官。三世皆以文雄江東」。據此，則日休未嘗陷賊爲其翰林被誅也。光業見《吴越備史》頗詳。孫仲容在仁廟時，仕亦通顯。乃知小説謬妄，無所不有。師魯文章博士，且剛直有守，非欺後世者，可信不疑也。故予表而出之，爲襲美雪謗於泉下。

甯成操下，急如束濕薪。李希烈攻李勉於汴州，驅民運土木築壘道以攻城，忿其未就，並人填之，謂之濕薪。慘刻百倍於甯。

吴筠《山中雜詩》：「山際見來煙，竹中窺落日。鳥向巢上飛，雲從窗裏出。」四句寫景自是天籟，不覺「際中上裏」四字叠出。今人犯此，則不免詩病矣。

潯陽三隱，竹溪六逸，考之本史，並無其傳。三隱見梁昭明撰《淵明傳》陶潛、周續之、劉遺民，然其時代不同，先儒辯之。六逸出《南部新書》李白、孔巢父、韓準、裴政、張叔明、陶沔。

徐興公曰：「宋宇種菜三十品，雨後按行園圃曰：『天茁此徒，助余鼎俎。』周顒曰：『春初早韭，秋末晚菘。』王維詩云『林下清齋折露葵』。三君皆得農圃風味。此況未可與肉食肥漢道也。」按東坡有《擷菜詩》云：「吾借王參軍地種菜，不及半畝，而吾與過子終年飽菜。夜半飲醉，無以解酒，輒擷菜煮之。味含土膏，氣飽風露，雖粱肉不能及也。人生須底物而更貪耶？乃作四句：『秋來霜露滿東園，蘆菔生兒芥有孫。我與何曾同一飽，不知何苦食鷄豚。』」農圃風味盡於此矣。余性嗜菜過於魚肉，然宅無隙地，不能種之。黑瀨通村農夫與余親者，自冬至春，各相寄贈，得以飽食此二村之種，風味甚美。但恨身在市中，不得菜圃之趣也。貢悦《題菜》云：「三日宿酲醒不得，正思風味到辛盤。」能盡酒客之情。

《香祖筆記》：「范傳正作《李翰林墓碑》云：『與賀監、汝陽王、崔宗之、裴周南等八人爲酒中八仙。』周南之名，杜《飲中八仙歌》無之。《唐書》白本傳所載八仙人，亦與杜詩同。」按《困學紀聞》云：「飲中八仙，其名氏皆見於唐史，唯焦遂事迹僅見於甘澤謡。」是並可補杜詩注。

《宋書·禮志》：「指南車，其始周公所作，以送荒外遠使。」晋代又有指南舟，其製不詳。

《赤雅》：「貴少賤老，染髮剃鬚，喜作羅漢。羅漢者，惡少之稱。」吾鄉稱無賴之徒曰羅漢，亦似暗合。魏主珪問博士李先曰：「天下何物最善，可以益人神智？」對曰：「莫若書籍。」余相識中有好讀書者，不見其益神智之功，蓋誦其言而不能解其意也。

吾鄉寒暑之節，親戚朋友互相問訊，且贈時物，不堪煩冗，或如循環有再歸者。《豹隱紀談》云：「吴門風俗多重至節，謂曰肥冬瘦年，互送節物。寓官顔侍郎度有詩曰：『至節家家講物儀，迎來迎去費心機。腳錢盡處渾閒事，原物多時卻再歸。』」虚禮之煩，和漢同弊。

子曰：「始吾於人也，聽其言而信其行；今吾於人也，聽其言而觀其行。」余亦讀詩，想其爲人言行相反有如冰炭，詩人之言不可盡信。元遺山詩云：「心畫心聲總失真，文章寧復見爲人。高情千古閒居賦，争信安仁拜路塵。」

梁武帝詩「一年漏將盡，萬里人未歸」，唐戴叔倫詩「一年將盡夜，萬里未歸人」，青出於藍。杜子美「露從今夜白，月是故鄉明」，僧文益「髮從今日白，花是去年紅」，鎔金成鐵。

虞詡日夜兼行百餘里，令吏士各作兩竈，日增倍之，羌不敢逼。或問曰：「孫臏減竈而君增之，兵法日行不過三十里，以戒不虞。而今日且二百里，何也？」詡曰：「孫臏見弱，吾今示强，勢有不同也。」余謂詡善活用孫子之法，即與淮陰侯背水同意。膠柱鼓瑟，不敗者少。觀田單後用火牛者可知矣。

《唐書・高儉傳》：「初，太宗嘗以山東士人尚閥閲，後雖衰猶負世望，嫁娶多取貲，故人謂之賣婚。」吾鄉望族近來多有賣婚之弊，尚且誇其門地，何顔之厚也。

《南蠻傳》，訶陵「有毒女，與接輒苦瘡」。按毒女即有黴氣者，當時傳染不多，人以爲奇耳。或云古無癧瘡，及明中葉，起於嶺南之地，是未深考之誤。《千金》「陰頭癰」，「外臺治陰頭生瘡〔一〕」，皆指癧瘡言也。

許胤宗，唐名醫也。或勸其著書貽後世者，答曰：「醫，意耳。思慮精則得之。脈之候幽而難明，吾意所解，不能宣也。虛著方劑，無益於世。此吾所以不著書也。」余觀近時醫書，漢蘭湊合，不過紙上空談。胤宗之言，可謂確實矣。元葛恒齋曰：「醫當視時之盛衰爲損益。劉守真、張子和，值金人强盛，民悍氣剛，故多用宣洩之法。及其衰也，兵革之餘，饑饉相仍，民勞志困，故張潔古、李明之輩多加補益。至宋之季，大抵務守護元氣而已。」本邦升平三百年，飽食逸居之徒多患積痛，凡爲醫者不可不思。

張嘉貞曰：「近世士大夫務廣田宅，爲不肖子酒色費，我無是也。」吾邑守錢虜爲子孫多買山林田園，反爲其酒食費者，往往有之。

凡憩村亭野店者，吹煙或喫茶，臨去留錢少許，俗曰茶料，當稱茶湯錢。司馬温公置獨樂園，春際草木秀茂，許人往觀。遊人以錢與園丁，呂直謂之茶湯錢，即茶料之類也。

《唐書·徐商傳》「襞紙爲鎧〔二〕，勁矢不能洞」。按宋康定四年，詔江淮、淮南造紙甲三萬給陝

〔一〕治：底本脱，據《外科精義》卷下改。
〔二〕襞：底本訛作「劈」，據《新唐書》卷一百十三改。

西〔一〕，蓋仿商法也。紙鎧漆塗，堅不減革。或云不能禦銃丸。其製據「襞紙」二字，則如俗間所稱陣笠之法。

鮑明遠詩「歸花先委露，别葉早辭風」，李善注：「花落向本，故曰歸花。葉下離枝，故云别葉。」余謂此句入宋人集中，不可復辨。

曹植《盤石篇》云「乘桴何所志，吁嗟我孔公」，稱夫子曰孔公，絶奇。

詩人輕和歌，歌人亦仇視之，彼此俱非。至其妙悟，詩歌一致。藤原爲家嘗誨人曰：「凡作和歌如渡危橋，不可左右回顧。」又曰：「譬之作五重塔，始自基址，當留心下句。作詩之法，亦不出此範圍矣。」藤原俊成曰：「歌之佳處在得大體而已，不可務爲雕刻組織也。譬諸畫工圖物，倘徒事丹青爛絢，則反使人可厭矣。要自然而有味，是爲得之也。」此語近世詩人頂門一針。

余在浪華，一日米薪俱盡，囊無一錢。僑居日淺，無所假貸。自謂坐而忍饑，不如卧而忘之，就枕而睡。及覺，枕上有炒麥粉一包，不知所自。問之鄰人，曰：「鄉有抒厠夫，擔小便去。蓋其所對易云。」乞茶喫之，得以一飽。是夕街上吹笛，按摩數人，獲百余錢。實余少年客中第一厄也。

孟子性善之説，其所歸者仁也。釋氏一切衆生皆有佛性，其所歸者慈悲也。其言雖異，其致則一。《廣弘明集》何太史《報應問》：「余謂佛經但是假設權教，勸人爲善耳。」

〔一〕詔：底本訛作「説」，據《通雅》卷三十五改。

荀孟言性，其言相反，要其導人爲善一也，然不及孟子至當也。性謂之善，則人人能長其善，可以到聖賢之域矣。性謂之惡，則人人務去其惡，是亦可以到聖賢之域矣。但荀以道爲假，故其弊不可勝言也。公孫子曰「性無善惡」，揚雄曰「性善惡渾」，二子不知孟荀立言之旨。以吾見聞所及，爲此含糊之説，其言似精實麤。

阮元《仁説》一卷，博舉衆説，然未盡其義也。按《六書精蘊》：「元，天地之大德，所以生生者也。元字從二從人，仁字從人從二。在天爲元，在人爲仁。在人身則爲體之長。」故元居四德之始，仁在五常之上。《説文集解》象形，兩儀爲二，又中相離爲天地之象，故亟、仁等字從之。蓋仁者天地生生之理存乎人心也。《禮運》云：「人者，天地之心也。」孟子曰：「仁，人心也。」人而不仁，則天地之心不立矣。爲天地立心，仁也。凡人生而受天地之心，謂之性。即仁是也。《中庸》云「天之命之謂性」，孟子曰「性善」，皆自天理上説著，性善即仁之根本也。朱子曰：「桃仁李核，種著便生，不是死物，所以名之曰仁。」上蔡謝氏以爲活者爲仁，死者爲不仁，是以生意論仁，得之矣。余謂衆果之核皆有生意，故名曰仁，桃杏郁李之類是已。人身麻痹，謂之不仁，以其無生意也。上蔡死活之説，蓋亦此意。

吾鄉永野氏藏《南北略》此書漢人所寫，中有缺本，邦人補之，余借而讀之。滿清革命之際，多以直筆記之。以觸忌諱，不載姓名。全部五百餘篇，自忠肝義膽出。此書漢土决無刻本，又不許存于世。余抄其《跋》並《紀事》《誌感》《讀書者》三篇，以標作者苦心。

《跋》云：甚矣書之不易成也，昔之著書者必有三資四助。三資者，才學識是。落筆驚人，才也；博極群書，學也；論斷千古，識也。四助維何？一曰勢，倚藉聖賢；二曰力，所須隨致；三曰友，參訂折衷；四曰時，神旺心開。予也賦資頑魯，眇見寡聞。壁立如渴司馬，數奇若飛將軍，孤憤窮愁過韓公子、魏虞卿。七者無一，而欲握管綴辭，不幾爲識者所笑乎？雖然，竊有志者焉。康熙午未申酉之際，作《南北略》兩書，共草五百餘篇。予以右目新蒙，兼久視生花之病，尚未謄真。及庚戌二月六日甲子，額天誓成，静書數日，銀海煙然。踰月，家表弟胡子鴻儀殊解人意，邀坐采舞榭中，示以秘笈，贈以管城。予遂縱覽凝思，目不交睫，手不停批，晨夕弗輟，寒暑無間，賓朋出入弗知，家鄉鹽米弗問。肆力期年，得書千紙。辛亥春正，復入城披録。元夕後忽友人薦予社峰王氏，携篋赴館。枕上鳥聲，案前山色，消受愧多。予方喜門墻清簡，編書有暇，不謂春甫半，疾患頓生。坐卧彌月，殊覺悶悶。孟夏既望，《北略》始竣。五月十五甲午，復書《南略》，計日課篇。十一月十三，爲二親窀穸，停筆三旬。迨季冬六日癸未，乃成《北略》三十一萬一千三十余言，《南略》廿四萬四千三百餘言，共計五十五萬五千三百餘言。予以編書不易，故誌其始末如此。辛亥季冬九日，王館書。

《紀事》云：庚戌季冬二日嚴寒，饑民一夕凍死四十七人。未幾大雪連旬，數尺千里。予呵筆疾書，未嘗少廢。辛亥季夏酷暑，各方死者日聞。予雖汗流浹背，必限録五紙。每晨起，用手巾六層陳案上。書畢視之，肘下透洽。

《誌感》云：予輯《南北略》既成，興嘆曰：「嗟乎！集書之難也如此哉。」予綴草四載，謄次二年，始得造竣。未審當世有知我者否？因憶劉歆視揚子《太玄》《法言》，謂之曰：「空自苦，吾恐後人用覆醬瓿也。」王邑、嚴尤謂桓譚曰：「子嘗稱揚雄書，豈能傳于後世乎？」譚曰：「必傳。顧君與譚不及見也。」凡人賤近而貴遠，親見揚子雲禄位容貌不足動人也，輕其書耳。」左思貌寢，十年製賦。陸機笑之。及玄晏爲序，紙貴洛陽。名勢惡薄，今古同悲。予身居賤末，無子雲、太沖之才，必多劉歆、陸機之誚。嗟乎！不附青云之士，焉能聲施後世乎？故感而誌之。

《讀書者》云：「不知我者，不可讀我書；即知我未深者，不可讀我書。不知書者，不可讀我書；即知書未深者，亦不可讀我書。無緣分者，不能讀我書；即緣分猶淺者，亦不能讀我書。無福分者，不能讀我書；即福分猶淺者，亦不能讀我書。噫嘻茫茫，求其可讀我書能讀我書者，豈無其人？雖然，又誰是其人也？辛亥季冬十四日，天節子識。」按辛亥即康熙十年，當吾寬文十一年也。

《茶餘客話》云：康熙御制詩：「御史有以沙汰僧道爲請者，朕謂沙汰何難？即盡去之，不過一紙之頒天下，有不奉行者乎？但今之僧道寔不比昔日之横恣，有賴於儒氏辭而闢之，蓋彼教已式微矣。且籍以養流民，分田授井之制既不可行，將此數千百萬無衣無食遊手好閒之人置之何處？故爲詩以見意云：『頹波日下豈能迴，二氏於今亦可哀。何必闢邪猶泥古，留資畫景與詩材。』」真大哉王言也。方今二氏之教，不足以惑世誣民。《法苑珠林》，聊供詩人藻繢耳。余謂白面書生受先儒唾餘，好排釋氏，不免泥古之弊。陳繼儒論佛極穩，可謂通儒矣。論云：「佛氏者，朝廷之大養濟院也。我明設養濟院以養無告也，然州縣不過三百，疲癃殘疾止矣。其外少壯而貧，終身不能溫飽婚娶者不知幾千萬人，幸佛教一門收拾此輩耳。夫今之僧，非真忍於離父母去妻子、叛名教而思以易天下也。大都貧賤無聊，計無復之，真所謂天下之窮民而無告者。既代王者養此窮漢，又代王者教此窮漢，蓋佛教得力處，正朝廷省力處也。」袁子才《答汪大紳書》亦極有見解，書云：「常謂佞佛者愚，闢佛者迂。僕非迂儒也，平時不佞佛，亦不闢佛。以爲佛者九流之一家，周官閑民之一種，聖人復起，不廢九流，亦不廢佛。至於人之好尚，各有所癖。好佛者亦猶好奕、好鍛、好結髦之類，所謂小是不必是，小非不必非，友朋不争，以全交也。乃書來，强僕亦從事於斯，不得不辯。」

《客話》云：「陸稼書曾祖溥爲豐城縣丞，嘗督運，夜過採石。舟漏，跪曰：『舟中一錢非法，願葬魚腹。』漏忽止。旦視之，則水荇裹三魚塞其罅。人稱爲盛德之佑。溥子東還居泖上，築堂名三魚，今稼書文集稱三魚堂。」余聞一商舟渡東洋，舟漏，祈青峰觀世音，已而漏止。入港視之，二鰒窒隙。舟師登青峰以謝冥助云。門人益叔亮爲之記刻于石。蓋舟師亦有陰德者。

《水經注》：「《風俗通》曰：『俗説高祖與項羽戰於京索，遁於薄中。羽追求之，時鳩止鳴其上，追之者以爲必無人，遂得脱。』」按源賴朝石橋山之敗，鼠伏樹竅中。大庭景親以弓探之，二鳩飛出。創業之主，鬼神助之，所謂天授非人力也。

初學之徒做詩，惟要佳句，不顧章法，故通篇亂雜，意不貫通。潘次耕《廣武》詩，善備起承轉合之法，一見易了，今爲初學舉之。詩云：「蓋世英雄項與劉，曹奸馬謪實堪羞。阮生一掬西風淚，不爲前朝楚漢流。」起結照應尤切。步兵廣武之嘆，實在曹奸馬謪。此詩千載之下，説破步兵心事。東坡曰：「昔先友史經臣彦輔謂余，阮籍登廣武而嘆曰：『時無英雄，使豎子成其名。』豈謂沛公豎子乎？』余曰：『非也。傷時無劉項也。豎子指魏晋間人耳。』」

《竹坡詩話》有明上人者，作詩甚難，求捷徑於東坡。坡作兩詩與之，其一云：「字字覓奇險，節節累枝葉。咬嚼三十年，轉更無交涉。」其一云：「衝口出常言，法度法前軌。人言非妙處，妙處在於是。」便是作詩捷徑。

吴子行《閒居録》云：「晚宋作詩者多謬句，出遊必云策杖，門户必曰柴扉，結句多以梅花爲説，塵腐可厭。余因聚其事爲一絶云：『烹茶茅屋掩柴扉，雙聳吟肩更撚鬚。策杖逋仙山下去，騷人正是興來時。』或可爲作者戒也。」吾黨亦多此種詩，録博一噱。

七律起句最難下手，柳子厚「城上高樓接大荒，海天愁思正茫茫」，雄渾悲壯，冠絶古今。其他如前後聯對仗精確，不可勝數。又《答劉連州邦字》末句云「遥憐郡山好，謝守但臨窗」，注「謝守，指安石也。安石嘗爲吴興太守」。此説恐非。謝朓有「窗中列遠岫」之句，子厚用此。

盧照鄰《長安古意》「啼花戲蝶千門側」，前有「一群嬌鳥共啼花」之句，「戲蝶」疑是「嬌鳥」之誤。

長病人將死，前二三日氣體乍佳，不可以爲復常之兆。紀少瑜詩云「殘燈猶未滅，將盡更揚輝」，與此一般。

姜白石《牽牛花》詩：「青花緑葉上疎籬，嫋嫋長條竹尾垂。老覺淡妝差有味，滿身風露立多時。」題外傳神。朱子蘅亦有詩云：「金飆初動露華滋，最愛娟娟竹尾垂。多少紅樓昏夢裏，不知秋色到疎籬。」朱竹垞曰：「結句寫出花神在風露中，可謂絶唱。然比姜詩似退一步。」

《五雜俎》云：錢氏子弟取雪上瓜，各言子之的數，剖之以觀勝負，謂之瓜戰。邦俗，兒女剖柹試其實多少，與此相類，謂之柹戰亦可。

吾鄉自七月至九月，土人釣魚爲娛，然無用浮子者。余幼時在松阪見一釣具，俗曰宇幾，即浮子也。其形如棗，塗以丹漆，頭插小羽，莖長四五分。又以銅線屈成兩股，插入於蔕，以貫釣絲。隨水淺深，可以上下，投之水中，泛然直立。鈎上二寸餘繫小鉛錘，錘委地則浮子倒，故隨淺深而上下之，不使錘委地。凡魚中鈎，則浮子没。《鷄肋編》云：「釣絲之半繫荻梗，謂之浮子。視其没，則知魚之中鈎。韓退之《釣魚》詩『羽沈知食駛』，則唐世蓋浮以羽也。」

古人以暖足瓶爲湯婆，黄山谷名以腳婆，戲作詩云：「小姬暖足卧，或能起心兵。千金買腳婆，夜夜睡天明。」曾文清謂山谷改竹夫人爲青奴，則腳婆當名錫奴。戲作一絶云：「霧帳桃笙晝寢餘，此君那可一朝無。秋來零落同班扇，歲晚温柔是錫奴。」暖足瓶，此云「由多留」。

吾鄉郭北田園，種麥以充租。既刈麥，又插秧。漢土亦有類此者。向雪湖《田家》詩云「樵罷歸來打麥忙，要犁舊壤插新秧」。

《水東日記》云：「吴人耕作或舟行之勞，多謳歌以自遣，名唱山歌。南山頭上鵓鴣啼，見説親爺娶晚妻。爺娶晚妻猶自可，前娘兒女好孤淒。」此等無情漢子，所在比比有之，不勝浩嘆。

梅花開時，蝶未化生。僧別舸蝶詩「每向東風憐薄命，一生不得近梅花」。此意古人未曾道及。林和靖梅詩「霜禽欲下先偷眼，粉蝶如知合斷魂」，「如知」二字婉曲有餘意。

李長吉詩，稱曰「牛鬼蛇神」，然亦有艷麗動人者。《難忘曲》云：「夾道開洞門，弱楊低晝戟。簾影竹華起，簫聲吹日色。蜂語繞妝鏡，畫蛾學春碧。亂繫丁香梢，滿欄花向夕。」佳句云「竹香滿淒寂，粉節塗生翠」，奇峭可喜。又有「杯池白魚小」之句，注「杯池，池之小者。極言其小小僅似杯耳」。「天教胡馬戰，曉雲皆血色」，與常建「戰餘落日黄，軍敗鼓聲死」千古對壘。

釋親鸞創立一向真宗，養妻子喫酒肉，貴賤上下一視平等。於是天下穢户皆爲檀越，金錢如土，富敵王侯，可謂謂盂鉢中一豪傑也。然亦有據。馬祖嘗應屠者之請，降詣其舍。士庶敬駭，咸稱異哉。祖曰：「佛性是同，無生豈別？但可度者吾其度之，何異之有？」釋窺基，字洪道，奘師諷之出家。基曰：「聽我三事，方誓出家。不斷情欲、葷血、過中食也。」奘先以欲勾牽令入佛智，佯而肯焉。行駕累載前之所欲，故關輔語曰：「三車和尚亦非枯木寒巖之徒也。」

長峰妓樓，每春四方遊客輻湊，或有六七十人結社同遊者。翌朝命駕，登朝熊嶽。衆妓要之歸路，前宵醉夢中，往往不識其面。輿卒絡繹，錯認別人，於是預以片紙記客姓名，各結于簪，呼名就輿。余戲賦絶句云：「紅塵滚滚滿花街，酒幔風翻醉面佳。多少美人迎客處，銀簪名刺異銀牌。」唐官妓佩銀牌，刻名其上。李賀詩「今日見銀牌」。

孟郊詩「鬢邊雖有絲，不堪織寒衣」，一家機軸。近人所喜，然過巧失實，非大雅之音也。

常建詩「碧海瑩子神，玉膏澤人骨」。按「碧海」疑是「水碧」之誤。《西溪叢語》：「嘗閲李白《過彭蠡湖》詩云『水碧或可採，金膏秘莫言』，江文通詩云『水碧驗未黷，金膏靈詎緇』，注『翰曰：水碧，水玉也。金膏，仙藥也』。又云『傲睨摘朮芝，淩波採水碧』，謝靈運《入彭蠡湖口作》『金膏滅明光，水碧綴流温』，注云『水碧，水玉也。此江中有之，然皆滅其光明，止見温潤』。《穆天子傳》『河伯示黄金之膏』，《山海經》云『耿山中多水碧』。余嘗見墨子道書，大藥中有水脂碧者，當是。」按水碧、金膏，相對爲句，所從來久矣。余著《唐詩正聲箋注》，常建碧海句欠考證，故追録。

《淮南子》：「好憎者，心之過也。嗜欲者，性之累也。人大怒破陰，大喜墜陽，薄氣發瘖，驚怖爲狂，優悲多恚，病乃成積。」醫書所稱積聚即此。又云：「夫善遊者溺，善騎者墮，各以其所好，反自爲禍。」詩人多招口禍亦然。

阮元《兖州道中》詩云：「平田泉水自成渠，村口秋林日影疎。著我肩輿安穩過，半看黄葉半看書。」秋冬之際，山村病家邀余，輿中每誦此詩，真與我心相合，勝於自苦覓句矣。

《宋史》梅堯臣嘗語人曰：「凡詩意新語工，得前人所未到者，斯爲善矣。必能狀難寫之景如在目前，含不盡之意見於言外，然後爲至也。」世以爲知音。

楊子載云「欄邊花草牛羊路，寺裏人家杵臼聲」。余每遊菩提山，覺此句之妙。謝氏《詩源》：「袁瓘《秋日》詩曰『芳草不復緑，王孫今又歸』。人都不解。施膺見之曰：『王孫，蟋蟀也。』」按此反用《楚辭》「王孫去兮草萋萋」之語，施説牽强不可從。

阮元《湘江村舍》詩云：「湘山如翠黛，潮水如碧玉。巖下有居人，林深不見屋。落落百尺松，陰陰萬竿竹。竹密一徑空，照見人皆緑。況有流泉聲，清泠比琴筑。如此山居幽，其人定無俗。笑我坐篷窗，秋陽正相曝。」此詩非唐非宋，又非元明，自是一家風調。余與社友飲竹林中，視之顏色皆青，益感造語之妙。楊誠齋《過南陽》詩云：「近岫遥峰翠作圍，平田小港碧行遲。垂楊一徑深深去，阿那人家住得奇。」碧行二字甚奇。

或問：「《芥子園畫譜序》題云『古重陽』，重陽稱古何義？」余曰：「即今九月九日也。唐文宗開成元年，歸融爲京兆尹。時兩公主出降，府司供帳事繁，又俯近上巳曲江賜宴，奏請改日。上曰：『去年重陽取九月十九日，未失重陽之意。今改取十三日可。』」《東坡文集》云：「嶺南氣候不常，余嘗謂菊花開時即重陽。十月初吉菊始開，乃與客作重九。」文宗九月十九日作重陽，坡公以十月朔作重陽，故以「古」字分之。蓋清人好奇之弊也。

邦人詠史題畫之類，不過敷陳故事，令人一見引睡。因舉古人傑作，以示初學。袁景文《題李陵泣别圖》云：「上林木落雁南飛，萬里蕭條使節歸。猶有交情兩行淚，秋風吹上漢臣衣。」沈歸愚評云：「詞婉意嚴，李陵之罪自見。漢臣二字，《春秋》之筆。」譚貞良詩云：「都尉臺前起朔風，節旄空盡路西東。不知別淚誰先落，同在河梁夕照中。」比諸袁詩，似讓一步。然其罪李陵，隱然溢於言外。「同」字著眼。王澤《題徽宗畫瓶中桂花》云：「玉色官瓶出内家，天香誰貯月中花。六宫只愛新涼好，不道金風卷翠華。」張迪《題徽宗半開梅花》云：「上皇朝罷酒初酣，寫出梅花蕊半含。惆悵汴宫春去後，一枝流落到江南。」盧湛《題趙松雪苕溪圖》云：「王孫今代玉堂仙，自畫苕溪似輞川。如是青山紅樹底，可無十畝種瓜田。」戴冠《題姚少師畫竹次其韻》云：「北地風高卷塞雲，驚沙吹起雁成群。客邊偶寫龍孫譜，忘卻江南有此君。」歸愚曰：「嘉定王常《題徽宗畫百合圖》云『偶爲美名圖百合，不知南北已瓜分』，頗有思致。」

《静寄餘筆》：「豫山中有一老杉，其大蓋百圍云。亦世所未聞。旁有小聚落，因呼曰杉村。」吾鄉宫川上游十里餘山中，亦有一大杉，因稱其地曰大杉谷。土人稱爲神代物，不知其大幾百丈。偶有度幹大者即災，土人懼而祭之。

黄嘉仁《田家詩》云：「煙含暝色入村塲，一畝平田隔草堂。急雨初收新水滿，藕花香雜稻花香。」一日，余伴讀小林公堂，歸途過王中島，荷花盛開，口誦此詩，不裁一句，蓋爲茲境傳神。

林鴻《飲酒》詩：「儒生好奇古，出口談唐虞。儻生羲皇前，所談乃何如。古人既已死，古道存遺書。一語不能踐，萬卷徒空虚。我願但飲酒，不復知有餘。君看醉鄉人，乃在天地初。」好古之癖或陷於迂，察其所爲，不過紙上空談。此詩雖過激，亦有所見。

方鵬《知足吟》云：「人見白髮悲，我見白髮喜。多少賢達人，不見白髮死。高才李長吉，有道文中子。行年未三十，相與歸蒿里。吾生已倍之，對鏡宜莞爾。」達生之語，足排老愁。沈千運詩「近世多夭傷，喜見鬢髮白」。沈，唐人。

落。汪應軫《登浮峰寺》云：「攝衣入空山，白雲留我住。我欲卧白雲，白雲又飛去。」奇想自天外落。東坡詩云：「人似秋鴻來有信，事如春夢了無痕。江城白酒三杯釅，野老蒼顔一笑温。」初讀二聯如不用意，然其精鍊之工，熟讀而後可知焉。以實對虛，四句渾成。又云「門前人鬧馬嘶急，一家喜氣如春釀」，若作春酒，意味索然。

東坡曰：「余嘗論學者之有《説文》，如醫之有《本草》。雖草木金石各有本性，而醫者用之，所配不同，則寒温補瀉之效，隨用各别。而自漢以來，學者多以一字考經。字同義異，皆欲一之。彫刻采繪，必成其説。是六經不勝異説，而學者疑焉。」初學善了此意，其於文學無不如意。余謂醫之於方亦然，一草一木，分其主治，所謂數車無車，遂不能得活用之妙也。

孔子一貫指忠恕。孟子惡執一者，謂偏於一邊。凡字義隨前後語氣而異，不可泥執也。今人贈答詩中，動用「知己」字，察其交際，猶待路人。古之所謂知己者，蓋其自許不輕，故待人亦重。豫讓曰：「士爲知己者死。」虞仲翔曰：「海内得一知己，死不恨。」韓文公曰：「感恩則有之，知己則未也。」知己豈容易哉！《潛丘劄記》引《後漢・王丹傳》曰：「交道之難，未易言也。世稱管鮑，次則王貢。張陳凶其終，蕭朱隙其末。故知全之者鮮矣。」

周賀拔岳不讀兵書，而暗與之合。本朝武將多有此種人。漢武帝嘗欲以孫吴兵法教霍去病，對曰：「顧方略何如耳。不至學古兵法。」

謝在杭曰：「疏注不足以翼經，而反累經者也。實録不足以爲史，而反累史者也。」千古快論，警發腐儒。《備忘録》，劉静修詩：「記録紛紛已失真，語言輕重在詞臣。若將字字求心術，恐有無邊受屈人。」大抵漢代而降，史書多不足信，而三百年來尤甚。讀史者觀其人之可信而信之，則庶乎少失矣。

《吕氏童蒙訓》：「前輩嘗説後生才性過人者不足畏，惟讀書尋思推究者爲可畏耳。余少時同學有早慧者，遂無成矣。」謝在杭曰：「曾子七十迺學《詩》，荀卿五十始學《禮》，公孫弘四十方讀書，朱雲亦四十始學《易》《論語》，皇甫謐二十始授《孝經》，而皆成大儒。早慧者莫敢望焉。」余謂人有才不才，然其成業在乎學而不倦。每對後進引此數子，以加勉勵。

金剛寺菅公祠前有白太夫石，云菅公所賜太夫，便袖而歸，置於寺中。後人稱曰袂石，大四尺許。或駁其妄傳。按菅原《傳奇》所謂白太夫者，即松木春彦也。春彦嘗受公之知，屢謁門下。春彦有三子，《傳奇》附會以松竹梅。父子之名喧傳世上。《酉陽雜俎》云：「利州臨江寺石，得之水中。初才如拳，置佛殿中，石遂長不已，經年重四十斤。」然則此石既經千有餘年，其長亦未可知也。

吾邑久志本氏，藏僧虎關書朱子《元亨利貞説》一幅，無款，筆力遒勁，有涪翁風。僧光虔詳記來由，别成一幅，足以證其爲真跡也。元應元年，《四書朱注》始來本邦，獨清軒健叟首唱程朱之學。今觀此書，益知當時尊信朱注。《國朝諫諍録》引《長濟草》，以垂水廣信爲讀朱注者之祖。據《兵家茶話》，垂水廣信實無其人，《長濟草》蓋盲者玄信僞作也。光虔，延寶年間人，與久志本氏爲方外友。

久志本氏同宗，藏大覺禪師書一幅，字字沉著，善得唐人筆意。道春先生爲之小記，吾邑書幅以此爲第一。松田修善書，好臨古今名跡。近就主人鈎摸此幅，運筆縱横不差毫末。欲以上石，流布海内。

楊升菴《藝林伐山》云：「吴元濟將敗之兆，裴度征淮西，掘得一碑，上有謡云：『井底二竿竹，竹色深深緑。鷄未肥，酒未熟，障車兒郎且須縮。』鷄未肥，去月字乃己字。酒未熟乃酉字。後果己酉日擒吴元濟也。宋人四六『學懺鼠獄，智乏鷄碑』，下句正用此事。」按升菴説非。《筆精》云：「戴逵總角日，以鷄卵汁溲白瓦，作鄭玄碑，又自爲文而自鐫，詞麗器妙。唐丁用晦云『學懺鼠獄』云云。」其謂宋人亦誤。

《元史》，伯顔謂宋將作監柳岳曰：「爾宋昔得天下於小兒之手，今亦失之小兒之手。蓋天道也，不必多言。」周公謹《雜識》載北客詩云：「憶昔陳橋兵變時，欺他寡婦與孤兒。誰知二百餘年後，寡婦孤兒又被欺。」《輟耕録》云：「宋之興，始於後周恭帝顯德七年，恭帝方八歲。及其亡也，終於少帝德祐元年，少帝時四歲，名顯。而顯德二字，竟與得國合。周以主幼而失國，宋亦以主幼而失國。周有太后在上，宋亦有太后在上。始終興亡之數，昭然如此。」

彫菰米，詩中多斷曰菰米。杜詩「波漂菰米沈雲黑」即此。梁簡文《大堤曲》「炊彫留上客，貰酒逐神仙」，此指菰米，單曰彫也。《蓬窗續録》，彫胡即菰草中生菌，如瓜形可食，故謂之菰。霜凋時采，故謂之凋。因訛爲彫。《管子》謂之雁膳。

茶山翁詩云「郊雲釀雨夜山低，家指長松亂竹西」。山陽評曰：「夜山低三字，自先生闢之。」按高青丘詩「歸時不覺晚，山與夕陽低」，戴喻讓詩「夜氣壓山低一尺」，吴梅村詩「月出萬山低」，古人既道破。「家指」二字不妥，當作「家在」。又《尋涼》詩云：「何處尋涼去，行窮野水源。泉從庭際湧，雲傍屋端屯。大石晴猶濕，長林午欲昏。尋涼何處好，涼在水源村。」「何處尋涼去，行窮野水源。漁童沙際聚，浣女竹邊喧。田洫分漣影，徒杠落漲痕。尋涼何處好，涼在水源村。」評曰：「闢天地未有之體。」余讀《五代詩話》，閩僧懷濬有詩二絶云：「家在閩山東復東，其中歲歲有花紅。而今再到花紅處，花在舊時紅處紅。」「家在閩山西復西，其中歲歲有鶯啼。而今再到鶯啼處，鶯在舊時啼處啼。」此翁所本，其一二句法亦祖香山《春深》詩。

王漁洋《詠史小樂府》二十四首，曰小平津，曰卿曹拜，曰殺田豐，曰殺獼歌，曰龐娥親，曰赦雍齒，曰丹陽婦，曰卿慚長，曰寄當歸，曰借荆州。山陽《日本樂府》題目傚之。

張横渠曰：「人多言安於貧賤，其實只是計窮力屈才短，不能營畫耳。若稍動得，恐未肯安之。」今世言安貧者，皆此類也。

東坡云：「僕初入廬山，是日有以陳令舉《廬山記》見寄者。且行且讀，見其中云徐凝、李白之詩，不覺失笑。旋入開先寺，主僧求詩，因作一絶云：『帝遺銀河一派垂，古來惟有謫仙辭。飛流濺沫知多少，不與徐凝洗惡詩。』」按李《白望廬山瀑布水》詩「挂流三百丈」，又云「流沫拂穹石」，第三句用此。古人雖副急之作，不容易下筆也。

李遠字萬歲，嘗校獵於莎柵，見石於叢薄中，以爲伏兔，射之而中，鏃入寸餘。就而視之，乃石也。此李廣射虎後一人也。

韓果字阿六，從大軍破稽胡於北山。胡地險阻，人跡罕至。果進兵窮討，散其種落。稽胡憚果勁健，號爲著翅人。太祖聞之笑曰：「著翅之名，寧減飛將？」「著翅人」三字極奇。

韋孝寬爲雍州刺史。先是，路側一里置一土堠，經雨頽毀，每須修之。自孝寬臨州，乃勒部内當堠處植槐代之，既免修復，又得庇蔭。本邦一里冢蓋本于此。

歐陽公《縱囚論》，看破太宗好名之心，千古妙筆。周蕭僞嘗至元日，獄中所有囚繫悉放還家，聽三日然後赴獄，並依限而至。此太宗所本。

余嘗稱赤松子曰「松子」。一友人難之，然有古人既用者。《蕭大圜傳》「追蹤於松子」。

結末之句欲有餘意，全在其前後次第。譬如韋蘇州「獨夜憶秦關，聽鐘未眠客」，若作「聽鐘未眠客，獨夜憶秦關」，更有何味！

姚合詩云「晚來山鳥鬧，雨過杏花稀」，比李嘉祐「清明桑葉少，穀雨杏花稀」更高一籌。放翁詩云「小樓一夜聽春雨，深巷明朝賣杏花」亦佳。

俞文豹曰：「看人文字，須平心定氣，反復推詳，豈可輕下雌黄？」余每推敲社友詩，以此語爲龜鑑。

朱舜水曰：「今人不善學佛，舍卻腔子裏真佛，反去外面尋佛。」或曰：「真佛如何供養？」曰：「不用香花燈燭，止須兩字真誠。」余亦下一轉語曰：「今人不善學道，舍卻腔子裏正道，反去外面尋道。」或曰：「正道如何修行？」曰：「不用浮華文字，止須兩字真誠。」

陳簡齋《春日》詩云：「朝來庭樹有鳴禽，紅緑扶春上遠林。忽有好詩生眼底，安排句法已難尋。」余謂轉結二句，善盡詩人情狀。然非苦吟之徒，不能知之。又《對酒》詩云「新詩滿眼不能裁，鳥度雲移落酒盃」，此亦同意。范仲立畫工山水，得荆浩、關仝之妙。既而嘆曰：「師人不若師造化。」詩畫雖二途，其妙解一也。

馮道詩云：「口是禍之門，舌是斬身刀。閉口深藏舌，安身處處牢。」此語雖俚，實修身至要也。

唐詩「西原驛路挂城頭」，「挂」字新奇。錢大昕詩「清流出雲外，古寺挂林梢」祖此。

余性多病，數瀕於死，然於死生之際毫不動心，竊有得於前賢之言焉。《論語》曰「死生有命」，《孟子》曰「壽夭不貳，修身以俟之，所以立命也」，又曰「莫非命也，順受其正。是故知命者不立乎巖墻之下」，《荀子》曰「相命已定，鬼神不移」，又曰「生，人之始也；死，人之終也。始終俱善，人道畢矣」。

余壯年託付栗齋刻韓文公「餘事作詩人」句，以爲引首印。年過五十，毫無所成，然讀書工夫老而益壯。文公詩「吾老著讀書，餘事不挂眼」，欲取此句，更刻一印，恨無鐵筆如栗齋者。栗齋名彝，字名六，潛心古印，旁善書畫。一日與諸子會於中山精舍，古森厚保携一石材，請揮鐵筆。栗齋戲於懷中彫「水月觀」三字，出而示衆，滿座驚嘆。蓋其運刀之妙，心手相應，不假目力，字畫分明，安排極佳。玆摹印文，以存典型。

陸次雲《洞溪纖志》：「風鬼出黔中，無形無影，能以旋風攝人。」吾邦所稱加麻伊太知之類。

西鄰某氏築墻，侵余園中。余欲正之，竊謂：「我失尺土，無缺於事。彼得之如拓境。若捍言不謝罪，則不得不訴于官。秖攪吾方寸地耳。」遂默而止。楊玢《批子弟理舊居狀》云〔一〕：「四鄰侵我好從伊，畢竟須思未有時。試上含元殿基望，秋風秋草正離離。」善與愚意符矣。

吾勢有二鸚鵡石，一在宫川上游，一在磯部山中。土人以其應人語，稱曰鸚鵡，即響石也。宫川上游之石最響，東涯翁有紀行。《雲林石譜》所載鸚鵡石，以其色淺緑名之。名同而實異。

近世茶事盛行，每月定日互招賓客，可稱湯社。《清異録》：「和凝在朝，同列遞日以茶相飲，味劣者有罰，號爲湯社。」

《樂府雜録》：「善歌必先調其氣，氤氲自臍出，至喉乃噫其詞，即分抗墜之音。既得其術，即可致遏雲響谷之妙也。」按盧照鄰詩云「清歌一轉口氤氲」，亦此意也。

〔一〕玢：底本訛作「玪」，據《全唐詩》卷七百六十改。

《侯鯖録》：「世之嫁女，三日送食，俗謂之暖女。」《廣韻》中正有此説，使「餪」字。邦人娶婦，親戚朋友各贈布帛酒肉以充賀儀，更以餅糕慰問新婦，此亦暖女之意。暖有温存之義，與暖房之暖同。

溺器一名虎子，不詳其義。《侯鯖録》云：「李廣與兄弟獵於宜山之北，見卧虎焉，射之，一矢即斃，斷其頭爲枕，示服猛也。鑄銅象其形爲溲器，示能辱之也。至今溲器謂之虎子，或爲虎枕。」此説頗覺附會，録質博雅。

《過庭録》：「陽翟燕照鄰仲明，賢士人也。素安命，生計索然，讀書不仕。嘗有詩云：『女矮兒癡十口餘，近時無業退無廬。一窗風雪韓城夜，火冷燈青照舊書。』」第三四句善寫貧家光景，餘情溢於言外。

「多病愛閑」，語出《南史·王儉傳》。余欲築一茅亭，名曰愛閑，未果。白香山詩「經忙始愛閑」，杜牧之詩「愛閑能有幾人來」，是皆得閒中趣者。如劉賓客「功成卻愛閑」，固非吾儕所當也。

《明道雜志》：「古人作詩賦事不必皆實，如謝宣城『澄江浄如練』，宣城去江近百里，州治左右無江，但有兩溪耳。或當時謂溪爲江，亦未可知也。」《入蜀記》：「竹樓下稍東即赤壁磯，亦茅岡爾，略無草木，故韓子蒼詩云『豈有危巢與棲鶻，亦無陳跡但飛鷗』。此磯，《圖經》及傳者以爲周公瑾敗曹操之地，然江上多此名，不可考質。」按謝蘇二公文字，後世足以考信，而宣城無江，赤壁無草木，六朝邈矣，姑置不論。放翁去北宋不甚相遠，其所親見如此，抑亦南渡之後，陵谷一變使然耶？所謂事不皆實，似非誣也。

《焦氏筆乘》：「茄子根煎湯浴足，能治竈瘃。」竈瘃，足跟凍瘡也。余幼時每冬患凍瘡，曾祖母采雪下紅燒成霜，傅之即愈。

宋白《咏石燭》詩云「但喜明如蠟，何嫌色似瑿」。石燭即石炭也。《本草》：「琥珀千年者爲瑿，狀似玄玉，黑如純漆。」

或問古人字用甫字，余嘗閲一書失名云「表德用甫字者，起自荆公。當時附勢者多效之，故有『表德皆連甫，花書盡帶圈』之説。然甫字亦止用於字内。後人於字之下復用一甫字，或換寫作父字，其義固通，但亦是畫蛇添足之誚云」。按王介甫初字介卿，王深甫集有《臨河寄介卿》詩，曹南豐集亦有《寄王介卿》詩。甫云卿云，固無意義。《老學庵筆記》：「錢䚟字穆，范祖禹字淳，皆一字。交友以其難呼，故增父字，非其本也。」今人字曰某某甫，實蛇足也。

陳無己云：「世人以癡爲九百，謂其精神不足也。」今人駡不中用者謂不足百，蓋以長錢稱之也。

晁無咎《新城遊北山記》「仰看星斗，皆光大如適在人上」。杜子美僅以七字盡之云「仰看明星當空大」。

絶句起用通韻例多，又有第二句用者。賈長江詩「破卻千家作一池，不栽桃李種薔薇。薔薇花落秋風後，荆棘滿庭君始知」，杜牧詩「自是尋春去較遲，不須惆悵怨芳菲。狂風落盡深紅色，緑葉成陰子滿枝」。

《説詩晬語》：「張平子《歸田賦》云：『仲春令月，時和氣清。原隰鬱茂，百草滋榮。』明指二月。謝詩『首夏猶清和』，言時序四月，猶餘二月景象，故下云『芳草亦未歇』。自後人誤讀謝詩，有『四月清和雨乍晴』句，相沿到今，賢者不免矣。試思『猶』字竟作何解？」按何遜詩「麥氣始清和」是指首夏，「四月清和」司馬公句，要之清和二字春夏通用，不必本《歸田賦》也。

木世肅《高雄山》詩云：「文覺杜多本在家，袈裟斬後著袈裟。於今血染溪山樹，仿佛紅楓二月花。」時人傳賞，以爲合作。此剽竊之甚者。《蓉塘詩話》，一士人題雁來紅畫曰：「漢使傳書託便鴻，上林一箭墮西風。至今血染階前草，一度秋來一度紅。」

才力不凡，足以睥睨一世。譬有山陽之才，而有山陽之詩。無其才而學其詩，遂不免叫囂之弊耳。乳臭書生，不辨菽麥，好作大聲壯語。曾蒼山序唐絶句曰：「執偉豪而棄淵深，此近來選詩者之偏也。」《漫齋語録》：「詩用意要清深，下語要平淡。」二子具慧眼者，實詩中三昧語。

顧英《題自畫小像》云：「儒衣僧帽道人鞋，到處青山骨可埋。還憶少年豪俠興，五陵裘馬洛陽街。」道破一生心事，善用險韻而不覺其艱也。源白石《自題肖像》云：「蒼顔如鐵鬢如銀，紫石稜稜電射人。五尺小身渾是膽，明時何用畫麒麟。」自注：「時奉使西上。」祇南海評曰：「此公本色。」余讀二詩，英氣凜然襲人，是皆足以爲小傳矣。

一日登岳，歸途出朝熊村，行吟朱子「濁酒三盃豪氣發，朗吟飛下祝融峰」之句，疾如丸之走阪，頃刻抵村，頗不覺疲。

楊青望詩：「岳寺風聲起暮鐘，殘陽歸去興尤濃。停車欲認登臨處，忘卻西南第幾峰。」余自熊岳歸，途上回看有此景致，遂不能下一句也。

沈明臣《宮怨》云：「緑滿南園桑葉肥，風光欲盡柳花飛。妾生不及吳蠶死，留得春絲上衮衣。」此自王龍標「玉顔不及寒鴉色，猶帶昭陽日影來」化出。王之比喻出乎意表，所謂不涉理路，不落言筌者。沈詩工而俗，無餘意。白居易七律「心灰不及爐中炭〔一〕，鬢雪多於砌下霜」，殊俚。

《中説》：「子曰：『通其變天下無弊法，執其方天下無善教。故曰存乎其人。』」士大夫好讀書者，不可不知此意也。柳子厚詩「信書成自誤，經事漸知非」，可謂實踐之語。

朱子詩云：「昨夜江邊春水生，艨艟巨艦一毛輕。向來枉費推移力，此日中流自在行。」《大學補傳》所謂「至於用力之久，而一旦豁然貫通焉。則衆物表裏精粗無不到，而吾心之全體大用無不明矣」。詩意全與此同。

錢起《暮春歸故山草堂》詩云一作劉長卿詩，題云《晚春歸山居題窗前》：「谷口春殘黄鳥稀，辛夷花盡杏花飛。始憐幽竹山窗下，不改清陰待我歸。」韓退之《鎮州初歸》詩云：「别來楊柳街頭樹，擺弄春風只欲飛。還有小園桃李在，留花不發待郎歸。」二詩同意。或曰退之有倩桃、風柳二妓，歸途聞

〔一〕中：底本脱，且天頭有小注云「按白詩脱一字，姑仍舊」，據《白香山詩集》卷十八補。

風柳已去，故云。蓋後人附會，不足信也。如李青蓮「白雲還自散，明月落誰家」，温飛卿「鈿蟬金雁皆零落，一曲伊州淚萬行」之類，不可枚舉。

讀書之精，常在於貧。貧則志一，無所他求。我觀紈絝子弟，曲藝雜伎，朝習夕廢。至其末路，往往陷於酒池肉林中。要之皆以家産有餘故也。

太上立德，其次立功，凡人無此二者，壽保百歲不足稱也。

智猶流水，隨物屈曲，不致擁滯。義猶堤防，能殺水勢，令之順流。

弘法大師書朱雀門額，門字不勾。大師入唐之時，或傳此法以避火厄，蓋出術者之言也。《堅瓠集》引《馬氏日抄》云：「門字兩户相向，本無勾踢。宋都臨安，玉牒殿災，延及殿門。宰臣以門字有勾腳帶火筆，故招火厄，遂撤額投火中，乃息。後書門額者多不勾腳。我朝南京宫城門額，皆詹孟舉所書。北京大明門等額，皆朱孔易所書。門字俱無勾腳。」《換鵝百譚》引《初政記》云：明太祖命詹希原書集賢門額，門字有勾腳，太祖曰：「此塞賢路，削之。」然則明宫城門額，不必避火厄也。

《換鵝百譚》云：「中國科斗書，梵云『摩那書』，又『等轉書』云。」伽那跋多書，邦俗所稱假名真名，當是摩那伽那之略也。

金志章《月夜登虎丘》詩云：「一片深宵月，明明照虎丘。松杉交影静，蘋藻上階流。夜舫吹簫客，春燈賣酒樓。他鄉有朋好，竟夕此淹留。」東坡文云：「元豐六年十月十二夜，解衣欲睡，月色入户。欣然起行，念無與樂者，遂至承天寺尋張懷民，亦未寢，相與步於中庭。庭下如積水空明，水中藻荇交横，蓋竹柏影也。」又《月夜與客飲酒杏花下》詩云「褰衣步月踏花影，炯如流水涵青蘋」，前聯蓋用此意，然詩不及文遠矣。

松南《娱語》：「一日與客論學，余曰：夫學也者，一本而已矣，而其勢不得不分也。故有王公學，有儒者學，有庶人學。能通經旨大義，明成敗與亡之理，其心正，其智明，近賢退佞，邪正得失瞭然不惑，以安萬邦，以調陰陽者，王公之學也。上自六經，下及子史百家之書，博涉通覽，多畜前言往行，以備顧問，下以教子弟，儒者之學也。通人倫孝悌之大義，族親和睦，拘録疾力，以敦比事業者，庶人之學也。若使王公徒研章句事文辭，區區於蠹蟫之間，則吾必知其非英明之主也。使儒者枵腹寡聞，不達今古，拘拘自局，則吾必知其爲無用儒也。使庶人或縱談治亂，或耽溺文辭，則吾必知其不能守業也。是勢之不得不分也。若夫上下尊卑各得其宜，秩然不紊者，聖人之道也。是學之所以一本也。」松南此文，實讀書家之至要也。余亦嘗有一絶云：「天子諸侯卿大夫，士農工賈及醫巫。人人學問須知分，一樣談經是腐儒。」

松南曰：「讀書有三患：務博而無要者一患也；著眼於字句遺大義者一患也；棄正義而求新奇者一患也。有此三患，雖著等身之書，非聖賢讀書之本意也。」余觀近世學者，免此三患者殆希。

朱排山《咏始皇》云「詩書何苦遭焚劫，劉項都非識字人」，此祖章碣「坑灰未冷山東亂，劉項元來不讀書」之句。然《垓下》《大風》二歌，悲壯雄渾，壓倒千古，非區區詩人可及也。

吴冠山曰：「散體文如圍棋，易學而難工；駢體文如象棋，難學而易工。」余謂古詩如圍棋，近體如象棋，至其妙處，俱難下手。

《楊州鼓吹詞序》云：「楊州明月樓，今失其處。相傳元時，富室趙氏建以延客，一時題詠甚多，皆未愜意。趙子昂偶至廣陵，主人延之，即席題云：『春風閬苑三千客，明月楊州第一樓。』趙大喜，徹酒斝爲壽。至今傳爲勝事。」按平安東山第一樓，取釋六如「佳麗東山第一樓」句名之。六如本於子昂，不免生吞活剥之謗。吾鄉花月樓，先輩名曰「長峰第一樓」，腐套可厭。

頃有示明益王書韋莊詩全幅者，字雜草行，筆力遒勁。詩云：「近來中酒起常遲，卧看南山改舊詩。開户日高春寂寞，數聲啼鳥上花枝。」款云：「益藩仙源道人」，下有朱字印文曰「益王之印」。

余獲三百年前屋上竹材，以造線香筒若干，寄贈友人，各有所題，自二字至七字。語盡閣筆。偶見趙彦箎詩：「古鼎燒殘心字香，困來携枕卧藤牀。一聲啼鳥破幽夢，花影滿簾春晝長。」注：「閩商貨香，以心字爲號。取杜甫『心清聞妙香』之義。」他日又有請者，欲以此末句及「心清」二字題之。

西村子贇，家在蓋松山之麓。就山開園，園中有匊雪岡東望舊岳於雲際、蓑庵、紅藥塢、楓磴之勝，花時招客，盛供數日，實爲吾鄉園林之冠。近年家計不振，風物蕭條，竊感榮枯之無定。

竹坡《仲秋後一夕白雲亭小集》詩云：「不唯看月好，靈岳聳林東。萬象迎新霽，孤光溢碧空。養和淩世險，引滿慰途窮。願罷絃歌去，銀笙弄快風。」時御巫氏在菜花亭，來與余輩同酌吹笙。又《游三田山》一聯頗佳，「殘暉翻冷蝶，杳靄失歸禽」。竹坡名昌言，字子贇，吾黨一畏友也。

世間所傳薩天錫《天滿宮》詩云：「無常説法現神通，千里飛梅一夜松。萬事夢醒山吐月，觀音寺裏一聲鐘。」格調凡劣，復用「一」字。始余誦之，疑非薩詩。後閲全集，絶無此篇，益信管見不誤。《羅山隨筆》：「世傳菅相公遭謫之西州也，作詩曰：『離家三個月，落淚百千行。萬事皆如夢，時時仰彼蒼。』此則唐杜甫之作，而公亦偶同耳。」按第三句用此。洪序亦有詩云：「日本曾聞北野君，愛梅瀟灑又能文。謫居西府三千里，一夜飛香度海雲。」二詩皆非佳作。日本云云拙甚，要之邦人假託，不過侈言相公威靈耳。宋景濂「賞櫻日本盛於唐」一首，傳爲日東曲之一，本集不載，是亦同一伎倆，令人捧腹。又詹仲和《題雪舟畫富士峰圖》詩出《換鵝百譚》，亦不甚佳。

祇南海曰：「昔日予與諸子遊長樂亭，賦一絶云：『緑樹陰濃小院涼，不須避暑屢移牀。爛柯日月須臾事，何若林間午景長。』後閲《列朝集》，張以寧《爛柯山》詩：『人説仙家日月遲，仙家日月轉堪悲。誰將百歲人間事，只换山中一局棋。』古人既有與予同見解者。」南海平平説著，不如張詩精練，句法極工。

《十國春秋》：「劉乙字子真，棄官隱鳳山，有句云：『掃石雲隨帚，耕山鳥傍人〔一〕。』嘗乘醉與人争妓，既醒慚悔，集以酒致失者爲《百悔經》，不飲至於終身。」按《雅言雜載》陳沆《閒居》云「掃地雲粘帚，耕山鳥怕牛」，二聯不知孰先，劉詩稍優。

〔一〕傍：底本作「怕」，據《全唐詩》卷七百六十三改。

世以文字亡身者有，破家者有，豈啻惑溺酒色？此等之人尚稱好學，何不思之甚也。

毛先舒《吴宫詞》云：「蘇臺月出夜烏棲，宴罷吴王醉似泥。別有深恩酬不得，向君歌舞背君啼。」善得詩人之旨。朱受新亦云：「夜擁笙歌百尺臺，太湖月落宴還開。君王自愛傾城色，忘卻人從敵國來。」筋骨大露，乏温柔氣，比之前詩，談非同日。

余頃爲塾生講《近思録》，話次及邵子數學，頗覺其妄，然未容易發之於口。偶讀錢大昕詩云：「大易言天地，其道最恒久。覆載靡不用，高明而博厚。隷首善布算，算得天地壽。異哉安樂翁，吊詭惑黔首。十三萬爲期，混沌歸無有。消耗終戌亥，開闢啓子丑。唐虞當午運，民物故繁阜。更歷三萬年，人縮如鷄狗。我欲問安樂，此語誰所受？太空了無言，紀述自誰某？誰從混沌前，親見混沌後？瞿曇譚劫數，謬悠本無取。奈何拾餘唾，欲與羲文偶。」向之所疑，涣然冰釋。此等之詩，有益後學。

歐陽公《玉樓春》云「兩翁相遇逢佳節，正值柳綿飛似雪」，「遇逢、值」三字下得各至當。《漁隱》云：「浩然《夜歸鹿門寺歌》云『山寺鳴鐘晝已昏，魚梁渡頭争渡喧』，岑參《巴南舟中夜事》詩云『渡口欲黄昏，歸人争渡喧』。岑詩語簡而意盡，優於孟也。」

東坡曰：「王彭嘗云，塗巷中小兒薄劣，其家所厭苦，輒與錢令聚坐，説古話。至説三國事，聞劉玄德敗，顰蹙有出涕者。聞曹操敗，即喜唱快。以是知君子小人之澤，百世不斬。」吾邦演野史者説南朝事，雖五尺童，聞楠氏湊川之死，莫不扼腕。蓋人心之公，和漢俱同。

余嘗與田玉溪遊和州月瀨，宿於尾山民家。梅花數萬株，實爲天下壯觀。然在麥隴茗塢之間，絶無風致可賞。士人唯誇其多，可發一笑。謝在杭曰：「閩浙三吴之間，梅花相望，有十餘里不絶者，然皆俗人種之以售其實耳。花時苦寒，淩風雪於山谷間，豈俗子可能哉？故種者未必賞，賞者未必種。」真知言哉。此遊往反十日，以詩爲務。寢食之外，不接言語。各賦三十餘篇。玉溪名慎，字永圖，好詩，旁善繪事。《發上野》云：「城南野闊暖煙堆，月瀨何邊可問梅。豫占花期春正半，歸樵遠拗一枝來。」《到月瀨》三首録二「梅花香裏路盤旋，水麗山明别有天。放棹回看經歷處，嶺雲林霧各芬妍。」「攀盡梅林眼界賒，俯看山半萬梢花。樵簷埋在香雲裏，借問溪村住幾家。」《宿尾山》四首録一「昨來遥入白雲鄉，梅樹林間小草堂。幾片風英翻墨沼，新詩寫得彩箋香。」《發尾山途中聯句》三首録一「春山一路背梅歸慎，猶有殘香在客衣聚。他日此遊應入夢慎，落花啼鳥故園扉聚。」

劉青田《新春》詩：「昨夜東風來，吹我門前柳。柳芽黄未全，草根青已有。鶺鳩屋上鳴，勸我嘗春酒。我髮日已白，我顔日已醜。並尊聊怡情，誰能計身後。」此詩恰似爲余言老况也。春初一酌，讀之悵然。

識

客冬，塾生相謀刻余《詠史百絶》，並及兹篇。是余少時病中劄記，文字蕪陋，固不足傳。然亦一二載先師亡友事，距今三十餘年，邈如隔世，不勝追感。於是更加刪補，分成三卷，名曰《鉏雨亭隨筆》，以其起稿於此也。老後管見所得，別有《橘黄漫録》，以竢他日之舉。

弘化戊申初春，夢亭山人識。

錦天山房詩話

友野霞舟

《錦天山房詩話》二册，友野霞舟（一七九二—一八四九）撰。孝明天皇弘化四年（一八四七）撰成。是書乃輯出詩集《熙朝詩薈》之詩人小傳及評論而成。據文會堂《日本詩話叢書》本校。

按：友野霞舟（とものかしゅう TOMONO KASHU），江户時代後期儒者。江户（今屬東京都）人，名焕焕，字子玉，世稱「雄助」，號霞舟、錦天山房。師從野村篁園。任昌平黌教授，其間曾任甲府藩（今屬山梨縣甲府市）徽典館學頭（注：校長）。寬政四年生，嘉永二年殁，享年五十八歲。

其著作有：《錦天山房詩話》二卷、《熙朝詩薈》一百一十卷（注：江户時代之代表詩選）、《霞舟吟卷》一卷、《霞舟文稿》一卷、《霞舟海防策》等。

熙朝詩薈序

夫詩者，言志也。志有邪正，故言有美惡。古昔盛時，自公卿大夫至田父紅女，莫不各言其志，《三百篇》所載是已。由是考之，則時之治亂、政之佳惡、事之得失、人之賢否，千載之下，瞭若目睹焉。漢魏六朝、唐宋金元以逮乎明清，靡不世有作者，一代自有一代之詩，指歸雖同，氣格各異。且以唐一代，猶有初盛中晚之别，王孟、韋柳、李杜、韓白皆異其撰，宋元以下莫不悉然矣。此豈有法令驅之、賞罰導之哉？風氣所趨，雖作者亦有自不知其然而然者也。古云「詩道與政升降」，信不誣矣。我大東靈淑所鍾，風氣淳厚。洪荒之世，諸册天橋之歌、素尊叢雲之詠，《風雅》之興，實胚於此。自神后西征，三韓率化，獻經貢儒，文運漸闢。五言之作，昉於大友大津，盛於大同弘仁，《懷風》《凌雲》諸編所載，粲然可觀，菅江二氏世濟其美，彬彬焉可謂盛矣。然爾時文崇騈儷、詩宗白傅，末流之弊，終於萎茶不振。加之保平以還，皇綱解紐，干戈相尋，海寓鼎沸，靡有寧歲。人不聊生，何有於文辭？天悔禍延，篤生東照大君，經文緯武，撥亂反正，稼民樂業，大君以馬上得之，不以馬上治之。尊道禮儒，誕敷文教，首擢用羅山林子，以參帷幄。由是經藝之士紛然見於世，延至元禄、享保，作者林立，就中木門蘐社之徒最盛，人人口開天而不舍，羞用唐以後之事，雖持論過高，用典太隘，均不免摸擬餖飣之病，動招後人刺譏。然其有功於藝苑，亦不可廢也。

總而論之，建櫜以後之詩，尚沿五山緇徒之陋習，一變於享保，又一變於寬政，又一變於近今。要之，風氣之所趨，豈專人力乎哉！此可以觀世道之升降矣。余幼嗜吟詠，以披覽諸家集爲娛。常謂偃武以來，詩道之盛，迥邁前古。其間雖雅鄭並奏、利鈍雜陳，性情所發，斐然成章，皆足以鳴一代之盛矣。間有選本，或止一時，或限一州，未聞有能網羅二百餘年之作者，薈萃菁英，以成一代之鉅典者也。爰不自揣，有志編綴，而家貧，篋衍綦少，所費復多，以故因循未果。後入泮宫，獲徧窺祕府之富，蓄念復動。一日謁祭酒檉宇林公，語次及之。公殷慫恿之，且許諸官給其紙筆之費。於是講肄餘暇，專事編纂，除祕府所藏、家篋所貯外，或借鈔交友，或購收市肆，故紙殘編，搜求摘録，不遺餘力。然一人之耳目有限，恐所漏尚衆，心常歉然。顧瞻遲久，河清無期，是以不得已，苟完竣功矣。又仿《明詩綜》《湖海詩傳》例，名氏之下，繫以小傳，附以詩話，使覽者得論其時世，辨其源流，此亦所以考世道之升降之一端也。自惟雖譾陋，不足揚於風雅，亦庶幾乎有裨鳴盛之萬一云爾。

弘化四年丁未秋八月江都友野瑍瑍撰。

凡例

一，錢牧齋《列朝詩集》採録本朝帝王詩，沈歸愚譏之固當矣。如朱竹垞《明詩綜》則撰在異代，似無不可者也。我天子大君篇什，焕如日月，爛如河漢，固非草茅微臣所敢議也。故是編概乎不録，如天朝公卿亦準此例。

一，是編所録，上始於元和，下迄於已故者，見存者不收。然歲月如潦，逝者相踵，苟不爲限斷，將無所終極，故斷以天保之初。

一，作者次序，大率以時代前後、年齒長幼，然亦有不拘此例者。或以譜第，或以門派，或以氣類，如林氏子孫附羅山後，木門蘐社之支流係錦里徂徠下，列國群辟自爲一編是也。

一，國初諸老，大抵專意於經學，不屑繪章琢句，故所得不多。間有所得，亦多鄙言累句，固不足傳焉。然是編因人而傳詩，不專因詩而傳人也。故略採入焉。

一，元禄以前，因人而傳詩者十之七；享保以後，因詩而傳人者十之九。何則？當初風俗淳厚，士氣剛勁，苟志斯文者，皆尚道義。故其嘉言偉行，自卓卓於世，固不待辭章而傳也。爾後累熙重洽，文運日融。至近世，閭里小民、深閨弱女亦知弄文墨，至有挾其技而糊口於四方者，此亦足以見文質之消長、世道之升降矣。

一，是編專主於表章前賢不致湮滅，故所採寧寬勿嚴，有失入而無失出，竊存發潛闡幽之微意，况獨出手眼，别裁僞體，定衆作之權衡，揭詩道於日月者自有其人。如是編者，特薈萃諸家以俟後賢裁定爾。豈選之云乎？

一，各家詩有一聯警策而全篇不稱者，收之不可，棄之亦所不忍，故摘句附各人後，舍朽取用，庶無棄材。

一，古人詩中或有一二字不妥帖，或平側失粘者。白璧微瑕，亦屬可惜。竊傚陳卧子《明詩選》例改易數字，意在爲古人忠臣，覽者幸恕其僭妄，然此特在小家數中爾，如名公鉅卿，則不在此例。

一，是編所採，專據各家全集。全集不傳者，便採各選本。其散見諸選，互有異同者，從其義長者。校讎雖勤，魯魚猶多，覽者爲正其訛誤，補其差脱，則幸甚。

一，所繫小傳，一以家牒碑誌爲據，傍採録《日本詩史》《先哲叢談》《日本儒林傳》《近世叢語》等而節删之，不可考者闕。

一，從前選本所取不一，或取格調，或宗神韻，或尚性靈，各據偏見，去取前賢，未免削趾適屨之弊也。是編專就各集，務取其長，不立意見，不循門户，竊庶幾無枉前賢之苦心矣。

一，從前選本互有出入，如《樂泮集》《絃歌餘響》《南紀風雅》類，所收限一州，固亡論已。至《歷朝詩纂》《日本詩選》等，採擇頗廣，然詳於本州而略於他邦，理勢不得不然矣。今也諸家全集梓布海内者何止數十百家？故雖寡陋如余，亦不難薈萃，所以有是舉也。然耳目所不及，遺漏猶多，嗣後雖有所獲，既難更定，又無補例，俟編續集，以成完璧。

錦天山房詩話上册

源義直卷一〔一〕

東照大君第九子，母志水氏，甲斐守宗清女。慶長五年生於伏見，八年封甲州，十一年叙正五位下，任左兵衛督。未幾，轉四位少將。十二年封尾州，食六十一萬九千五百石。十六年叙從三位，參議兼右中將。元和三年任權中納言，寬永三年叙從二位，任權大納言。慶安三年五月七日薨，謚曰敬。

源賴宣

東照大君第十子，母正木氏，左近太夫康永女，蔭山長門守氏廣養爲女。慶長七年生於伏見，八年封常州水户，食二十萬石，明年增封五萬石。十一年叙正五位下，任常陸介，叙四位任少將。十四年更封駿遠二州，食五十萬石。十六年，轉從三位參議兼右中將。元和五年，定封紀州，食五

〔一〕卷一：指該詩人詩作存於《熙朝詩薈》卷一。下同。

十五萬五千石。寛永三年，叙從二位，任權大納言。寛文十一年薨。

《錦天山房詩話》：保平以還，海宇鼎沸，干戈相尋，文運掃地，至足利氏之季而極矣。然軍帥武夫間有知弄文墨者，其篇章流傳者亦往往在焉。然皆在慶元以前，不便輯録，故附一二於左，以見文運之所自來源。

義昭一作義輝《避亂泛舟江州湖上》云：「落魄江湖暗結愁，孤舟一夜思悠悠。天公亦慰吾生否，月白蘆花淺水秋。」源賴之《海南行》云：「人生五十愧無功，花木春過夏已中。滿室蒼蠅掃難去，起尋禪榻挂清風。」山名時熙《呈永源寺松嶺和尚》云：「李將當年參藥山，指雲臨水兩重關。今朝特特枉台駕，賓主談鋒一點間。」武田晴信《新正口號》云：「淑氣未融春尚遲，霜辛雪苦豈言詩。此情愧被東風笑，吟斷江南梅一枝。」上杉輝虎《九月十三夜軍中作》云：「露下軍營秋氣清，數行過雁月三更。越山并得能州景，遮莫家鄉念遠征。」直江兼續有「鴻雁似人人似雁，洛陽城裏背花歸」句，惜不見其全。

源光國

字子龍，號西山，又號梅里，水户威公第二子，東照大君孫，母谷氏。寛永五年生於水户，九年叙從五位上，十年叙從四位下，任左衛門督，十七年任右中將，叙從三位。寛文元年襲封水户，食二十八萬石。元禄三年，任權中納言。十三年十二月六日薨于水户，年七十八歲，謚曰義。

《錦天山房詩話》：義公以宗藩之重，懷英特之資，崇道敬儒，禮賢下士。政事文章，卓越前古，至今人尚稱其賢不衰，河間、東平不啻也。所著《大日本史》《禮儀類典》《常山文集》等若干部，鬱然成家，照映千古，亦一漢宗英之所無也。

藤原政宗 卷二

中納言山蔭後，大膳太夫政宗八世孫。世食奥州伊達郡，因氏伊達。父輝宗爲二本松義繼被襲殺，政宗時在米澤城，聞之，即馳赴，擊義繼殺之，終滅葦名盛隆，併會津仙道，移居黑川，威震鄰國。豐太閤東征，政宗往謁焉。後徒於仙臺，朝鮮之役，數有功，任少將。慶長十三年賜族松平，寬永三年任權中納言，十三年夏五月病篤，大猷大君再詣其家訪病。其月卒，年七十二歲。

源藤孝

三淵宗薰子，細川元常養爲子，因稱細川。任兵部太輔。永禄八年，三好松永等謀反，弑光源大君，藤孝奉大君弟一乘院主覺慶出奔于江，髪而更名義昭，復奉適若及越，遂通于織田信長，信長迎而立之。後義昭與信長有隙，藤孝數諫不聽，信長終放之于若江。藤孝及子忠興從信長，數有大功。天正九年封丹後，尋薙髪號玄旨，又號幽齋。關原之變，留守田邊，賊數萬，圍守數旬，玄旨防禦甚力。初玄旨以國詩名世，嘗受《古今集》於西三條氏，悉得其祕。蓋王室自中葉學廢，專尊國詩，託祖宗之道於詞學，授受爲訣，以《古今集》爲最重。時公卿以下無知其説者，僉恐玄旨死其傳泯，天皇乃詔前田玄以和解。天使莅之，賊乃罷歸。玄旨移龜山，尋聞關原報，遂遁高野。事平，東照大君念其勞，召歸老于京師。天皇擇公卿長詞學者受其業，大君亦使永井直勝就訪室町氏之制度。慶長十五年病卒，藪慤子厚曰：我先君玄旨公之於和歌，上續千載將絶之緒，下垂萬世無窮之統，此乃天下衆人之所知，而無待微臣私言之爲徵也。夫和歌漢詩，異體同工，則我藩風雅之興，實胚胎于此。

藤原治茂

一名公懋，字君續，鍋島氏，始封□□侯，後纘封佐貫侯。

《錦天山房詩話》：侯即今祭酒林公之妹夫也，故與林公交善。余嘗觀其《與林公書》，足見其襟度，因附于左。云：「雲澥脩隔，睽如參商。戀戀襟抱，耿耿不寐。忽寵貺高和一律，恍如面晤。不佞雖闕焉不裁簡牘，屢託室家致聲，因審足下優遊之樂、清逸之適，褥鼎康健之狀，憮慰緬懷。嚮者在東，辱蒙延納，揚扢風雅，商搉今古，愉快曷勝？雖然，不佞間歲述職，公事靡盬，加旃以備禦瓊浦，故僅三閲月輒西歸，是以不能朝昏援臂以畢餘誨，何其相得之驩而相遘之闊也！遺憾遺憾！東武爲天下都會。富商大賈，星錯閭閻；舞妓歌童，趨蹌承奉；豪奢相競，以爲娱樂。而足下於其間，乃能脱然獨異流俗，簡静儉素，唯學爲嗜，日與翰卿墨客徜徉於蕉樹下，是可以見其有大過人者矣。彼類所謂大隱在朝市耶？○『彼類』二字恐互倒。可歆可羡！又承徵鄙詩，侏離之言，奚足以黷清聽哉？且夫操觚摛藻，學者所不廢。然一溺意於斯，則徒比雕蟲之末技。有識者其謂之何？是以時時所吟哦，有需一瞥者，峻拒弗赦，恐其近眩鬻也。然業叨婚媾之好則不謝蕪陋，近稿數首，繕寫録呈，莞存幸甚。鴻便酷遽，不罄所欲言，統禱諒詧，不贅。」

藤原肅卷四

字斂夫，播磨人，中納言定家十二世孫，父參議侍從爲純生數子，肅乃第三子也。幼而穎悟，人呼爲神童。左眉傍有黑黚三寸餘，眼有重瞳子。初爲僧，名蕣。後悟其非，遂歸於儒。時海内騷擾，文教掃地，而卓然獨唱道於其間。嘗欲遊西土，觀其文物。至筑陽泛溟渤逢颶風，漂著鬼海島，乃喟然曰：「『聖人無常師』，吾求諸六經足矣。」赤松廣通素重肅，厚遇之。創學校，行釋奠。朝鮮姜沆亦來寓於赤松氏，見肅，嘆曰：「三百年來不見如此人也！」石田三成居佐和山，使人聘之，欲往，不果。廣通有故自刃，肅哭之慟。慶長五年，東照大君入洛，肅深衣道服謁焉。後隱居于洛，弟子益進。林道春等請建庠序，邀肅教授生徒。會有大阪之役，事遂寢。元和五年九月十二日病卒，年五十九，自號惺窩，北肉山人、柴立子、廣胖窩、竹處、都句墩皆其別號，所著《惺窩文集》十七卷行于世。後光明帝賜以御製序，學者榮之。子爲景，任圖書頭。初定家食邑於播磨三木郡細河莊，至爲純時，爲土豪別所長治所侵掠，爲純與長子左近衛權少將爲勝禦之，不利，皆死。織田右府唱霸，其臣羽柴秀吉方用事，肅乃告秀吉以將復讎。秀吉答以「不如待時肅」。肅奉母與兄弟來京師，於是亡其邑。至正保中，詔以爲景任左近衛權少將，尋轉中將，數蒙顧問，侍講經筵。爲景善詩歌，所著有《白鷗文集》若干卷。

林忠羅山曰：惺窩先生幼學，至壯不怠。出入於釋老，閱歷于諸家。兼習《日本紀》《萬葉集》、歷代倭歌詩文等，其後讀聖賢書，而後棄異學，醇如也。故精義析理，殆如破竹，未嘗勞其力也。凡知先生者，推稱中興之明儒；不知先生者，妄以爲無師無傳。夫道，一而已矣。人能弘道，道不可須臾離也。○舊本「不」上脱『道』字，今補。有見而知者，有私淑者，有百世之下而興起者，有千里之遠而一揆者。昔仲尼没，千有餘年，周茂叔獨接不傳之統，道不在茲乎？若先生則是歟？是又我朝之景運，天下文明，五星聚奎之際歟？不亦盛乎！

堀正意敬夫曰：先生奮然以興起斯文爲己任，得不傳之學於遺經。斫邪説之荆棘，開正路之茅塞。教學者於道，知所向矣。因是時，人知先六經而後詩文，始自學《庸》《語》《孟》，家傳户誦，意領心會，而終服于濂洛關閩之説。其功豈在程朱之下乎？

林信澄東舟曰：先生淑質貞亮，英才卓躒。九流七略、六藝百家，洎我國史家乘，及西域迦維之書、南蠻耶蘇之法，無書不讀，無義不通，無理不窮。博聞强記，天下無抗其衡者也。先生發明性理，而四書六經盡以程朱之意講之；攘斥佛老，而三綱五典悉以聖賢之道教之。於是，人知漢儒之淺陋而宋儒之深邃，是先生之力也。

江村綬君錫曰：惺窩已以斯文自任，人憚其端嚴，而亦能風雅，不廢文字之業。嘗花時游大原，訪豐臣長嘯，席上賦云：「君是護花花護君，有花此地久留君。入門先問花無恙，莫道先花更後君。」一時遊戲之言，體格亡論已。然意致曲折，足證温藉。

原善公道曰：此邦講宋學者，以僧玄惠爲始，爾後有間唱之者，其學不振。至惺窩專奉朱説，林羅山、松永昌三、那波活所諸賢皆出於其門，各爲時所歸仰。繼之山崎闇齋，獨立自振，亦宗洛閩，於是乎朱學始大行。

《錦天山房詩話》：國初諸老皆專攻經學，不復留意於詞章。雖間有所作，多以語録爲詩，或以國雅爲詩。若非白沙、定山之遺，則亦五山禪衲之餘也已。惺窩稟間出之質，紹不傳之統，揭所道於既墜，啓來學於無窮，其功偉矣。然爾時文運始胚而未融，故其詩句俚淺，未免嚮者所謂之弊也。其後詩道日昌月熾，至元禄以後而始極其盛矣。蓋氣運之所使然，豈特人力乎？且始作者難爲力，繼起者易爲功，安得既享三牲八珍之美而忘汙尊抔飲之朔乎哉？故録其詩以冠諸編，以示國家文明之運所由興矣。

豐臣勝俊

本姓平，氏杉原。父家定，尾州人，豐太閤妣之兄。少仕太閤，任肥後守，賜姓豐臣，氏木下，領播州姬路，食二萬三千石，有子六人，勝俊則其長也。任少將兼若狹守，食若州五萬石。慶長五年，石田三成等攻伏見城，勝俊在城中，不知所與，去而入京。天下已平，勝俊失封邑，退隱東山，自號長嘯，又號天哉翁，又號西山樵夫，與藤原惺窩、石川丈山交厚。善國雅，有《舉白集》傳于世。

菅玄同

字子德，號得菴，又號生白堂，播磨人。年二十四入京，從曲直瀨玄朔學醫。後登惺窩門，專修儒學。久之，名聞遠邇，來學者甚衆。嘗獨居讀書，倦而假寐。弟子安田安昌潛來刺之，聞者識與不識莫不嘆惋。實寬永戊辰六月十四日也。

江村綬君錫曰：惺窩門人，有菅原玄同字得菴，有鵜飼信之字子直。羅山門人有人見友元、永田道慶。活所門人，奥田舒雲。昌三門人，野間三竹等。當時竝有聲譽。爾時詩論未透，雅音罕振。今閱諸人遺稿，雖各有低昂，大較魯衛之政。

松永遐年

字昌三，稱昌三郎，號尺五，又號講習堂，平安人，貞德子。從惺窩學，博覽强識。年十八，見豐臣秀賴，講《大學》。既而至加賀，加賀侯異禮待之。晚還京教授，承保中，敕以布衣召講《春秋經》，因名其居爲春秋館，館在西洞院。時板倉侯爲京師所司代，好學，雅重之，數延聽其說書，遂爲請地於堀川創一堂，於是從遊甚多。木下順菴、侯都宫遯菴、安東省菴等皆出其門。明曆中卒，年六十六歲。二子：長昌易，次永三。昌易居春秋館，無嗣。永三居講習堂，子孫能守其緒業。

堀正意

字敬夫，號杏菴，又號杏隱，近江人。少師事惺窩，篤行博學，與林羅山、松永尺五、那波活所齊名，世目爲四天王。嘗游事安藝侯，時尾張敬公好學求士，使人請之，乃徙仕尾張。初爲法橋，後進法眼。寬永中來江户，謁台德大君，賜衣服酒食，且奉旨入弘文院，與諸家系圖傳編修，别自撰《武家系圖》。素富詞藻，韓人來聘者稱爲文苑老將。又精于方技。嘗愛陶淵明爲人，常懸其像於壁間曰：「對此則使人頓消塵慮。」與石川丈山、林春齋兄弟交尤親，丈山送其歸尾陽詩有「學養鄒軻氣，術包盧扁傳」句，函三輓詩亦有「筆評邪正臨洙水，藥辨君臣汲上池」句。

室直清子禮曰：先生少遊於惺窩之門，學博而聞多。凡禮樂刑政、典章文物，無不講究而明其道。其於文章之所以爲文章者，蓋深知之。故其辭簡易平實，自有條理，豈若今世之文務爲粉飾，以投時好者哉？

物茂卿曰：余髫年時聞之先大夫，昔洛有惺窩先生者焉，其高弟弟子若羅山、活所諸公者五人名聞海内，皆務以辯博相高，而屈先生者獨爲温厚長者，乃詘然於四人之間退謙自將，不求名高。夫儒者齗齗，自古爲然，而乃能爾者，千百人中一人耳。

《錦天山房詩話》：杏菴撰《惺窩集序》，辭理條鬯，能脱當時陋習，可以知其所得者深，而所傳詩殊不稱。

那波觚

字道圓，初名方，稱平八，號活所，播磨人。家世服賈。觚幼好學，澹然不事營利。年十七入京，明年執弟子禮謁惺窩，作《杜鵑詩》眎之，惺窩大稱賞，由此早有重名。年二十九應辟肥後加藤侯，不遇而去。後出仕紀藩，歳禄五百石。爲人不求苟合，事上有謇諤之風。寬永中，林學士奉命撰諸家系譜，召與其事。適患眼，辭歸。正保戊子卒于京師，年五十四。晚改姓祐氏，因王父字。所著有《活所遺稿》《備忘録》《帝王曆數圖》等。

那波守之

字元成，號木菴，活所子，襲父官禄。爲人强毅諒直，不改家風。數往來京紀，祗役東都，後遂賜恩暇歸京，終身不絶禄。年七十没。所著有《老圃堂集》。伊藤坦菴有《哭祐木菴詩》曰：「南紀委身道尤直，北邙埋骨事空傳。」

江村綬君錫曰：那波氏，世住播州，家資鉅萬。迄活所，事紀藩，歳俸五百石，家道益饒，是以極力典書至數萬卷。我義祖全菴先生以同學故，唱和殊多，至今余家藏木菴詩數紙，筆力遒勁，字字飛動。

永田道慶

字平安，號善齋，一號石蘊，又號平菴，京師人。幼而事藤惺窩，與林道春有師友之契。從道春赴駿府，仕紀州南龍公，爲儒官，從徙于紀。其學宏博，異端方技之書莫不該通。所著《膾餘雜録》行于世。

伊藤弘朝海藏曰：永田道慶所著有《善齋集》，逸落罕傳。余偶得見之，屬文殊爲富贍。

板阪如春

□□□，號意齋，世通稱卜齋，家本甲州武田氏臣。意齋仕東照大君，爲侍醫，甚被親近。後從紀南龍公，遷于紀，其著注大君起居者數種。又嘗校刻宋人馬仲虎《編年互見圖》行于世。永田道慶、李真榮皆作之跋。

林忠 卷五

一名信勝，字子信，號羅山，稱又三郎。其先加賀人，後徙紀伊。及父信時住平安，因爲平安人。生而秀偉，幼即嚮學。年八歲，時甲斐德本過父，讀《太平記》。在傍聞之，即背誦數十張。又嘗造某許，講《論語集注》，中脱一葉，乃操筆補寫，不差一字，其强記率此類也。十四寓建仁寺讀書，衆僧皆嘆異，勸以出家。不可，竟去歸家。時世未有奉宋説者，始讀《朱注》，心甚好之，遂聚徒講之。學士清原宣賢惡其標異，請罪之。東照大君黜其議，而稱忠爲有所見，於是益攻其學。時藤惺窩以性命學聞，乃介吉田玄之入其門，業大進。二十三歲謁大君，應對稱旨，大被寵任。起朝議，定律令，大府所須文書無不經其手者。薙髮稱道春，爲民部卿法印。明曆丁酉正月病卒，年七十五，私謚曰文敏。所著書凡百有餘部，文集百五十卷。羅浮、浮山、羅洞、四維山長、蝴蝶洞、梅村苑、夕顔巷、顔巷、瓢巷、麝眠、雲母溪、尊經堂皆其别號云。

林恕之道曰：先考齡七十五而終，東舟五十四而終，二先生偶與明道、伊川同其壽，但其先後之異耳，不亦奇乎？若論其氣象，則先考之和似明道，東舟之嚴似伊川。其所學之優劣，世皆知之，不待余言也。

稻葉正信默齋曰：羅山年十三元服，稱又三郎。信勝慶長中蒙神祖召，歷仕四朝。即位改元行幸入朝之禮，及宗廟祭祀之典、外國蠻夷之事，莫不典議焉。○典，疑「與」之譌。正保中，病在家，執事元老承旨寄書，或就論事，令官醫看病。時有事，日光召見便殿，聽乘輿入城。有旨，以其齡漸高，令朝朔望云。

江村綬君錫曰：關東古稱用武之地，猛將勇士史不絶書，而文雅之士不少概見。迄于神祖營建東都，置弘文院，設學士職，文教與武德竝隆，終成人文淵藪。羅山林先生際會風雲，首唱斯文於東土，芝蘭奕葉，長爲海内儒宗，無俟曹邱生也。

原善公道曰：羅山爲詩文，揮翰如飛，頃刻成千言。明曆乙未，朝鮮信使愈秋潭，發歸前一夕，寄《扶桑壯遊百五十韻》以求賡詩。時内子荒川氏罹重疾，護視在側，而夜間口和，乃使男春德録之，至曉稿成，不加一點。即使人齎追，及小田原驛致之，秋潭大驚。羅山暮年視聽不衰，勤力猶少年，《二十一史》自少讀之者數過，而《晋書》以下未句。及年七十四，欲遍句之。是歲，《晋書》《宋書》《南齊書》畢業，翌年蓋棺。

《錦天山房詩話》：羅山先生父子，天資既高，學殖亦至。博聞强識，海内無敵。但氣運所拘，未能全脱當時陋習，往往招後輩譏刺。然著述之夥，雄健富贍。其言足徵者甚多，不啻當世所無，實曠古罕見其比矣。假令出享元之際，遇文運丕闡之時，則其所造詣豈如此而止哉？

林信澄

號東舟，又號樗墩，羅山同母弟也。慶長戊申始謁東照大君及台德大君，明年奉命往長崎。壬子仕大府，削髮稱永喜。寬永己巳叙刑部卿法印，食秩八百石。戊寅八月病卒，年五十四歲。東舟博洽群籍，羅網百氏，名與羅山齊。子永甫號寒江，早卒，無嗣。

林恕之道曰：先考齡七十五而終，東舟五十四而終，二先生偶與明道、伊川同其壽，但其先後之異耳，不亦奇乎？若論其氣象，則先考之和似明道，東舟之嚴似伊川。其所學之優劣，世皆知之，不待余言也。

《錦天山房詩話》：余每怪東舟與兄羅山俱以博洽著名當世，而至其著述多寡甚不相均。假令其早世無嗣，遺集散佚，想其生平所著應不下數千百首，而無隻句傳後，何也？搜訪多年而未得也。頃日，櫻宇林公獲諸篋衍中見貽，同登載附于羅山後。

林恕 卷六

字之道，初名春勝，字子和，稱春齋，號鵝峰。幼名吉松，又稱又三郎，羅山第三子，平安人。幼時羅山來江户，恕與母氏留居平安。學文詞於那波活所，筆劄於松永貞德。年十七始來江户，日趨家庭，學益進。及其登用，與造等儀之議，眷遇甚渥。後數奉旨，編著極夥矣。五經皆有私考數十卷，其他小品極多。其最大者，如《本朝通鑑》《諸家系圖傳》皆三百餘卷，《鵝峰全集》二百四十卷，卷帙浩瀚，邦人所未曾有也。襲父職，任治部卿法印。延寶庚申卒，年六十三，私謚文穆。

林𪗋直民曰：我祖羅山子抱非世之才，應必復之運，興起學道，隆成文物。我父鵝峰先生克繼志業，辱賜學士。其家傳，蓋有所職之由也；其天質，蓋有所稟之異也。而又沈潛乎群經，開其蘊奥；蒐獵乎諸史，通其歷迹。翱翔乎藝苑，誦百家之言；馳騁乎詞林，窮衆體之法。有所增之，有所廣之。先生於學於識可謂博而大、深而遠也。特立儒關，咨詢公事。考撰族譜，辨氏流之所出；編輯國史，補皇紀之所闕。應天下之務，接天下之人。有所資之，有所益之。先生於才於氣，可謂英而華、精而粹也。其本立而其用廣矣。故平生所著，出於性情之正，不求藻飾之巧。下筆不休，長短互體。動作有文，喜罵成章。不淺而深，不暗而明。不艱而安，不靡而實。

《錦天山房詩話》：鵜峰兄弟以名父之子，志氣高爽，學問淵博。其詩皆雄邁縱恣，擗脱羈束，未易軒輊也。近世噉名之徒，動云鄙俚不足觀，蓋厭其浩瀚未嘗窺全豹者之論爾。今就《鵜峰》《讀耕》兩集，芟其繁蕪，擷其菁英，庶幾乎以間執輕薄子之口矣。其他《鵜峰》五言，《呈朝鮮滓溟公》「魚縱千尋壑，鵬飛萬里程」，《源尚舍忠房淺草別業》「水混太虛闊，舟追斜照移」，《途中作》「晴雲追我至，野鳥見人驚」，《芝濱勝集》「林疎奇石出，鐘遠夕陽收」，《雁迷寒雨》「寒影失先後，雲間亂弟兄」，《次三浦乘賢客舍即興韻》「一鞭鞍背雪，三尺劍頭霜」，《孟夏七日遊建丹牧染井別墅賦即景》「草分平野緑，楓借晚秋紅」，《送林泰歸省京師》「夢覺西堂草，望迷東阜花」，《忍岡春遊呈勿齋藤君》「井不投陳轄，園猶停邵車」，《花下吟》「晝明星萬點，日暖雪千株」。七言，《和金池老禪》「梅樹影移清淺水，松堂雨對寂寥燈」，《詠雪示讀耕子》「不曰白乎半庭光，可謂明也一夜影」，《和虎林西堂琵琶湖韻》「煙黛凝光開畫幅，夕陽涵影逐漁舟」，《中秋》「千里金波通海嶠，上方銀界照郊原」，《金立秦祠》「宮構阿房纔二世，祠存殊域已千年」，《五十川梅庵東訊》「時運推移雲變態，檐階竝坐雨同參」，《櫻花晚步》「雪紛白髮三千丈，浪湧銀河一派流」，《贈加賀羽林君》「威風遍及加越能，儒派追尋濂洛閩」，《紅梅花下吟》「花外雲飄裁彩錦，杖頭星落挂明珠」，《和呈藤孟幹》「玉露林間飄鶴氅，白衣衣上點烏巾」。《讀耕》五言《雜言人名體》「遥岑參靄色，廣野展禽聲。春孟郊園裏，芳林放絳英」，《山中早行》「輕雲初出岫，宿鳥未離枝」，《次武田杏仙雅丈自京師所寄詩韻》「離恨水無盡，幽情雲有期」，《哭伊達君》「生涯雖有命，洪造似無情」，《登眺》「泉細繞溪腰，雲落擁山足」，《次韻向陽兄贈敬義齋藤君》「忠養自誠生，孝情爲恩使」，《次韻伯元中秋》「清夜倘無句，蒼旻定謂何」，《詠懷》「寬心何必酒，寫性豈無詩」，《次韻金節詠雪》「鴉饑將墮地，鶯凍不離梢」，《追和梅聖俞雪韻》「魚潛喁口縮，龍戰敗鱗多」，《春興》「勝遊如有約，幽意更無他」，《示雲子》「江闊漁翁聚，雲晴雁陣隨」。七言，《詠懷》「炊稀厭見塵生甑，財匱愁無天雨珠」，《竊月念六日赴尚舍奉御石川君之亭》「芳草既添塘上緑，殘花猶發樹頭紅」，《庭際牡丹盛發細雨滴瀝》「數枝國色受餘潤，便是楊妃賜浴時」，《悼正意》「筆評邪正臨洙水，藥辨君臣汲上池」，《寄石丈山》「退廬風静讀書處，浄几雲飛揮筆時」，《杜鵑》「飛來萬里雲間路，啼在三更月下枝。緘口須逃金彈害，何求辛苦勸歸期」，《園外松聲》「盤枝露重四時色，直幹風高十里聲」，《和藤廣賢君鷄日試毫之芳韻》「唯待鄉書憑去雁，先携斗酒訪嬌鶯」，《感懷》「枯腸須拄五千卷，饒口何求三百盃」，《端午雨》「等閒驀地湘江雨，不洗懷沙千歲冤」，《八月六日淺草河上舟中即事》「志和蓑冷苕溪浪，魯望牀涼笠澤雲」，《遊上野別築》「木槿花明含宿露，梧桐葉動向朝陽」，《山家》「閑人獨坐雲窗下，不識塵埃滿九衢」，《雪中梅竹》「阿猷只怕千竿折，君復先吟半樹纔」，《苦熱》「唯有寒蟬能耐暑，風梢露葉盡情啼」，《寄石丈山》「相攸須是擇仁里，忍渴何爲飲盜泉」，《舟中秋景》「舒鳧穿浪行行亂，旅雁銜雲陣陣連」，《西場村》「寒露碎時霜氣早，世塵遠處野情多」，《盼盼》「淒涼燕子樓中月，猶有遊人帶淚看」，《次韻疊山北行詩》「鶴翼排摩九霄闊，鴻毛棄擲一身輕」，《和金節春日閑坐詩韻》「陽和醲郁非關酒，太蔟正聲何假琴」，《二月二十六日游金節竹洞，晚來向陽子被寄一律，乃卒和之》「千年古道琴書在，一座風流詩酒俱」，《别墅玩月》「雲缺廣寒宫裹影，秋疎武野莽中煙」，《呈朝鮮螺山居士》「千年高挂鷄林月，萬里遥傳鯷壑風」，皆佳句也。惜夫體段雖具，烹煉未至，故鄙言累句層見錯出，瑕瑜不相掩。若加以細心鍛錬，則雖與古作者竝駕而馳可也。

林靖 卷七

字彦復，初名守勝，字子文，稱右兵衛，又稱右近。景陶、函三、考槃薖、讀耕齋、剛訥子、欽哉亭、静廬，皆其别號也。羅山季子，幼而穎悟，一覽輒誦。性高尚，不樂仕官。叔父永喜卒無子，官欲以靖爲後，賜其采地，執政數諭之，固辭不受。正保三年，命賜禄，祝髮，號春德。非其素志，父兄强之，不得已而應命。明曆元年，韓使來聘，靖與李石湖會，唱和至十數篇，石湖嘆其敏捷曰：「我不及子，爲子須避一頭地。」二年任法眼，三年三月卒，年三十八歲，私謚貞毅。靖博學洽聞，多所纂述，《讀耕齋集》六十卷行於世。

《錦天山房詩話》：函三素性高尚，不樂仕官，且惡當世儒者皆剃髮。而外逼朝命，内礙父兄，不得遂其志，鬱鬱而没。故憂時嫉俗之旨間發乎言詠，率多悲壯激越之音，百世之下讀其詩而悲其意矣。人皆以官爲喜，今獨以爲憂。世之貪進患失者視此，亦可以媿死矣。嗚呼！可謂卓立獨行之士矣哉！

字孟著，一名春信，號勉亭，又號梅花洞主，鵝峰長子。幼而聽慧，祖父羅山甚奇愛之。十一歲知賦詩，遍通四書六經。明曆元年，朝鮮信使來聘，羅山往會，慤請從行，即席賦一絶以示李明彬，明彬大嘆異矣。羅山語人曰：「嫡孫年僅十三，其所讀書比我幼時則殆十倍焉，可謂我家之主器也！」明年始謁大君。既長，學益進。寬文二年賜學料若干，明年賜宅地。鵝峰修本朝通鑑，慤與有力焉。六年八月病卒，年二十四，私謚穎定。所著《梅洞集》四十卷。

林戇直民曰：亡兄梅洞自幼有岐嶷之譽，及長，顯主器之名。幹父之蠱、繩祖之武，於是顯祖之道彌爲大矣。性嗜著述，往往吟風弄月，遣興抒情。其長其短，開口成章。漢魏質直、六朝華美，唐宋大家，無不窺測焉。飄逸警策、清雅精緻、真率豪縱、綺靡對偶、自然閑適等之體，各應時得其妙也。至其神速，則或刻燭立成，或對客揮毫也。至其鍛鍊，則旬煉月煉，或擁衾腐毫也。有不稱其意者則削而去之，故其格律日新月盛，當時推服其秀逸，皆師範之。

野節宜卿曰：君生而骨秀聰悟，長而神奇該博。夙辨三墳五典之義，粗通百家諸子之言。聞者以爲神童，觀者以爲偉器。鷄林信使稱犀角之豐盈，翰苑洪業彰鳳毛之美質。其爲人也，温如春風，杲如冬日，清如冰壺，肅如玉山。居家有孝弟，接人有仁愛。奉上之誠，盡百鍊於寸丹；惜日之勤，競分陰於尺璧。於是負笈之生，自成桃李之蹊；侍席之徒，得入芝蘭之室。故學術日興，教育月盛，人皆仰其德、懷其化，而謂「郁郁文彩，該日東之四道；煌煌德輝，類斗南之一人」，固是希世之傑也！　君平日有行之餘力，官之休暇，則嘯清風、吟朗月、坐岡花、對窗雪。幽邃之境、寂寞之濱，以寓四時之佳興，以臨六義之遺風。其敏捷，則不足論七步八叉；其精錬，則能有盡千彙萬狀。故其文物多皆警策奇章，而天然之妙、洞達之識炳如矣。

《錦天山房詩話》：梅洞少服家庭之訓，耳染目擩，自能斐然成章。況雋逸之才，辭旨清麗，直欲超父祖而上焉，惜恨於年耳。鳳岡所撰《穎定事實》載，梅洞病中譫語，唯談學業，無一言及他，往往得句。曰：「忽從落葉山中去，恰似全椒山上行。」曰：「萬緑叢中一老松。」曰：「風騷壇上一好物。」曰：「月似趙家傳國璧。」曰「新鴻響曙雲。」又唱曰：「似拙不拙，似弱不弱。」其餘猶多。野竹洞《私謚議》所載略同。

林戇

字直民，一名信篤，號鳳岡，又號整宇，春齋第二子。初稱春常，爲大藏卿法印，承襲父祖業。通博多識，爲一代碩儒。爲人豪俊雄邁，當天和新政之時，夙夜在公，殆無虚日。元禄中，文教大熙，家讀户誦。初羅山搠先聖祠於忍岡，戇奉旨移之湯島臺，其經營規畫更加弘麗。大君親書「大成殿」三字揭之，又賜宅地于郭内以便朝參。先是，邦俗儒者皆禿其顱，不列士林，目爲制外之徒，此戰國之頽俗未及革也。戇以爲，儒之道即人之道，人之外非有儒之道，而斥爲制外者，可謂敝俗矣。時大君崇儒術，蒙命種髮，任大學頭，叙從五位下，轉大内記。凡歷事五君，前後六十年，元禄、享保，最被信任。方正德中，新井白石用事，議頗不諧，數乞致仕而不允，以其名望之隆也。其有所專掌者三，曰官爵，曰譜系，曰喪服，此係事體之最大者。其餘機務，無不與聞。年八十一致仕，後八年以病没，實享保十七年六月朔也。私謚正獻，所著《鳳岡全集》百二十卷行於世。

參議正三位藤原宗家曰：鳳岡服膺家訓，顯揚先業。其學以經術爲本而博涉群籍，尤能屬文，而言論風旨、發揮施設皆出於其學。爵禄優加，名德益邵，蔚然爲士大夫所矜式，負笈踵門者數百人。及其老也，淡退自將。環堵之室，左右圖史。披閲讎對，以此爲娱。其接學者，諄諄以答問；與賓客談論，援據經史，商搉古今，人未見有倦色。吁！偉哉！

林信充士僖曰：我先考正獻先生爲人剛直，有大志。嗣父祖之遺業，而研覃儒經；遇風雲之盛會，而議定政術。然不挾權勢，不貴阿順，仕於四主。及今朝，召對有常，顧問不已，禄爵之崇、聲稱之盛，出入内外者七十餘年。皤然眉髮在就室之間，遂乞骸骨而告存。享壽八十有九，不亦非常之人乎？天和之初，常憲殿下深思，使天下之人游泳於道德仁義之澤、流國華於千萬無窮之年。先生日夕在御，盡言無隱。執聖經而正其道，納格言而導其明。數年之後，庶事勃興，百僚各競。天下之權，攬在人主。其終至使雖窮鄉極地，人人挾書册，其非僻之心不能不挫於孝悌忠信之言也。中古道喪文弊，異端争起，儒人薙髮，逃乎浮屠。其弊未除，滔滔皆然。先生獨束髮而賜爵級，於是乎天下青衿靡然法之。既而先生立議，移夫子之廟于昌平阪，硎鼎一新，殿下三臨學也。乾乾宵旰之暇，親講《周易》，先生進講章者凡八年；奉命講經前殿，百司聚聽者凡十七年。先生之門生滿乎天下，升公者十有餘人，散仕諸侯者數十百人。其餘豪傑竝起，翕然成風，天下闤闠詩書者，蓋至今四十餘年矣，孰謂之非非常之事功耶？四方園亭畫器求其品題者，日輻輳乎門。先生不擇貴賤，揮筆如流，雖秉燭盡漏，力尚不支。故其辭往往有任真者，是未可爲草野閒居操觚之子道也。

林願鳳谷曰：我祖鳳岡先生，其性剛直，爲人明敏。學繼父祖之業，遡洙泗之淵源，覃志典籍，潛思六經，遍窮諸子百家之言。長於清穆之世，浴於醇和之澤。先生言聞於上，教及天下。先生於文辭未嘗無其用，豈其徒哉？而其體尚辭達，蓋出乎不獲已也。

井通熙叔曰：羅山、鵝峰二公創業金馬，而及至整宇先生，世之君子知崇庠序，文辭粲如也。吾黨之甚盛益興自此始。是故天下豪俊争起，望之若屯雲。嬴滕屣蹻，負書擔囊，鹽汗交流，喘息薄喉，踵門受業者，以千數。其數千中，有藉日月之末光而致身青雲之上者，或大小諸侯厚幣召之以爲賓師，亦不可勝記。

厚善公道曰：鳳岡一夕侍大君，有命曰：「吾未見汝作詩，試賦蠟燭。」鳳岡應聲賦之曰：「玉殿沈沈冬夜長，九枝繼晷影燐煌。寒花添得德輝美，一抹紅雲繞建章。」鳳岡素不屑文藻，而思致敏捷，其才可概見。

林忠 卷九

一名信充，字士禧，一字子厚，號快堂，又號龍洞、榴洞、復軒、翼齋、彩雲峰，所居曰斜好館，初名七三郎，整宇第二子。元禄六年始謁常憲大君。寶永元年，試舉列亞侍中，又爲奉職博士。五年爲經筵講官。享保八年，任大學頭。寶曆三年，以侍讀日久，進班於親軍元帥之次，任民部少輔。七年致仕，八年十一月十一日病卒，年七十八，私謚正懿。凡歷事五朝，前後奉命撰進《武家補任行賞録》《遷移任槐記》等書。

林徵 卷十

字翼成，初名信明，後改信如，字利成，幼名源二郎，後改又右衛門。號葛廬，又號孚軒，又號谷飲。本姓高麗，法眼春澤第二子。晋軒無子，養爲子，因冒林氏，稱春益。延寶四年襲職。元禄四年，常憲大君親指便殿畫户，使賦詩。大君賞其敏捷，手賜佩具。未幾爲御小納户，六年轉御小性，十年復爲儒官，享保十四年致仕。凡歷事五世。元禄、享保中，數奉命説書於便殿。十九年九月十五日卒，年六十四。謚温謙。

《錦天山房詩話》：葛廬元禄中獲罪，竄於河越，嘗賦《元日憶江户》詩，辭旨悽惻。或得之呈諸常憲大君，大君觀之甚憫焉，即日召還，復本位。述齋林公嘗爲予説之。嗚呼！葛廬一飯不忘君之誠，與大君愛才之德，俱足照耀千古，寔昭代之盛事、藝苑之佳話，而世罕識者，故爲表而出之。

林懋

字伯虞，一名一亮，一字勝文。幼名又次郎，後改式部，又稱宇兵衛。號松洞，又號菊溪，葛廬長子。享保十二年代父説書于昌平學，十四年任國學講官。寶曆七年，轉政聽儒官。每國家有慶事輒獻詩，賜時服者凡七度。天明元年卒，年七十五，謚齊莊。

林願

一名信言，字子恭，初名信武，一字士雅。初稱泰助，後改内記。號鳳谷，所居曰松風亭，龍洞長子。享保十八年始謁有德大君，同父陞經筵，班比六位。寬保中，有大事于祖廟，鳳谷從父入對，進羅山所撰《儀注》，大君喜曰：「有此書不恤不濟。」及行禮，使鳳谷押班。故事，六位不押班，此出於特旨，欲復草儀注也。延享三十年，韓使來聘。任圖書頭，接待韓使。寶曆三年，任大學頭尋兼孝恭世子侍讀。安永二年十一月二十八日卒，年五十三，私謚正貞。著有《松風稿》十五卷。

林慤

一名信慶，字子飾，號龍潭，稱又四郎，後稱内記，鳳谷長子。寶曆十年試補講官，十二年叙從五位下，任圖書頭。十三年賜學俸三百俵。明和元年卒，年二十八歲，私謚孝悼。所著有《退朝日記》、詩文集若干卷。

林信有

字子功，號桃蹊，幼名仙助，後改百助，退省第三子。寬保三年襲父禄，會鳳谷卒，其嗣尚幼，官命爲經筵講，攝行祭酒事，進班比六品，爲孝恭世子侍讀。未及進講，世子薨。今大君爲儲君，乃爲侍讀，數賜黄金、時服以勞之。天明五年病卒，年五十，私謚紹定。

林志

字士行，一名信敬，號錦峰，又號闊齋，能登守富田明親第二子。鳳潭無子，故養爲嗣。天明七年，叙從五位下，任大學頭。寬政二年，奉命校國家世族譜，尋而命恒侍於中。四年三月病卒，年二十六歲，私謚簡順。無子，命以巖邑侯子爲嗣，即今述齋公也。

林信隆

字大年，始名信豐，幼名彌之助，後改宇兵衛，號琴山。寬政五年，襲父玉洞禄，同九年爲腰物番，其明年以致仕。同十二年受學問考試，有恩賜。文化四年九月七日卒，年三十八，私謚端恪。

無子，以述齋公第六男輝爲嗣，即今祕書監林式部者也。

石川凹 卷十一

初名重之，字丈山，小字孫介，後稱嘉右衛門，又稱左親衛。六六山人、四明山人、凹凸窠、大拙、烏鱗、山木、山材、藪里、東溪、三足，皆其別號也。三河人，家世仕大府遠祖。祖正信戰死于長湫，父信足亦以勇聞。丈山幼有大志，壯勇絶人。少仕大府，東照大君愛其篤勤，常給仕左右。後紀伊、水户二公皆請爲家臣，固辭不就。元和元年，大阪之役，從到京師。會患傷寒，病勢危篤，母自東關寄書曰：「吾家世仕幕下，屢立大功。是役也，汝無非常之功則不可再見吾也。」丈山使人讀之，感泣奮起，輿而行，乘曉獨竊出營，先登身親搏戰，獲甲首三級，然以其犯令見黜。以母老家貧，寄食淺野侯。母卒，服闋，乃辭去，退隱叡山麓一乘寺村，以翰墨自娱。初學禪，後介林道春學惺窩門。最長於詩，朝鮮權佽稱爲「日本李杜」也。後水尾帝聞其名，屢徵之，固辭數回，賦《國雅》陳其志，帝益高其操曰：「恬退如此，朕豈可奪乎？」從是，又不復徵。兼工書，嘗奉敕作隷書以獻，帝大悦，遣使賜酒肉。寬文十二年病卒，年九十。所著《覆醬集》二十卷，門生石克編録行於世。丈山不置妻妾，無嗣子，緇徒相承住其舊居以致祭薦，至今不廢。

林恕之道曰：老友丈山石叟生於參陽武人之家，事其事，暇日不廢文備。難波之役，抽群進獲甲首三級，不伐功，不預賞而退。爲母齡高，遠遊禄養，以竭其孝。及其終天年，隱洛外之山，讀書賦詩，守貧晏如。乃知文武兼備，不迷進退，而能决斷者也。熟視叟之詩，專傚唐詩體，有雅古之風，無輕俗之弊。每句鍛鍊，每字推敲，苟不協意，則不敢示人。雖更月經年，有得於心則改之正之，其癖耽至老不休，故其流傳人間者往往多佳句，膾炙人口。叟曾自擇其集，深藏之於參之故山，不敢衒名於世也。

松永遐年昌三曰：石川丈山公者，累代官閥，奕葉將種。性嗜聖學，潛心於詩律。少時敲磕濟洞兩禪窟，求於指心傳要。後悔前非，斷棄禪説，焚蕩外書，掃盡餘習，其正大之情可見矣。元和元年，東照大權現圍攝之大城之日，石公亦屬白旄麾下。先登之功，抗衡曹參，塊看吴漢。雖奮軍中獨進之勇，常抱退耕之志。從之，避功名不出仕數年。明月照波，浮光躍金，則棹輕舟，高吟金聲玉音於嚴島之絶景；晴日有暇，逍遥操觚，則飛華鑣，永記絺句繪章於彌山之頂石。凜乎出塵之標，確乎避世之想。

野三竹子苞曰：石徵君致仕之後，以詩自樂。純正圓美，高古雄渾，出類拔群。蚤淑李杜之學，而傑然爲一家之法矣。以故，所吟諷多傳遐方，日章之聲，振于京師。雖然，君者武林之名士而元不以詩爲意。卓行絶倫，識度超遠。完養思慮，輕世肆志，悠悠巖阿，陶陶林曲。夕雪朝雨馳其懷，梧煙柳風遣其興。隱行高躅，非世之所彷彿。與懷片善寸勳喋喋者，寧可同年而語耶？

石克子復曰：我石先生累世士林，曾辭幕府，急流勇退，高尚其事。四十年來，杜門掃軌，絶無外慕，簞瓢屢空，愉愉如也。故世人高其行而服其德也。其出言也，崇雅黜浮，以故爲新，不離範圍陶甄之中，而亦不泥範圍陶甄之中。晚年詩皆出於自然，沖淡深粹，而深造淵明之意矣。本朝之學者久傚元白之輕俗，而未聞有闖李杜之藩籬者，以至於今泯泯也。先生首倡唐詩，開元大曆之體製遂明於一時，皆其力也。

平岩仙貴曰：我師凹凸先生，大阪凱歌之後，辭於幕下，遊事西藝。藝主一見先生之德器，景仰之，敬服之，寵遇庚腆。○按：「庚」疑「庾」訛。胥翕如賓主之禮。○按：此二句疑有訛脱。先生應接諸士之際，類孤鶴翩舉超越群鷄，進退屈伸，非禮苟不出，非義苟不入。及阿負之没，拂衣挂冠，一芥於爵禄，决然頻去。○按：「頻」字疑有訛。藝主不能鈎止也。寛永之歲，革身乎四明之雲巢，達名乎朝鮮之異域。左右文武，美善俱盡，比及七秩，詠和歌一首乎鴨川之水涯，不欲再渡，而后藐紛華之竟○按「竟」即「境」字，安膝乎乾坤之草堂。葛藟纏階，松筠蔭門。栗里之秋，浣花之春，鍾勝絶於斯。

江村綬君錫曰：寛文中稱詩豪者，無過於石川丈山、僧元政。丈山出處在世之口碑，已武且文，隱操亦卓然。年九十卒，可謂偉人也。至今京師東北一乘寺邑有詩仙堂，暨其遺留琴硯等，依然尚存。當時嘯詠其中，誓不入城市，諸名士每經過，談論唱和，以爲娱樂。所著有《覆醬集》，韓人權侙者爲之序，稱曰「日東李杜」。余覽其集句多拙累，往往不免俗習，權侙溢美不俟辯論，然當時諸儒詠言率出於性理之緒餘，乏温柔旨，而丈山獨夢寐山林，襟懷瀟灑，如「窗間淺月影，枕上遠鐘聲」「風柳起鶯懶，山花留馬蹄」「半壁殘燈影，孤牀落葉聲」等，意象閒雅，殊可諷詠。

原善公道曰：丈山晚節，壹事風詠，口絶兵革。人或叩之，輒曰：「衰老無記憶，前事皆茫然。」

雖然，其雄心蓋猶有未灰者。林春齋賀其九十序云：「夫利刀傍枕，弓銃在側，則雖在山林，未忘士林之素。」又桐江山人云：「輓近高尚石丈拙翁，隱於洛北四明山下。每出行，使僮僕擔偃月刀以隨之，又作詩云：『枕頭三尺劍，瓶裏一枝梅。』其所養可以知也。翁平居把玩竹節大如意，如曰『腰間無寸鐵，胸裏掃千軍』，亦知其有所托也。」其《漁村夕照》句「欲把蓑衣曝返照，釣竿還是魯陽戈」，惺窩見而奇之曰「斯人異時當爲詩宗」。

《錦天山房詩話》：門閥也、戰功也、孝行也、高德也、善書也、風流也，人若有一於茲則足以彰著於世，而丈山翁一身皆兼有之，况其詩之警拔冠絶當時者乎？予之喜而多録者以此也。且寛永年間作者，率踵五山禪衲之陋習，萎苶不振。獨翁首倡唐詩，以開元大曆爲宗，識亦卓矣。但氣運未至，故不能副其言爾。物徂徠眼空四海，不輕許可，猶稱翁爲東方之詩傑，其爲名士所推重可知也。嘗賦《富士山》云：「仙客來遊雲外巔，神龍棲老洞中淵。雪如紈素煙如柄，白扇倒懸東海天。」在集中未爲警拔而世人最稱之，何哉？

《錦天山房詩話》卷十二：元寬之際，林羅山父子兄弟以通儒碩學爲一代泰斗，故當時苟知志學者莫不望其門而四方麕至，彬彬焉稱多士，而人見宜卿、阪井嘉之最知名，然其著撰傳於世者甚少，今摭拾其一二著于此編，此餘尚有田攢字仲叢，號介軒，又號芳宜，善詩，後改姓林，武州人。野三雪字景孫，野及字守之，和堅字居中、森默，竝讚州人。湊安字静之，若狹人。浦默字成之，播州人。佐慶字來章，生野端字雲之，井適字可與，寺尾退字仲守，一名吉通，石豫字介夫，安悦字繹夫，旋定字勝伯，竝武州人。春澤字亦悦，三復字圭之，江良言字伯聿，後改名滴。吉坦字蕩之，村喬字南有，谷順成字之方，木龜雲字子蒙，島泰字志同，木重字伯厚，津宗哲字無涯，後改名浩。淺益後改名容，字粹之。左克字千之，村聚字萃叔，石覃字思服。松立字不孤，初名直秀。野升字以高，初名省。南衡字千里。田犀號止丘。林泰、宅直、宗倫、鶴丹、井通等，其名字散見於林氏諸集，然其詩不傳。或雖傳，卑俚不足採，故姑録姓字可識者，以俟他日搜補。

人見壹

字道生，號卜幽軒，京師人，本姓小野。參議篁，謫居下野足利邑。其子孫曼衍東國，後裔居武州人見邑者，以邑爲氏。曾祖道嘉，勇偉有大志，據丹波馬路邑。天文乙巳，備前守内藤元定，襲馬路，道嘉出拒卻之。元定敗走，乞援於三好長慶，合圍之。堡陷，力戰而死。子道生時年十五，避難到嵯峨天龍寺，依僧策彦。策彦素與道嘉有舊，故善遇之。丁未，策彦奉命使明，道生從行，經四年而歸。道生能騎射，挽强弓叉鏃重二三斤，隱居大井川上。子友德以醫爲業，生五男，皆以醫顯。壹則其第二子也。同鄉柏原氏養爲子，教之擊鼓。家貧，常傭書以供養，後嘆其所業瑣卑，奮然始學讀書。有藏書者，輒借而手寫，讀之日夜無怠，就菅得菴而學。柏原氏没，復其本姓。後水尾帝詔鐫《宋朝類苑》，命壹加訓點。縉紳多從游者。林羅山賜官暇還京，壹往問道，多有所得。寛永戊辰遊江都，筮仕水户威公，侍講數年，公善遇之。後築白賁園，澆花種菜以自樂。

寬文庚戌病卒，年七十二，所著有《林塘集》《五經童子問》《莊子棧航》等。

人見節

字宜卿，一字伯毅，小名竹次，稱友元，後稱又七郎，號竹洞，又號菊廬，晚號鶴山，京師人。父賢知，侍醫。宜卿幼好學，正保二年始謁大猷大君，擢爲世子侍御，賜禄。寬文元年爲儒官，剃髮改名友元。二年賜歲俸二百苞，十二年叙法眼。延寶元年，襲父食禄七百石。元禄九年正月十四日病卒，年六十，葬於野州西場邑山中，私謚安節。性勤敏，歷事三朝，夙夜不懈，恩待特篤，前後賞賜不可勝計。

人見沂

一名行充，稱又兵衛，號桃原。鶴山長子，襲父元禄十一年爲儒官，享保三年命講《中庸》，又説《書》於昌平學，數賜時服。十六年九月九日病卒，年六十二，私謚謹謙。

佐藤筠

字之有，一名直方，號竹塢，稱半七，晚稱安節，尾州人。弱冠來江都，學于林鵝峰，學成出仕肥後侯。晚年致仕，卜居郭外安邑，雜蒔花竹，蕭閑自娱。寶永戊子病卒，著有《堯典私考》《曲禮私考》《語孟字義辨論》《竹塢文稿》《行餘漫吟》，孫祐自天編録傳于世。

菊池東勻 卷十三

號耕齋，初名東尹，中院内府源公通村命改今名。其先肥後人，四世祖武宗移於相之小田原，北條氏政待以客禮。父元春仕膳所侯，爲儒學教授。元和四年生東勻於洛，幼受學於菅得菴，未幾得菴歿，遍交當世知名士。寛永十年至江户，遊學于林羅山之門人，學醫于野間玄琢。後游事久留米侯，辭歸洛以講授爲業，生徒雲集。明曆元年，韓使來聘，館于本國寺，膳所侯奉命監護，供設諸務。聘東勻掌文書，屢與學士李石湖等唱和。石湖賞嘆，以爲海東第一，且爲序其集，於是名聲益振。寛文二年，應薩侯聘，挈家移江都，又至薩，賜食邑五百石，後辭禄歸江户。侯甚重之，禮養如故。天和二年十二月八日没於江户京橋，壽六十五歲。子武共、武喬、武雅竝有文名，所著有《耕齋全集》二十卷。

朝鮮李石湖曰：嘗聞日域文明之盛，同軌中國，而詩士文人無愧於中國。如予所見，菊耕齋氏蓋其雄且傑者也。賦詩作文，流麗蘊藉。手不輟筆，有似逸驥奔泉，彩鸞舞空。予既畏之，閲其詩草，字字含風雅，篇篇鍛敲推，殆可與元劉争獨步，陶謝共同遊，譬之噉蔗，愈讀愈佳。

菊池武雅鵬溟曰：先考之於詩也，初氾濫於漢魏六朝三唐之間者，殆三十年。晚愛涪翁詩，盡脱故態。遂究江西本源，定爲一家。譬之古畫古劍之可以鑒賞而不可褻玩焉。精錬所至，不可以形似而論之。

《錦天山房詩話》：寬永中，詩傑唯知有丈山、元政，而少知有耕齋者。今所傳遺集二十卷，鏘金鏗玉，美不勝收，其巧力豈遽出於二老之下哉？而世不甚知之者何也？豈非以其集傳本絶罕乎？宜哉古人有滄海遺珠之嘆也！故余喜録而廣其傳。其他，《丙辰元旦》曰「鶯花新歲月，禮樂古唐虞」，《陪本多兵部侍郎賞後園牡丹》曰「十分開處偏宜午，三月盡時尤可人」，《冬夜室至》曰「燈花光寒窗有月，杯盤市遠酒無肴」，《八幡廟》曰「外國衣冠朝禹會，中華禮樂滿堯闈」，皆佳句也。又案釋六如《葛原詩話》引東坡、放翁、屈原塔詩，以證墳亦可謂塔，以爲邦人無用之者，而耕齋《歸省行曆》中有《敦盛塔》及《松風村雨塔》詩，亦可以見其邃於詩學矣。但七言絶句仄韻腳第六字用平字，未見古人有用此格者，而耕齋多用之，不知其何據。

菊池武雅

初名搏，號鵬溟，又號半隱，耕齋子。從林鵝峰而學，爲昌平學頭。後仕讚州侯。著有《半隱集》十七卷，藏于家。子武賢號崧溪，孫武保號室山，竝以儒雅仕讚藩。室山二子，長繩武，字萬年，號守拙；次桐孫，字無絃，號五山，亦克世其家。桐孫最善詩，名噪一世。

菊池桐孫無弦曰：先生之詩在蘐園未興之前，故一點無李風塵之氣，流暢委婉自不可及，余竊目爲烏碩夫之亞云。

《錦天山房詩話》卷十四：藤樹以下諸儒，行義卓偉，經學深粹，各成一家，爲一代宗師，皆不屑以辭章著。故其詩傳者綦少，其存者絶無佳者。如三宅尚齋《獄中詩》，每句押韻，辭亦率易，固不足録焉，然其他詩無所見，矧諸賢固不以詩傳乎？ 故今蒐輯諸家遺集，録其較佳者，觀者取其意、略其辭而可也。

中江原

字惟命，稱與右衛門，號藤樹，又號頤軒，又號嘿軒，近江人。祖某仕加藤父，父隱于農。先祖没，祖乃拉惟命之伊豫大洲。童丱如老成，年甫十一，一日讀《大學》「自天子以至於庶人，壹是皆以修身爲本」，大嘆悟曰：「幸此經之存於今也！ 聖人豈不可學而至焉乎？」年十七，京師僧來講《論語》。是時大洲之俗專尚武，無敢從學者，獨惟命日夕往聽焉。僧居月餘而去，因得《四書大全》讀之，而往往爲僚友所謗毁，於是晝則深藏之，至夜始開卷，鑽研不怠，終爲大儒。後乞辭歸家養母，不允，於是鬻家什，又以其餘易穀積之家，意在還是歲俸給也，而仰天心誓不事二姓。而後出亡歸鄉，以篤學修行，聲施海内。公侯辟召，前後皆峻拒不應。篤信王文成致知之學，先躬行，後文詞，每引四民訓諭之。人無賢愚皆服其德，莫不興起於善。鄉里人敬如神明，愛如父母，至今不衰。世稱爲近江聖人。備前侯輝政聞其名，使人聘之。惟命以老且疾，辭不就，使其子及諸弟子往仕。侯渴仰益切，遥師崇之。慶安元年病殁，年四十一。侯大悼惜焉，設神主，春秋親祭之。

著有《學庸解》《翁問答》《鑑草》《論語鄉党翼解》《藤樹遺集》等。三子，長宣伯，仲藤之丞，季彌三郎，皆仕備前侯，各謝病致仕而還。

伊藤長胤原藏過藤樹書院，有詩云：「江西書院聞名久，五十年前訓義方。今日始來絃誦地，古藤影掩舊茅堂。」

雨森東伯陽曰：藤樹，賢人也。隱居近江，鄰里鄉黨稱爲佛子。有所交争，必聚於其庭以質焉，吾無得而間然焉。

古賀樸淳風曰：偃戈以來，儒先輩出，而惺窩、藤樹其選也。至其爲學，則皆宗陸王。然天資粹美，踐履純篤，海内學者未有能先之者。又曰：先生講學近江，時人欽仰，以「近江聖人」稱之，蓋其天資有大過人者。獨其學宗新建，不滿識者之心。然以横渠、考亭之繼絶學於前聖，其初年猶不免出入釋老。若先生之高明特達，設假之以年，則安知其不棄異學醇如也？

角田簡大可曰：藤樹爲人温厚，人服其德，莫不興起於善。雖旅舍茗肆，有客所遺物，則必置之閣上以俟遺者之復來。歷年之後，塵埃坌滿，竟不收用。嘗之京師，行路轎中説心學，轎夫感動流涕，其德之薰人類此也。或曰：野人到於今尊崇藤樹，過故居必拜，雖貴人必下輿馬云。

熊澤伯繼

字了介，通稱次郎八，後更助右衛門，號蕃山，又號息遊軒，平安人。本姓野尻，父一利，稱藤兵衛，尾張人。少事加藤嘉明，後辭官，寓居京師。島原之役，從鍋島勝茂有戰功云。了介出爲外祖熊澤守久後，因承其姓。天性深智俊才，卓越古今。年甫十六，仕岡山烈公。比弱冠，公驟加獎眷，將大用，而辭以未學，乃乞遊學，負笈上京。聞中江藤樹名，往謁請受業。藤樹辭以不足爲人師，伯繼益請不置，二夜寢其廡下，藤樹母敦諭藤樹容接之。後公召還之，信任愈厚，亡何當要路。於是布德流惠，賑貧救困。罷勾查，禁賭博。毀淫祠，表節義。明聖教以闢異端，嚴武備以戒不虞。諸新政，海内改觀。後與共事者有隙，不自安，乃辭岡山到京師，又往明石。明石侯本師尊之，禮遇甚厚。後侯移封古河，從之，未幾以言護罪大府，幽于古河數十年，面無尤色。有人問當世事，默然不答，○按：「答」，原作「問」，今改。即索笙而吹之。終歿於幽所，年七十三。著有《易小解》《易繫辭小解》《孝經小解》《孝經或問》《大學或問》《論語小解》《中庸小解》《孟子小解》《集義和書》《集義外書》《雅樂解》《源語外傳》等二十餘種。

江村綬君錫曰：熊澤了介爲政，舉世所知。余嘗閱松原一清《出思稿》，其《牛窗泊舟》詩有「漁家兒女亦知字，笑把孝經教老翁」句，一時教化可想，至今泮宮之設尚有典刑云。

古賀樸淳風曰：了介熊澤氏受學藤樹，亦穎敏超邁，名望尤隆。問其學，則非朱非陸，非王非禪，自成一家。其談及道學者，多憑臆杜撰，牽强支離，要之不免爲功利空寂之歸。然其氣焰足以懾人，器幹足以立事，豈世之庸腐乖僻、汩没章句者之所冀其萬一哉？

角田簡大可曰：了介長不滿七尺，容姿婀娜如美婦人，而神宇英邁，有經世之略，才匹王佐。

爲人寬而温，雖家人奴婢未嘗見其喜愠之色。御家有法，居身清約，泊然無營，閨門整肅。居恒喜客，屬士日來。談論文武，相親猶骨肉也。施及采邑之民，愛慕猶父母也。其從公而東也，宗藩列辟，多虚席而待焉，大猷大君亦素聞其名，將欲引見而會薨。後適南豐，尋游京師，天朝公卿多親執弟子禮，名振一時。其學雖出於朱王，自有所見，竟成一家。其才最長於政事，以知時處位爲要，以濟民富國爲務。其所施爲，始如迂闊，而其功見於久遠，備人到今嘖然稱之。長門山縣周南嘗觀其貢法，嘆曰：「後世如有王者起，必取以爲法也。」

《錦天山房詩話》：予搜索蕃山詩多年，未見其片言隻字有傳者。蓋此老懷豪傑之才，覃思於經濟，不屑以辭章著於世也。今所録即得之真迹者，語意圓活，殊不似理學者口氣，故或疑其録古詩，然後題爲蕃山艸。且大田元禎跋語亦稱爲罕覯，則其爲自運，不復容疑也。予又嘗觀一友人所藏蕃山扇頭書元人詩，筆力遒美，雖名善書者恐不能辨之，益嘆先輩風流爲不可及矣。

山崎嘉

字敬義，稱嘉右衛門，號闇齋，又號垂加，平安人。父清兵衛，仕木下侯，後致仕，業醫于京師，號浄因。母佐久間氏，有娠，祈比叡山神。一夜夢拜神時，老翁携梅花一枝來納左袖，遂生男。幼桀驁不可制，托諸妙心寺，鬄髪名絶藏主，乃一意修禪，然性行猶不悛。嘗與倫輩論議，詞塞，即夜竊就彼寢，火紙幃。或讀佛典，深夜忽拍案放聲大笑，衆起，怪問，曰：「笑釋迦虚誕。」其豪邁不羈皆此類也。衆議欲逐之，會土佐公子某居妙心寺，見之嘆曰：「此兒神姿非常，後當有爲。」乃遣之學於土佐吸江寺。時土佐有鴻儒小倉三省、野中兼山，見而深器之，惜其陷異端，示之四子及程朱書，則大悦，遂蓄髮歸於儒。後來江户教授，名聲藉甚，前後執贄者六千餘人，會津侯、井上侯等皆師尊之。性峭嚴，師弟之間儼如君臣。其講書，音吐如鐘，面容如怒，聽者凜然，無敢仰見。晚從吉川惟足學本邦所謂神道，遂立一家言。

留守友信退藏曰：唱道學者，世不乏人，而獨推闇齋山崎先生爲儒宗，識者號稱「日本朱子」，其學問之純粹、造詣之卓越，可謂繼往聖、開來學矣。其所著述編輯之書數十百卷，梓行于世，使弟子治經，專熟看于正文朱注之意，而不注目於元明諸儒之末疏。嘗言：「釋詁訓解彌多，正文大注彌閡，實甚於洪水猛獸之災者也。」著《中和集説》，以發明未發已發之微旨；撰《仁説問答》及《玉山講義附録》，以推演仁愛之親切；成《性論明備録》以開示氣質本然之性。又於《周易》則有《朱易衍義》，於《洪範》則有《全書》。平素指導以居敬窮理之功，詳出處而尚行實，貴王道而賤霸業。行四時之薦，居三年之喪，以獎誘其徒，於是一變從古，善道者甚衆。

原善公道曰：闇齋爲詩，直寫其意，不屑磨鍛華飾。然《秋鶯》詩云云○詩云：「居諸代謝四時中，花散葉濃復見紅。忽有金衣公子囀，秋風影裏聽春風。」頗爲合調。又《登愛宕山》云：「空手徒行登宕阜，同遊相語路先後。頑夫自古禱災祥，愚將到今憑勝負。願毁宮房黥地藏，且驅杉檜劓天狗。山神使者飛鳶鷣，妙用顯然君見否。」此可謂氣象豪宕，快人意者。又《宇都山詠十團子》云：「太極十團圈，都來是一貫。今此粉團子，誰成茂叔看。」又「一二三四五，六七八九十。貫得天地數，無過無不及。」此奇趣造語，不容他人到。又一時傳誦者，《士山八面擬八陣》云：「富士甲扶桑，山頭面八方。天地一望裏，風雲屯巖傍。變態成龍虎，蛇蟠鳥翱翔。誰哉繼風后，制陳奉君王。」

米川一貞

字幹叔，稱儀兵衛，號操軒，平安人。父服賈，見一貞自幼嗜書，不欲區區逐利，命就三宅寄齋學，寄齋期以遠到。寄齋没，乃謁山崎闇齋請益，遂以性行篤學名於世。而不干禄位，公侯徵辟竝不就。壹奉程朱之説，《四子》《小》《近》《書》《易》等外，不欲泛觀他書。所友皆一時名士也，如藤井懶齋、仲村惕齋、貝原益軒皆與交善。及没，各悼惜以紀其學德，而益軒所録最足以想象其生平，曰：「先生之爲人也，明敏而有志操，求福不回。其接人也嚴而和，其處事也敬異而不苟，其出言也辯而有序，聞焉者不厭。其爲學也純正，專好經術，平日用心于程朱之書最勤，不好雜書，《文中子》所謂『不雜學故明』者，其此人之謂乎？舊與伊藤仁齋善，及仁齋唱古義，以非斥宋儒，乃修書曰：『朱子得聖人之道，吾子持異言排之。語養德之學則爲薄德，語講學之事則無益於學，是謂之聖教罪人。速改之則止矣，不則雖契分日久，不得不絶焉。』其言切至而仁齋不聽焉，遂贈絶交書。」

雨森東伯陽曰：米川操軒、中村惕齋、藤井懶齋，固不可以博學名之。然其立身卓偉，自修謹嚴，亦可以爲篤行鄉先生。

藤井臧

字季廉，號懶齋，又號伊蒿子，筑後人，初稱真名部忠菴。以醫宦久留米侯，嘗療一病者而不能，自以爲誤治所致，於是慨然投匕辭事。乃入京，專修儒業，退居鳴瀧村，超然絶世累。其學宗紫陽，高談性理，一時褎然，有隱君子聲。性素豪邁，及老益慷慨，每曰：「余有一策。關東若召吾，則兼程而至，即日獻之。朝陳夕死，無復憾矣。」年八十餘卒。子名團平，號象水。卓犖喜兵，好説天下之形勢。米川操軒、中村惕齋，皆其父執，深惡之。然團平不以爲意，父亦不禁焉。象水嘗作詩云：「驥足未乘千里風，蝸廬縮首艸萊雄。眼前什物雖云笑，十萬甲兵屯腹中。」室鳩巢和之云：「洛西高士有家風，何事英材慕七雄。百萬貔貅無一事，休將些子上胸中。」

仲村之欽

字敬甫，號惕齋，稱仲二郎，又稱七左衛門，平安人。幼童不群，厚重不好嬉戲。七八歲受句讀於鄉師，不煩督責。及長，篤實不喜浮靡，於功名財利澹然不顧，雖少長於賈豎之間，不知物價。家世素封，而盈縮無所問。爲管長所贓墨，親串欲以鳴官，不可曰：「以私財損人性命，不慈莫大焉。」從是，家道日湮而亦不爲意。杜門潛心，凡所學靡不通曉。天文地理、尺度量衡，類皆能究極之，而尤邃於禮。其處家行己，吉凶及日用之間，一軌于古道，言動不苟。又審音律，其所發明者，雖當世達者欽服之。性好著書，凡所著四十五部，三百十八卷。少伊藤仁齋二歲，頡頏齊名，當世稱曰「愓齋難兄，仁齋難弟」。

貝原篤信

字子誠，稱久兵衛，號益軒，又號損軒，筑前人，仕國侯。自幼警敏有殊質，九歲就兄存齋讀書，多成暗誦。後入京講學，都下名彦皆傾心下之，遂以博見篤學名重海内。學無常師，初於陸象山、王陽明説皆有所取焉，及後讀《學蔀通辯》，壹歸依朱學。雖然，晚年著《大疑録》以太極本無極。陰陽非道，所以陰陽者道。性有本然氣質，理無生死。及體用一源，顯微無間，主一無適，沖漠無朕等之説，爲與聖經有徑庭。爲人謙恭純篤，好著書，而救世之心實苦。所著百有餘種，多書以國字，語極懇切，田夫紅女、童兒隸卒皆便之。好探討奇勝名區，足跡幾遍天下，亦皆詳紀行程勝跡，以便旅人。又善修養，投老猶矍矍不衰。歷仕三君，禮遇優渥，累加食邑。元禄庚辰，乞骸骨，隱居京師，藩尚賜月俸以優焉。年八十五卒，臨終賦詩二首、倭歌一首以見志。著有《慎思録》《初學知要》《自娯集》《小學備考》《近思録備考》《筑前風土記》《大和本草》《初學詩法》等書，凡一百餘種。妻江崎氏，名初，字得生，號東軒。才德竝全，治經通史，善嫺文墨，工作隸字，又詠國風。常從夫遊歷勝地，所著遊記實多内助云。伊藤東涯賞之曰：「躬孟光之賢而兼衛氏之筆。」

太宰純德夫曰：益軒博學洽聞，海内無比。

江村綬君錫曰：元和以來稱饒著述者，東涯、徂徠之外蓋無如益軒者。其所撰不爲名高，勤益後人，乃至家範鄉訓，樹藝製造，亹亹懇懇。余少年時不解事，意輕其學術。今而思之，殊爲懺悔。其詩亦朴實矣。

原善公道曰：益軒雖時作詩，素好倭歌而不好詩，每謂詩爲無用閑言語。曰：「和歌者，我國俗之所宜，而詞意易通曉，故古人歌詠極精絶矣，古昔雖婦女亦能之者多矣。唐詩者非本邦風土之所宜，其詞韻異于國俗之言語，難摸傚之中華，故雖古昔之名家，其所作拙劣不及於和歌也遠矣。我邦只可以和歌言其志述其情，不要作拙詩，以招詅癡符之誚。」又曰：「白樂天以謂作詩者『勞心靈〔一〕，役聲氣，連朝接夕，不自知其苦，非魔而何？』愚謂此以詩爲魔也，其言宜矣。然而樂天其言如此，而所爲不免爲詩魔所惱者何邪？」嘗居東將歸，取路於海上。同船數人名姓不相知，雜然相向，喋喋相語。中有一少年亢顔談經，旁若無人。益軒暗無言，若無能者。既而及船達岸，各告其姓名鄉里，則少年始知爲益軒，恧然不自容，遂不陳其名，鼠竄去。

角田蘭大可曰：益軒嘗與五井持軒書曰：「僕年既踰八十，而文字結習未能解去，每宵讀書尚至夜半。性雖陋劣也，近日寖得見解。吾子有意乎對論，則時見寄書。」其精力老而不衰，可以

〔一〕靈：底本訛作「虚」，據《白氏長慶集》卷四十五改。

見焉。

宇都宮三近

字由的，號遁庵，又號頑拙，周防人，仕嚴國吉川氏。幼游京師，學於松永尺五。明曆丁酉歸鄉，時年二十四。嘗著《日本人物史》，有事觸忌諱者，以此得罪大府，乃於巖國禁錮，數年遭赦，於是又入京，一以教授爲任，久之名益重。所著《遁庵詩集》及《四子標注》竝行於世。

江村綬君錫曰：《遯庵詩集》，弟子恕方者輯録。其序云：「先生著述罹災，今所存特晚年作云云。」余閲其集，詩猶千餘首，七絶最多至七百首。其《客中書懷》一絶悽愴婉約，可稱佳作，其他則蕪陋淺俗可笑者不鮮。十删其九則可不朽矣。

三宅重固

字丹治，幼名儀左衛門，號尚齋，播磨人。父重直，爲人後冒平手氏。丹治幼時從其氏，祝髪學醫，父命之也。年十六喪父，十九入山崎闇齋門，專攻儒學，於是種髪，始復三宅氏。後來江户，教授生徒，遂應阿部侯辟。元禄中，常憲大君臨侯邸，命講《論語》，賜衣服。就官忠直，務盡其誠。居十年，以言不行，移疾乞致仕，不允，數乞不止，以是得罪。寶永丁亥，幽囚于忍，友人三輪執齋、細井廣澤等憫之，爲請宥而不能得。越三年，會赦而放，於是去之京師，以儒爲業。晚私倣大小學校，建培根、達支二堂于勘解由坊。爲人氣象雄豪，其在囹圄也，危難窘迫之際處之裕如，乃謂：「古人被刑尚能著書，吾寧無爲而待斃？」然筆墨不可得，因刺臂血書《狼疐録》三卷。忍侯嘗遣人察之，即口占詩示之。既去忍，講業于京師，搢紳列侯從遊甚多。土佐侯請爲師，乃招來江户，未幾辭歸京。晚年復來江户，舊君忍侯延而見之，道往事，嘆其忠直。初學于闇齋者三年，而闇齋殁，乃折衷於佐藤直方、淺見絅齋二子，二子以友誼待之，互相切劘，遂得「山崎門三傑」聲。其教人學規極嚴，而遇弟子甚厚。情款相盡，無有微隙。寬保中卒，年八十餘。

留守友信退藏曰：山崎先生易簀之後，升堂睹奥，號稱高弟。在京師，則絅齋淺見先生、尚齋三宅先生與江户佐藤直方先生三人是也。三宅先生乃僕所師事也。

三輪希賢

字善藏，號執齋，又號躬耕廬，平安人。其先係大和三輪神社司祝，父曰澤村自三，業醫。善藏六歲喪父，爲賈人大村某鞠養。漸長，冒真野氏。年十九，及佐藤直方之門，始曉承他姓非古，即復本姓。後有悟王氏致良知之學，講説士大夫間，直方薦宦廄橋侯。未幾，致仕而去。於是歸京，尋之大阪，又來江户。尤諳達事體，其言優遊有餘味，能使聽者心醉。嘗抵近江小川村，集士民講學，四坐皆感泣服之，翕然相謂爲藤樹先生再生。又學國雅於内大臣中院通其祕。寬保甲子正月廿五日卒于平安，享年七十六。

朱之瑜 卷十五

字魯璵，號舜水，明浙江餘姚人。父正，字存之，號定寰，爲總督漕運軍門，卒後贈光祿大夫上柱國。之瑜早喪父，及長，從朱永祐、張肯堂、吴鍾巒學，遂擢恩貢生。尋累徵不就，以故被劾，乃避之舟山，而始來此邦，移交趾，復還舟山。是時國祚既蹙，知事不可爲。將之安南，風利不便，再來此邦，不久又還舟山。其意素在得海外援兵以舉義旗，乃三來此邦，而援兵不可得，去，復至安南。時清既混壹四方，義不食其粟，四來此邦，終不復還，時萬治二年也。初來居此邦，窮困不能支，柳河安東省庵師事之，贈禄一半。久之水户義公聘爲賓師，寵待甚渥。然儉節自奉，遂儲三千餘金，臨終盡納之水户庫内。謚文恭，所著有《舜水文集》二十八卷。男大成字集之，次大咸字咸一，共殉節不事清，先舜水卒。大成亦舉二男，曰毓仁，曰毓德。延寶六年，毓仁慕舜水而來長崎，義公遺今井弘濟往通消息，然終不得與舜水相見而歸。

新井璵君美曰：舜水縮節積餘財，非苟而然矣，其意蓋在充舉義兵以圖恢復之用也。然時不至而終，可憫哉！

安積覺子先曰：寬文己酉之秋，義公張宴環景樓，泛舟淺草川，野傳唱聯句，文恭續之曰：「山歛螺黛遠，高閣徹晴空。」山指筑波山，閣指大悲閣。覺時童行侍側，平生所見止此二句。

原善公道曰：舜水不好作詩，與奥村庸禮書曰：「吟詩作賦非學也，而棄日廢時，必不可者也。

『空梁落燕泥』工則工矣，曾何益于治理？『僧推月下門』，覈則覈矣，曾何補於民事？『鷄聲茅店月，人跡板橋霜』，新則新矣，曾何當於事機？而且撚髭嘔心，儻或不能工緻，徒足供人指摘，又何益詩名？」然猶評李杜曰：「李不如杜。李秀而杜老，李奇險而杜平淡，李用成仙等語更不經，煉丹等殊不雅，不若杜家常茶飲有味也。然不奇奥之極，造不得平淡。有意學平淡，便水平煎豆腐湯矣。」

《錦天山房詩話》：舜水不好作詩，如原氏所言。其集中不録，故傳者甚稀。余所録一係安澹泊《湖亭涉筆》中所載者，一則原公道《先哲叢談》中所録者矣。

陳元贇

字義都，號昇菴，又號既白山人。明虎林人。崇禎進士不第，避亂歸化，應徵至尾張。時時入京，又來江户，與諸名人爲文字交，與僧元政厚善，其平生所唱酬者彙爲《元元唱和集》行于世。原善公道曰：元贇能嫻此邦語，故常不用唐語。《元政》詩有「人無世事交常淡，客慣方言譚每諧」，又「君能言和語，鄉音舌尚在」「久狎十知九，傍人猶未解」句。元贇善拳法，當時世未有此技，元贇創傳之，故此邦拳法以元贇爲開宗矣。正保中，於江户城南西久保國正寺教徒，福野某、三浦某、磯貝某皆窮其奥云。

何倩

閩中人。延寳乙卯，偕林珍來，寓崎陽。大高清介就正其詩文，二人極口揄揚，其詩數首附載《芝山會稿》中。

《錦天山房詩話》：《扶桑名勝詩集》中載二人詩作何倩甫、林上珍，意其字歟？或所傳異也。其評芝山詩文過譽，固亡論已。及其自運，猥瑣萎苶，而芝山喜其諛言，終信而不疑，亦可怪也。

洪浩然

朝鮮全羅道晋州人。豐太閤征韓，攻拔晋州城，肥前侯□□引軍略地，過山間，見一童子擔巨筆竄身巖空。侯見而奇之，令中野左衛門撫視，遂護送於藩，即浩然也。時年十二，是時嗣侯□□監國，憐而善遇之。及長，令就學京師五山，因賜采地百石及學費五口，數年業就而歸，仕至近侍。已老，求還故土，許之。既行，侯悔之，使人追還。明曆丁酉，侯凶問至自江户，洪然聞之悲慟。四月八日，往阿彌陀寺殉死，年七十六。浩然善書，晚年益進。

李全道

字衡正，號梅溪，又號潛窩。其父一恕，字真榮，朝鮮慶尚道靈山人。文禄之役，年二十三，爲我兵所掠來於此。生衡正，以文學仕紀南龍公，賜莊地于城北梅溪，因以爲號。後再於城南大浦賜莊，因又號江西。天和壬戌卒，年六十六。嘗奉公命撰《德川創業記》，其他述撰亦多。

伊藤□□□□曰：余嘗讀永田善齋所著《李真榮墓誌》，及衡正《與朝鮮聘使朴文源書》。考之，真榮蓋浹川府君李瑶六世孫，爲楚囚在我紀，以教授爲業。博贍强記，最精《易》道。藩祖待以客禮，給其衣食。寬永癸酉卒，年六十三。時衡正尚少，就善齋受業。真榮遺文，余纔見《編年互見跋》一篇。

田付圓方卷十六

稱四郎兵衛，世襲火器隊長，最精其技，傍好詩歌。延寶甲寅，奉命率隊士往鐮倉三浦等地，除野獸害禾稼者，獲猪鹿凡百數，自作文紀其事，今此所録皆其中所載者也。

《錦天山房詩話》：東照大君馬上得天下，及天下稍定，即偃武修文，介胄之士皆知嚮學，彬彬焉，濟濟焉，所録田付大島等，皆以武伎擅名於世。而能知屬文，風流温藉，無一毫暴戾之氣，豈非國家德化涵濡之深乎？噫嘻！美矣哉！

淺井忠

字一之，一名玄蕃，號貫齋，稱駒之助。少而事紀南龍公，蒙寵眷。公薨，守其塚域，廬居於鴨溪長保寺傍，自號半溪。爲人負奇節，不與世浮沈。元禄中，竟因是得罪，竄死於勢州，時年四十八。素與時學士相善，荒川蘭堂嘗序其詩集，李清軒亦有詩曰：「希世英雄豈我群，堂堂膽氣尚兼文。」其事歷略詳于澀谷幽軒《塵坑集》。

澀谷方均

一名佳成，稱儀平。嘗事于紀南龍公，後致仕。號幽軒，又號閑棲庵。少而受學永田善齋，博覽和漢書，綜諸家之言。其所著《塵坑集》達天朝，經御覽。其他所述録凡數十部，悉記以和語。年八十五，享保癸丑卒。平生善和歌而不多作詩，伊藤海藏著《幽軒傳》叙其履歷頗詳。

安東守約 卷十七

字魯默，初名守正，號省庵，筑後人，仕柳川侯。初學松永尺五，尺五没後五年，朱舜水來長崎，時人未及知其學，唯守約往師焉。時舜水貧甚，乃割禄之半贈之，至今稱爲一大高誼。於是學益富，行益修，伊藤東涯稱爲「關西巨儒」。清張斐文至長崎，寄書及詩以褒賞，詩中云「曾遞聲名到若耶」云云。性謙讓，告男守直遺訓曰：「我無才無德，汝與諸生勿撰年譜、行狀、行實、碑銘墓銘及文集序等。」

安東守經

一名述，字多記，守約之孫，家世仕柳川侯。十四喪親，親戚鄉党皆惜其家學之不傳。守經發憤，負笈京師，學於伊藤東涯。業成而歸，爲國文學，侯崇其耆德，禮遇優渥。爲人質直剛毅，好爲詩文，至老不廢。清客沈燮庵，來寓長崎，讀其文詩，大嘆稱曰：「道脈相傳，原原本本，不爽毫黍。」又曰：「洋洋洒洒，無一滯筆。」臨卒，預撰墓表曰：「省庵之孫，洞庵之子，繼紹家學，間有管見。華客燮庵稱其詩文。晚得於君，勤學東都。資父事君，志願亦足。屬纊一朝，蓋棺千秋。匪養不慎，匪藥不效。命也有數，順而受之。」其子守官輯遺稿十卷，名曰《仕學齋文集》。

村上友佺 卷十八

字漫甫，號冬嶺，京師人，那波活所門人。業醫，叙法印，稱春臺院。寬永乙酉卒，年八十二。

伊藤長胤原藏曰：予昔丱角時有肩輿而造門者，眉龐言徐，頹然坐于中堂，與先君子叙舊，晤語移日，暫而出腰扇睹之，扇面有小楷數行，今尚依稀記得，《漫興》十絶也。予時稍知屬詩，翁索而觀之，吟弄數四，勸予成立。既歸而問之，先君子曰：「彼村上友佺翁，今之博雅聞人也。」既而翁退休，與先君子及諸文儒頻頻會集，賦詩讀書，予每與焉。尤善詩，有新詩，每必題扇頭。少有不穩字，與諸人評摧，挼濕紙揩去，更填好字。又與北村篤所氏諸人會讀《二十一史》，月率六日，不避寒暑伏臘，其耽學亦厚矣。

江村綬君錫曰：冬嶺與余先大夫同學，相友善。余少年時，聞先考數稱其人。蓋好學天性，其推獎先達、揄揚後學不啻如自其口出，一以爲己任。後進所作，時有佳句，則擊節嘆稱，吟誦數回，一時藝苑賴之吐氣，其自運亦嬌嬌乎一時矣。今讀冬嶺詩精深工整，超出前輩。元和以後，七言律到此始得其體。

伊藤宗恕

字元務，號坦庵，又號自怡堂人，京師人。學於那波活所，仕越前侯，爲儒官。寶永戊子卒，年八十六，所著有《坦庵遺稿》。

伊藤長胤原藏曰：侍先子社中賞月，有客後至，長身古貌，不揖而入。衆虚左而待之，坐定，先子使予見曰：「彼所謂坦庵先生，出活所先生之門，爲當世儒林巨擘。」庚辰之春，先生招冬嶺及先子夜話，予亦從焉。先生賦詩云：「聚星不是荀公宅，尚齒還居白氏先。」先子答賦曰：「社中耆舊多淪謝，只有衰翁與二公。今夜春風樓上酒，更知濃似舊來濃。」前時，先生之既老也，隻字落紙，人間争謄，以爲模則。

熊谷立閑卷十九

字靖甫，號荔齋，又號了菴，洛陽人，以講説爲業。門人山田三柳輯録其詩，名曰《荔齋吟餘》，刊以傳。按釋如實、昌堂序其集，極其推重。實則曰：「句俊而逸，調高而清，誠詩中之鏗鏗者。」昌則曰：「一字一句，有格有致。内含天然之妙趣，外盡物化之性理。對此則萬境宛然，吟此則一心寂矣。」今閲其集，則句格不颺，瑕瑜不相揜，未必若二衲所稱也。然頗有晚唐風味，在當時則固鐵中之錚錚者。

仲村興

字子文，自號信齋，又號風浪山人，所居稱市霞洞，學齋稱屠龍塾，東武人。所著有《霞洞集》《風浪集》等行于世。

渡邊宗臨卷二十

字道生，號正庵，日向延岡人。父曰益西，隱居不仕。道生沈默好學，成童，遊學京師。時承戰争之餘，文教掃地，且鄉處僻遠，人不知學。宗臨孜孜教導，久而信服。受業百人，日誦詩書。仕有馬侯純康，侍講嗣君，嗣君寵昵嬖臣，中外離心。道生與其傅切諫不聽，遂禁錮。後居鄉，茅屋三間，鬻藥自業。道生天資篤實廉退，嘗書「忠信篤敬」「玩物喪志」等語以自警，雖流離顛沛之際未嘗忘其君也。元禄己卯卒，年六十九。子榮字元安，亦好學，學於伊藤仁齋。

笠原龍鱗卷二十一

號雲溪，稱玄蕃，京師人，以善詩稱於世。著有《桐葉編》，其門人野春編定而行于世。

江村綬君錫曰：自惺窩先生講學於京師，百有餘年於茲，其間雖有以詩賦文章稱者，風俗未漓，學必本經史，以翰墨爲緒餘，而雲溪獨以詩行。是時仁齋門人中島正佐者專業講説，而所講不出《四書》，終始循環，一日數席。諸州生徒輻湊其門。雲溪居止接近正佐，乃以詩授人，生徒以爲便，於是雲溪詩名傳播四方，亦京師學風一變之機會也。其詩嫵媚足自喜，而氣骨纖弱。如律詩，全篇佳者無幾，絶句則間有堪録者。又曰：雲溪詩瑕纇最多。《梅花》七律有「疎影上窗月亦香」句足稱佳句，而對太不協；又《失鶴》七律頷聯誠佳矣，頸聯殊不協焉。雲溪又有絶句曰「樓蘭介子劍，南越終軍纓。清世成何事？壯心誤此生。」人傳雲溪卓犖，兼好武術，其或然也。

《錦天山房詩話》：太宰春臺曰：「有笠原先生者以詩名于京師，嘗作《失鶴》詩云云〇詩云：『化禽一旦出塵區，絶境空餘老腐儒。千里搏風凌碧落，九皋唳月尚仙都。松巢影動猶疑在，蕙帳眠驚誤欲呼。遺愛未全忘舊主，別來引夢入蓬壺。』余以寶永甲申游京師，僧雲峰師者，笠原之徒也，余因問笠原詩焉。師時誦此詩，余曰：『此笠原詩乎？』師曰：『然。』余曰：『此非《詩學大成》品題之詩乎？』師艴然。迨享保癸卯，有真海師者至自遊京師，見其所識，盛稱『笠原先生良真師』，因請見其詩。海師出此詩以示之，他日語余曰：『《失鶴》詩何如？』余曰：『此余二十年前所睹記也。嘗聞笠原作詩，非得意不敢以示人，豈二十年來更無他作耶？度彼已六十左右，則是一生佳境不出乎此耳。然其以詩名聞于海内，何也？世多吠聲之徒，而虚譽之動人也。噫！』」又云：「吾聞之，笠原先生自言記唐詩二萬首，若其信然，則是人之於詩可謂無知識矣，宜其拙於自運也。」余以謂蘐園之徒弟專宗尚李王，以摸擬爲巧，故有是論耳。要之，雲溪詩取法乎中晚，雖蹊徑未化，然辭旨清逸，無怒目掀髯之概。五律最雅淡，在當時亦自嬌嬌者，春臺之言未爲篤論也。

餘澄 卷二十二

字元澄，青木氏，洛陽人，號東庵，系出於馬韓國餘璋王。少好學，博聞彊記，至於雜家小説、浮屠老莊之書無所不通，恬然以詠和歌、賦唐詩爲樂而不慕仕進榮達。以其善醫，得法橋位。傍善書好佛，從草山元政上人受教，執師資之禮甚謹。嘗見韓使成琬，問以青木山所在，琬對以即松嶽別名也。於是始知祖先氏青木之有自，因又號松嶽。元禄十三年病卒，年五十一，所著《竹雨齋集》行于世。

嚴漢重子鼎曰：東庵之詩，幽閒清遠而不至於寂寞枯槁，濃郁纖麗而不流於委靡脆弱，言近而旨遠，格高而響宏。

榊原玄輔希翊銘其墓曰：「奮躬勤學，發揮文章。孝行于家，恭稱於鄉。名著聲馳，自君是始。」峨山月潭，以文字禪名於一世者，嘗寄詩有「滿紙龍蛇追晋妙，七言錦繡傚唐真」之句，其爲人所傾伏如此。

莊田静

字子默，號琳庵，稱萬右衛門，武藏人。少從谷一齋學，資稟特異，尤長於談論。龜山侯松平忠晴聞其講《通鑑綱目》，喜之，以禄百五十石聘之。天資温柔，退然若不勝衣，而至論辯得失，不避利害，人皆忌憚其謇諤。寛文十年侯卒，柄臣恣志，抗疏論之，奸黨深忌害之。遂抵罪，因於城中獄四年，延寶二年十月棄市。將就刑，神色不變，南向拜君曰：「死酬知己而無愧於地下。」又東向拜母曰：「萱砌春輝之鞠育，豈得報寸草之芒乎？今復先而貽大耋之嗟，不肖之戾孰大焉？我匪弗懷私恩，其奈公義何？」乃朗吟絶命辭而死，時年三十六。其在獄中著《獄吏問答》，援引該博，皆取諸臆，不舛一字，人皆惜焉。

大高阪季明

字清介，號芝山，又號一峰，又號黄軒，土佐人，家世臣土佐。父宜重，致仕而歸田，後至關東。季明幼好讀書，年十八，出土佐入京，來江户，苦學自勉，弱冠宦巖城侯，又游事稻葉侯。嘗師事谷一齋，廣才博覽，最究性理，傍善詩文，當世推爲碩儒，而氣豪宕，自視甚高，好排斥時輩。時明林珍、何倩、顧長卿來在長崎，季明每致詩文乞是正，彼各極口褒賞。其答書有曰：「我輩來貴國視數家文章，雖各有所長，然未諳章法句法，唯足下所作盡合規矩。」又曰：「足下文章，意深語簡，韓柳歐蘇無過。」又曰：「足下詩，格調兼高，宜貴貴國紙。」於是季明自以爲然。

江村綬君錫曰：林何顧三人，孟浪諛言，固不足論，而季明信之，妄自誇毗，遂欠精細工夫。《芝山會稿》十二卷，篇章不多，而可採者無幾。余酷愛季明慷慨有氣節，因深惜爲三人所誤也。

五井純禎

字子祥，一字惠迪，號蘭洲，又號冽庵，稱藤九郎。持軒男，大阪人，嗣家學，又有重名於世。幼時以家貧，僑居尼崎。成童，轉客信濃。正德二年歸養於大阪，享保六年丁父憂，定行三年喪，九年又居母喪，比服除，中井甃庵設懷德書院於本府，三宅石庵主講席，子祥爲助教焉。十二年來江户，十六年應津輕侯聘，每進講獻替無所隱。執政或諷止，而言益剴切，上下敬憚焉。津輕本蝦夷之壤，俗甚陋，及子祥扈就國也，人始知文獻之懿，教化有兆矣。既而不果所言，乃移病乞去，有司惜而不爲通，數乞終允。即歸休於大阪，復教授懷德書院，遠近争召而皆不應也。爲人豪蕩英邁，而與人交，豈弟撤厓幅。其學以程朱爲依歸，務袪末流支離之弊，著《非伊》《非物》《非費》《質疑》諸篇，旁治國史群籍，著《讀史訪議》《萬葉集詁》《古今通》《勢語通》《源語詁》諸書。家雖素貧，恬然自安，一介不苟取。初丁憂，悉鬻書劍以葬，乃傭書自給。及晚節疾，恐周卹煩人，務殺衣黜食以塞意。寶曆十二年卒，年六十六，無子家絶。

堀正修

字身之，號南湖，又號習齋，正意之玄孫，正樸之子，藝州文學。其學廣搜博採，强記絶人，最精《易》理，嘗演蘇氏《易》説著書數萬言。在京師時，准三宫豫樂藤公，數召對清問，禮遇甚優。其卒也，藤公賜親製碑銘。

江村綬君錫曰：南湖夙好吟哦，暇日多遊五山諸刹，與僧徒相唱酬。當是時，海内方宗唐及明詩，而南湖獨祖宋，最尚子瞻，故譽之者曰「一時無二」，毁之者曰「詩無所解」。要之，南湖才識出群，如曰「一徑年年蘚，四時日日花」「梅每枝枝好，雪教樹樹妍」「曲渚舟横岸，深山鐘度花」，雖非大雅中正之音乎，天造奇逸，自有妙處。且古曰「寧爲鷄口，莫爲牛後」，如其言，則南湖亦藝苑夜郎王矣哉！

堀正超

字君燕，號景山，稱禎助，正意之玄孫，玄達之子，藝州文學。篤學精通而和厚近人，循循奬掖後學，是以從學之士多嚮彬雅。其詩結構整齊，亦一時作家。後卒于京師，藝侯親製碑文賜之。

寺田革

一名高通，字鳳翼，一字士豹，稱半藏，號臨川，藝州人。其先近江佐佐木氏之族，高祖吉次，仕蒔田氏，尋仕於加藤嘉明，既而又去仕紀侯長晟。元和五年，紀侯移封於藝備，從徙藝之廣島，因爲藝人。生而穎悟，幼好讀書，受業於味木立軒。年十五遊學東都，寶永元年擢爲藝州記室。正德元年，韓人來聘，至浪華客館，與韓客筆語，應酬敏捷。其學士李礥等皆奇其才，曾奉藩命撰《諸士系譜》及《藝備古城志》，數賜金及衣服。藩建學宫，命教授闔國之士，因作學規訓勵之，士稍嚮學，久而教化大行。延享元年十一月二十四日病卒，年六十六歲，所著有《臨川集》六卷。

堀正修身之曰：半藏氏之文由盧陵入，非由盧陵出，文自一家也。詩學坡公，不求似坡公，詩自一體也。同僚有喜道古文辭者，半藏不敢同焉，自著一家之言。同僚有好擬明人之詩者，半藏不敢同焉，自屬一體之篇。卿用卿法，我用我法，卓哉有若見識，而有若文字，蓋山陽以西一人而已矣。

物雙松茂卿曰：獨愛鳳翼氏之業，清綺整贍，出瀛入圭，寒冰青藍，駸駸乎未已，可謂不易得之才矣。

李礥重叔曰：臨川詩情境安帖，意致優閑，紆餘而不迫，迆舒而不泥，真一世之闊步，而將卜日登壇者也。以詩而求詩，不若以人而求詩。能於詩者，不待其組繪章句，而其言語動作無非詩者也。余觀臨川，骨清而秀，貌謹而平，氣之和而襲人，談之豪而飛屑，一接可知其能於詩矣。《錦天山房詩話》：臨川之詩，心摹手追於眉山、劍南之間，雖未能超脫，頗得其髣髴。當時盛尚王李，同然一口，而臨川獨不趨時好。嘗手自繕寫其詩文，勒爲一集，藏諸嚴島神庫，以俟知音於異代，亦可謂拔俗獨立之士矣。

森尚謙卷二十三

字利涉，攝津人，儼塾、復庵、不染居士，皆其別號。本姓源，佐佐木之裔，初氏松本。父空庵以醫仕永井侯，有故改姓森。母森田氏夢神人來授明玉而有娠，生尚謙。生時，井水湧騰，又鼈來上座，因名鼅之助。幼好學，事福住道祐及松永昌易，二子咸異之。後遊學于紀阿京師，尋至江户。佐佐子朴薦之水户義公，召編修國史，賜禄二百石，自編其文詩十卷，名曰《儼塾集》。尚謙多藝能，學醫於半井驢庵，學兵法於山脇重顯，皆得其要。傍研究釋典，著《護法資治論》十卷。

安積覺

字子先，號澹泊，水户人，祖正信，稱覺兵衛。大阪之役，屬小笠原秀政有功，後委質于水府。子先少有俊才，好學，年十三師事朱舜水。義公甚器之，以爲不減乃祖，命襲稱覺兵衛。及長，博學能文，尤精史學。方此時，義公好賢愛士，廣聘名儒編修《大日本史》，子先爲其總裁。至享保庚子竣功，前後與編纂者數十人，而子先之功居多，屢加賜食禄，至番頭。年老精力不少耗，撰《烈祖成績》。時既七十二矣，四方學者修書請益者甚多，而謙虚自卑，雖親受誨者不敢以弟子視之。其作文詩必示人丐正，有一字可議輒改，由此人皆益敬服焉。性愛菊，廣搜異品栽培以爲娱，自號老圃。元文二年病卒，著有《澹泊集》《湖亭涉筆》。

《錦天山房詩話》：澹泊與田子愛書曰：「亡師朱文恭有《乞菊於義公帖》，覺百事不能學文恭，而唯此一事稍存餘風，不亦可羞之甚哉！」就此亦可見其謙虚一端也。其集率皆駢體，巧整精鍊，當世罕儷，想其詩篇必有可觀者，普購求其全集未得，深以爲憾。

大串元善

字子平，號雪蘭，本族平野，養於外家，因冒其氏，京師人。幼而穎悟，過目成誦。年十三來江都，水户義公廩禄之，使就懋齋野傳肄業，研精經史，議論精切，夐出人意表，有出藍之譽。既長，入史局，淹貫古今，最長編削。安積澹泊每稱曰「劉道原、揭曼碩之流亞也」。義公器重，善遇之，屢使於京師購求遺書。嘗至長崎，與清客張斐接，斐深賞異焉。嗣君立，擢爲近侍，掌編修事。子平體素尫羸多病，至是增劇，遂以不起，年僅三十九，時元禄九年也。

松平義堯卷二十四

一名直，字仲正，號竹溪，菅雲窩松主人，皆其別號，稱甚三郎。其先親光，稱刑部丞。公第四子，住三州福鎌，親光孫信乘養公庶子親良爲嗣，任兵庫頭。義堯即親良五代孫也。家世親衛軍。最善騎射，有德大君時試騎射，拜馬及黄金之賜，前後賜物者數。安永八年病卒。

《錦天山房詩話》：竹溪好學，傍嗜國雅及樂，所著書數部，其詩數首附載歌集中，余從其曾孫勇公憖借鈔。公憖邃於經術，又從余訪文藝，可謂篤志之士矣。

德力良弼

字子静，一字浚明，號龍潤。初名十五郎，後稱藤八郎，良顯長子。享保十五年爲昌平學助教，十九年爲評定館學士。寶曆七年爲内直學士，應命上《政要策》十篇。十二年拜祕書，安永六年病免，三月八日卒，年七十二。

伊藤維楨卷二十五

字原佐，號仁齋，又號古義堂，平安人。自幼穎異挺發，始習句讀時，意已欲以儒焜燿於一世。及稍長，堅苦自勵。家素業賈，故親舊皆沮之，不聽。家道日墜，儋石不給，而晏如也。初奉伊洛學，後創一家言，排斥宋儒，一時學者靡然從服，執謁者以千數，諸州之人無國不至，唯飛驒、佐渡、壹岐三州人不及門耳，其盛如此。肥後侯聞其名聘之，許以禄千石，以親老辭不就。後德大寺藤公好學，每會諸儒，使其相論難，往復數四，皆辭色激厲，争競不息，或至詬罵，獨原佐神色夷然，終始不渝，舉坐嘆服。性寬厚，未嘗疾言遽色。不設城府，不修邊幅，又不爲詭激之行。每天氣明媚，輒拉子弟數人杖屨徜徉，吟詠而歸。母卒，服朞喪。明年父亦卒，服喪凡四年。以寶永二年卒，年七十九。私謚古學，著有《論孟古義》《中庸發揮》《大學定本》《童子問》《大學非孔書辯》《周易乾坤古義》《春秋經傳通解》《古學文集》等十餘種。

物雙松茂卿曰：百年來儒者巨擘，人才則熊澤，學問則仁齋，餘子碌碌，未足數也。

雨森東伯陽曰：或問伊藤源助，曰：「余少歲時觀望儀刑，至今宛在心目。君子也。」

祇園瑜伯玉曰：聞世有《語孟字義》之書，索而讀之，於是始知京師有伊藤君者，予雖固拘於兹，不能一接見，苟觀其書也，則可知其爲人也。觀夫至言要言，左右聖賢，以鞭箠邪説，奮然把麾，爲世先登者，昭昭乎見于筆端，使人驚見，猶景星卿雲可仰而不可企也。嗚呼！是豈今之人也哉？抑古之所謂超然獨立者歟？

太宰純德夫曰：伊仁齋，豪傑之士也，所謂不待文王而作者也。物先生亦豪傑之士也，然後伊氏而出，故其學雖不本伊氏，而不能不以伊氏爲嚆矢也。又曰：余嘗見伊氏而與之言，觀其貌也恭，聽其言也從，余故以爲君子。又曰：仁齋有不可及者三焉：學不由師傳，一也；不仕，二也；有子東涯，三也。物先生不有一于世。

江村綬君錫曰：伊藤仁齋首斥程朱，創一家學，要之亦豪傑之士也。概其爲人，宜不屑聲律也。而詩間有旨趣者，殊可嘉稱。

原善公道曰：仁齋年十九從父過琵琶湖，有詩云〇詩云：古來云此水，一夜作平湖。俗説尤能信，世傳詎亦迂。百川流不已，萬谷滿相扶。天下滔滔者，應憐異教趨。又《登園城寺絶頂》云〇詩云：「山行六七里，往到杳冥中。船遠閑閑去，天長漠漠空。嶺環村落北，湖際寺門東。男子莫空死，請看神禹功。」識者以此知其志之所存。又《謝荒川景元惠金》詩云：「討習研磨二十春，恩如父子最相親。受金不謝元非傲，適爲君情厚且真。」東涯題後曰：「先人作此詩時，予未冠，尚記其事云云。」由此觀之，仁齋年五十七八家猶寒，然先是肥後侯禄千石招之，辭以母老侍養無人。世復安得其心不爲利禄動如斯人者乎？

伊藤長胤卷二十六

字原藏，號東涯，又號慥慥齋，仁齋長子也。三四歲能知字，稍長，嶄然見頭角。博覽强記，最善屬文。孳矻種學，渟滀涵浸，人莫能測。性温恭謙和，口不言人過，不事表襮，不設防畛。其言吶吶然，如不出諸其口。無他嗜好，手不釋卷。每有所得，則劄録之。經術湛深，行誼方正，粹然古君子也。克繼述家學，天下益風靡。紀侯聘之不就，公卿縉紳争延請，親執弟子禮。傍工書，片紙隻字，人争求之，而其録經語必以楷字，故間有詩賦諸語作以行草，人疑其非親筆云。元文元年卒，年六十七，私謚紹述先生。內大臣藤原常雅爲製碑銘，權中納言藤原俊將篆額，右中將藤原隆英書，士林榮之。所著有《周易經翼通解》《古學指要》《古今學變》《讀易私説》《復性辯》《學問關鍵》《辨疑録》《經史博論》《通書管見》《制度通》《名物六貼》《歷代官制沿革圖》《唐官鈔》《盍簪録》《秉燭談》《刊謬正俗》《三韓紀略》等，凡五十餘種，又有《紹述文集》三十卷竝行于世。

江村綬君錫曰：東涯經義文章姑舍是，詩亦一時世鉅匠。近人動輒曰：「東涯詩冗而無法，率而無格。」噫！談何容易。東涯篇章最饒，余閲其集，有潤麗者，有素朴者，有精嚴工整者，有平易淺近者，體段難齊。余雖生後時，猶及識東涯。其人温厚謙抑，口訥訥似於不能言者，與今時學者自託龍門、倨傲養名、懶惰失禮者不同也。人有乞詩，則無論貴賤長少，黽勉應之。大名之下，乞者日衆，所謂卷軸之積如東筍者，是以其所作有歷鍛錬、有出率意，畢竟無害爲大家。

原善公道曰：東涯聲動海內，四方後學多輻湊，萱麟嶼既入徂徠門，又心鄉注東涯，遂負笈赴之，徂徠固不爲意，春臺內甚不平，各有贈言。麟嶼造東涯，出眎之，東涯一見且笑曰：「物先生襟度廓如可想見，太宰子亦慷慨有氣節。」又弟子嘗持徂徠天狗説來眎東涯，時北村可昌、松岡玄達在坐同觀，極口刺譏，東涯默無一言。二生曰：「此文非啻聱牙不成語，而説亦不通矣。先生以爲何如？」東涯曰：「不。人各有見，何必輕駁之？况其形容天狗之狀者盡矣，今之秉筆者恐不及。」二生大愧。

角田簡大可曰：東涯以名教自任，詩文其餘事也，而亦爲一時鉅匠。文則學唐宋大家，縝密精整，無浮躁之體，猶其爲人也。詩者不堅持門户，以其多所應，其體不一。視夫當時尸祝李王者，則有一種滋味云。

《錦天山房詩話》：元禄以還，稱德行者，輒必先屈指於東涯；稱博物者，亦必於東涯；稱能紹堂構者，亦必於東涯；稱著述文章者，亦必於東涯。獨於其詩，則人不無異議。蓋當時作者大抵尸祝王李，而東涯取材頗廣，格調不一，故世寡識重焉者已。今閲全集，其詩和平典雅，間有精鍊者，如五言「今聞方庶矣，其莫嘆歸歟」寄從表兄緒方灝在東武，「簷風輕報鐸，窗雨密留香」草堂，「村僻不成路，寺荒仍有樓」嵯峨，「有寺皆松影，無村不荳花」大堰川，「手香收異蕈，擔重拾枯枝」秋日山居，「幾人催白髮，是日又黄昏」聞雁，「松翠高於屋，竹風長在樓」和了堂老禪，「饑蚋圍疎幌，倦禽尋定枝」夏夜不寢，「茵隨坡勢展，書就樹根繙」春行紀事，「竹帶風聲瘦，梅添雪意妍」荷亭席上，「深竹多佳寺，殘花尚醉人」靈山即事，「澗鳴知雨候，樹老閣天光」遊圓乘院。七言，「繞園修竹可千个，照水疎梅纔一枝」春初謁藤公，「煙接平蕪秋樹近，水環古廟晚花明」遊加茂某莊，「梁鴻自愧因人熱，趙括徒知讀父書」新年作，「在翰墨中長是樂，栽花木外百無營」緒方老人宅小集，「新涼一掬稻花雨，往事十年梧葉聲」秋夜，「青山招我頻相對，白酒教君老更狂」遊宛在樓，「青州從事吾知己，白水真人久絶交」元日，「字從羲獻更無字，文到韓歐真是文」秋夜即事，「無書可檢就人借，有友堪招折柬迎」新秋，「雨後山添濃意態，水邊花帶淡精神」春晚小堀君山莊，「底事陰晴還首鼠，卻教詩句轉亡羊」八月十五夜會緒方老丈宅，「千金索價帚雖敝，一割有時刀豈鉛」春行寄興，「詩成秋院荳花白，夢斷京山木葉黄」次韻鶴溪。以上數聯皆當於古人集中求焉，試問蘐社諸賢集中有此一句否？絶句最脱洒，余故輯録以與世之寠曰論詩者點醒心耳矣。

伊藤長堅

字才藏，號蘭嵎，仁齋第五子，仕紀藩。及兄東涯卒，告暇歸京師，居古義書院，督教弟子十年，後遂徙爲紀人。蘭嵎幼有才名，承父兄之學，研尋益精，又善書。安永戊戌卒，年八十五，著有《詩古言》《書反正》《易本旨》及《紹衣稿》。

《錦天山房詩話》：堀川五藏，東涯最彰，蘭嵎亞之，故世有「腰鼓兄弟」之目。然不唯經學文章遠遜伯氏，其詩不及迥甚矣。

荒川秀 卷二十七

字敬元又作景元，號蘭室，晚號天散生，稱善吾山城人。幼學于伊藤仁齋，爲人豁達，精通經史，自十四歲代仁齋講説經義，訓督諸生，雖先輩不能與抗，塾中推爲都講，稱爲千里駒。紀藩上卿三浦某長門守見奇之，薦諸紀公，徵爲記室，時年甫十六。資性豪邁，不爲苟容。其于師弟之間，信愛尤厚，然不專主師説，以爲：「吾洙泗之道大備唐宋之間，程朱二公集成之，其大意在『繼往聖而啓來學』，『排老佛之空妙，擯管商之功利』矣。若有世儒以道義己任，能續此意者是真儒者也，何必字字句句守其師説而後爲能奉其學者乎？蓋墨守師説，崇奉其遺教，欲事事若其意者，朋黨之漸也。夫結黨構徒，偏護一家，皆小人之私心也。」享保二十年卒，年八十二，所著有《弊帚集》二卷。

東條耕子藏曰：天散講業之暇，研究吾邦地志，諳記城堡砦塞所在，詳知其道里之遠近，以謂士若不精於此，不足以成戰陳之用、攻守之法。

小河成章

字伯達，一字茂實，或作茂七郎，號立所。受業于伊藤仁齋，隱於洛西北野邑。攻苦食淡，衣敝居陋，讀書自娱。既壯，僦宅洛下，開門講經，教育生徒。後適于東武，寓於輪王一品親王宫，日參預文學，恩顧甚渥，王請水户侯日給廩粟。元禄丙子六月乞暇退休於洛，途得疾，竟不起，年四十八。其將還也，留别諸友曰：「宦遊六載欲還京，又有親朋無限情。惜别歸思方寸裏，兩般相戰意難平。」蓋絶筆云。所著有《論語國語解》《伐柯篇》、《聖教録》及詩文若干篇。

伊藤長胤原藏曰：君姿宇魁秀，儀觀端嚴，談説精詳，最能服人。有以繁言扣君者，爲一辯，必心服焉。且善書，兼解釋氏之書，旁通醫藥，然不以此少資其業。確乎有執！

北村可昌

字伊平，號篤所，江州人，學于伊藤仁齋。在京師教授生徒，負笈者四方雲集，朝紳爲之弟子者亦衆。元禄中，上皇聞其篤學，老而不倦，特宣賜古硯。享保三年卒，年七十二。

江村綬君錫曰：余閲《熙朝文苑》有可昌《謝賜硯表》，其大意「深欽慶爲其傳家之寶云」。然可昌一男一女，男不肖且廢疾。可昌没後，不知賜硯流落何處。

大町質

字正淳，號敦素，京師人，學于伊藤仁齋。天資謹厚，好讀書，有通儒之名。淡泊自守，晏如也。既老，樂育生徒，多就其材，名重於縉紳之間。後爲小泉片桐侯見禮，給之稟餼。享保十四年卒，年七十一，私謚敬簡先生。

江村綬君錫曰：梁蜺巖和徐文長《詠雪》七言八十韻，尖新精巧，膾炙遠近。敦素有和作倣其體，余少年時一再睹之，今不復記，可惜。

蔭山元質

字淳父，號東門，紀州人。少赴洛，學於伊藤仁齋，授生徒。後歸國，舉儒職。爲人敦厚願慤，以博學强記稱，詩賦非其所長。紀藩初未有庠校，正德癸巳德廟潛藩之日，始設諸水門之地，時元質與祇南海掌其事。享保壬子卒，年六十四，所著有《東門編》。

松岡成章

字玄達，號恕庵，又號怡顔齋，京師人，學于伊藤仁齋。博學强記，無不該通。最研確《本草》家學，諸國生徒上其席者每以百數。少時頗事操觚，後以講學廢吟哦，故所傳詩篇至罕。

松下見櫟卷二十八

字子節，號真山，京師人，受學於伊藤坦庵。篤志博綜，尤好著述。

江村綬君錫曰：余家藏子節詩若干，氣骨沈雄，翹翹一時，書法亦蒼勁而潤美。

《錦天山房詩話》：真山詩名不甚著，然頗有氣魄。如《詠鷹》詩〇「齊野玄霜楚澤水，十分猛氣正騰騰。目中今已無凡鳥，天外常思制大鵬。利爪歲經紅血戰，奇毛深入白雲層。誰言一飽即颺去，左指右呼憐爾能」是也，雄渾悲壯，當於古人中求之。

木村之漸

字原進，號鳳梧，又號兼山，近江人，事伊藤東涯，寓古義塾二十餘年。寬保中，因東叡法王之薦，徵爲紀藩儒職。明和己丑卒，年七十六。爲人淳謹，篤信師説。東涯没後，校正其書者多矣。

奥田士亨

字嘉甫，號蘭汀，又號南山，又號三角亭，稱宗四郎。伊勢櫛田人，幼時就表叔柴田蘋洲學。蘋洲嘗謂曰：「讀書宜師天下第一人。當今之世，京師伊藤原藏即其人也。汝可往而學。」於是負笈遊東涯門，親炙十年，殆入其室。乃擢仕津侯，謹慎勤事，歷事四君，五十年未嘗有過，侯皆眷注甚渥。老年致仕後，時招見之，呼曰「先生」不名。性剛直不能屈物，而孝友純至。享保乙卯，年三十三喪父，明年東涯歿，爲絶酒肉，服心喪者合四年。賦質謙讓，年七十七，恐及身後人之撰諛墓之文，於是建壽碣，自紀履歷，其銘曰：「起於田間，升中廳直。何以得之？稽古之力。」年八十一而卒，著有《三角集》。

原善公道曰：《三角文集》二卷，每卷首題「奥田士亨著」。詩三卷，每卷首題「掃水燕傖著」，掃水燕傖，不知何謂也。而近聞其説，伊勢有櫛田川，三角居近之，因曰掃水，而奥田反燕，士亨反傖。不其見署姓名者，抑有故。南郭始刻其集初編也，入江南溟以爲古人集皆及死後人傳之也。至其身自録之梓，則可笑甚也，乃通書於三角以辯之。三角答書和南溟，俱駁南郭。既而世生前鏤其詩文者漸多，人亦稱爲盛事。三角心羡之，遂自刻其集。然耻前言，至詩集則用隱名。

大井守静

字篤甫，號義亭，攝津人。家世業賈，少志學，博綜群籍，最好藏書，凡奇書珍篇必捐重貲典之，殆致數千卷。後來京師講説，所著有《蟻亭摭言》。

江村綬君錫曰：蟻亭詩集，手所撰定，名《覆窠編》，不襲時風，自爲一家，蕭散有趣。但集中數用奇字僻語，如「柳巷晝彈渾不似，杏村夕酌醉如泥」，又有以「護花時」對「共惜春」，殊遠風雅。蓋渾不似，樂器名。醉如泥，杯名。護花時、共惜春，竝禽名。

木下貞幹卷二十九

字直夫，本姓平，稱平之丞，順庵、錦里、敏慎齋、薔薇洞，皆其别號。平安人，生而岐嶷，以神童聞。天臺海公一見奇之，即欲以爲法嗣，直夫不肯。年十三作《太平賦》，世人驚嘆，以爲國瑞。亞相爲丸藤公上之後光明帝，帝大稱賞。既而入松永昌三門，學業大進，昌三期以大器，一時名士如貝原益軒、安東省庵、宇都宮遯庵咸推服以爲不及。加賀菅公厚禮召之，辭曰：「先師松永先生之子永三見在焉，請先聘焉。」菅公嘉其義，即與永三俱聘之。天和二年蒙簡拔爲大府儒員，元禄戊寅卒，年七十八。遺命以《孝經》殉葬，私謚靖恭，長子敬簡早卒。

物雙松茂卿曰：錦里先生者出，而搏桑之詩皆唐矣。

服元喬子遷曰：錦里先生實爲文運之嚆矢。雖其詩不甚工，首唱唐。

柴邦彦彦輔曰：盛矣哉錦里先生門之得人也！參謀大政，則源君美在中、室直清師禮；應對外國，則雨森東伯陽、松浦儀禎卿；文章，則祇園瑜伯玉、西山順泰健甫、南部景衡思聰；博該，則榊原玄輔希翊，皆瑰奇絶倫之材矣。其岡島達之至性、岡田文之謹厚、堀江輔之志操、向井三省之氣節、石原學魯之静退，亦不易得者。而師禮之經術、在中之典刑，實曠古之偉器、一代之通儒也。夫以若數子之資而終身奉遵服膺先生之訓，不敢一辭有異同焉，則先生之德與學可想矣。

江村綬君錫曰：順庵爲一世所敬慕，遠邇納贄及門者不可勝數，而成德達材多出焉。新井在中、室師禮、雨森伯陽、祇園伯玉、榊原希翊，世謂之木門五先生，加之南部思聰、松浦禎卿、三宅用晦、服部紹卿、向井魯甫爲十哲，而思聰、禎卿爲同庚，稱之二妙，宇士新稱爲桃李滿門。

角田簡大可曰：順庵經學文章聞遐邇，朝鮮人每到對州必求其文，傳誦而歸。

《錦天山房詩話》：建櫜以來，文治漸脩，詩教漸胚，爾時雖有石川丈山等一二碩士首唱唐詩，然氣運未到，舊習未祛，至錦里先生出，專以唐爲宗，於此白石、南海等諸才人皆萃其門，彼唱此和，鏗金鏘玉，殆與開天比隆矣。嗚呼盛矣！蓋雖由其教人有方，磨礱淬勵，成就才器，豈非川嶽鍾秀，以抒洩其菁英鬱勃之氣，發爲詩歌，用以鼓吹休明之運乎哉？

木下國堅

稱平七，仕加賀侯，錦里之姪。

《錦天山房詩話》：此詩載《錦里集》附録中，原十首，今録二首，復摘數聯于左：「遠遊有主柳州柳，盛德隆師松子松」「千古儒流泝洙泗，當時道脈繼河汾」「秦人挽曲賦黄鳥，謝傅夢魂驚白鷄」「鵠鷟書來嘗受戒，龍蛇讖合忽傷神」「人亡一鑑方塘月，蘭折孤芳空谷風」，皆可誦。

新井君美卷三十

字在中，一字濟美，本姓源氏，稱勘解由。初名璵，號白石，又號錦屏山人，江户人。生而岐嶷聰慧，三歲寫字，六歲誦書。既長，器資宏偉，才負經綸，洽聞多識，通曉倭漢古今典故。從木下順庵學，順庵薦仕甲斐府。及文昭大君入繼大統，從升大府，叙從五位下，任筑後守，眷遇最盛。年六十九，享保十年卒。少有大志，常自誦曰：「大丈夫生不得封侯，死當爲閻羅。」祇南海作哭詩云：「生逢聖世應無恨，死作閻羅足有爲。」蓋記其平生之言也。著書甚富，凡一百六十餘種，近古所罕見也。

祇園瑜伯玉曰：予之知己，莫如白石源公。其詩格調太高，清秋風露，燕趙豪士悲歌慷慨之氣。

高玄岱子新曰：當季之世，處海之外，曠邈滅没，希音合調。中其肯綮而不紊，存其脂粉而餘馨，蓋爲其氣魄博大，象華焕爛，專以旋轉之功，而風骨有授，宜其有獨得之操也。而吾尤善其五言絶，吾所謂間亦有一二者，於公乎或見。

室直清師禮曰：君之詩，光華國家，溢美四方，其餘波覃及海外者，北至朝鮮，南至琉球，又至堂堂清朝文化之國，莫不同然一辭，所至稱善。譬如荆璧隨珠，天下之寶者也，温潤之色、淵然之光，有目者見而知之。是故秦吴同視，胡越合愛，初不以絶國殊俗而異論焉。欲揜而藏之，得乎？○按：初不，疑「不始」之誤倒。

新井明卿大亮曰：先大夫以經術遇知昭代而以詩名世，世之知先大夫者特以詩。先大夫生而異，三歲在襁褓，兒戲每寫字，視之則「天下一」之字也，人以爲英物。及長，慨然有大志。中歲流落都下，家素貧，都下富人某見其爲人，謂奇貨可居，欲妻以女，令人説之。先大夫笑曰：「子亦聞丘言乎？某所有龍潭，小蛇遊潭之上，人微傷其腮。風雨晦冥，失所在。時龍死，當他山之蹊，嚮之痍尋許也。蓋遊潭者，龍之蛇服也。故士窮則死矣，豈求小利而生大痍乎？」其操志類如此。

江村綬君錫曰：白石天受敏妙，獨步藝苑，所謂錦心繡腸、咳唾成珠、囈語諧韻者，索諸異邦古詩人中未可多得者。而今人貴耳賤目，不甚信余言。雨芳洲所著《橘窗茶話》曰，韓人索白石詩草者陸續不已，可見異邦人猶且玉之。白石嘗和清人魏惟度《卜居》七律八首，京師文士傚而和者數十人，坊間梓而行焉。白石覽之，前作有與諸人和詩相類者，因再作八首，語無牽强，押韻益穩。

又冬日過某家，主人請詩，白石求題，主人書「容奇」二字示之。白石解其意，輒作七律一首。蓋容奇者，雪之訓讀。主人書之以試白石，白石已解其意，故句句徵我邦雪，一座服其敏警。此一時遊戲雖不足論全豹，亦可窺其天受之一斑。或問余曰：「子極稱白石，詩至白石，蔑以加乎？」曰：「非也。如天受，誠蔑以加矣。若夫揣摩鍛鍊，尚有可論者。要之，天受之富，吐言成章，往往不遑思繹，是以疵瑕亦復不鮮。白石《送人之長安》絶句云：『紅亭緑酒畫橋西，柳色青青送馬蹄。君到長安花自老，春山一路杜鵑啼。』四句中，二句全用唐詩。夫剽竊，詩律所戒，而鍊丹成金猶可言也，以鉛刀代鏌鋣，將之何謂？『草色青青送馬蹄』本臨岐妙語。草色送馬蹄，言春草承馬蹄，以『柳』代『草』，『蹄』字無著落，殊爲減價，此其一耳，餘可準知。」

原善公道曰：白石通曉倭漢古今典故，所述作之書，世稱其有用。善以國字紀事，是以雖日用簡牘，皆足以傳矣。素以經世爲任，故雖詩至工妙，不欲以教人，稱門人者至寡矣。田鶴樓獨以詩稱弟子，白石與之交態終始不渝，與佐久間洞嚴書中云：「吾故人莫鶴樓如焉。中秋月，三十一年必偕賞之。今年亦携二子來，有詩云：『滿堂明月中秋色，歸路清風十里程。』」

角田簡大可曰：韓使見白石，推前所出煙盆謂曰：「那用此煙管，薰我錦繡腸。」白石應聲答曰：「試用此煙管，融我銅鐵腸。」乃引煙管吹煙一二管。

任守幹用譽曰：學富有氣亢，格秀而詞藻采色相宜，音律諧叶。

李邦彦美伯曰：格力清健，詞彩萃絢。不但音律之諧叶、聲調之雅麗，獨運天機之妙，深得風雅之體，苟非特達之識、穎拔之才，惡能與於此哉？

李礩重叔曰：白石之詩，格清而響亮，語新而趣遠，往往有與唐人酷肖者。

趙泰億大年曰：白石之詩，萃絢而實茂，格高而趣雅，豪健而不流麗，麤硬婉麗而不泥於纖巧，駸駸有盛唐人口氣。

鄭任鑰維啓曰：雄思傑構，秀麗絶倫，蓋彬彬有《三百篇》之遺風焉。幽沖而偏造者，昔之韋孟也；宏暢而尚達者，昔之元白也。質而超於詣者則陳杜之倫，藻而工於境者則錢劉之屬。

《錦天山房詩話》：古今詩人雖稱爲大家者，就其全集而閲之，則玉石混淆，瑕瑜相半。獨《白石集》，篇篇珠玉，句句錦繡，流鬯秀潤，美不勝收。所謂龍躍天門、鳳鳴朝陽者非邪？是不唯其天才卓絶爲然，蓋因其鍛錬之功亦至也。北海譏其多瑕疵，謬矣。秖惜集中所録多係近體，殊乏古調，可謂一大陷缺也。近世野村篁園以白石爲藍本，絢爛過之。建橐以來，雖作者如林，余之所最推者，唯此二家耳。

室直清卷三十一

字師禮，一字汝玉，稱新助，號鳩巢，又號滄浪，備中英賀郡人。年甫十五，出仕加賀菅公。一日命講《大學》，義理明辯。公以爲異器，乃令入京師受業木下順菴，學成北歸。正德元年舉大府儒員，適韓人來聘，奉命往而接之，唱酬成卷，韓人大稱。後領高倉館教授。有德大君繼統之後，擢授殿中侍講，信任甚厚。享保十九年卒，年七十七。男洪謨，字孔彰，稱忠三郎，先卒。所著《鳩巢文集》四十四卷行于世。

伊東貞澹齋曰：先生幼以神童稱，既長，從鉅儒名賢，講究益勤，研精覃思，集其大成。充實之美、英華之發，揚休山立，玉色金聲，蓋其深造之奥、自得之妙，非後學之所能闚而測也。其與韓使往復贈答之什，積成卷袠，應對如流，斟焉愈盈，淵涵渟滀，滉瀁澂清，偉篇傑作，大東振古所未有也。

河合專□□曰：先生以睿明特達之資，修洙泗濂洛之正學，韜聲晦德，不與時競，退閑。先生之道以扶綱常爲己任矣。詩文蓋其緒餘耳。而察行文遣辭之間，蓋以高邁正大之氣，發優遊自得之辭，譬如策駿馬下長阪，翩翩乎有千里不遏之勢，有道之氣象藹然於言表。

山田君豹文蔚曰：先生之文，雄深宏博，偉麗典雅，一出乎仁義道德之中而沛如也。其所以羽翼聖學，維持世教者，大有益於天下後世，而非世之名能文者所企及也。

江村綬君錫曰：經儒不習文藝，文士或遺經業，能兼二者，唯東涯、滄浪二儒而已，其訓詁異同不必論也。滄浪詩五言古體，學陶而未得其自然，七言古風、五言近體，師法少陵，尚隔垣墻。七言近體，祖襲盛唐諸家，而往往出明人徑蹊。若夫五言排律，學力與才氣相駕，豪健騰踔，最爲當行。分摘七言雄拔者數聯：「關中豪傑推王猛，江左風流起謝安」「天上雙懸新日月，人間相看舊衣冠」「天連滄海長雲絶，月滿大江灝氣浮」「輦下衣冠尊五品，日邊花蕚共三春」「蘭省春傳紅葉賦，鳳池波動紫霞袍」「薦賦何人逢狗監，求才幾處出龍媒」。

原善公道曰：鳩巢與蘐園之徒互相輕。金華一日來見鳩巢，出其得意文一篇示之，且求删正。鳩巢一過稱善，金華强乞正，乃削二十字，更益五字。金華不喜而去，質諸南郭，南郭不得决。又質諸徂徠，徂徠視鳩巢所竄改者曰：「如此而後成文。」於是其徒重鳩巢。

《錦天山房詩話》：滄浪古風沖澹，時有見道之言。近體高華雄整，追武嘉隆。長律最雅，頗見才力，實如北海所論，秖惜聲律多乖，瑕瑜不掩。且集中警句頗多，不止北海所摘，其全首可誦者既録於篇，他五言《客居秋懷》云「宦羈悲籠鳥，形役羡池魚」，《訪隱者不遇》云「虚室自生白，晴窗堪草玄」，《首夏猶清和》云「麥畦晨氣潤，竹徑夜涼微」，《新年》云「時泰市朝静，春還天地寬」；七言《詠王莽》云「周公復辟終爲假，劉氏興王自有真」，《元日》云「五色雲開鵬擊外，萬家春到鳥聲中」，又「鳥洩天機纔著語，花關人意對忘言」，《和釋法霖春興》云「六時已證無生説，半偈空持不死神」，《酬白石》云「彈劍舊諳漁父唱，授衣初試令公香」，《和緣師兼言離情》云「湖上荒煙悲舊國，關門落日問前程」，《和人》云「何用當空書咄咄，秖須開卷味玄玄」，又「把酒肯論千日醉，看花聊樂百年春」，《有感》云「客氣去時能見道，人謀盡處始知天」，《和瓦鷄翁》云「月中落葉雨聲下，水底寒雲山影流」，皆佳聯也。

高玄岱卷三十二

一名貞恒，字子新，一字斗膽，號天漪，又號婺山，稱新右衛門，肥前人。祖贊胡，號壽覺，福建彰郡人。慶長中，航海寓於薩摩州，業醫，後歸明。父大誦，號一覽，年十六跡父入明，經十餘年而還，爲長崎譯者。改姓高，爲深見氏。子新幼有瑰才，學於僧獨立，傍通醫術，以醫游事薩侯久光，無幾去住長崎。爲人豪宕卓犖，富豪者不與爲禮，貧窮好學者輒加愛敬焉，故豪長皆忌害之。子新尚氣節，常曰：「大丈夫之處世也，當騁志於青雲，何必因人碌碌，里巷相徵逐乎？」寶永七年，與室鳩巢、三宅觀瀾，同應大府之徵。來江户，列儒員。八年，韓使來聘，命子新及新井君美預其事，賜白銀及時服。子新善書，與林道榮齊名，世目爲長崎二妙。享保壬寅，年七十八卒。弟順麟，字子春，才氣出群，博覽文史，長於詞賦。爲人廉正，時人稱爲學行兼優。其詩無所見，附記於此。

《錦天山房詩話》：天漪，生長西鄙，奮翰東都。奇氣逸才，推倒一世，而所傳詩殊麤觕不副者何也？

高但賢

字松年，號雪溪，稱久太夫，後稱新兵衛，晚號石翁，天漪長子。享保三年，襲爲儒官。六年，奉命掌海外市舶事往長崎，復命稱旨，賜白銀十枚。十九年爲祕書，又拜西城後門番帥，賜六品服。明和五年病免，安永二年卒。

三宅正名

字實父，號石庵，又號萬年，京師人。幼而好學，稍長喪親，一意耽學，不事生産，家道日窮，乃斥賣家什以償債，所餘僅數金耳。謂弟觀瀾曰：「今雖貧極，短褐蔬食，可以支數年。」鑽研不輟，至忘寢食。後兄弟共游江都，教授取給。居數年歸京師，時年三十三。適讚岐木村氏以禮迎之，往居四年，邑中承化，稍加嚮學。尋至大阪，倡程朱學，時名翹然起，弟子雲集。中井甃庵等相謀，請諸官，建庠校，名懷德堂，推實父主之，固辭，不可，遂領祭酒事。旁工書而資質樸素，其所書未嘗款印。又通和歌及諧歌。性儉素，終身不服絹布。享保十五年，年六十六卒。子正誼，字子和，號春樓，克承家學。

香川修德太沖曰：世呼石庵爲鵺學問，此謂其首朱子、尾陽明而聲似仁齋也。

《錦天山房詩話》：石庵之詩，傳者甚少。余嘗觀其真迹於觀瀾之孫令聞家，其書草體第二句首二字不可辨識，且以意填其所近似字，未知其果然也否，以別無所見故姑收載。

三宅緝明

字用晦，京師人，號觀瀾，稱九十郎，石庵弟也。初師事淺見絅齋，後如江户，從木下錦里而學，天資聰悟，讀書五行俱下，以文章聞。嘗作拜楠子墓文，鵜飼金平采上水户義公，公見嘆異，辟爲國史編修總裁。正德壬辰，新井白石薦諸大府，擢爲儒官，時年三十八。享保戊戌病卒，著有《中興鑒言》《烈士復讎録》《觀瀾集》。

梁田邦美景鸞曰：文章典雅，賁以藻火黼黻，書楠子碑陰雖出於少時之作，既足以見所養之深粹，而志氣精采之鬱浡矣，宜乎蚤有譽于水府，而司史筆之冕鉞也！館僚安積栗山二子有材識而博物，且尚退舍，使英華擅發焉。

江村綬君錫曰：《停雲集》載觀瀾寄京師人詩，中聯云云〇中聯曰：「三更燈火波心市，十里絃歌岸上樓。杜父魚肥杯可舉，牛王廟古葉將秋。」以其俳偶易入世耳，膾炙一時。余謂三四爲攝之安治川作則佳矣。鴨水涓涓曾不容刀，波心二字殊爲無謂。第六句徒事對偶，粘景不切。牛廟六月，羅縠相摩，香風撲鼻，何曾有此淒涼？觀瀾又有《詠倭刀》詩，我邦人詠我邦刀，題曰詠刀可也，詎用曰「倭」？宋明多此等詩，傚而作之則曰「擬詠日本刀」猶可也。觀瀾有重名而有此破綻，何也？

原善公道曰：觀瀾年不得壽，有著書亦不多布於世，是以到今名寥寥少聞，然其學術文章，當世與有名士竝稱。物徂徠《與竹春庵書》稱藪震庵文曰：「習宋人之文焉。視其所結撰，不出於東涯、觀瀾之下。」又雨芳洲《橘窗茶話》曰：「觀瀾、鳩巢、徂徠何如？曰，之數人也，盛名雷轟，何待乎曹丘生也？」又蜕巖文柄贈桂彩巖曰：「物徂徠老矣。弩末不能入縞，天又奪滕煥圖，如失左右手。室鳩巢醇乎古先生，澹泊自守，無鬭心也。宅觀瀾豎幟駿台，堂堂正正之威，殆使牛門塞關，不敢東飲馬矣。不幸星隕，可勝嘆也！」

《錦天山房詩話》：觀瀾青年，英聲夙振，一時鉅公名匠皆爲推遜，此必有大過人者也。然其遺集見存，詩殊寥寥，不足觀采焉。蓋篇章散佚，十不存一乎？將天分有限，韻語非其所長乎？

三宅維祺

稱總十郎，觀瀾弟，享保十三年卒於水户，年四十九。

《錦天山房詩話》：宅氏兄弟五人，石庵、觀瀾最著，維祺乃其季弟也。觀其遺稿，筆法遒美，可見宅氏多才。

服部保庸

字紹卿，初名保廣，號寬齋，又號龍溪，稱藤十郎。父保考，稱清助，江户人。少好學，受業於木下順庵。傍善書。文昭大君在櫻田邸，徵爲儒官。及入繼大統，從爲大府儒官。享保十四年卒。紹卿幼聰敏，亦學於木下順庵。居家孝友，强記力學，博涉群書，不競才華。順庵常稱其謹厚，以父蔭爲櫻田邸侍講，後爲大府儒官。享保四年命説《書》於高倉學館，六年六月三日病卒，年四十八。

江村綬君錫曰：寬齋詩頗清暢。

《錦天山房詩話》：服氏昆季竝才藻蔚茂，未易軒輊。雖瑕瑜不相掩，無害其爲美璞也。

向井三省

字魯甫，號滄洲，稱小三次，攝津人。幼師木下錦里，兄事柳震澤。震澤無子，因繼其家，冒柳川氏，臨終遺命復其本姓。爲人慷慨尚氣節，不喜著述。享保辛亥卒，年六十六。滄洲教授有方，其門人成材，顯者頗多。

江村綬君錫曰：元和以來從事翰墨者，雖師承去取不一，大抵於唐祖杜少陵、韓昌黎，于宋宗蘇黄、二陳、陸務觀等。至雲溪始右唐左宋，而猶未及初盛中晚之目，滄洲出而後始以盛唐爲鵠。余謂是之時物徂徠唱古文辭於關東，稱揚明李王，輕俊子弟靡然争從，然京師未有爲其説者。而今誦滄洲詩，髣髴乎明人聲口，蓋氣運所鼓，作者亦莫知其然而然也。

《錦天山房詩話》：滄洲嶔崎磊落，而其詩清婉，殊不似其爲人。

兒島景范

字宋文，號天泐，木順庵門人。

《錦天山房詩話》：景范或作景範，桂彩巖《今獻詩英》作倪景范，蓋慕范希文而製名字者也，然則作『范』者似是，故今從之。其詩不多見，然句格精鍊，似遠在天漪、觀瀾之右，而白石、南海諸選共不録及，不知何故也。

西山順泰 卷三十三

字健甫，號蘋洲，稱太郎八，又稱健助，對州人。本姓阿比留氏，後改西山。年二十餘，州辟爲書記，因肄業於木下順菴之門。自恨學晚，勤苦讀書，晝夜不息。才思敏贍，作爲文章輒數百千言。及其疾病，乃命其僕取平生稿而焚之曰：「若我文章，何用遺後爲？」元禄戊辰没於學舍，時年三十一。順庵深惜其才，自撰碑銘。

新井君美在中曰：我嘗得見蘋洲《熱海行》七言古風五十韻，俊逸高暢，今則忘焉。

東條耕子藏曰：西山學於順庵，與新井白石、室鳩巢切劘其業，聲價稍顯於同門之士。與南部南山同甲子，當時謂之「木門二妙」。後松浦霞沼與祇園南海同庚，人謂之「後二妙」，前後二妙之稱喧傳於藝園云。

榊原玄輔

字希翊，號篁洲，稱小太郎，泉州人，其先伊賀州下山氏也。幼爲外父所養，因冒榊原氏。少負奇氣，初遊學京師，受業木下順庵門人。後隨外父赴東都，始謁順庵，順庵大稱異。未幾應紀藩辟，釋褐儒官。其學博綜，旁通星曆五行、風水數術之説，兼工篆隸及畫，專留意於經濟，尤精究明律。嘗奉侯命撰《明律譯解》三十六卷，其餘所著，《易學啓蒙》《老子》《古文眞寶》等諺解，《山谷集注鈔》《書言俗解》《詩法授幼抄》《印章備考》《談苑》《談藝雜記》、文稿等竝行於世。寶永丙戌歿于東都，年五十一。

室直清師禮曰：篁洲爲人博聞强記，當時同游莫之或先。好賦詩，又善法書，每遇意興閑適，輒爲人揮灑，凡人家得書，必緹襲而藏之。

榊原延壽

字萬年，號霞洲，篁洲次子，襲父職。寬延元年卒，年五十八。自作碑文，有言「享年五十八，未以爲天也。仕紀府爲侍讀，未以爲賤也。一生不讀王李之書，未以爲愚也」。此時東都學者盛稱吴郡、濟南，霞洲之言，蓋有激焉。

南部草壽

字子壽，號陸沈軒，山城人。其先越後長尾氏之族。講説平安，學博行脩，以醇儒，山斗于後進。寬文壬子，應綺陽尹牛込蔭鎮之徵，游於崎。建先聖祠於邑立山，設鄉學，置塾師，子壽料理學政董督其事，邑中大嚮學。在崎八年，應富山侯之聘，之越中，元禄戊辰卒。

南部景衡

字思聰，號南山，又號環翠園，稱昌輔，長崎人，本姓小野，父昌碩以善醫著。思聰少孤，執友小林義信謙貞愍之，養於其家，授以四書五經句讀，又使學軒岐之書。思聰不屑之，好讀經史，從閩人黄公溥、杭人謝叔，且學歌詩，二人皆奇稱之。南部子壽見而深器之，請爲嗣子，因冒其姓。及子壽應富山侯之聘，命從學筑後安東省庵。既通而東，子壽歿，侯命襲其職。後來江户，師事木下順庵。正德壬辰，將之富山，途歿，年五十五。性温恭篤謹，精通經史，文材富贍，最長史學，著《環翠園史論》三十卷。身既多病，自知齡不長，删定其詩文八卷，題曰《喚起漫艸》。

祇園瑜伯玉曰：南山詩，字熟意熟情亦熟，風流温藉，濃態横生。正如謝安携妓遊東山。

又曰：南山燕子梨花二句，古今絶唱。瑜嘗屬崎陽彭城生令書之，以爲柱聯挂于齋頭。

新井君美在中曰：南山《客中除夜五十韻》，沉痛慷慨，其餘佳句，五言則《和初春作》云「松竹含清氣，江山釀暖煙」，《和僧》云「四時花繞徑，中夜月臨堂」，《僧房即事》云「小檽籠遠景，高樹灑微涼」，《夏日閒適》云「暑至池塘少，涼生竹樹多」。七言則《春山晚煙》云「輕素交雲迷碧岫，浮光帶霧擁青巔」，《落花》云「玉笙奏罷唯餘月，珠幕鈎殘不見春」，《和送春韻》云「流水人家芳艸徑，斜陽漁笛緑楊津」，《衰柳》云「藏鶯葉逐秋風落，帶蝶枝隨夜雨衰」，《和韻》云「白日茶煙迷佛榻，黄昏燈火認僧庵」，《早春寄人》云「兩地身成花下客，獨居跡托酒中仙」，《憶先師》云「華髮一朝終物故，青山千古爲誰新」。

雨森東伯陽曰：南部南山《賦環翠園》曰：「雁歸塞北長爲客，梅發江南暗憶人。」吴南老極口稱讚。有一人在傍曰：「佳則佳矣，『暗』字似乎婦人語。」南老曰：「子欲改以何字耶？」其人曰：「卻字。」南老曰：「若爾則非詩矣。」有李判事者，巡簷數而朗誦不已。南老曰：「來，汝知此詩意耶？」李忸怩不言。南老曰：「汝但喜音韻調諧耳。」南老者朝鮮人，園在越中南部氏别墅。南部南山，原作「南部草壽」，誤矣，今改。

《錦天山房詩話》：祇南海纂録諸友詩，題曰《鍾秀集》首載南山云：「予於諸友最所景慕，莫如南山思聰，所以卷首冠之也。」南海宏識絶材，目中無人，而于南山推尊極矣，可以想見其人品也。今閲《鍾秀》《停雲》二集所載南山詩，流麗温藉，優入作者之域，因普求所謂《唤起漫草》者而不可得，想散佚既久也。惜夫！

南部昌明

《錦天山房詩話》：此詩載于《扶桑名勝集》中，或爲南山耶？將别人邪？未審，姑附于後。

南部景春

字國華，越中人，思聰長子也。幼而穎悟，善詩及書畫。年甫十三，從父來東都，賦《登東天台》詩五言古風二百句，爲世所稱。十八歲喪父，乃襲其禄，寵遇優渥，加秩至二百石。後數年喪母，次弟亦歿，不堪憂難。以享保丁酉而殞，年僅二十三。季弟亦踰月而亡，南氏之胤絶矣。

新井君美在中曰：國華奉母甚孝，友愛兩弟，慨然有大志。博通經史百家之書，諸作甚富。

祇園瑜卷三十四

字伯玉，一名正卿，又字汝璵，號南海，又號鐵冠道人，稱與一郎，紀伊人。家本業醫，幼從父在江都，師事木下順庵。天資英雋，文藻卓絶，與松浦禎卿同甲子，竝有奇才，衆稱「木門二妙」。後名價益高，世匹之梁田蜕巖。尤善詩，年甫十四，與白石、南山、霞沼、篁洲、集芳洲寓居，即席賦《邊馬有歸思》，座者皆咋舌。白石曰：「此詩雄渾悲壯，足以卜後來，可任斯文也。」嘗自試才，一夜得百首。時年十七，人或疑爲宿構，乃大會賓客，席間立題，飲食談笑，信筆揮霍，自日中至夜半，百首復成。前後二百首，詞采富麗，無一句蹈襲前詩者，由是名愈著。擢本藩儒官，嘗坐事謫海上數年，正德辛卯召還，增秩復儒職。紀伊詩學之興，實因其鼓舞之。又善畫。寶曆辛巳，年七十五而卒，著有《南海文集》《詩學逢原》《明詩俚評》。

田中由恭履道曰：先生敏捷穎悟。爲白石源先生、南君南山、雨森君伯陽暨當時群賢所稱嘆，目之以爲今世之賈生矣。先生作爲文章，口誦筆授，雖千萬言未嘗立稿。

伊藤長堅才藏曰：南海子以詩賦鳴于紀，其風格體裁曲盡其變，搴芳咀腴，揚芬吐艷，其氣弘以暢，其風格以靡，其詞和以雅，與他文士依傍人門户不能自立閫奥、蹈襲一二殘膏剩馥然自命者異譔。

葛張子琴曰：南海先生幼見恭靖木先生，先生諭以「學在精勤」，則拳拳服膺，以至終身。噫！世之詩，視先生抑末矣。瀉水之文、春華之藻，積内而發外，安知其非精勤之所致也？○按：「詩」下疑脱「人」字。

江村綬君錫曰：伯玉髫年受業木門，有夙慧之稱。一日宴集，人或唱曰「鳶飛魚躍活潑潑」令坐客爲對，伯玉以童子在席末，應聲曰「光風霽月常惺惺」，衆嘆其穎敏。余按《停雲集》載伯玉詩三十首，詞采富麗，蓋少時作。晚歲漸刷鉛華而神氣融和，殊可傳。

又曰：南海唯是一味綺麗，後勤超脱，卻屑屑乎纖巧矣。

《錦天山房詩話》：南海才氣横溢，不可一世，故其詩豪放奇麗，無塵俗齷齪之態，雖縱横太過，間乖繩墨，而飄逸可喜。蓋其源出於青蓮而鍛鍊未至者也。後觀其《題垂裕堂詩後》曰：「漢魏氏，《變風》也；杜甫氏，《變雅》也。李白《大雅》，《韓奕》《常武》惟肖。初唐《正雅》，時有《頌》聲。余故曰，醫俗莫如太白，變野莫如初唐云云」。此可以見宗風之所由矣。

雨森東卷三十五

字伯陽，一名誠清，號芳洲，稱東五郎，平安人，或曰伊勢人。年十七八來江户，學於木下順菴。才藻卓絶，順菴稱爲後進領袖，遂因其薦，筮仕對馬，掌文教，恒接對韓人，名聲馳海内外。雅通象胥之言，每與韓人説話不假譯者，韓人嘗戲謂曰：「君善操諸邦音而殊熟日本。」正德中如江户，見物徂徠，甚悦之。是時徂徠倡復古學，傲睨一世，而亦特于伯陽嘖嘖稱揚。伯陽乃使其子顯允師徂徠，居其塾。未幾，使出塾而歸曰：「徂徠實一代豪傑，不可以常儒視之也。雖然，其教人不先德行，是以家塾失序，非可以托少年者也。」伯陽爲人篤實，甚有精力，到老不衰。年八十一，始將學倭歌曰：「苟欲作倭歌，不可不讀古歌也。」乃讀《古今集》一千遍，既而自賦倭歌一萬首，前後四五年而卒其業。年八十八卒，著有《芳洲集》《橘窗文集》《橘窗茶話》《芳洲詩訣》等。子孫繼業，爲對馬學職。

新井君美在中曰：伯陽風神秀朗，才辨該博，錦里先生稱爲後進領袖。

祇園瑜伯玉曰：予於諸友，其所敬畏莫如伯陽氏。

物雙松茂卿曰：洛有伊原藏、海西有雨伯陽，關以東則有室師禮。

梁田邦美景鸞曰：雨伯陽善華音，綜博有藻材，其品不出物茂卿下。

原善公道曰：芳洲識白石者三十年而交分不協，常謂白石爲「其心術不可測」，嘗面折一事。白石曰：「以如子之言，子疑余，所謂『白頭尚新』也。」又其《橘窗茶話》，自惺窩、羅山至其順師菴及社友凡名一時者盡舉之，以品藻其才行，而獨不及白石。

角田簡大可曰：雨森芳洲曰：「吾平日祠堂香火唯有拜謝，不敢爲祈禱之言，蓋器小量狹，願欲易足故也。嘗言吾自飲食衣服以至宮室爵位絶無偏好，故閨厨寂寞，家門無事，質諸鬼神而無愧，縱不及老莊，關尹以下蔑如也。唯平生最不堪者有四，一曰詩惡，二曰棋輸，三曰身疼，四曰錢無耳。」

《錦天山房詩話》：芳洲嘗論詩云：「凡詩出於天才者，藹然有自然之意，讀之使人心爽神怡，若夫安排摹擬而後得者，雖曰巧妙，終令人厭倦思睡。故予案上所置詩集以陶淵明爲首，李杜爲第二，韓白爲三，東坡爲二之下三之上，優遊詠吟於其間，不知老之至，一旦瑞鶴祥鸞，幢幡笙簫之從空而來迎也。」其言如此，其自運亦頗近自然，故驟讀之似不甚佳，然細嚼有餘味。

松浦儀

字禎卿，號霞沼，稱儀左衛門，播州人。年甫十三，對州侯見而奇其才，使就木下順庵受業。禎卿文學生知，不煩師訓，日弄翰墨，纚纚千言，不甚經思而文采可觀焉。嘗置詩稿於案上，南部艸壽吟誦不已。既而聞其自作，大驚曰：「吾謂抄寫唐人之詩也！」時年僅十四歲，與祇南海同年生，衆推二妙。學既通，爲州書記，韓人屢稱之。

雨森東伯陽曰：霞沼與余同寓雉塾，少於我八歲，最喜成翠虛賦富山「浮空積翠開煙鬟」句，吟賞不已。一日問余杜詩中何者可意，余答以「萬里蒼茫水，龍蛇只自深」。時霞沼十四五，今已將近六十歲矣，追而想之，天稟所資敏鈍迥别有如此者，可笑。

祇園瑜伯玉曰：霞沼少壯之作太邇盛唐，但恐字句雷同。譬唐人臨二王帖，晚年常與韓人對，不覺氣格流入彼調。

石原學魯

字貫卿，號鼎庵，又號梓山，長崎人。少從杭僧沈一心越遊，精醫工書。及壯，東遊學於木下順庵，順庵特愛其才，志存遁逸静退，不樂人間。元禄戊寅卒，年四十餘，著有《拾翠集》。

岡島達

字仲通，號石梁，賀州人。總角善書，長有經術。學於木下順庵，憫其宦遊不遂、老母在鄉〇按：「憫」上疑脱「順菴」二字，薦之賀州侯，因得北歸。居數年喪母，哀毁踰禮，未幾而没，實寶永己丑六月也。享年四十四，無子。

岡田信威

名文，以字行，號竹圃，江户人。其祖朝鮮王京人，垂髫值壬辰變，爲我兵所掠。風神秀整，蓋非寒族也。其人無子，收養爲子。居東數年，略通國語，屢問家姓，竟不言。及長，冒岡田氏，信威則其孫，而有文謹愨人也。學於木下順庵，順庵懿其才行，因榊原希翊薦之紀藩。

堀山順之

名輔，以字行，號環洲，江户人。質直有志操，年二十餘始學於木下順庵，刻苦讀書，行義甚修。嘗從仕京師，未幾東歸，家唯四壁。并日而食，晏如也。後復從仕泉州。

梁田邦美卷三十六

本名邦彦，字景鸞，號蜕巖，稱才右衛門，江户人。生而穎悟，幼學人見鶴山。漸長，才識高遠，尤工詩。才既絶倫，而鑽研至老不止。初介鶴山見白石，白石不妄容人，獨異其才，與之交，肫肫見中底。又與室鳩巢、三宅觀瀾、桂山彩巖、安積澹泊、雨森芳洲、益田鶴樓友善。少時專談武説兵，每評古之勇將戰士，論議慷慨。言或及赤壁、淝水、桶間、户石、川中島等事，則扼腕按劍，躍如色飛，當世儒生目爲「霸儒」。後年覃思經業，師心而自振，遠樹立一家。年四十八事赤石侯，旦夕教授邑人士，侯禮待甚優。後致仕，寶曆丁丑卒，年八十六。爲人泛愛博納，樂易好善。既爲伊洛學，又信此邦神道，又博讀釋典，恒謂宣聖之學、東方之道、乾毒之教，鼎足不相悖。遍與一時知名之士交，雖兵家劍客、書畫琴棋俳諧者流，相驩莫逆。所著《蜕巖集》《答問書》行於世。

室直清師禮曰：梁子學博而材富，以詩鳴東都。其詩大抵陶鎔雕刻，變幻百出，發於抵掌笑噱之餘，動輒累數百言，觀者目駭而魂褫，欲與之抗衡方軌於通衢大街之中，而莫之及。然其爲人，不矜細行，任俠詼諧，自快於鄉曲之間。詩愈巧而身愈窮，名愈擅而志愈逸，以此時論沸興，毀譽相半。

新井君美在中曰：景鸞少以材聞，歷事列國，宦遊不遂。身在窮阨，文甚富。

江村綬君錫曰：蛻翁天才巧妙，前無古人，後無繼者。少時負才，不閑小節，故筮仕數跌，屢遇困阨，家徒四壁而意氣不少撓。嘗以《不能買書》爲題，其末句曰：「惠車鄴架滿天地，誰信空拳猶突圍？」余謂爾時東都雖人才如林，除白石、南海外，諸子長鎗大戟，恐難敵景鸞空拳。蛻巖詩體屢變，爲唐、爲宋元、爲初明、爲七子、爲徐文長、爲袁中郎、爲鍾譚，贈余弟詩有「我初御風翔，晚而履平地」之句，而亦唯畢竟爲一蛻翁之詩云。余謂凡作者患在才者不勤敲推，勤者未必有才也。蛻巖有天縱才而極力鍛鍊，何以知其然也？蛻巖與余兄弟交稱忘年，贈答殊多，是皆蛻巖赤石稅駕之後，考其年紀，蓋六十以後矣。厥後《蛻巖集》出，就而閱之，則往往改二三字，而改者更有理致，乃知八十老翁孜孜兀兀，潛思字句，宜其能造詣精微。今讀其集，譬猶上崑崙之邱，步步是玉；入栴檀之林，枝枝是香。詩至於此，宜無遺論，而猶有未盡善者，何也？蛻巖用才太過耳。張茂先謂陸士衡曰：「人常恨才少，而子更患其多。」余於蛻翁復云。

原善公道曰：蛻巖以詩豪壓一時，而意見屢改，格調數變，皆足以驚人。自言初學宋歐蘇而旁放翁、簡齋，中年學唐，祖禰李杜，緣飾以錢劉諸家，又退學明，甘爲王李銀鹿，亡幾爲袁中郎、爲徐文長，而遂以初盛唐爲表準，弇州濟南爲門户。復鳴歸德書云：「一旦大夢覺、宿酲解，乃斷然以開天爲關，七子爲引。陽春白雪，每奏彌高；斗文紫氣，每望彌昌。季子裘敝猶可改，吕虔刀鈍尚可磨。寧爲王李取履不敢辭，遂使雨血之鷙爪化爲食椹之柔吻也。」又嘗小集賦詩，有一人以「石見國如硯」求對。苦思皆未得，蜕巖忽朗吟曰：「竹生島似笙。」四座驚嘆。

角田簡大可曰：蜕巖詩才高妙，變幻百出，奇正互用，而極力鍛鍊，兀兀不休，自少至老詩體屢變。嘗與湖玄岱書云云，蓋實録也。爲文尖新，亦如其詩。少時抱才不遇，厄窮殊甚，書簏中除四子外有詩韻一册、徐文長集半部耳。適會大雪，憶文長《詠雪》詩，乃綴五十八韻，幽苦險澀不讓文長。

《錦天山房詩話》：揚此抑彼，入帝出奴，專持門户之見，牢不可破，此古今詞人之通弊，而享元之際爲特甚矣。故當時鉅匠之著撰非無可觀者，然十篇以外使人生厭倦，何也？由少變化也。獨蜕巖泛愛博納，出入諸家，不固守一格，愈變而愈妙，不唯採材于古之廣，其取友于當世亦然，苟有可取則不問門徑之異同也。是以木門、蘐園之徒，以至曲藝小技之流，皆與之交善，此其所以薈萃衆美而能成偉觀矣。今閲其集諸體俱佳，就中七言古詩、五言長律最極其巧妙。惜夫！古風韻法頗疎，近體聲調失粘者亦復不少，諸如是類，此編率屬割愛，但全首甚佳而微有瑕疵者，一二間亦登載焉。如《詠雪》五十八韻亦在删除之例，然構思之苦、命辭之險，當世未見比也。以一眚掩大德亦所不忍，故姑存之，使世之好奇者有以考焉。

桂山義樹 卷三十八

字君華，號彩巖，又號天水漁者，初稱三郎左衛門，後改稱三郎兵衛，江户人。其先甲斐源氏，武田晴信第三子信貞，稱葛山三郎，其子義定，稱桂山三郎左衛門，義樹即義定之玄孫。幼而聰慧，穎悟明敏，七歲客有過其父而肆談時勢得失，君華進曰：「先聖不謂乎？不在其位則不議其政。」客大奇之。既長，受業於林鳳岡，精究理學，沉默不競，自信甚厚。元禄九年，以鳳岡之薦解褐大府。寬保三年，奉旨重訂《武德大成記》，以其居窵遠，命僦居林鳳岡家以卒其業，前後賜金者數，累遷至祕書監。有旨許覽祕府書，於是學益博洽。傍綜衆藝，尤巧草隸，又善樂律。性謹嚴，不妄交，其所親善者唯高瀨學山、梁田蛻巖、中村蘭林三人耳。常稱希樸精嚴穩當，景鸞雄爽流暢，深藏奇秀超逸，皆難得之才也。寬延二年，年七十一而卒。遺言曰：「我無德學，又無官績，謹無修墓碣碑銘以要虛譽也。」

室直清師禮曰：彩巖其行敦篤而立誠，其材浩瀚而雄峭，挺然於埃壒之表，文采風流足推倒一世。

江村綬君錫曰：余在赤石，梁景鸞數稱彩巖詩律精工，因知其作家。後信州湖玄岱亦盛稱之，乃益知其作家。於是歷閱諸選所載，僅五首，其他無見。京攝年少，往往不知桂祕監爲何人，蓋數十年來東都藝文播傳於京攝者，特蘐園諸子，其他雖鸞鳳吐音，寥乎無聞，亦可見一時風氣之偏。

而彩巖重厚不近名者，亦可徵耳。

東條耕子藏曰：彩巖天資超脱，加旃以篤實謹嚴，貫串經史，淹雅博通，至氣局闊達，神韻卓絶，則非復時流所企及，實曠世之偉才。設使與當時諸儒馳騁詞壇，有意建立門户，顯赫一世，不必讓物牛門、服赤羽等。世人稱之者目以詩人，徒談其宏詞精華，以謂雄渾高潔殆不在源白石、梁蜕巖下，是何足言！

《錦天山房詩話》：彩巖詩整麗近源白石，高華過服南郭，跌宕似梁蜕巖，圓秀勝林退省，足以領袖一時。宜乎其自視甚高，不屑比南郭！顧諸選家多不甄録，唯稱《矢島懷古作》，何也？

湖岳

字玄岱，號松江，信濃松本人。少時從學桂山彩巖，能詩善文，兼工書，襲父仕松本侯。玄岱尚氣節，慚食稍於方技。侯察其意，使嗣子玄室代爲侍醫，更命爲儒學教授，蓋特恩云。

細井知慎卷三十八

字公謹，號廣澤，京師嵯峨人，或曰遠江懸川人，居播磨明石。年十一如江户，事甲侯吉保，大見擢用。形貌魁岸，方質而有氣，甚口善談，纚纚乎若霏鋸屑。性不甚嗜酒，酒間或及一義節事，輒忼慨激烈，怒髮逆植，目光炯炯也。議論守法，嶠嶠不阿，遂以此中口語，致仕而行，隱居青山。

家甚貧，或餽以數金。會客來語奇窘，心憫之，出其所獲金悉推與之。少而好書，學北島雪山，至是居間益自刻苦，著《紫薇字樣》《篆體異同歌》《觀鵝百譚》《撥鐙神詮》《奇文不載酒》《字林長歌》。列侯往往延致，大見貴重焉，後遭大府登用。初治程朱學，又悦陽明王氏之説。通串百家，淹雅博聞，旁至射騎劍槍之藝、天文算數之術，莫不兼綜。人許以國器，而被書名掩，君子惜焉。享保乙卯年七十九卒。子知文，字天賜，號九皋，亦以善書著，後坐事削仕藉。

柳里恭

字公美，號淇園，又號玉桂，稱權太夫、郡山大夫。性豁達豪放，不拘小節。爲人多才藝，文武兼資。善詩，工書畫，最精丹青。妙得設色法，寫人物花鳥一爲設色，水煩擱之不去也。其餘伎藝，莫不博綜。其好客，不問貴賤賢愚，厚禮引接，日試其能以爲娱，食客常數十百人。邑入雖多，財資不給，而岸然不顧也。嘗從僮僕數人乘馬而行，偶睹丐女絃歌索錢者，乃操其三絃彈一曲而去。其任達不拘，率此類也。

岡島璞

字玉成，號冠山，又號明敬，稱援之，後稱彌太夫，長崎人。始以譯士仕萩侯，尋而家居，專修性理學。嘗應户田侯聘來于江户，受學于林整宇，無幾致仕，至浪華，以講説爲事。又至江户，至平安。尤好稗官學，精華音，從遊甚多。與物徂徠及藤東野、太宰春臺交，徂徠讀稗史有疑輒質諸玉成。享保十三年卒於平安，年五十五。

伊藤長胤原藏曰：冠山子生乎肥，長乎肥。肥，會同之地，故多與閩廣吴會之人交，善操華音。

東條耕子藏曰：冠山云：「洛閩諸儒知天而不知人，頗類於老莊。近時攻擊洛閩之諸儒知人而不知天，差近于申韓。」由是觀之，雖以宋學爲主，非敢墨守之者。

中野繼善

字完翁，號撝謙，稱善助，長崎人。幼而失父，母大原氏，林道榮之妻姊妹也。故寓於道榮家，道榮授之句讀，又授書法。七八歲誦讀既遍，時時代道榮講説，談論殆如老成人，聞者駭服。年十九游江户，廣交諸名士，篠山侯松平典信引見而奇之，供衣食，俾益修其業。天和四年，執政關宿侯牧野成貞辟掌書記。元禄中，常憲大君屢臨關宿侯邸，輒召見，命進講經，於是從遊益衆矣。元禄乙亥侯致仕，世子襲封，後移封參之吉田。完翁謝病而去，居平安，教授生徒。居一歲，侯再聘請，遇之甚優。凡歷事四世，以恪謹稱。享保五年病卒，年五十四。

東條耕子藏曰：撝謙遇太宰春臺甚渥，嘗言：「吾不敢謂知人之明，但知太宰生則不讓他人。」春臺亦曰：「設使完翁得邦家，必將託六尺之孤寄百里之命於我矣，雖骨肉無以尚之。」終身敬服其爲人云。

水足安方

字斯立，號博泉，稱平之進，肥後人。幼聰慧，能大書大字。每客至，父屏山必命書之。一日客至，博泉方嬉戲，屏山數召之，乃徑進客前，張兩手開股而立，客嘆其機警。物徂徠聞其夙慧，見肥人，託李攀龍《太華山記》曰：「卿歸謂博泉曰：『即席句讀於此記，予則截與隻耳。』」博泉立爲句讀，一無差誤。其人後又適江户見徂徠，請得隻耳。徂徠哂曰：「不。神童者不可不與也。但於博泉，不與而可。」後有罪見罷，不忍困苦。一日如厠，書詩於壁而自殺。

中根若思

字敬父，號東里，伊豆下田人。幼爲僧，師事悦山禪師，後謁物徂徠學文法。徂徠命讀《左氏》《史》《漢》，徂徠大嗟賞焉。偶讀《孟子》，有慨於心，於是蓄髮。徂徠聞不悦，若思亦稍厭其學。藤公謹延寓之其室，室鳩巢亦欲引致門下，乃委質事之，從之加賀，又住東都。居甚貧，與弟叔德鬻木履及竹皮履以爲食，人目曰「皮履先生」。晚好王陽明書，享保、延享間屢往來下毛及浦賀講學，邑人頗有向學者。性高潔，人有贈者皆斥不受。明和二年病卒于浦賀，年七十二，所著有《東里遺稿》。

柴邦彦栗山曰：東里文雅馴古勁，有《左氏》《國語》之遺，而運諸己，能反覆自盡，大異世之所謂古文辭剽奇字、行險句、虚驕薄隘，悍然不朽自處者之爲也。

伊藤祐之 卷三十九

字順卿，號莘野，京師人，客于賀藩，所著有《白雪樓集》。

《錦天山房詩話》：莘野以下若干人皆瑣尾，固屬鄶以下，其爵里履歷多不詳者，甚至併名字不可考，然其遺篇往往散見諸選集者不忍澌滅，故略輯録焉。

物茂卿 卷四十

名雙松，有所避，以字行。荻生氏，江户人，其先參河荻生人，本姓物部，自言大連守屋後，稱總右衛門，號徂徠，又號蘐園。母夢遇歲首以松枝插門而生，故名雙松。父景明，號方庵，大府醫官，延寶中坐事竄上總。茂卿時年十四，從父共往焉。幼而有大志，雖流落窮鄉，既乏書籍，又無師友，警拔不群，大異常人。年二十五，值赦還東都，橋居於芝街。時貧甚，衣食不給。鄰有腐家，憐其貧而有志，日饋腐查。及後食禄，月贈米三斗以報之。時柳澤氏勃興封侯，聞其名聲，掌書記。初奉程朱説，後挺然立一家見，痛駁性理，併攻仁齋，又傚明李王修古文辭，豪邁卓識，雄文宏詞，籠蓋一世。海内人士仰如山斗，自貴介公子、藩國名士，至閭巷處士及緇徒，奔走喘汗，惟恐後焉。藉一字之褒貶以華衮其業，海内翕然風靡，文藝爲之一新。其學汪洋浩博，自雅樂象胥至軍旅法律等，莫不精核焉。爲文縱横馳騁，豪放佚蕩，爲一時冠。初以柳澤侯故，屢見於常憲大君，辯論經史，賜以葵章衣服。享保六年，有德大君命使句讀《清主六諭衍義》。及成，亦賜衣服。十二年，大君特召見之，蓋異數云。享保戊申正月十九日卒，年六十三。是日天大雪，臨終謂人曰：「海内第一流人物茂卿將隕命，天爲使此世界銀。」性好學，看書向暮，則出就檐際，檐際亦不可辨字。則入對齋中燈火，故自旦及夜手不釋卷，每自言：「熊澤之知、伊藤之行，加之以我之學，則東海始出一聖人。」所著書數十部皆行於世。

雨森東伯陽曰：物徂徠，余故人也。博覽文章，域内無雙。第於大綱上有差，心實慊焉。

宇鼎士新曰：物夫子者實東方開闢一人，其在華夏，亦難其比。而以陪臣居散職，何華夏，即在國中，不君實於兒童，不司馬於走卒，又未泰斗於學者，晚乃稍見仰，然矮人觀場未有實知者。雖然，是何足論？其所爲發憤，乃摛藻掞天庭，所傳施不可測也。

宇鼎士朗曰：文豈易言哉？綜該古今，包羅天地，然後爲得也。今求其人，海内之大，而一物先生在焉。

滕忠統大乾曰：嗚呼！先生復學於古，歸道鄒魯，博窮物，立言修德，崇名垂不朽莫大焉。嗚呼！先生出也，如日之升也，乃影之及，無所不照其朦焉。嗚呼！實出先生，天意可知也。

原善公道曰：徂徠病中喟然嘆曰：「吾下世後遺文必將行，然海内無實知我者，惟有東涯耳。」芝三田長松寺，徂徠墓在焉，猗蘭侯撰碑文，葛烏石書之。工始竣，遠近争傳，來摸拓之者日甚衆矣。長松寺號壽命山，自葬徂徠後，一號徂徠山。

《錦天山房詩話》：建櫜以來，文運始闢，儒士輩出，絃誦稍盛。至詩文尚循五山禪衲之陋習，萎苶不振。蘐老穎邁之資、桀驁之才，刻勵揣摩，别出手眼，首唱古文辭，大聲疾呼以誇後進，海内風靡，文體爲之一變，其功偉矣！其詩雖粗率而另有一種通暢痛快處，諸子皆不能及焉。惜夫！急於成家，輕詆前賢，動立異説，不免執拗怪僻之病，諸附和之者又從而鼓之，稍長浮誇放蕩之蔽。故身殁未久，攻者四萃，殆無完膚。余謂徂徠之於斯文，猶桓文之於周室也。功之首、罪之魁，庶幾乎得其中焉。

錦天山房詩話下册

安藤焕圖卷四十一

字東壁，號東野，稱仁右衛門，下野人，本姓瀧田氏。幼孤，乃來江户，養於安藤氏，因冒其姓。初學於中野撝謙，後更師物徂徠。憤激自奮，才氣大發。以儒仕柳澤侯，年二十九罷官，侯猶優待輸粟云。東壁俊傑不群，加之刻苦淬勵出於天性，其鴻文鉅藻既魁藝苑，惜哉卒以劬悴致咯血疾歿，年僅三十七，世不問交不交者莫不惜之。葬于淺草茅原福壽院，同社合貲，立碑石。

秋元以正子師曰：東野賓永中以儒仕甲侯，更奉牛耳我物夫子，大誦古文，業益進，天才研尋，遂足與兩司馬相抗衡，雖今諸公無不以東壁爲稱首也。傍通華音律，又工字，都下從游，或有瞻仰其技者多多，從養其才，是其餘緒也。

山縣孝孺次公曰：自東野之未死也，聲名藉甚，當世知名之士無能與之抗衡。業已，挂冠，築室於白山之陰居焉。環堵蕭然，足支風雨。鉛槧之餘，一托絲竹，有高人之致。操觚構思，百物靡不從者。譬如東野稷以御也，進退周旋無不可者，使之鈎百而反而力不屈。是敏者能事，唯弇州有之哉？雖來者鋭也，東野不可及也已矣。浸假使其屬厭，莫之與京，惜夫！

宇鼎士新曰：夫元美世所推，誰不晞者？而庶幾者鮮矣。獨吾物翁心儀縱横，是大海紫瀾哉？滕東壁長語或有庶幾焉。

江村綬君錫曰：東壁詩在蘐園諸子中，雖華藻不競而渾朴可稱。

釋顯常大典曰：蘐園徒善文章者獨滕東壁。

角田簡大可曰：安騰東野善病，時時嘔血，自謂：「予終當從李賀之後繼天上《白玉樓記》也。」及病篤，謂物徂徠曰：「歲在大淵獻，吾歸東壁之期至也。」肝心既嘔盡矣，辭氣忼慨，飲食若平生。《錦天山房詩話》：東野才既高，學亦勤，於蘐社諸子中固自卓然。故其死也，徂徠悼惜最甚。《與富春山人書》曰：「獨悲東壁以四月十三日死。渠三世以大淵獻降也，亦終以之陟焉。記十年前，渠齡同長吉而殆將嘔出心肝以死而不死，今遂嘔出心肝以死，豈《白玉樓記》必待其人邪？天圖書之府不可以久虚邪？悲哉！」又《與下管侯書》曰：「以渠之才之學而假之以年，豈不佞之所能及哉？天貧之寠之，又奪之年，加以無後，何其毒也！不佞亦免税予之嘆乎。」服南郭《與平金華書》曰：「嗚呼！蒼天不憖遺俊士，文章憎命達，天地一大厄哉！嗚呼東野！吾與足下不如也。」此皆師友之語，悽惋固宜然也。嘗閲梁蜕巖集有所謂「物徂徠老矣，弩末不能入縞。天又奪滕煥圖，如失左右手」，可見其英特爲時人所推也。

山縣孝孺

字次公，號周南，稱少助，周防人。父長白，字子成，宦長門，職居師儒，欲周南不墜家聲，携至江户托徂徠授業。時年甫十九，英特負才氣。已學於家庭，通大義，及見徂徠，孜孜匪懈，學日益進。是時徂徠業未大振，而周南、東野早登其門，迭爲羽翼，是以徂徠待二子異群弟子。正德辛卯，朝鮮信使途歷長州，館赤間關，奉君命往接待之。筆談唱酬，信使驚其隽才。雨伯陽嘗稱爲海西無雙。

太宰純德夫曰：古人絶句有入耳能令人成誦者，如宋延清《邙山》、賀季真《回鄉偶書》是也。物先生《送君彝遊函嶺》曰：「昨日晁郎採藥還，井郎今日又遊山。山中芝草知長短，玉笥流雲可重攀。」近日縣次公《送子和之參州》云云，亦皆易成誦也。

江村綬君錫曰：次公父良齋爲長藩文學，次公嗣其職，長門泮宫曰明倫館，次公司其館事。至今長門多才學之士云。余謂近時文士得行志，莫若次公。

原善公道曰：周南少南郭四歲，文章雖不及，亦自足不朽。然欲然不自足，病中尚寄書南郭曰：「今疾踰年不已，岌岌乎傾者必覆，幾不起矣。余於文辭無所喻，老兄所熟知也。諸友門人欲梓而傳，拒而不允，數請數拒，於今數年所矣。余死後彼必行其意，行其意必圖諸老兄，請勞足下爲我刈蕪除茀，略序繩墨，莫貽同社之詬，幸甚！」

平玄中

字子和，號金華，稱源右衛門，本姓平野，修爲平氏，陸奥人。器宇偉然，才鋒出群。學物徂徠，閑修辭。其始謁也，以文爲贄。時有一醫官以黄金爲贄，徂徠熟視其文，乃延之上座，顧謂醫曰：「欲入吾門，作文如此而可。奚以黄金爲？」性曠達，侮弄一世。仕守山侯，家素貧寠，侯家嘗布令曰：「佳節見君者，宜用新衣，勿服垢衣。」子和著其妻衣而朝，吏讓之，子和從容曰：「薄禄小臣，家貧不能給新衣，而令不可犯，幸荆婦有一衣稍新，故至於此。」侯聞之，即日加賜禄數石。狂縱不檢，屢遊妓樓。或謂徂徠曰：「何不誚讓也？」徂徠曰：「渠昂昂千里駒，數調之，恐風逸矣。」嘗與服南郭登東山嘆曰：「寥寥乎無聞哉！使我頓生自愛之心。」其大言自稱率此類也。所著《金華稿删》行於世。

江村綬君錫曰：金華嘗有詩贈服子遷曰：「白髮如絲混弟兄，中原二子奈虚名。」子和之不自量誠亡論耳。世人亦多與子遷並稱，可謂子和之幸。子和詩有太佳者，有太不佳者。太佳者體格雄華，金石鏗鏘，太不佳者淺陋支離，剽竊陳腐，如出二手，亦唯負才不能精思耳。

原善公道曰：金華有一妾一僕，妾名月小夜，僕名染之助。又甚愛猫，所蓄蕃息至十八頭。性好酒痛飲，徂徠送其之三河序曰「子和飲酒傲睨，深慕伯倫、青蓮之爲人」，《紫芝園漫筆》曰「何充善飲。劉惔云，見何次道飲酒，使人欲傾家釀。予於平子和亦云」。南郭記墓曰：「飲酒忼慨，時或激烈至泣下。」

太宰純

字德夫，號春臺，稱彌右衛門，信濃人，本姓平手氏。年十五來江都，仕出石侯源忠德，非其好也。疏乞骸骨者三，不許，乃去，侯以其輒去錮之。西遊京攝十年，始得解還江都。生實侯源重令辟爲記室，未幾謝病而去，時年三十六，從是決意進取。初從中野撝謙爲性理學，既而聞物徂徠唱復古學而悦之，即棄其學而師事之，遂以治經，名冠一時。爲人嚴毅端方，動止不苟，面折人過毫不假借，雖王侯貴人不合其意則不敢見。東叡法王嘗聞其善吹笛，遣使召之，辭曰：「余儒生也，豈敢爲王門伶人乎？」自後不復吹笛。侍中八田侯正通欲以其所著《經濟録》進呈，使人乞之，辭以「稿本作字不愼，且衰邁不能繕寫」，而私謂其人曰：「托中官以達言，君子所不爲也。」其守正不撓皆此類也。博學强記，旁通天文、律曆、算數、字學、音韻、書法、醫方、佛經，洞究精微，最留意經濟，諳悉天朝文獻、江都沿革以及秦漢以來制度，歷歷如指諸掌。其教人，先之以《孝經》《論語》，次以六經。其論學，大要以勉彊爲主，教以恭敬勤敏，愼而寡言，博聞强識，務成有用之才，一代學者皆敬憚焉。延享四年五月晦卒，年六十八，所著有《紫芝園漫筆》《詩傳膏肓》《易道撥亂》《周易反正》《易占要略》《春秋曆》《六經略説》《律吕通考》《産語》《獨語》《斥非》《辨道書》《聖學問答》《親族正名》《倭讀要領》《倭楷正譌》《三王外紀》《亂婚傳》《和漢帝王年表》《新撰唐詩》《六體集》《家語增注》《論語古訓外傳》《詩書古傳》《古文孝經音注》《紫芝園前後稿》等凡數十種。

江村綬君錫曰：春臺初同東壁從學中野撝謙，後東壁從遊徂徠，數書招德夫，遂歸于物門。唯斯褊心，往往爲人訶斥。而以余論之，則春臺雖褊窄，自信甚確，是以議論透徹，多痛快語，自有過人者。其人以名教自任，而詩亦可觀。嘗著《文論》《詩論》，余初讀之，殊嘆其持論平正，後讀春臺文集與二論抵牾者有之，所謂當局者惑歟？不然則初年作耳。纂輯其集者不删，何哉？

《錦天山房詩話》：春臺操行學術，卓絶時輩。其論詩文似亦解作者之旨者矣。及其自運，則椎魯粗笨，殊乏興象，宜乎詩有别才也！

越智正珪

字君瑞，號雲夢，又號神門叟，曲直瀨氏，稱養安院，江户人。曾祖正琳，京師人，業醫，仕豐太閤，叙法印。後奉仕東照大君，爾後襲爲大府侍醫。君瑞受學於物徂徠，與服南郭、平金華交驩。好古愛士，質實謹厚，未嘗疾言遽色。其奴婢常謂：「吾主公不見者三，不見愠顔，不見詰語，不見鄙吝。」延享三年卒，歲六十一，著有《懷仙樓文集》《神門餘筆》。

服元喬 卷四十二

字子遷，本姓服部，修爲服氏，號南郭，又號芙蕖館，稱小右衛門，平安人。年十四來江户，十六起仕柳澤侯，三十四而致仕，乃下帷授徒。其學得之徂徠而才氣峻拔，遂以詩文山斗一世。爲人風流温藉，藝苑之士莫不雅慕者。嘗講《莊子》，聽者甚多，門外如市。年既老，同社宿老凋謝殆盡，巋然獨存，以是名望益重。寶曆乙卯卒。所著《南郭集》四十卷行於世。高子式嘗問曰：「先生詩以誰爲準的？」曰：「余非必有所誦法焉。初年唯好讀杜詩，今而竊思之，雖拙劣，間得杜之髣髴者，蓋爲此故也。」從四位下侍從守山侯源賴順誌其墓曰：「物門之學，風靡天下。夫子與有大造，固無論矣。以余觀之，我邦自有斯文，立言之業，能執其左契，經緯横出，焕乎洋洋，具體而大，莫勝於夫子。顧隆世氣運所釀，天實成之，以華大東百世軌於斯文乎？率土之濱問南郭服夫子何爲者，雖五尺之童答以天下文宗，口碑莫尚矣。」

高維馨子式曰：服南郭風韻灑落，喜愠不形乎色，毁譽不介乎胸，獨從己所欲，似謝安矣。

永富鳳朝陽曰：南郭常言「功名非吾事」，蓋似不任名教者。故其言寓託無痕，幽深難窺，其識度蓋物徂徠門下第一流。

江村綬君錫曰：我邦詩，元和以前唯有僧絶海，元和以後漸有其人，而白石、蜕巖、南海其選也。今以南郭較夫三子，南郭天授不及白石，工警不及蜕巖，富麗不及南海，而竟難爲三子之下者，何哉？操觚年少，誤入此關，始可與言詩耳。蓋白石天授超凡，辭藻絶塵，誠不可及，若就其全集論之，清雅秀婉，絢彩溢目，而悲壯沉鬱，渾雄蒼老者，集中無幾。南海唯是一味綺麗，後勤超脱，卻屑屑乎纖巧矣。蜕巖天縱之才，奇正互用，變幻百出。神工鬼警，孤高獨立於古今之間，惜乎用才太過，蓋用才太過，有傷風雅。譬之士庶陪侯家讌席，有時笑謔歌唱，亦無害也，太過則有類俳優。南郭能守地步，不求勝於一句一章，而全功於一卷一集。今閱其集，初編瑕纇頗多，二編十存二三，三編四編最粹然矣。乃知此老剪裁，老益精到。因謂作者無才則已，有小才而欲大用之，醜態畢露，最可戒也。大才大用，誠爲快絶。而僅欲快絶，易侵三尺。十分之才，每用六七分，正是詩家極至工夫。南郭能解此義，百尺竿頭不肯進步，反是難至地位。

原瑜公瑶曰：南郭天才流麗，其詩合作者，真足配古人。然其聲律動失法度，是學力不足處。至文則大較婉佻，浮而乏於實，雜而淺於法，雖譽高一世而實殊不稱。物茂卿嘗序其初稿云：「它日使子遷木鐸一方，詩之教庶幾被之一世哉！文亦然。然其慧而才敏也，故其巧與俊終或不能全。閟之，時出之，子遷乃無所不有已可見。」雖茂卿之私其徒哉？以其不可爲之諱掩也。

釋顯常大典曰：南郭文第四編爲妙手，初編可議者多，二編三編未爲至。

東龜年藍田曰：不佞壯歲從諸老先生論芙蕖館之文誠於本邦無比。則無比，然其初編則未至混化之地，是以斧斤取材，蹈襲痕跡多見。若夫二編三編，一切圓機混化亡蹤，至或得意之篇，則李王以下不敢齒也。四編則衰矣。

原善公道曰：南郭兼善繪事，恒言日本畫以僧雪舟、狩野元信爲至。如《八種畫譜》所謂隷畫，不足觀也。又頗通國風，其父名元矩，事北村季吟，善國風，故承其遺云。

《錦天山房詩話》：服南郭天才秀潤，加旃風流灑落，照映於一時。是以赤羽之聲薰灼於四方，海内翕然推爲詩宗，無復異議。以片山兼山之學之識，尚至採其詩而附《古詩十九首》等後以教兒輩，可以見當時尊崇之至矣。近日詩風大變，專以清新空靈爲宗，唾棄此種詩，斥爲僞體，每舉黄金白雪以爲笑具矣。今遺集俱在，其得失可得而議焉。蓋其五古樂府過於模擬，七古换韻無法，近體拘束于聲調，不得大馳騁，應酬牽率，排批支綴，體裁雖合，意興索然，乏變化故也。虚心論之，當時之稱許固爲太過，今時之矯枉亦未爲得中，如舍短取長，則縱使不得爲冠古之絶才，亦不失卓然爲一名家也。

服元雄 卷四十三

字仲英，稱多門，攝津人，本姓中西氏。父某爲西宫祝，嘗訴主祠貪汚，反爲所誣，竟放逐以死。仲英痛心刺骨，乃至江户，三鳴之官，事始得白。受學於服南郭，業既成，開門受徒。未幾，南郭諸子死，惟有季女，仲英就贅，於是冒服氏。最長於詩，著有《踏海集》。

餘承裕子綽曰：仲英於述作，欲别自出機軸以爲一家，嘗曰：「苟有得於我，雖家風，所不必守也。我雖不肖，豈至步趨不能自施，徒從人周旋以此爲不墜家聲乎？」則其志可以觀矣。余嘗過其房，見几上有《端明集》，乃亦知其於文不必漢、於詩不必唐，將集衆美以成大者也。退省其所爲，文不必漢，未嘗不漢；詩不必唐，未嘗不唐。而二者雜諸宋，未嘗墮宋，則雖所不必守乎？而竟未得不以家風矣。

《錦天山房詩話》：仲英愧爲牛後，不墨守家法，雖追蹤於七子，步趨少異，猶口之於弇州也。其詩精鍊，氣格遒然，上視乃翁，殆有過而無不及焉，可謂克子也。

高維馨 卷四十四

字子式，號東里，又號蘭亭，本姓高石。其先下毛人，祖勝昌，遷居東都，改姓高野，廢居治産。父勝春，以善俳諧聯歌有名，號百里居士。維馨生聰敏，四歲能書，六歲從佐玄龍兄弟學書，成童見物徂徠，徂徠奇之，目以才抵連城。十七喪明，徂徠勸以專心爲詩，於是盡絶人事，刻意爲詩，與服南郭齊名，從遊甚衆。好蓄古彝鼎罍洗書畫諸雅翫，治齋室，園亭頗修。又好山水，數遊鎌倉。築草堂於圓覺寺側，就營壽藏。寶曆七年疾卒，年五十四，所著有《蘭亭集》十卷。

太宰純德夫曰：唐人宋雍，初無令譽，及嬰瞽疾，詩名始彰。吾友高子式年十七失明，厥後詩才漸高，豈造物之均邪？令人不兼有其長也。抑造物之慈也，令人失於彼得於此也。

秋山儀子羽曰：高子式，山人達士也。置髑髏杯時時把玩，一死生，遺形骸，超然自適焉。

江村綬君錫曰：蘭亭生平所作殆萬首，貴介公子争延講詩，名聲籍甚于一時。其詩剪裁整密，音韻清暢，雖不及白石、蛻巖、南郭等大家名家，在小家數則可稱上首者。

《錦天山房詩話》：蘭亭詩貴華彩，尚標致，雖閎博不及南郭，而清潤過之，此其所以分鑣而並騁歟？後閲朝鮮李德懋懋官所著《清脾録》，内載「余嘗遊平壤，含球門外吴生家有《蘭亭集》，日本詩人也。其《明妃曲》云云」，次節録門人山維熊子祥著墓誌，又曰「讀蘭亭詩及墓誌，可知文風之大振，失明而能詩，海外之唐仲言也」。觀此則可知蘭亭詩遠播鷄林矣。

谷友信

字文卿，號藍水，又號玄甫，東都人。本姓横谷氏，自修爲谷。高祖宗與至父宗璵，世以善雕鐫著於世。生岐嶷，六歲喪明，常以指畫掌上識字。使人讀書，一聽即記。初從多紀玉池學醫，治療頗驗，後師事高蘭亭，專留心於歌詩，詩名大噪。初刻意李滄溟，晚與松延年、釋六如交，風調少變。所著《藍水詩草》率多晚年作。安永七年歲七十九而卒。

東條耕子藏曰：玄圃雖以詩歌睥睨關東，聲價高於一世，謙讓自將，常謂：「予性拙於聲音，拙於針按。失明之後，其所學習，百事無所通，惟辭藻比它技耿耿有線路之明耳。」《錦天山房詩話》：藍水詩整齊巧穩，五言排律最其擅長，在蘐園社中，罕覯其比。前乎藍水者有高子式，後乎藍水者有楢原子山，異曲同工。百年之内，比肩而立，輝映於後先，何盲者之多才也！噫嘻！世之稱詞人者，率多粗笨蕪淺，滓穢滿紙，十指如槌，累人捧腹。雖目光如炬，何濟於用乎？視此三人者，其巧拙爲何如哉？

鵜孟一 卷四十五

字士寧，鵜殿氏，稱左膳，家世親衛騎，采地入一千石，少以父蔭補職。幼好讀書，修性理家學，後悦物徂徠之説，嚮注之，遂從服南郭學，刻意李滄溟，題様句法一模仿之，機軸氣韻稍肖焉。嘗扈從大駕詣紅葉山寢廟，俄頃賦五言長律一首，稿不加點，人嘆其敏捷。爲人簡傲。賜邸在本莊南溝涯，構一樓，讀書於其中，東眺筑波山，西望富士峰，朝暮揖之曰：「他無所溷吾目也。」學者稱曰「本莊先生」。安永三年卒，歲六十五，著有《桃花園稿》《鶏肋集》《樓居放言》。

《錦天山房詩話》：士寧生長富貴，氣岸甚高，黨同伐異，專持門户之見，其詩亦有矜氣。

石正猗

本姓石島，字仲緑，一名藝，字子游，□□人，自號筑波山人。學詩於服南郭。性豪爽，好酒不能爲家，而以詩才雄豪稱于一時。寶暦戊寅病卒，病間手録所著詩文十卷，名曰《芰荷園集》，門人舟正昇叔龍校刊，南郭序而行於世。

服南郭曰：昔見仲緑於少壯之時，既識其才有餘，即勸之以篤學。積修有年，蓄積亦富。觀其以運用之才發之著作之間，焕乎有章，多多益辨。中歲而奄逝，不悉施用其所有，鬱鬱緼其志而没，亦可悲也。

江村綬君錫曰：仲綠嘗遊京師作詩曰：「敝裘仗劍入西京，自比能文陸士衡。誰見篇章焚筆硯，豈將詩賦讓簪纓。一時羊酪無人問，千里蓴羹動客情。洛下書生誇博物，寥寥未聽茂先名。」其狂誕大率類此。其詩往往神氣軒翥，筆端活動，若濟以精細，則可爲詞壇旌門，惜乎其人輕躁，下筆亦復疎率耳。

《錦天山房詩話》：筑波詩翩翩有逸氣。

鷹見正長 卷四十六

字子方，號爽鳩子，稱三郎兵衛，三河人。本姓石川氏，出爲鷹見定重嗣，因冒其氏。世仕田原侯，爲大夫。生而重瞳，讀書二行並下，右手持筆記帳簿，左手把算盤爲會計，不敢差乘除。二十一至江户，學於物徂徠。好作歌詩，及爲大夫，尤留意於經濟，學博綜和漢典禮法律。爲政九年封内大治，享保二十年卒，年四十六，所著有《詩筌》《或問珍》《爽鳩遺稿》。其妻即義父定重女，名東野，號綠柳女史，頗有婦行。又讀書屬文，好詠和歌，尤工草書。

《錦天山房詩話》：爽鳩詩才逸宕，超絶於人。嘗陪侯駕遊赤羽根濱，會網獲一大龜，侯命諸臣賦詩，爽鳩詩云：「周室列侯漢功臣，干旄新淹赤羽濱。赤羽濱海三千里，光暉忽添五馬新。漁人喜迎獻大龜，云是盛世伴鳳麟。朝出崑崙夕碣石，負抵飛梁度潮汐。壓倒蛟螭掣鯢鯨，乘濤吹澇到蓬瀛。蓬瀛十二黄金台，多少鱗甲相坐迎。三足之鼇六眸龜，一時水物皆堪驚。况亦藏六千年壽，再逢至仁保餘生。」侯欣然嘉賞，命大張宴於海濱，朱書其詩於龜背而放焉。

岡井孝先

字仲錫，號嵰州，稱郡太夫，□□人，仕高松侯，爲文學。

《錦天山房詩話》：嵰州雖入蘐社，其詩流利鮮濃，非株守七子者。

千葉玄之

字子玄，號芸閣，稱茂右衛門，江户人。八歲喪父母，舅氏憫之，蓄於其家。自幼好讀書，善詩及古文辭，又游祭酒林公之門，名聲頗著。嘗應某侯聘爲文學，不得志，即投劾去。垂幃杜門，以教授爲業。時從緇流而游，著有《芸閣集》。

正二位藤原公亨嘉卿叙其集曰：子玄居負郭窮巷，讀書講學，教授二十年矣。不問家産而晏如，蓋以樂道也。雅好古文辭，與世儒枘鑿，傲然不恤，蓋以從吾所好也。隱約著書，不就聘徵，不汲汲乎名利，蓋以高尚其事也。

關修齡子長曰：子玄既嫺古文辭，故往往多瑰偉雄爽之語。古詩豪放自恣，近體則不詞奪于華，法失於略也。

飯田巍朝伯宗曰：邈哉先生！挺然自立，才學并茂。初九龍盤，雅志彌確。大非世之作者務爲模擬矜誇之比。其格調高古，音吐温潤，識者必有取焉。

《錦天山房詩話》：芸閣嘗著《詩學小成》，雖兔園小册，然垂惠於幼學不小。其詩格不甚高，調不甚古，而温柔和平亦自可喜。

平義質 卷四十七

字子彬，初名良能，號竹溪，三浦氏，稱平太夫，江户人。少壯仕甲斐侯吉保爲近侍。寶永二年，常憲大君臨侯邸，諸學士肆業於御前，子彬進講《孟子·道在邇》章，言語辨爽，儀容可觀，賞賜時服，年僅十七。後受業物徂徠，天資穎脱，未數年，遍究群經，見解奇拔，出人意表。又善書，徂徠愛其聰敏，每著書，脱稿輒使繕寫，故徂徠臨終屬遺書與子彬及服子遷。尤留意經濟，精於律學。中年致仕家居，執政濱松侯松平信祝厚禮聘焉，不就，物金古强之而後可。班比上士，爲政府典簿。子彬有吏幹，練達時事，最諳先朝舊典、歷世沿革，人皆敬服焉。寶曆六年卒，年六十八歲。著有《射學正宗》《律學正宗》《國字解》《明律釋義》《竹溪集》等。

《錦天山房詩話》：江北海曰：「徂徠門下稱多才俊，其顯者春臺、南郭之外猶數十人，可謂盛也。然細考之，則其中大有軒輊。蓋大名之下易成名耳，况赫赫東都非他邦比，或攀龍附鳳，欻託禁臠，或曳裾授簡，長沾侯鯖，假虎威者、附驥尾者，青雲非難致也。加之邦國士人各從其君往來，結交同盟，遍滿諸藩，褒同伐異，鼓蕩扇揚，靡遐僻不届，是其所以顯赫一時也。退察其私，則羊質而虎文，名過其實者亦不鮮。簸之淘之，後世自有公論耳。」余謂北海之論可謂深中物門諸子之病也。蓋蘐老以雄傑才駕宏博學，創立門户，薰灼海内，輕俊之士争萃其門，波流風靡，彼唱此和，皆藉口於開天嘉隆，而依草附木之徒亦復不尠，故名盛而實不副者多矣。今就蘐園録稾中擇其差佳者，他如周南、南郭等門人皆附於後。

板倉九

字惇叔，號復軒，稱九右衛門，江户人，奉仕文昭大君。潛邸之時爲侍史，即從入西城，擢爲司計，無幾爲司計曹長。正德中爲三城留守。初受業於木下順庵，最善物徂徠。有一貴紳甚惡徂徠，諷之莫與交。惇叔不可，益與之交，使其子授業於門。其在官署，曹長疾其謇諤廉直，陽推有才器，曹務煩擾者悉委之，欲伺其有過而中傷之，而八九年間無釁可乘。性好書，聞人藏奇書，百方借之，親自謄寫，凡五百八十卷。享保十三年，歲六十四而卒。有三子，長惇行，字敬德，號蘭溪，稱助三郎，襲職。仲美仲，季美叔，皆好學，美仲最有名。

板倉安世

字美仲，號璜溪，又號帆丘，稱安右衛門，惇叔仲子，與弟同學於物徂徠。聰敏絶人而放蕩不羈，太宰春臺嘗面質於稠人中，美仲自此輕詆春臺曰「一錢不值」。蘐園之徒嘗集服部南郭家，春臺獨後至，足過蹋美仲之刀，義當頂禮以謝過，而徑坐上頭，不一言以陳謝。美仲恒慍春臺乖僻，動以苛禮律己，於是特目春臺，自執其刀加己額拜之，春臺意色殊惡。美仲教授都下，著有《帆丘集》。

角田簡大可曰：璜溪恃才蹇傲，愚弄一世，而於服南郭則必曰「赤羽先生」，不名也。《錦天山房詩話》：帆丘跅弛之士，當時同輩皆避才鋒，想其詩文必有大可觀者，而亡命削籍，韜跡埋名，以故遺集不甚傳，尚待異日甄録。

土屋昌英

字伯曄，號藍洲，豐前中津人。東如江都，學於物徂徠，以詞章稱。游事延岡侯，尋辭禄去，後又以醫仕小倉侯。

平玄中子和曰：土屋藍洲清如白璧，雄視無人。

墨昭猷

字君徽，號滄浪。

物雙松徂徠曰：太氏吾黨之士，東壁既歿，詩唯服平二生與君徽耳。

鳴鳳卿

一名信遍，字歸德，又字子陽。成島氏，邦讀「成」與「鳴」同，故假修爲鳴氏。號錦江，又稱芙蓉道人，稱道筑，奥州人，本姓平井氏。幼來江户，爲成島道雪所養，仕大府爲坊主。元文二年，爲同朋，性好學，悦物徂徠之説，多與其徒交。爲人弘毅，志尚節概，在職强力。享保中，侍講《禮記》《明律》，寵遇日渥，賜十三經、二十一史等，乃起芙蓉樓以儲焉。寶曆十年卒，年七十二，著有《芙蓉樓集》。

《錦天山房詩話》：錦江著撰甚夥，祭酒林公與其孫司直邦之善，余欲介林公借鈔其遺集，未果。客歲，其家不戒火，悉付煨燼，可勝嘆哉！

菅正朝

字大佐，後改名弘嗣，山田氏，號麟嶼，江户人。父宗圓，大府藝員，文照大君時爲儲君侍醫，階法眼。大佐生而警悟，甫六歲能讀國字書册，賦和歌，亦可誦。七歲讀《論》《孟》、五經，旁通子史，繼而修文辭，操唐音，旁學音律，才益秀，記聞益博，人稱爲神童，名譽益隆。遊物徂徠之門，徂徠稱曰「吾家千里駒」。室鳩巢尤器之，以聞大府。享保九年六月，有德大君命執政試之，於是乃命執政曰：「山田正朝齒尚髫年，才茂而業勤，宜優之餼稟，以玉其成。」乃給歲俸米二百石以爲學資，補員儒官。九月八日被召對進講《關雎》一篇，聞者竦聽，屢蒙顧問，大君喻曰：「汝説《詩》亦能解頤。聞汝善病，成器培養，爲道自愛。」玉音丁寧，在朝人皆嘆羨其遇。是時年僅十三。明年請暇三年，游于京師，見伊藤東涯，大悦之，從而學焉。在京閲歲，聞父病，東歸。享保二十年，患痘而歿，年僅二十四。著有《尚古堂集》《麟嶼遺稿》。

瀧正愷

字彌八，號鶴臺，長門人。本姓引頭氏，出後於瀧氏。幼而英邁好學，從山縣周南，承徂徠之説，後來江户。時徂徠已歿，乃遊服南郭門。南郭異其才，不敢弟子視之。既而到京，又之長崎，又來江户，到處名聲藉甚，從遊甚多。寶曆癸未，韓使來聘，彌八奉侯命歸鄉接伴韓使，皆嘆其學該博。善書畫醫術，旁精通佛學，太宰春臺稱爲海西第一才子。

紀德民世馨曰：彌八在鄉，飲于一權貴，酒酣問曰：「凡爲治，和漢孰難？」彌八曰：「漢難和易。」曰：「何也？」曰：「彼使不學之人居政職，則必耻受其制；我雖不學之人居政職，而下亦不耻受其制。所以彼難我易也。」合坐失色。其人以告君，君曰：「諷刺公等，唯是此老。」又曰：「彌八豪邁，不能屈物，然與聞善言美行，淚必交睫。」

宇惠

字子迪，號灊水，稱惠助，本姓宇佐美，南總人。父習翁好學，子迪年十七使來江户師事物徂徠。居三年，徂徠歿，則與社友相劘切，携板美仲歸鄉，日資切劘，久之，學大進。再來江户，開門受徒，晚仕於出雲侯，與聞邦政。子迪莊重嚴毅，師道卓然，有列侯請教者，輒先議待己之儀，而後敢往。生平篤信師説，畢力校刻其遺著，雖高足弟子所不及也。

原善公道曰：灊水以經義爲任，頗有春臺之風。熊耳長技在文章，殆追南郭，而交相善，熊耳謂爲久要，有兄弟之誼。

和知棣卿 卷四十八

字子萼，號青郊，稱九郎左衛門，長門人。其七世祖信濃守治鄉，事毛利氏，爾後世爲其臣。子萼二歲而喪父，爲祖母所養。十一歲擢爲世子侍御，在東都九年，世子卒，歸國，心喪三年。享保庚戌爲武庫監，累歷劇職，賢勞不怠，侯嘉其勤敏，數加禄，及賜金或衣物。晚年患痳家居，而每有大事輒召問焉。自幼好學，天才俊逸。初山縣周南侍讀世子，子萼亦從學焉，一時儕輩皆推服。明和乙酉卒，年六十三，所著《青郊集》行於世。

物雙松茂卿曰：和生才稟諸天，其詩有鳳翔千仞之勢。

山根清子濯曰：棣卿幼岐嶷穎敏，儘過髫齔，侍祐巖世子側，弱冠既試吏事，爾來出入樞官劇職，惡能得有問奇詰難之日也。然性之所好，官暇手不廢卷，從吾周南先生切劘復古之業。若夫遇境觸興，則新篇奇作動語驚人，而立志高抗，文者西漢已上，詩亦不下開天，文章煒然既成五色。

奈古屋江忠大夏曰：青郊少小出仕，雖不遑寧處也。婆娑乎術藝之場，逍遥乎翰墨之林，是以其文必奇，其詩必麗。

瀧長愷彌八曰：子萼詩模擬滄溟，古詩歌行律絶無不具體，晩年老蒼頗似弇州，文則學滄溟酷肖焉。徂徠先生覽其少年之作，嘆稱以爲海内才哉。韓客亦嘗誦其古詩歌行，大家賞稱，吾黨之士無不羨其天縱者。而自少奔走仕途，職事鞅掌，不得博覽精究以竭其才之力，抑命乎？假令天假其餘力，得小展其志，則黼黻國光，主盟吾黨，接武周南者，非君而誰乎？惜乎哉！

《錦天山房詩話》：青郊天才縱逸，其古詩歌行頗爲豪放，如《祇王歌》二百韻，可謂富贍罕覯其比矣。然韻法粗略，段解不明，近體亦多失檢處率如此類，皆屬芟去，蓋才有餘而學不足，信如瀧山諸子之言也。若加以細心精究，則其所造豈遽止於此哉！

山根清

字子濯，號華陽，長門人。少補國學弟子員，後官京師，從伊藤東涯受業三年而歸。會山縣周南自東都至，乃就而學。自都講擢文學，累遷學館祭酒。病免家居，俟時時召對顧問。所著有《華陽文集》。

山根道晋

字世禄，長門人。初號龍山，後更濟洲，家本水軍。幼而孤，童齔襲其職。好學勵精，華陽以同族故養爲嗣。藩法，别仕者不得脱其籍，而輒他適。長門侯以其才之優許之，蓋特命也。後稟學館，學於山縣周南，業益進，擢都講，從周南抵東都，見服南郭，以渥洼駒稱焉。性多病，早歿。所著有《濟洲遺稿》。

白石榮

字子春，平户人，受業於江南溟。既歸，爲藩文學。會韓人來聘，平户侯館之於伊岐，榮與彼學士秋月、良醫慕庵議論唱酬。慕庵媿己技不如，假他事中傷，爲之錮於官矣。所著有《桃花洞遺稿》。

龜井魯道載曰：子春曠世之才，博以學問，其達足以從政，其嚴足以師人，而僅壯而没。其學專修古，統一孔老，而歸本治國，故務於有爲。講禮東武，肄樂長崎，取學制于長門，觀刑政于南肥。遜志時敏，斯以勤矣，冀異日得以施行焉也。加之自武備曲藝以至醫藥食貨之末，苟有可以利社稷者，思遺利必拾，闕典必補。

平賀義憲

字文成，伊勢人，仕桑名侯。所著《鳳臺小稿》行於世。

《錦天山房詩話》：江忠囿曰：「文成之詩，結撰全步驟唐人之域，但續雕未悉，衆體未備，然斐然美錦有可觀者，至所以裁之，則姑待年云爾。」按文成之著《鳳臺小稿》，年尚弱冠，故南溟之言如此。今閲其集，近體雖卑弱乏變化，尚有可觀者。至古體，卑卑不足採矣。

守屋焕明 卷第四十九

字秀緯，號峨眉，業醫，仕大垣侯。

平玄中子和曰：守屋秀緯，一日千里不可追。

湯淺元禎

字之祥，號常山，稱新兵衛，備前人。父名英，字子傑。幼爲烈公暬御，稍長爲使番，數使他邦，無辱君命。後爲目付，備前尤重此職，自祭祀、廷禮、蒐狩、武備、獄訟、賦税，百爾政事，無不與聞。子傑在職十八年，平獄訟，寬囚罪，推賢才，舉淹滯，專修先侯遺法，凡有建言，苟務變更者一切抑止曰：「不有先君令德昭明者乎？何用此才諝自喜者爲？」自記國家故事典刑數十卷，人皆取法。爲人恭儉，家事整治。性孝，每誦先人遺訓，未曾不泣下。自壯至老，無聲色之好。生平輕財好施，在職清白恪勤。至議事，常正色辯論，退而不伐其功。告老後，凡六年，閉門不復一出。手種花卉，或圍棋以娱。元文元年卒，年八十三。之祥幼受庭訓，穎悟特達。年二十四，奉父命東遊江户，受業服南郭，博覽不倦，無幾還鄉。後八年嗣家，受禄四百石。後來江户，與太宰春臺及井上蘭臺、松崎觀海諸名士結交，一時嘖嘖有興稱。性至孝，喪父，哀毁過禮，哀以爲襯，三年不脱，每旦往拜其墓，痛哭而歸，二十五月而止。喪母亦然。在官方正特立，忘身殉國，數歷要職。其所爲賑貧救窮，詰慝舉滯，或使訟者自耻無言，或焚契券以庇覆衆人，危言刺譏無所避，終以此被貶黜。從是杜門謝客，著書自娱。雅好武，明於兵法，年老尚一舞鎗揮刀。每戒弟子曰：「苟爲武士者，寧廢文章，勿廢武事。」天明元年卒，年七十四，所著有《常山樓集》《常山紀談》《常山筆餘》《左傳解》《東行筆記》《西歸日録》《文會雜記》等十數種。

原善公道曰：常山嘗奉侯命赴讚之丸龜，海上風濤驟起，舟將覆没，衆皆無生色。常山神色自若，朗吟曰：「南溟奉使使臣槎，直破長風萬里波。忽值怒濤似奔馬，起提雄劍叱鼋鼍。」其豪氣如此。

《錦天山房詩話》：常山姿制清剛，風裁英整，薑桂之性到老愈辣，可謂豪傑之士也。其詩雄放横厲，有燕趙悲歌之風，殆如其爲人矣。

富逸 卷五十

字日休，號富春叟，又號桐江，原田中氏，名省吾，字宗魯，號雪華道人，陸奥人。少好擊劍，後折節讀書，學於物徂徠，以儒仕甲侯柳澤吉保。一旦辭去，遍游名山。晚隱居攝之池田，以吟詠自娱。年七十四卒。著有《樵漁餘適》十五卷，門人木定堅子剛輯録傳於世。

《錦天山房詩話》：日休，即徂徠集中所稱省吾者也。其仕甲侯時，有嬖臣佞諛陰賊，流毒上下，省吾承間刺之，匿徂徠家。安藤東野、太宰春臺、細井廣澤等護送出江都，因變姓名，蓋忼慨尚氣節之人，其詩亦頗有氣。

田良暢

字子舒，號蘭陵，田中氏，稱武助，江户人。少孤，爲叔父富春叟所養。歲十二三常侍側觀叟所業，默有所記。叟時試之，應對如流。叟奇之，使受業於物徂徠，寓蘐社六年，日夜憤厲研究經義，其所論著一機軸於己，不敢依先修成説。與板帆丘、菅麟嶼、岡嵊洲齊名，人稱爲蘐社妙年四傑。徂徠常使代説經於諸侯邸，嘗謂人曰：「吾死後羽翼我業者，太宰生、服部生耶？生前能知我心者，莫如三浦生、田中生。」後僑居白山，講説爲業，氣古行高，磨礱鐫切，期以海内之名。好飲酒，鯨吸盡斗。享保十九年卒，年三十六。先是，安藤東野亦居白山，亦早夭，鄉人惜之，語曰：「文史勞東野，豪飲病蘭陵。」著有《謀野集删考》《修辭考》《蘭陵遺稿》。

餘承裕

字子綽，號熊耳，稱忠太夫，大内氏，陸奥人。自幼嗜學，年十七負笈來江户，就秋子帥問業。因介子帥謁物徂徠，既而至京見東涯，遂赴長崎留講業，始得李滄溟集。讀而喜之，即自寫謄，日夜誦讀焉。居十年去，復來江户，教授於淺草，於是名聲籍甚，唐津侯辟爲文學。素慕徂徠之學，尤工脩古文辭，時人目曰「當今于鱗」，服南郭屢稱曰：「熊耳於文章，刻意于滄溟，故殆肖之。方今秉筆擬李者，皆不能及也。」

原善公道曰：熊耳於南郭，雖不取贄，每承其督，文章尤得南郭删潤而長進，故其集中於南郭必推尊之，以先生稱之。

《錦天山房詩話》：熊耳刻意于鱗，摩其色相，按其音節，頗得其摩仿形似。此時蘐社諸子凋謝過半，故其聲名炫燿，推爲蘐園後勁，亦云幸矣。

宇鼎卷五十一

字士新，本姓宇野，稱三平，號明霞軒，近江人。父安治，屬角倉與市，司運漕。鼎少好學，淡于榮利。始受章句於向井滄洲，後無所師承，與弟子朗奮激讀書，杜門掃軌，切磋甚勤，足不逾户閾者十有餘年。於是業大成，遂持海内文柄。年四十八病没，所著《明霞遺稿》《論語考》《姓氏解》等行於世。

服元喬子遷曰：二字固難得之才也。

石川正恒伯卿曰：宇子性介而氣英，惟其介也，學是以精覈；惟其英也，説是以瑰偉。兼此二物，濟之以博洽，出之以雅馴，與昌運争衡，則其辭也，惜哉！○按「辭也」下似有脱字。天不之假年，論著有緒不遂矣。

餘承裕子綽曰：宇氏兄弟乘大業復古之運，雁行而漸風靡一時，以雪戰國五百年斯文之抑鬱，則亦可謂一振也。

江村綬君錫曰：士新詩紀律精詳，一字不苟下，遂能以此建旗鼓於一方，蓋亦詞壇雄。加之緊苦力學，志節凛凛，聞其風者，庶可小興起。惜乎資性褊狹，規模甚隘！其詩亦得之苦思力索，是以規度合而變化不足，聲調匀而神氣離。

原善公道曰：士新撰上杉謙信傳，雖偶然，其立志創業，士新有髣髴之者。夫謙信生戰國之際，自少不御内，天資驍勇，兵勢大奮，將以撥保平以降之亂，更立霸業。而年四十九，功不成卒，然世皆知其力不必減信長、秀吉。士新生韃橐之世，未嘗置妻妾，志厚氣邁，强學越人，將以統漢魏以來諸説，别立一家，而年四十八，志不酬没，然世皆知其學不必讓仁齋、徂徠。

《錦天山房詩話》：明霞詩雖乏華彩，句格老成，絶無鉛粉之飾，亦自一時之傑。

宇鑒

字士茹，改字士朗，稱兵介，士新同母弟，與士新友愛篤至，其學充實不相讓，世稱「平安二宇先生」。嘗來江户，入蘐園之社，與周南、南郭、金華輩交，無何而歸於京。年僅三十一，先士新卒，人皆惜焉。士新序遺稿云：「余與士朗同學者十餘年，而自顧所成曾未能如士朗，士朗誠才哉！且余以疾故省思慮，一精神，不操觚者久之，則其先余翩翩固宜，而不宜先者之先，獨何歟？」

芥煥彦章曰：絶句之義，迄無定義，謂截近體首尾或中二聯，恐不足憑。吾友宇士朗謂：「絶句者謂一句一絶。律詩句句聯排，絶句不然，故絶句對律詩之稱耳。」此説明白可據，古人未曾言及。《錦天山房詩話》：士朗詩不多傳，五絶清潤，足媲美伯氏。

澤村維顯卷五十二

字伯揚，號琴所，稱宮内，其先伊賀人，平内左衛門家長之裔。山城守某爲織田氏所滅，遺族四散。有才八者事細川侯，以勇聞。有全道者事彦根侯，關原之役，獲島津豐前守。東照大君召見，賜佩刀黄金，增禄至千石，子之清又增禄至二千石，子孫襲禄。祖之辰有二子，少曰之章，號廓山，伯揚即其長子也。年十四以蔭補贊御，年十七罹心疾而辭仕。藩法，嘗有心疾者，削籍不得復仕。於是絶意仕官，慨然立志，閉户讀書。既而疾亦瘳，遂赴京研究理學，盡通其説。舅族石井雄峰奇愛其才，勸再遊京，遂從伊藤東涯學。居其塾，一年而歸，自是盡棄舊習，專攻古義。及後得物徂徠之書讀之，確信其説，日夕研磨。築松雨亭於松寺村，聚徒講經，從遊日多。其學以經濟爲主，修己爲本。彦根侯使人勸再起，固辭不應，然憂國之志未嘗以出處貳之。嘗著《桓公問對》《富强録》，皆救時要務，識者稱之。又精兵法，有《八陣本義》二卷，多所發明。内行修潔，自喪其妾，不復近婦人。又好賑恤貧窮，不問家有無，儋石屢空，晏如也。自言：「吾固無一善狀，唯貨色二者未有對人不可言者也。」元文四年正月九日卒，年五十四，所著有《井家新書》《軍國要覽》《軍士要覽》《彦陽和歌集》《閑窗和歌集》《琴所稿删》等。

宇鼎士新曰：琴所之詩，渢渢多唐調。高者初盛，下者亦中唐，未嘗墮於晚唐若宋。佳哉其文，立意雅正，造語明白，質而不野，暢而不冗，文之善者。

野公臺子賤曰：琴所先生嘗遊于洛，受業於紹述先生之門。及至晚年，讀徂徠先生之書而甚悦之，深憫世之君子沉淪舊習而不能自出也。居恒稱二先生之道以誨人，諄諄弗倦，而世猶且不之能信。明月之璧、夜光之珠，動輒按劍以視焉。先生乃退與一二同志修其所學，講習日勤，研究月精，十數年而後其化之所及，士大夫乃稍稍嚮其風。於是吾伊佔畢，比屋相聞，先生之業不亦偉乎！

《錦天山房詩話》：琴所，有志之士，其詩淡而有味，雖奉蘐園，然與夫一味餖飣模擬者異撰矣。

三浦晋

字安貞，號梅園，又號孿山，又號洞仙，豐後杵築人。父義一，業醫。安貞幼穎敏，從綾部絅齋而學。年十七如豐前中津遊藤貞一之門，以俊才稱。恒欲窮天地造化之理，思之不得，至於忘寢食。年三十始知天地有條理，乃謂曰：「天地唯是一氣物也。氣外無物，物外無氣，一條妙理，貫徹宇宙，玄界無際，神化不測也。」自是志益堅，學彌進。著《玄語》十餘萬言，論陰陽消長之度、氣物融化之道。又著《贅語》，盡其餘藴。自謂二語未及性命之理，乃作《敢語》，以述先聖之道，謂之「梅園三語」。嘗曰：「既有《玄》，故謂之《贅》。雖然，既有天地，玄亦贅也已矣。」自奉節儉，有贏必施。又醵米錢，歉歲出貸，豐年入息，由是免飢寒者多矣。孝子順孫、節婦忠奴湮没無聞者，安貞爲稱揚之。或告之于官使得褒賜，或募之鄉邑以爲救助，又自餽米鹽，日月相給。閭閻子弟，有小善必褒焉，有小惡必誡焉。是以人皆憚其嚴，懷其惠。嘗有十數村民連合騷擾，將入城府，安貞要諸塗，解喻再三，事乃平。又神祝與寺僧訟，結黨相仇，縣吏不能制，安貞又居間解之，自是鄉邑争訟多就取决。夙尚嘉遯，諸侯累辟，皆辭。天明癸卯杵築侯新立，召見安貞，待以殊禮。每進見，輒諮政事，眷遇益優。事親孝，親殁，其墓在舍南數百步，壯歲拜謁者日三，到老日二，以爲常，雖寒暑風雨未嘗廢也。寛政元年卒，年六十七歲。安貞新爲一家言，自稱條理學，旁能詩善書。所著「三語」之外，有《詩轍》《寓意》《梅園詩集》。長子黄鶴，字修齡，起家爲郡宰，攝儒職。次子玄龜，字大年。

《錦天山房詩話》：梅園行義卓然，自堪不朽，而留意辭藻，亦足以角逐藝苑。

高彝

字君秉，號暘谷，渡邊氏。本姓高階，稱忠藏，長崎人。父寬，字春菴，擢爲譯士。君秉襲其職而不喜之，從釋大潮學詩。寬延中遊平安，與諸名士交，聲價稍重，人稱爲高無二。在京六年而歸崎，結芙蓉詩社，聲振遠邇。性豪邁，高自標置。明和三年，年四十五，患毒瘡而卒。屬纊之前十餘日，病惱發狂，而語言發於夢寐恍惚中者，率皆韻語成體。自傍録之，積成小册子，名曰《病榻草》。最後所作曰：「鐵壁城崩不作聲，孤身方壓萬精兵。天鷄一喔東方白，側耳分明助凱鳴。」著有《蓬壺樓集》《五經音義補》《樂府變》《詠物詩雋》《瓊浦社草》《暘谷詩稿》。

龍公美君玉曰：暘谷《結交行》等諸作，典雅整密，高華綺縟，不在井白石、服南郭之下。

角田簡大可曰：暘谷聰明奇拔，詩學遒上，以老杜爲表準。性豪誕，蔑視一世。龜井南溟少時與僧大同携詩乞正，暘谷吟誦一再，走筆塗抹曰：「公等可教矣。大潮詩老悖不知詩有法，大誤公等才子。余欲布所業海内，使學詩有知所據。嗚呼！宇宙之大獨有老杜一人先我著鞭！」其狂誕類如此。

東條耕子藏曰：暘谷著《詩鈔》二卷，請批評清人沈漁石。漁石，南京人，屢從互市商船來於崎者也。嘗稱暘谷詩曰：「我中國王漁洋、施愚山外難爲之伍矣。」《錦天山房詩話》：暘谷嘗修書幣及詩，託諸清商贈沈德潛，乞爲序其集，并贈詩於王鳴盛、吴泰來等七子。德潛拒而不答，商乃倩龔生者僞造德潛書詩及七子和詩，傳致暘谷。暘谷大喜，居恒矜誇示人，終身不覺其詐焉。及後沈氏集來，其事始露。嗚呼！暘谷自信之鋭、求名之過，取侮賈豎，貽笑藝林，足以爲啖名者之戒矣。然如其詩文自足淩躒一世，非如龍艸廬輩沾沾自喜比也。按角田大可《近世叢語》載暘谷寄書德潛，其爲猾商所欺事則諱而不著。東條子藏《續先哲叢談》登載累二千餘言，極其詆諆，何其不憚煩也！

鳥山輔寬卷五十三

字碩夫，號芝軒，又號鳴春，又號逃禪居士，稱佐太夫，攝津人，或云伏水人，世仕于朝。弱冠致仕，居於伏陽豐橋，後移居於大阪。性嗜酒，工詩善書，講説授徒，著有《芝軒吟稿》。享保己亥，太上皇聞其善詩，命采其集備乙夜之覽，甚嘉褒焉，學者榮之。物徂徠評其詩曰「晚唐宗匠」。初，碩夫所居軒前生靈芝九莖，故號瑞芝軒。既歿，其子輔門及門人户田方弼等編次其遺稿，「三木近有省吾寄其集於朝鮮學士申維翰周伯，請敘並贈詩曰：「占得茅軒呼瑞芝，斯人千古稿猶遺。寄來爲問鷄林客，孰與香山居士詩。」維翰爲題其首曰：「鳥山氏之爲詩，則必用師心而舍津筏，不作一古人面目，又不作一今人意態，所以外足於象而内足於思。繇是而爲芝菌之色，繇是而爲琅玕之響，繇是而爲薑桂之味。即令婆娑漫淫，白首窮途，不肯北面而交一二少年，賈名聲于都人士者，皆是之爲也。」可謂亦善狀芝軒矣。

《錦天山房詩話》：寶永享保之際，詩人大率慕仿嘉隆七子，以高華相矜，故刻飾雖美，飣餖可厭，其弊也，黄茅白葦，彌望皆是也。獨芝軒取材於晚唐宋元，不爲流俗所染，不爲聲調所縛，避穠縟而就和平，深婉沖淡，類發乎心性所得，而真情流出，卓然可傳者也。

益田助 卷五十四

字伯鄰，號鶴樓，稱助右衛門。其先相州人，北條氏據八州日，世掌財貨交易、買賣估價、督查奸非、催驅賦徭事。國初，徙相州豪於都下，其高祖友嘉率其族而來，遂爲江户人。初永禄丙寅有吴舶來泊三浦，友嘉奉北條氏命掌其事，因受五靈膏方於吴估，試之果驗，求者日多，遂致財巨萬。有子男三人、女一人，助即其季子之後也。少讀書學詩於新井白石，與梁景鸞、釋法霖爲師友也。所著有《鶴樓遺編》三卷。性喜客，坐賓恒滿，酒肉雜陳，晝夜相繼，無有間斷。伯鄰坐起其間，醉則假寐，寤則酣暢，不必爲賓主禮。客亦悦其真率，至則如在己家。

室直清師禮曰：益田生學詩於白石先生，先生之詩俊逸清新，直與唐人上下，而益田生得其清雅。韓使之來聘也，生與之唱和，而韓使亦深稱之。生之詩初若無可喜者，徐而見之，清婉可愛，而最善近體律詩。

原善公道曰：白石以經世爲任，故雖詩至工妙，固不欲以教人，稱門人者至寡矣。田鶴樓獨以詩稱弟子，白石與之交，終始不渝，與佐久間洞巖書云：「吾故人莫鶴樓如焉，中秋月，三十一年必携賞之。今年携二子來有詩云：『滿堂明月中秋色，歸路清風十里程。』」

東條耕子藏曰：鶴樓雖以詩被稱於世，葆光脱落，不欲屑屑以文藝徒而自居，則曰：「一賣藥翁，豈欲沾沾自喜求人聚慕？且效韓伯休好名之甚，刻苦逃名之爲哉？爲之醜也，唯可與飲耳。」無朝無暮，無時不醉。素善三絃技，好世所謂長唱者。每會客席，必奏其曲。或一日人不至，僮僕乃憂鶴樓之不樂，竊詣其常相善者招之，必邀而止，以爲常。

江兼通

字子徹，號若水，攝津人，其家世以釀酒，致資千金。子徹幼好讀書，學詩於鳥山芝軒。年未四十，屬家政於其子，益買異書以自娱。隱居嵐山，從緇林耆弱而遊，日以吟詠爲事。享保乙酉卒，著有《西山樵唱》。

物雙松茂卿曰：江翁詩莫有耿介處士之風，迺能沖澹其辭，蕭椮其趣，雋永乎其味之也。莫有游閒公子之好，迺能樂其利，安其分，優猶乎其言之也。其調雖未得超中晚而上之，迺能句而順，字而協，髣髴乎唐音也。

服元喬子遷曰：江山人隱于嵐山十年矣，以詩稱焉。蓋其爲人天真横出，蟬蜕方之外，故其詩也，身與之化，觸機立應，不啻承蜩。其幽也，道流僧侣，無乃友之所輔乎；其奇也，大嶽巨川，無乃神之所助乎；其觀物寄巧也，艸木風雨之變、鳥獸魚鼈之態，其將奪造化之藴乎。

富逸日休曰：亡友江若叟，一生精力盡於詩矣。每臨雅筵，筆端縱横，詩腸無燥，自匪有所得者能如此乎？爲人恢拓不獲影跡，肆口贊毀，無所趨避，且無百玩好之奪吟志。

申維翰周伯曰：浪華之山川城郭、草樹煙霞，即君肺腑中物，所與逍遥遊者並日東名勝。吾固一把袂而唤作黄庭仙也，再展卷而知爲玄圃珍也。

東龜年卷五十五

字龜年，號藍田，伊東氏，稱金藏，江户人。學於物金谷，仕尾藩，未幾有故致仕，以講説爲業，以善文著聞。當此時，蘐園老宿凋落殆盡，龜年與岳東海維持其遺教，獎誘後進。文化六年卒，年七十六歲，著《藍田文集》。

瀨觀子瀾曰：先生詩以文成，合轍於漢魏六朝，比蹤於開天嘉隆，體裁森嚴，意氣激烈，豈可與今之以真弱纖麗爲巧者一律而論哉？

《錦天山房詩話》：藍田詩浮響多而實際少。

丘融

字子陽，號東海，號太仲，三河人。從餘熊耳而學，徙居江户。享和三年卒，年六十九歲，著有《東海文稿》。

《錦天山房詩話》：子陽詩驕稚疎野，句調滯澀，蓋沿於時習而才不至者耳。

野本公臺

字子賤，號東皋，稱新左衛門，江州人，世仕彦根侯。初奉宋儒，後讀物徂徠書，大悦之，悉棄其舊學而學焉。又就澤村琴所、服部南郭而學，普與物門諸子交。先是，江人皆奉中江藤樹、三宅尚齋等學，子賤始唱物氏説，説經一主古注疏，學風爲之一變。天明四年卒，年六十八歲，著有《蘘園集》。

松崎維時君脩曰：子賤生藩國，不繇師承，潛心六經，達觀古今，特信物子學，爲洙泗之後一人。當其凝神專思，雖物子所論定，於心少有不安，必刻覈劇濯，不苟阿其所好，視之耳食者，奚啻霄壤！其操觚，文足以立言，言足以達意，意不犯法，法不傷意，庀才於秦漢，得則於韓柳，未始襲王李一語，哀然異乎世俗之撰，可不謂豪傑之士哉！

劉維翰文翼曰：子賤能厭朱明諸名家之境，翩翩奮其羽，葳蕤婉轉，所向靡不若意。短而用長，氣勝而逸，廢巧自檢，其文健而無粉飾，要刻意昌黎河東二家。

源康純少卿曰：子賤早篤志道藝，究經論義，皓首弗衰，餘力遊戲翰墨。文則取法昌黎河東，而裁詞於諸家之雋；詩則仰範盛唐諸流，而資材明諸才子。子賤之業比諸今諸作家，大有徑庭者也。

《錦天山房詩話》：東皋詩清潤而不靡。

五味國鼎 卷五十六

字伯耳，甲斐人，受業於太宰春臺。學成歸鄉教授，著有《釜川遺稿》。

菊池貞叔成曰：伯耳抱偉傑之資，生幽僻之地，耽學不倦，高尚養素。其文議論確然，多經世家之言，可謂不耻其師矣。詩亦清雅，格正調高，觀諸世之骫骳麗藻虚飾自美者，自有徑庭焉。

《錦天山房詩話》：釜川詩音節和平，上視其師，不啻出藍。

安脩 卷五十七

字文仲，號清河，下毛人。初爲烏山千本里玉泉觀司祀，因稱玉泉道士。名宇慶，字吉甫，七歲受句讀於兄榮亮，尤好讀詩，暗誦《唐詩正聲》《詩删》等，人稱爲神童。稍長，從宇都宮文學松章甫學。後來東都，受業於服南郭，與鵜士寧、服仲英、板美仲、石仲緑交，乃自變名字爲儒，築室蘐葉街，詩名大振。方是時，服門諸子凋謝殆盡，獨文仲在焉，故自貴介公子至草野苾蒭之徒，四方齎至，請受業者絡繹不絶，與谷玄圃齊名，人稱爲「蘐洲二大家」。寬政四年卒，年六十七歲。平生著作甚富，所著《市隱草堂集》行於世。子有恒字士芳，維和字士厚，皆早殁。

《錦天山房詩話》：文中時，赤羽餘流既竭，故獨享大名。然學殖空疏，譏刺者以爲不直半文也。嘗作一詩，中有「厭人間」字謬作「飽人間」，蓋因「厭」與「飽」邦讀同而誤也。輕薄者因謂：「意是夜叉之詩，啖人而飽，非夜叉而何？」傳以爲笑焉。今閲其集，專尚格調，剽剥七子，間有得其形似者，不全若識者之言。但應酬極多，累重可厭，如删存十一，則庶幾爲一名家。

川治義豹 卷五十八

字伯玄，號南山，稱泰藏，□□人，宮川侯文學。初受業鵜士寧，又學於服仲山，所著有《高眠亭録稿》。

安脩文仲曰：伯玄詩，融暢高華，事論混成，然不見斧鑿之跡。又且幾不失温柔敦厚之旨矣。

服元雅□□曰：先生論詩曰：天縱之才姑置焉。如擬古樂府，譬之罔兩捉影，暗中摩形也。假使能捉之摩之，亦但不可辨其似與不似也。且原既多不可讀，况於氣韻乎？如四言五言古，自西漢至魏晋，《選》已拔其萃也，不可以尚焉，而今於學之非務藉摸擬于字句，則不得惟肖之譽焉。今可專用工力於斯道者，莫如古之唐詩也。取標準於開天，假羽翼於嘉隆，而後庶幾可與可言詩矣。

○按：下「可」字似衍。

繩維直

字温卿，稱準可，江都人。少就安清河而學，社中人推爲領袖，清河目爲千里駒。仕大府爲江都尹屬吏，而非其好，終以疾辭去。閉門謝客，大肆力吟詠，聲益著。著有《桂林集》六卷，鳥山藤侯忠侯爲叙其首。

瀧川利雍肅之曰：温卿者，安子高第弟子，爲人雅思敏才，能守師教，别成一家。温雅宏麗，亦能儀刑。安子中道而立，可謂入門正、立志高者也。

山維祺君壽曰：温卿氏少則慨然有立言不朽之志矣，以其富有之才，加之精力過絶人也，業亦日進，社中諸賢無不爲避三舍者也。初爲小吏，而非其志，乃嘆曰：「大丈夫當適志，豈復碌碌與刀筆吏作伍乎？」終以疾辭去。時以清河翁新没，衆推以爲主盟，辭，不可，乃與二三同志纘修舊業，業亦廣矣，殆有出藍之名云。

陰山雍 卷五十九

字文熙，號豐洲，稱忠右衛門，江户人，小山侯文學，著《松桂園集》。

釋□□古梁曰：文熙陰先生業已視古修文，清廟遺音，調高和寡，當今之時，龐嘈相濫，噂喈背憎，先生塊獨守素業。詩而亡舉大曆以下，文亡修東京以還，如夫時論，固弗遑恤矣。昔楊盈川謂王子安詩「壯而不虚、剛而能潤，雕而不碎，按而彌堅」，媲諸先生，吾未睹其溢焉。

《錦天山房詩話》：寬政已降，世崇宋調，詩風一變。赤羽餘焰幾乎滅息，其僅存者皆卑瑣齷齪，貽笑大方，獨文熙卓然不更故調，其詩質而不俚，華而不媚，絶句最深婉有唐人風致，可謂中流砥柱。

秋山儀卷六十

一名定政，字子羽，號玉山，又號青柯，稱儀右衛門，肥後人。世仕本藩，從父需庵以醫仕本藩，子羽出爲之後，早習其技，又少好學博覽，宿學皆驚嘆。於是侯命更養他子嗣醫，使子羽專爲儒學。後邑侯駕來江户，從林鳳岡學。鳳岡奇愛其才，久之，業大進。及其歸國，執贄及門者蓋踰千。寶曆乙亥，建議刱時習館於國都，子羽爲之提學，揭學規十三則，薦俊才教子弟，於是藩中斐然嚮化，加賜禄二百石。爲人體貌豐舒，眉宇秀發，少美風儀，性磊落奇偉，不喜飾行衒名。丁父母憂，服喪六年，時人難之。其爲學極尚該博，不欲自建門户。工詩古文辭，嘗登富士山爲記三千餘言，其文朗鬯，人争傳誦。其爲詩一字不苟，其或不穩，沉思累年，定後出之。嘗語人曰：「天下不乏作者，不如余之善思也。」其在東都，高松、日出、宇土諸侯、樂山公子，争延爲上客，交道日廣，與服南郭父子、高蘭亭、井太室、瀧鶴臺、紀平洲輩最歡，其藩老以下皆待以師禮。性好客，有來訪者必待以酒食，談笑竟日無厭倦色。有請必往，盡歡而歸，故人人皆謂子羽厚己。寶曆十三冬有疾，枕上不廢吟哦。病革，扶起端坐，索紙筆，大書「清鏡無底，水月似我」八字，擲筆而殁，年六十二。嘗語人曰：「吾少有三願焉，登富嶽、建學宫，二願遂矣。」人問其一，笑而不答。著有《玉山集》。

服元喬子遷曰：子羽爲人磊落，不屑一世。其詩豁達而有法，亦若其人。

岡井孝先仲錫曰：子羽世仕細川侯，爲士大夫之矜式，才氣甚高，博聞强識，其詩以超乘爲志，不局促轅下。然遺辭温雅，韶令渢渢，唐音哉！嚮者子羽從五馬歸肥也，握手相别，酒後耳熱，語及藝苑，高談雄辯，務排彼剽竊雷同爲詩者，迺子羽之詩可知矣。

井孝德子章曰：子羽實奇才，古人中所希覯也。方其下筆之際，心不奇其境不就，言不得其奇不發。及其未得之，疾首蹙額，似欲逃坐者。至心與境合，言得所須，如瀉瀑水于千尋之壑，千萬之字下筆便成。不求法于前，而法具其中；不求媚于時，而爲時所悦，是余之所見。其藝也，唐也宋也元明也，無不取而所根柢有焉。而不好積字成句，累句成篇也。是余之所聞其論也。

紀德民世馨曰：先生之於文辭也，天機所發溢，躍如乎常度之表，且其儒宗于大邦也。其績固多，而至建學館，立學政，搜索丘林，育英選俊，最爲尤異之事，而文教加於邦矣。

江村綬君錫曰：肥後近時有藝文之稱，秋玉山名聲焕發，詩才可嘉。

原善公道曰：玉山以詩文已冠冕一時，又工作字，雖短章片墨，爲人所傳。赤松國鸞與三上宗順書曰：「秋玉山詩一首，即所其手書。詩固超乘，書亦不凡，遺以供清玩。玉山海内一名家，僕嘗辱忘年交，今則亡矣。」

《錦天山房詩話》：玉山不專建門户，博綜衆家，掇菁咀英。其取友於當世，亦猶是也。苟有可取者，則不問其同與否矣。故其詩經營揮灑頗極變化，歌行最琳琅可誦。一氣孤行，獨開生面，因悟夫專主一家、單局一格者，假令有所成就，亦不過偏詣耳，况未至者乎？

藪愨 卷六十一

字士厚，號孤山，稱茂次郎，愼庵季子也。少力學，博涉經史，能詩文，彬然有聲。寶曆二年，熊本侯歲賜白銀二十錠以爲學資。七年春，命遊學江都，遂游京師，與關鐸、西依周行、何野子龍等締交，留學三年而歸，時年僅踰弱冠。十一年，擢時習館訓導，又除助教，賜俸米百五十包。明和五年陞教授，後遊京攝，與中井竹山兄弟、賴春水、尾藤約山等定交。藩侯甚貴重之，益俸米至六百包。天明七年，宇士侯入承宗國，勵心庶政，方嚮儒術，眷注甚篤。寬政元年患風痺，乞辭職納俸，不許。明年疾篤，仍申前請，乃許之。賜其子泰記俸米四百包，又賜養老俸二十口以優之。未幾而卒，門人島田貞孚序其遺稿云：「教授孤山藪先生自少受家學，尊崇程朱，學術既正矣。而又天資穎悟，洞達時勢，通曉人情，實有爲之士也。故誨弟子，鑄鎔不偏，能知其才之所長，從而有成焉。故門下之士有以德行稱者，有以文學鳴者；或以政事著，或以經術聞。其餘論兵擊劍、醫卜浮屠之類，遠邇請益者日月滋衆。先生應接懇到，誨之不倦，人咸悦服，各有所得者，以先生有爲之才能鑄鎔之也。」

《錦天山房詩話》：孤山詩五古頗近韋柳，清而能麗，綺而不靡，深得唐賢之遺。雖差遜秋玉山之痛快，而高華過之，前後比肩，固無愧色。

《錦天山房詩話》：肥後先公篤嗜國雅，擅名藝苑，後嗣相承，世愛文雅，崇尚儒術，風教所覃，文才欝起。秋玉山、藪孤山以外，操觚之士千百成群，二子皆宗唐音，故國中詩皆平易暢達，無鈎吻棘唇之態。今就孤山所編《樂泮集》中摘録其較佳者，而付二子後，以著一方風氣之所由爾。卷六十二

池邊匡卿

字匡卿，號蘭陵，稱平太郎，肥後人，世仕熊本侯。父盛唯號鶴林，爲藩文學。匡卿天才秀發，敏捷絶世。幼受句讀，儘半《大學》，乃釋卷起曰：「兒能矣。請無復事呫畢。」試讀後半，琅琅如素習者。未嘗學書能書，未嘗學詩能賦，自是觀覽日博，著述日富。比及成童，屹然成家矣。父卒，命繼其職。泮宮成，擢爲訓導，以教國子弟，居職三十餘年，以訓導匪懈，甄陶多士，褒賞數次，食采百石，班至上士。天明二年九月二日疾卒，年五十七歲。

藪慤士厚曰：先生讀書自經藝以下，至諸子百家、稗官小説，莫不該綜，而目之所觸，終身不遺。其作文章歌詩，皆一氣呵成，頃刻千百言，如河決龍門下吕梁，奔放奮迅，不可禦也。每諸彦

盛集，分題探韻，衆皆沉思。獨先生飲啖笑傲，傍若無人，遽把筆一揮，珠玉滿幀，而神趣妙造，迥出常情，殆非探索經營之所及也。余閲詩人多矣，未有如先生之捷且工者也。

原偉文 卷六十五

字偉文，號天目，甲州人，仕津山侯。

《錦天山房詩話》：天目詩雖不脱赤羽窠臼，亦自嬌嬌。

尾芝質

字文彬，播磨人，號静所，著《一夜百詠》，筱弼序而行之。

《錦天山房詩話》：文彬格不甚高而間有佳句。

平義綱

字紀宗，號滄池，近江人，遊宦於越，未久辭去，屏居逢阪。

《錦天山房詩話》：滄池詩平坦，善道實際。

小西績

字伯熙，號松江，稱與右衛門，丹後湊邑人。其先石見守正智，永正中據小西城，以勇悍聞。後世失邑，以運船爲業。伯熙好學多才藝，家素豪富，而性磊落不羈，築聚景樓於松江之上，日夕吟哦其上。客至，輒置酒款待，琴詩酒書畫禪，隨其所好，莫不歡洽者，人稱爲琴詩酒書畫禪道人，遂以自號。嘗遊京攝，從江村北海而學詩，與葛子琴、田子明、片孝秩、岡公翼、賴千秋、菅禮卿輩交，名聲頗著。著有《松江近體詩》。

皆川愿伯恭曰：伯熙自少好學，長於詩，其詩不必事摹擬，而其風流蘊藉之超，實與古人合，此固足列作者之林以傳于後世。

筱應道安道曰：伯熙常坐聚景樓，言詠不倦，朝暉夕陰，變異乎外，雨奇晴好，吟哦乎中，亦頗得江山之助，更互秀發。

太田象伯巍曰：伯熙詩富麗瀟灑，體裁興致隨境而變。

《錦天山房詩話》：伯熙詩不甚多，而一時名流，自菅博士胤長以下十數人皆有題言，卷末又附録諸人贈言唱和。蓋生長於僻邑，饒於資而急於名者爾。

白木彰

字有常，西讚人，所著有《半山集》。

《錦天山房詩話》：半山詩纖弱，微有風致。

滕義鄰

字季德，號峨眉。

《錦天山房詩話》：峨眉詩淺易，然如「雁影雲連水」一聯可稱佳句。

山田君豹 卷六十六

字文蔚，號月洲，稱喜三右衛門，薩摩人，仕于本藩。初學川口静齋，後學伊東澹齋，二人竝鳩巢高足弟子。

王文治禹卿曰：諸作取材漢魏，脱骨三唐，氣體清高，神韻凝永，駸駸乎去古不遠矣。若夫言微旨達，語淺情深，朱絃疏越之音、清廟明堂之奏，則存乎閉户者之多歲月耳。江楓單句亦足以稱海外之奇也。

《錦天山房詩話》：月洲詩工力深厚，句響而字穩，才秀而氣逸，近世作者未見其比。而其名不甚著，何也？得無非由其居僻遠而然乎？其在鄉也，會王夢樓來聘于琉球，月洲寄其集而乞評，夢樓亟稱焉。余訪求其集多年，頃日始獲諸其鄉人，即其手書者，夢樓評語宛在，而蠹蠹狼藉，前後斷爛，殆不可讀。如更遲數年，則將朽腐澌滅，難復辨識焉。劍埋豐城，珠沉滄海，精光衝斗，神物復出，豈非其精神所注，有鬼神呵護，雖暫湮晦而終不可磨滅乎？

宮重信義

《錦天山房詩話》：信義以下四人未詳何人，蓋川口静齋門人。余於故紙堆中得其草稿一册，即彙集，乞静齋删正者，不忍其湮滅。故各録一二首以附月洲後。

岡長祐

字子申，號長洲，讚岐人，髫齔已識聲韻，弱冠詩名冠於一州。負笈東遊，學林祭酒門，詩名益振。後遊京師，會讚岐懷侯廣召才藝士，辟爲文學，所著詩亡慮數千首，晚年燬火。没後，其子伯憲拾摭燼餘，校刊行於世。

《錦天山房詩話》：余閲來青軒詩稿，衆體頗備，其五絶小品最爲雋永有味，亦近世之嬌嬌者。後藤世鈞守中曰：「其出處去就動息悲歡一見之篇詠。」良芸之伯耕曰：「子申之詩若青山緑水，生生流通，化功自然而無斧鑿。」二子之言雖不無過譽，要頗得其髣髴云。

小瀨良正

加賀人。

江村綬君錫曰：此詩〇按：指《詠海鼠腸詩》白石鳩巢二先生極稱其工緻，以故傳播一時，到今膾炙人口。其詳見金澤披抄。

山脅敬美以下五人並金澤作者，當時鳩巢先生爲藩文學，陶化之美可觀。

石川正恒卷六十七

字伯卿，號麟洲，稱平兵衛，平安人。自幼好學，負才氣，先輩皆期其有成。初從柳滄州、堀南湖學，比弱冠，其父拉來江户見某生，生即出修辭家所作難澀文試之。伯卿一目便能成誦，生驚嘆。及壯，應小笠原侯徵，誘掖後進，其啓迪作興之功尤多。嘗著《辨道解蔽》彈刺徂徠。寶曆己卯省父于京，會疾作，遂不起，年五十三。

江村綬君錫曰：伯卿爲人謹恪，而藻思亦蔚然矣。

《錦天山房詩話》：麟洲遺詩不甚多，而句格秀整，宜乎其不敢低頭於蘐園也！

上柳美啓

字公通，平安人，學於向井滄州，所著有《蘊古堂詩稿》六卷。《錦天山房詩話》：余嘗得《蘊古堂集》而讀之，意象之超越、音韻之清婉，匠意鑄詞，色具體備，洵足稱近世名家矣。惜其人履歷不詳，名字僅存，而蛙鳴蟬噪之徒喧聒於一時，孤芳無掇，抱香自死，若非有遺集，則將併名字而湮没焉。噫！

小栗元愷 卷六十八

字子佐，號鶴皋，若狹人。其先宗丹以善畫著，其子宗栗徙居小濱，子佐即宗栗七世孫也。幼而好學嗜詩，遂負笈遊京，學詩柳川滄洲，滄洲奇稱其才。復客遊尾張，變姓名稱佐佐木才八。岡崎、苅谷二侯前後並辟，皆辭疾不就。亡幾還鄉，屏跡負郭，孝奉二親，教授諸生。明和丙戌九月病卒，無子。門人吹田定孝繼志，與其養子尚素編其遺稿，名曰《鶴皋遺稿》。

江村綬君錫曰：鶴皋，實丹其頂者，九皋仙禽矣。使鶴皋當時在蘐園詩社，彼此煽揚，則聲名到今煥炳于海内，而鶴皋不爲之焉。其人僻在北海濱，懷璧橫門，九皋清唳，人無聞知。悲夫！

那波師曾孝卿曰：鶴皋於詩傚者也。傚至其極，可以擬所傚也。置諸明季嘉隆之際，以法與詞通其志焉，則未知驪珠屬於誰家耳。

西依景翼翼夫曰：鶴皋之詩，一據清麗閒暇之格，而不尚雕刻纂組之工，是以雖不足勁健驚人，而又無容冶調笑之體。鶴皋之於詩，可謂非常流者也。

《錦天山房詩話》：鶴皋近體詩優柔雅正，頗近唐音。假令居通邑大都，衒燿聲華，則自足雄長詞壇。而屏跡海濱，不近名利，其高情逸韻，實可嘉尚也。

福世謙

字益夫，號紫山，又號觀瀾，泉南人。仕岸和田侯，爲監察，著有《石室詩鈔》七卷。

《錦天山房詩話》：益夫自題其集云：東海芙蓉之山巔有石室，是余不朽之宅也。古人著書必藏諸名山以俟千載之知者，豈徒高尚其事也與哉？蓋欲無是非於當世也。余意在焉。今閱其集，亦祖述嘉萬而小異其體裁者，而刻意處頗駢美古人，宜乎其高自標置也！

香山彰

字吉甫，號適園，又號三樂，平安人。少受業武梅龍，後從江村北海遊，又就源樗亭質問經義，並以精敏見賞。性温雅，篤好詩及書畫。仕廣福親王爲侍讀，眷遇甚優。天明戊申，京師大火，其家亦罹災，乃買地雒東鷲麓之野，葺小屋以居，命曰「東隴莽」，日延諸友，吟詠以爲娱。王特賜資爲刻其集，即今所傳《東隴莽集》者也。

源之熙君績曰：吉甫之詩大氐所尚在氣與體，掄才不以世，取其所長以爲己有，一掃輓近腐勦之弊，自成一家。

柴邦彦彦輔曰：吉甫之詩，奇麗閒雅，養之以洛汭風月，其響琅然清而揚。又其所題詠，山水花木皆余所曾習觀而牽戀者矣，故詩至輒必風簷燒香而誦之，未嘗不如身在其間，相與酬對優遊也。

太田象伯魏曰：吉甫博學洽聞，篤嗜辭藻，兼善書畫，平素口占吟行，觸境而樂矣。以故藻思虎變，雄視于詞壇，文陣辭鋒之士，厥角惟崩矣。

江村綬君錫曰：吉甫之詩不規規于唐宋元明，不拘拘于氣格聲律，而所作自是海西之詩，雖一章一句絶無海東之俗習，是其至者，即可以不朽也。

柚木太淳中素曰：適園香山先生，胸蓄天地精靈之氣，其觸興隨感，爲詩爲歌，爲文爲賦，粲爛芬濃，鮮妍清幽，與四時之所發洩同見造化之妙用，行止俯仰，咸得適意矣。適園之名，寔其然哉！

杉岡道啓公曙曰：吉甫體製格力推奉韓柳，苞括百家，綺縮繡錯，玄機在握，卓識所存，不爲流弊所煽動焉。且詩妍華緻密，坦坦露地，能出新奇不止。

《錦天山房詩話》：適園五七言律清麗旖旎，頗臻其妙，佳句殊夥，香艷動人。古體雖微遜焉，亦自淡雅可悦。我每閲他人集，輒苦其多。讀未過半，已生欠伸。如此集，則患其易終編也。嗚呼！才之不可已有如此哉！

伊藤縉 卷六十九

字君夏，號錦里，又號鳳陽，稱莊治，平安人。龍洲長子，幼學於家庭，以經藝著聞，與伊藤東所齊名，人呼曰「京師兩伊藤」，雖婦女無不知其名者。資性慎重，不好近名，有請謁者，一皆謝絶之。襲父爲越前侯文學，在職四十餘年，雖數祗役江户若福井，奉職惟謹，不爲外交。當休暇，在京説經授徒，足不踰閾，所居壁上書「志士不忘在溝壑」之語以自警，常訓子弟曰「爲士者不可不念此」。又嘗云：「終日不省己過，便絶聖賢之旨；終日喜言人過，便傷天地之和。」與二弟北海、儋叟聲價高於一時。錦里以經藝聞，北海以歌詩，儋叟以文章，博士佩蘭清公稱爲「伊藤氏三珠樹」。安永元年卒，年六十三，私謚文恪，著有《邀翠館集》《尋海草》《尋山草》。

《錦天山房詩話》：錦里華彩不及二弟，然亦自典雅。

江村綬

字君錫，號北海，稱傳左衛門，播磨人。伊藤龍洲第二子，出爲江村毅庵後，因冒其氏，襲職仕宮津。初龍洲家罹災，妻河村氏寓其兄家，生君錫於播磨。比弱冠，在舅氏許，未嘗知學，好爲俚歌，時人目爲錦心繡腸。赤石梁蜕巖一見愛其才，勸使學，謂曰：「以子才氣，專心吟詠，必有盛名。」君錫大感悟，始志於學，晝夜研鑽，手不釋卷，名亞兄錦里。尤長於談論，其講經史，剖析窈眇，精義入神，人稱爲「三珠樹中第一」。以文學仕宫津。九年，其君知有吏才，擢爲京邸留守，兼掌錢穀出納。後侯移封郡上，欲大用之，不果而卒。於是致仕，築對梢館於平安室町，以翰墨自娱。諸侯聘問，一皆謝絶。其説經一從朱子，又述家祖專齋剛齋之遺説，未曾自發一説，常譏世人以己意駁朱説者。其歌詩播揚遠邇，四方慕悦者甚多，才俊之士多出其門。時大阪片山猷孝秩，江户入江貞子實竝號北海，當時稱曰「三都三海」，以江村氏爲之冠云。天明八年二月二日卒，年七十六，著有《蟲諫》《樂府類解》《授業編》《諸子擷英》《日本詩史》《日本經學考》《杜律删注》《北海詩文鈔》等十數種。

那波師曾孝卿曰：君錫存志乎詩書，寓辭乎詠歌，余每輒謂彼其資性發達，英華醲郁，不假思練，不費刻畫，如騶虞之不殺，如竊脂之不穀，不學而成，不勉而得。未幾，聞其改舊聯也，心竊感焉。漸見其衣袖皆穿，脣吻生花，爬羅剔抉，弗得弗措，更問所製，則肆而不放，樂而不流，雅生深粹，愈足可喜。試與世之摸擬竄竊，取青妃白，肥皮厚肉，柔筋脆骨，力屈體疲而止者，視之猶奏金石以破蟋蟀之鳴、蟲飛之聲，要之君錫之於詩，性穎神徹，其才高者耳。

《錦天山房詩話》：北海罷官後，以商榷風雅、誘掖後進爲己任，廣通聲氣，喧聒一世，輕薄之徒藉其成名，故其得譽全在於此，其取毀亦在於此矣。要之，有詩才而無詩學，故集中雖多佳句，惜其體荏弱，局於方程，不能展拓。

清絢

字君錦，初字元琰，號儋叟，又號孔雀樓主人，清田氏，稱文興，平安人，伊藤龍洲季子。龍洲以出冒伊藤氏，使君錦復本姓。蚤學於家庭，以父蔭擢爲越藩儒官，優遇與錦里均。總角時訪梁蜕巖於赤石，寓於其家數十日。及歸，蜕巖有贈言曰：「勿慕曠達而棄彝倫，勿耽藻繪而廢大業。」君錦終身誦此。後與齋静齋講究物氏學，喜古文辭，後悟其非，經義一以朱子爲主，文章專以歐蘇爲法。晚年喜讀稗官小説，尤精於象胥學，深懲其初年從事時習。屢語門人曰：「才生於學，學不由才。將作僞唐詩乎？黄金鑄歷下生。將作真唐詩乎？鐵鞭打歷下生。爲首長，爲奴隸，在其人而已。」性不好酒，酷嗜糖菓，晚年以食糖之多，終得痰塞之病。天明五年卒，歲六十七，著有《史記律》《資治通鑒批評》《五雜俎纂注》《唐詩府》《藝苑談》《藝苑譜》《孔雀樓筆記》《孔雀樓集》。

《錦天山房詩話》：儋叟詩爽豁高朗，在三珠樹中固屬第一，不唯文章爲然也。

平長孺 卷七十

字仲和，號雷首，尾張人，少受業於紀平洲，遊學江都，後仕伊勢某侯，不合，辭去，下帷京師，以教授爲業。性卓犖不羈，好諧謔，遊於縉紳間，皆得其驩心。著有《蜑煙焦餘集》。

琴希聲春樵曰：仲和服巾蕭散，不復有經濟意。詩筆縱横，或能雜諧謔談，鵷鸞群處，許以陪筵，鳳皇池邊幾於入彀。每有賢主招邀，衆賓會集，金樽緑滿，銀燭紅燃，未嘗不含杯而拈鬚，擘箋而裁錦也。

源寵□□曰：仲和曩時卓落，不惜千金，揮霍至產業傾圮。既出仕，而又不合。近移京，而年已邁矣，而身志與少壯者無異，馳逐吟哦，毫無萎苶之氣象，蓋内有自怡者也。

摩島長弘子毅曰：翁之淡出乎天。夫淡則奇也，奇則淡也，淡者自然之謂也。自然則其觸而發者，真機活潑，無往而不奇矣。

《錦天山房詩話》：仲和好遊王公大人間，故日野藤公資愛、博士清公宣明以下，皆序其集，頗極推重。然其詩卑促，殊不稱。

龍公美 卷七十四

字君玉，一名元亮，字子明，號草廬，松菊主人、竹隱、吴竹翁、明明窗、緑蘿洞，皆其別號。稱彦次郎，後稱衛門，伏見人。少孤，聰慧負奇氣。初業賈，傍研究經史。嘗謁宇明霞，受其誨督。好讀唐明諸家集，專以歌詩爲事，明霞以其徒留意於浮華，絶之。於是發憤力學，改業爲儒，下帷授徒。性寬緩温雅，博綜衆技，從遊之士，四方雲集。寛延三年，遊事彦根侯，後賜宅於彦根城中而移焉，恩禮頗優。在彦根十八年，抗疏乞骸骨，退居於東山菊谷，杜門謝客，專事著述。晚年深悔爲虛名所誤，雖有請其詩文及書字者，皆辭不應。生平雖尸祝物徂徠，祖述其說，步趨少異，於唐則推李青蓮、岑嘉州，於明則取劉青田、謝四溟。最善書。寬政四年卒，年七十八，所著有《毛詩證》《論語詮》《名詮》《典詮》《貴貞志》《日本志》《删辭略》《伏水志》《南遊草》《龍氏筆乘》《草廬集》等。

東條耕子藏曰：草廬養於母氏一年，家資殆盡，不衣食。偶有平安筆匠某見而愍之，乞養爲子，携歸平安。母氏守寡在鄉，每月贈其費資。曾作《思鄉詩》云：「總角辭家客洛陽，秋風一望白雲長。歸心不爲蓴鱸美，衰白慈親在故鄉。」時年十三也。

《錦天山房詩話》：草廬風流儒雅，傲睨一時，聲名藉甚。然學術空疏，名過於實，故其詩多浮響而少實際。

葛張 卷七十五

字子琴，號蠹庵，又號小園叟，橋本氏，稱貞元，浪華人，業醫。少聰慧，最善詩，平生善祇南海詩，後入片北海混沌社，名聲大振。寬政中卒，諸友私謚曰檜園詩老。所著《葛氏漫草》《小園摘稿》皆其徒所輯録。

江村綬君錫曰：蠹庵初學詩於兄臧宗菅甘谷，不啻出藍也。

龜井魯道載曰：高暘谷嘗爲余品騭海内作家曰「浪華有葛張、合離」，暘谷抱負極高而稱詩如是，二子之能可知也。晚近京攝間杼柚一變，務爲艱深纖巧之語，大傷體格，雖二子不能無染汙之患，亦醉明季初清厭陳喜新者之毒耳。

孔文雄

字世傑，號生駒山人，又號鳴鶴，河内日下鄉人，即日下首之裔也。中世改族，稱若松，又更森。至世傑，復舊姓。日下一作孔舍衛，故修爲孔氏，稱真藏，家世農夫。世傑好學，巧古文辭，著有《慶延文斷》及《生駒山人集》。寶曆二年卒，年四十一。

元維寧 卷七十八

字文邦，號淡淵，稱曾七郎，三州人，本姓福尾氏，出贅中西氏。中西者，原秋元氏庶族，故修爲元。仕尾藩上卿竹腰氏，食禄二百石。童齔時，從父縱觀韓使過尾府，正使書記姜耕牧見之，謂譯士曰：「此兒有異相，他日必以文學名。」與筆墨而去。弱冠志學，刻勵讀書，倦輒隱几生睡，竟不就寢。容貌魁梧，垂手過膝。資性温和，動止縝重，府文學木蘭皋稱曰：「亮節偉望足以敦天下之鄙。」後扈其君來江户，請業者日益多。君命築講堂於芝三島街，曰「叢桂社」。其講經不拘執漢宋，常謂學者曰：「聖人之道不在學問深淺，全在成德育才盡其器用耳。」爲人敦厚沉默，與人不競，交遊極寡。雖有盛名，行不由本者，皆辭不見。常以名節相勵，門人若南宫大湫、伊藤冠峰、紀平洲、河天門、飛圭洲、鷲東柯皆著聞於世。寶曆二年七月十五日疾卒，歲四十四。臨疾革，舉平生所著書悉燒之。

《錦天山房詩話》：《淡淵文集》，余未及觀之。諸選家録者亦甚寥寥，豈其人不屑以詩賦傳後，抑翰墨非其所長乎？

南宫岳

字喬卿，號大湫，又號煙波釣叟，稱彌六，信濃人。本姓井上氏，父勝，字子克，世仕尾張上卿竹腰氏。少孤，從元淡淵學，蚤有神童之稱。宦遊平安，無幾去，教授伊勢桑名，從游甚衆。學既淵茂，立志以篤實忠誠自勖。其教子弟，抑浮華而先德行；其自處，履實理而無虚動。居止進退，動依禮義，不苟言笑，鄰近化其德，皆以爲真君子。年四十，東遊江户，教授生徒，王侯士庶請業者闐溢門庭，四方生徒寓其塾者常二三十人，三都名士莫不與締交，最與紀平洲交善。安永七年三月三日卒，享年五十一，所著有《論語説述義》《孝經指解補注》《今文尚書定本纂》《禹貢執掌圖考》《學庸旨考》《春秋三傳批考》《守成編》《勸學編》《講餘獨覽》《積翠閑言》《病餘瑣言》《芸窗放言》《漁翁私言》《大湫集》。

《錦天山房詩話》：大湫詩和平如其爲人，《祇王詞》雖少傷繁弱，然較諸服南郭《小督詞》似赢一籌。先是，和知青郊有《祇王曲》，不及大湫遠甚矣。

紀德民

字世馨，細井氏，號平洲，又號如來山人，稱甚三郎，小字外衙，尾張人，系出于紀長谷雄孫雄文，隱于河州細井鄉，子孫因氏焉。裔孫岑克移參州，其曾孫雄貞奉仕東照大君，姉河之役有功，後退隱於尾之平洲邑，業農。慶長中，徵之不起。雄貞玄孫正長稱甚十郎，生二子，季即世馨也。當母娠時，數夢三辰，世馨生有黑痣在眉鬲之間，自然成七星象。幼好讀書，歲十六遊學京師。會元淡淵結叢桂社於尾，世馨聞其風説之，遂師事之。後遊長崎，日夜研精講業。居三年，聞母疾，即東歸。淡淵先徙居東都，世馨乃往從之，遂家東都，下帷教授，從遊日盛。安永九年，尾侯召見，命爲侍讀，班列親衛隊將，賜廩米三百包，禮遇日厚，進兼明倫堂督學，乃薦國耆儒及弟子若干人以充學職，學政大振。後益賜百包，又改爲歲禄四百石，超數等進班親衛騎將上。寬政二年兼世子侍讀，時米澤侯上杉治憲尤尊信其學，請尾侯邀世馨於其國，以賓師遇之。創立學館，討論政治，百廢悉舉，闔國靡然嚮風，米澤治教之績顯聞海内，皆世馨之力云。享和元年六月二十九日疾卒，年七十四，所著有《詩經夷考》《詩經古傳》《毛鄭異同考》《獻芹録》《平洲小語》《遊松島記》《嚶鳴館集》等。米澤侯從四位下侍從上杉治憲□□誌其墓曰：先生風格清貴，威儀可仰，其接人温恭，居家安静，未嘗疾言遽色。每讀書，少焉則沉思，語門人曰：「學思相須，先聖之教也。故先聖常雖小事，熟思不苟，至機得理到，則雖大事必勇往不疑。」其説經一守師訓，而其獨得處卓然則有見矣。平生好稱人美，不容于口，聞惡而不言。其教人循循有序，諸生有過必從容諷諭以待自悔悟。先生之學尤長政事，諸侯延受業者必問以政，然其所爲謀，終身拑口不言，往復之書不存其稿，故無知其詳。

小河鼎士鉉曰：先生講業東都五十年矣，諸侯之國賴焉以起學、以興政者甚多。從遊之士業成道通，各矜式其國。若高尚不仕，下帷稱育英者，不可勝數也。其卒也，自米澤、西條、人吉諸列侯降封爵之尊，修師弟之分，篤服心喪以終制焉，他可知也。

樺島公禮世儀曰：先生爲學一守師訓，其讀書主提大義，不拘拘乎字句，講經姑據古注爲解，而至其獨得之見，則超然別有不屑諸注者。嘗謂：「有天地而有人，有人而有聖人，有聖人而有聖經。聖人之於人類也，今以其類讀其書，有不言之妙存於其間矣。夫妙可思而得焉，不可揭而示之於人也。故古今注家謂之釋章句則可矣，謂之釋經則不可也。謂之釋經則可矣，至其可以施于今日則未盡也。」又曰：「聖學之要在于成德，不在學流。故各學其學，各道其道。摇脣鼓舌與人争門户，吾不取也。」又曰：「凡育人才，宜如農夫養菜，不要如愛菊者養菊。養菜，美惡兼培，各有所用；養菊者見不如己意者，必刈而棄之。」其概如此。故先生之門，學無區域，使人人從所好講之，務在于成材德。

《錦天山房詩話》：士之讀書學道不得行抱負之萬一，抑鬱齎志以殁，千古同嘆。獨平洲奮於田間，而一旦爲諸侯師，得君行道，四方風動，所至之國，其君擁篲倒屣，不敢抗禮，儒者之得志，近古未見其比焉。是雖由其才學有大出乎人者，亦遇其時也。其詩與南宮大湫相伯仲，整練不及，而多自得之趣，固似勝之。

伊藤一元 卷七十九

字吉甫，號冠峰，伊勢人，家世巨商。少尚質素，不修儀容，日夜讀書，淡於勢利，以家産委之兄弟，遊學尾張，受業於元淡淵。又好醫，在尾五年，後遊歷諸州，晚年隱居於美濃笠松里，買田數頃而自養，徜徉山水，讀書講業，教授子弟。動止以禮，鄉里慕悅。其在尾，與南宮喬卿情交尤密。元淡淵東行之後，其門人從事經義者推喬卿，操練歌詩者推吉甫。有醫生玄澤者，家素富豪，頗好學，愛吉甫才，以妹妻之，贊襄使益修其業，意在壓喬卿。吉甫悟其意，稱有目疾而廢業，使其門人皆從學于喬卿。遂辭而歸鄉，移居江户，以妻奴託於族人，約使人迎之。而喬卿罹災，無力迎之，吉甫乃典田宅，得金十五兩爲妻孥治裝，使人護送。喬卿感其義，還其金，辭而不受。性謙虛，喬卿屢勸徙居江户爲教授，不肯。紀平洲亦欲薦諸尾府爲儒員，又不肯，辭曰：「抗顏稱儒者，非吾所能及也。」常謂：「居足以容膝，衣足以覆體，食足以滿腹，樂足以忘憂，我日安，豈願其餘哉？」天明中，年七十餘而卒。著有《自放編》《冠峰文集》《緑竹園詩集》。

江村綬君錫曰：使冠峰身在都下，馳騁藝苑，則其歌詩之名不讓於赤羽蘐洲之諸子，惜哉！

《錦天山房詩話》：輓近俗漓，友道不古，陽相厚而陰相排，擠坑下石，滔滔皆是也。況文人相輕不但今日，如冠峰之于大湫，實曠世美事，足以激濁勵頑，豈辭章之云乎哉？

赤松鴻

字國鸞，號滄洲，本姓大川，稱鴻平，播磨人。遊學平安，從宇明霞受業，以講説爲業。赤穗侯辟爲文學。享和元年卒，年八十一。著有《周易便覽》《尚書獨斷》《論語省解》《讀孟子一得録》《静思亭集》等。

《錦天山房詩話》：滄洲詩雖乏警拔，間有佳句。

井通熙

字叔，號蘭臺，又號圖南，井上氏，稱嘉膳，江户人。父通翁，字玄璠，大府醫員。幼聰敏好學，弱冠從天野曾原學，既而入林鳳岡之門。享保中，鳳岡奉命校官庫書，通熙亦與焉。元文五年，備前侯辟爲教授。其爲學不專主伊洛，自成一家，頗似徂徠。自少絶淫欲，其於婦人，無老少不欲交一語。訪人雖宴飲方酣，婦女出則速辭去。著有《山陽行録》《北越行録》《圖南稿》。

原善公道曰：蘭臺年十二，元日賦詩云：「天邊雲物改，海上日華新。先酌屠蘇酒，趨庭獻老親。」父異之，期以他日盛名。

《錦天山房詩話》：蘭臺壽躋耆耇，講誦不輟，世推爲醇儒，詩特其緒餘耳。

皆川愿

字伯恭，號淇園，又號筇齋，稱文藏，京師人。生而穎異，四五歲能識字。其父試書少陵《秋興》八首授之，不日成誦。由是課讀書，一過即記。弟成章亦夙慧，父多蓄書籍使二子縱觀，又使遍交耆宿，於是業亦進。年甫十五，與成章見韓客而倡和。及長，潛思字學，恒謂「不知字義則文不能作，書不能解。而字書訓詁往往假借，乃類集古人用字之例，又取諸象形，求諸聲音，字義既通，文理始晰，而後讀古人之書則明自如揭日矣。」作《名疇》六篇及易、詩、書、儀禮、戴記、春秋、語、孟《繹解》以立一家學。弟子著籍者凡三千餘人。平日待人不別貴賤，不迎不送，公卿諸侯執弟子禮者甚衆，平户侯最敬重。文化丁卯卒，年七十四，門人私謚曰弘道先生。平户侯爲製碑文，膳所侯書字。

角田簡大可曰：淇園爲人温厚沉毅，寬于容物，敏于行事。不立名節，不事矜飾。事父母，待弟妹，皆得其驩心。博學淹通，以經學文章名重海内。然迄晚年，好豪奢，甚嗜酒愛絲竹，時挾歌妓縱飲鴨河之上。又有乞詩文書畫者，則不擇其人，隨貨賂應之，時論或以是少之。

宫崎奇

字子常，號筠圃，尾張海西郡人。幼從父遷家平安，受業伊藤東涯。東涯亡，又從蘭嵎。父死，爲服喪三年，菜粥僅給，而貧亦益甚。母長尾氏戒之曰：「窮當益堅，遺命勿諼。」於是益肆力經史，工詩及書畫，尤名畫竹，得者珍藏，比之拱璧。性温孝謙下，不以行能加人，無少長賢愚皆禮待之。聞一善言見一善行，必録而藏焉。母殁，亦爲三年喪。安永甲午病卒，年五十八。正二位大納言源信通親製碑文，士林榮之。

中井積善

字子慶，號竹山，稱善太，大阪人。甃菴長子，少與弟積德師五井蘭洲，蘭洲死，兄弟相與講習切劘。爲人豪邁，容貌瑰傑，接人不立崖岸，談笑豁如，間雜諧謔，博學洽聞，貫綜古今，以王魯齋自比，不喜俗儒。雖崇尊程朱，至有微疑，則犁然明辨，以得經旨爲主。肥後辛島鹽井嘗問其學淵源，曰：「吾學非林非山崎，一家宋學。」性慷慨有大志，詩文雄渾雅健如其爲人。撰《逸史》十二卷，議論痛切，大府命進其書，賞以時服。故白川侯定信巡視大阪，厚禮引見，使講經，又諮以時務，乃退作《草茅危言》以獻焉。初甃菴創懷德書院，請三宅石庵爲院長。甃菴、蘭洲及石庵子春樓相續教授。至此，子慶代爲院長。寬政四年，書院罹火，乃如江都，請再建之，官賜黄金三百兩以充實用，於是學者益進。薩摩、肥後二侯皆重禄聘之，不應。及老，自號渫翁，又號雪翁。文化元年卒，年七十五，私謚曰文惠先生。所著《非徵》《詩律兆》《奠陰略稿》行於世。

篠崎應道

字安道，號三島，又號郁洲。其先伊豫人，父遷家大阪，逐什一之利。安道承其業，益殖貨財，間輒讀書，好義輕財，屢折券拯急，以是産日落。年四十，始改業，講授生徒。素善書能詩，多藏古帖，求書者衆。稍入粗裕，買舊宅收租曰：「此可以白先人矣。」博學多通，著有《碧沙籠集》。爲人闊達，處事明快。與人言，無所迴避。藪孤山嘗稱其豪爽不遜武人。文化十年卒，年七十七，無子。養子弼，字承弼，號小竹，亦著稱於世。

片山猷

字孝秩，號北海，越後新潟人，家世爲農而好學，僻區無師友之資。年十八，西如京師，遊宇士新門。士新歿，而後生理銷乏。父亦挈家來就，孝秩備嘗苦辛，左右奉之，克底其豫。後占居大阪。爲人閑靖寡欲，無與世競，恒以澹雅自樂。岸和田侯，每有韓聘，例司大阪公館，必用文儒供其應接，於是以客禮聘召。孝秩亦悦觀光之美也，應之，受其廩給。常與岡元鳳、葛子琴、賴千秋、尾藤志尹、田子明、篠安道結詩社，以「混沌」爲名，諸子推孝秩爲盟主，當時呼爲七才子。年老，家人以其老病，請用帛易布被，孝秩卻之曰：「吾昔者養親，不能使輕暖卒於尊體，今吾曷以是爲？」因泣下。其孝思如此。寬政二年卒，年六十八歲。

柴邦彦 卷八十

字彦輔，號栗山，讚岐人。少時東遊學於林門，英邁不群，耽思經籍，旁善詩文。學成，仕阿波爲儒臣，歲俸四百石。住京師，倡宋學，以儒雅風流聞。與西依成齋、赤松滄洲、皆川淇園厚善。天明八年，被大府召，赴江都，爲昌平學教官，命與祭酒岡田寒泉共修學政，立五科目以造士。享保中，自物徂徠排斥宋學，唱復古學，都下學者多薰染其教，故每示諭下，詆謗百出。栗山毅然不爲變，以闢異衛道爲己任，國學規模一新，都下學風亦從而變，稍稍知嚮程朱者，其力居多。性豁達愛士，談笑間，事涉節義，音詞激烈，感動座人。列侯厚禮延請，後賜緑遷西城侍讀。按：緑，禄之訛。增賜俸米二百包，朝有大議輒列詢謀云。文化四年病卒，年七十二，無子，養姪爲後。

池桐孫無絃曰：先生經術文章爲一代泰斗，海内學者趨之若鶩。余於先生爲三世通家，在京之日，追隨絳帳，日得仰瞻風采。先生雖不專詩，音節天然自不可掩，長篇大作多在初年，排奡則《贈韓客》百八十韻，沉鬱則《天台山》百韻，皆可謂巨刃摩天之手矣。迨幕府登庸後，詩風亦變，多莊重雄大之作，如《嵯峨夜歸》《畫景》《梅花》《雌鷄圖》，皆其中年詩，清麗卻可喜。晚年不爲此種詩，亦不屑爲也。先生嘗作《壇浦懷古》云「黑鼠餐牛丹水乾，六龍西幸海漫漫。簪纓滿地當時恨，獨有陶真曲裏彈」以示淇園，淇園憶「黑鼠丹水」出處不得，沉吟數會。按：「會」字疑有誤。先生哂曰：「淇園大才，目窮萬卷。一椿小故事，如何不曉得？」淇園曰：「老夫實不知。」先生曰：「不是祕書，出於野馬臺詩。」二人拍掌大笑。余方弱齡，竊自屏後窺之，當時以爲天仙之會。先生題《盧生圖》云：「一熟黄粱五十年，幾場榮耀枕中天。滿城富貴功名客，不識真身何處眠。」未三月，先生竟歸道山。方知一時偶作未嘗非讖。

角田簡大可曰：朝鮮聘禮下，議昌平學。栗山執一事颺言，林祭酒曰：「此議所關非小，先生且低聲。」栗山曰：「奚妨？吾聲雖大，不至聞於朝鮮也。」衆皆大笑。賴春水嘗問其著書，曰：「無有。夫著書者，益於人也。僕之迂腐，爲不急之書，或有閲之者，是損人之心目也。故僕不著書，乃所以益於人耳，謂之有著書亦可。」平居奉養甚儉，然其延客，供給甚豐，四方贈遺，日闐盈其門，都下儒門之盛，柴氏爲最。常欽慕蘇公。壬戌夕會諸名士，白河侯聞之，寄書遺鱸以求座客詩歌，乃使肥後辛島鹽井爲之記，一時傳以爲雅舉。

《錦天山房詩話》：栗山經學深湛，庀材宏富，沉雄瑰麗，自成一家，有非塵步所能追跂者矣。然性滑稽，往往雜以諧謔，是其一病。古稱陸士衡患才多，於栗山亦然。

尾藤孝肇 卷八十一

字志尹，號二洲，一號約山，稱良佐，伊豫人。少有足疾。來大阪，讀書於片山北海所。時安藝賴春水亦在大阪，得洛閩書喜之，勸志尹讀之。志尹大喜，以爲正學，日夜鑽研。又與中井竹山兄弟親善，爲人肉角大口，音吐爽朗，識悟超詣，純守程朱。寬政中，大府辟爲昌平學教官，賜俸米二百囊，與林祭酒、柴栗山同議定學政。晚年退安養老。性恬淡簡易，其於古人，文愛歸震川，詩愛陶柳。又喜白傅，古賀精里以爲不可，往復論難，柴栗山爲調停之。文化十年卒，年六十九，著有《素餐録》《正學指掌》《稱謂私言》《静寄餘筆》《冬讀書餘》《静寄軒集》。

角田簡大可曰：幕相某嘗訪儒士於岡田寒泉，寒泉對曰：「文辨雄豪無若中井子慶，學識純粹尾藤志尹爲優。」賴山陽評其《素餐録》曰：「識悟超詣，不在明薛胡二氏之下。」

《錦天山房詩話》：約山文詩，縱横闊肆不及栗山，風骨遒爽不及精里，然至其雅淡雋永饒自得之致，則亦二家所無也。此其所以鼎足而立，自樹一幟與？

古賀樸

字淳風，號精里，稱彌助，本姓劉氏，肥前佐賀人。生而穎異，專精力學，殆廢寢食。二親恐其生疾，禁之，乃夜潛起篝燈誦讀，不使二親知。及長，好王新建學，遊學京師，初從福井小車，後入西依成齋門，復寓大阪，與尾藤二洲、賴春水交密，終舍舊學，純以程朱爲宗。學成而歸，藩侯任用，參預機務，事無鉅細，展盡無所諱。恒耻以文人儒生見稱，每語人曰：「學也者，將修己而治人也，何暇終身矻矻攻文字乎哉！」侯創設學校，命定其規制，兼行教授事。時國用不給，諸吏束手無策。建議剗剃蠹弊，終以有濟。歲儉民饑，乃告侯賑之。士民大悦，侯益敬重之，所言無不聽，賞賜無虚月。寬政三年從如江都，大府命説經昌平學。七年，大府召赴江都。衆知其爲徵庸，淳風謂親老不可遠遊。欲以病辭，老臣皆曰：「大府之命不可峻拒。」明年抵都，擢爲儒官，與林祭酒、柴栗山、尾藤二洲等諸儒振敕學政，既陞教官，增月俸，班綴兩番上。文化七年命往對馬接待韓使，賜黄金時服。以多年督學勤勞，加歲俸米百囊。十年，特命賜禄。爲人軀幹瑰梧，嚴正寡默，人有不善，直面戒之，退無後言。崇尚理學，而深憎山崎門固陋之弊，故其學極博洽，一時無比。詩文所用奇字僻典皆取之腹笥，咄嗟而成，雄偉富贍，一時列侯多貴重之，執贄受教者數十人，或詢以治道。文化十四年卒，年六十八歲。著有《學庸纂釋辨誤》。

樺島公禮世儀曰：精里先生德行之崇、經術之深，四方之所知而景慕。身生西鄙而名震于大朝，一旦拔擢爲天下之宗師，榮亦至矣。加以家多賢子，龍駒鳳雛，世美可仰，是又古今儒中之所希有。

筱崎弼承弼曰：精里先生正大之學發爲文詩，富贍雄偉，龍騰鳳翥，觀者欽誦不能置其品評也，而先生不以自足，每一篇出，輒必與人商量議定。及其晚年，每春輯録前年所著編，投視遠方之知舊及門人曰「有疵瑕乎？指摘無隱。」知舊門人之所疑且質或可取焉，則沛然從之，如决江河。嗚呼！是先生之所以正且大乎！

《錦天山房詩話》：予之生也晚，不及見栗山、二洲二先生，尚幸逮事乎精里先生。先生嚴毅方正，使見者起敬，然愛好人才，誘掖不倦，每游復原樓及諸侯園池，輒折簡見邀，座間鬮韻，揮毫賡和，動至三四而不輟，至夜分而散，以爲常。先生之詩雄健遒爽，無一毫娬媚之態，殆如其爲人。

字子雅，號拙齋，家世備中人，父祖皆業醫。幼而穎悟，十六遊大阪，學醫古林氏，因從播人岡孚齋讀經。孚齋殁，遂師事那波師曾於京師。時物茂卿唱明人古文辭，子雅亦隨師曾赴之，研鑽頗力，名噪京攝。既師曾一日自悟其非，與子雅同棄之，益自磨礪。師曾薦之聖護王府。王，帝弟也，親爲點茶吹笙，禮遇甚篤。而辭歸鄉，環堵蕭然，絶意仕途，聲聞日廣，遠近來學者日益多。阿波、加賀二侯皆遣侍儒聘問敦迎，皆峻拒不起，愬然若無意于斯世者。然遇忠孝信義之事，賞激感嘆，言與涕俱下；一聞敗俗非聖之言，輒憤悶辯駁，不遺餘力。寬政十年疾卒，年六十四歲。所著有《閑窗瑣言》《松山遊記》《芳野紀行》《汗漫日記》，他詩文、和歌三十卷。

柴邦彦甫曰：余奉檄來江户，白河源公方當國，寤寐賢才猶饑渴。余爲歷舉一時耆德，首西山翁，公欣然意向之，即將入言發命。余因陳其高風清節難干以塵務者再三，公亦爲之顧慮敗其高而止。是其崇信愛惜者，視之尋常賓興奉書幣奔顛者，萬萬如何也。

菅晋帥禮卿曰：拙齋先生之詩，較長較佳，大長大佳，不如無根之花易萎。

賴惟柔千祺曰：先生絶句淡淡説出，其當見仁義，扼腕慷慨，有一筆萬鈞之重。

北條讓子讓曰：徐子能云：「詩乃清華之府、衆妙之門，非鄙穢人所得而學。」洗去名利二字，可得其半矣。」其言可愛。先生俯仰無怍之言最得風雅之本旨。

賴惟柔 卷八十四

字千祺，號杏坪，稱萬四郎，安藝人，與二兄千秋、千齡并好學有名。仕本藩爲文學，後歷任三次、惠蘇、奴可、三上等邑宰，在郡殆二十年，務恤民隱，大著聲稱。請致仕，見允，優遊而卒，年□□□。著有《春草堂詩集》八卷。

筱崎弼承弼曰：先生學殖醇深，著書闡明正學。既拔自學官，任郡邑之職蓋二十年矣。芟豪强，恤老弱，寬猛并施，郡民感悦，致嘉禾之祥，我邦儒林所希有矣。而其緒餘發於詩者，奇構百出，使彼劌目鉥心之徒汗流且僵乎其後矣。

菅晉帥禮卿曰：千祺詩既非前輩大聲壯語，又異今時骪骳輕佻。特述其所遭，而意至筆隨，民艱吏情曲丁肯綮，雖傳奇小説所不易言。然入諸詩律而優遊餘綽，語近而不俚，意深而不鑿，洵稱前無古人。嗚呼！亦奇矣！

又曰：誠齋、秋崖善言瑣事，而意在搜陰險；千祺則平平出之，而奇在其中。

賴襄子成曰：杜少陵與蘇端詩云「近來海内爲長句，汝與山東李白好」，可見長古難做。雖盛唐人已稱罕有，況在輓近？方今風氣日澆弱，以詩名家者唯嘔心鏤骨律絶。一作長篇，如綿力彀六石弓，醜態畢露。獨老菅掣鯨之手，老而不衰，我大人又方駕並驅，未知鹿死誰手。然菅閒人，大人百忙裏爲之而綽有餘裕，此非一家私評也。

後藤機世張曰：蓋詩之道與政通矣。先生以兼人之才，能耐煩劇，弛張有法。當其政寬也，發諸詩者亦温婉；當其政猛也，發諸詩者亦勁厲。故觀先生之詩，可以見先生之政矣。其首首精細，即百務之周到也；一字不苟，即一事之縝密也。至於其險韻難題，愈奇愈正，愈健愈順，如利器之快斷盤根錯節，則鉏梗神明莫不底乎？

《錦天山房詩話》：杏坪詩才宏深，遠過二兄，七古最當行，雖痛快不及其姪，口所欲言，筆能到焉，亦近世之雄也。

賴襄卷八十五

字子成，自號山陽外史，稱都太郎，春水長子。幼有逸才，以疾廢。寓居京師，詩文英遒有奇氣，尤長史學。性蹇傲，高自標置，又善書嗜畫，喜聚古人名迹。蓄書儘數部，每乞假諸人而讀，終身不忘。天保壬辰卒，年五十二。著有《日本外史》《通議》《政記》《新策》及《山陽集》，凡數十卷。

筱崎弼承弼曰：子成以曠世之才逞雄偉之詞，體兼古今，調無唐宋。略應酬之常套，而發詠懷之蓄念。合典故於和漢，寓議論於風雅。操縱在手，細大無遺，能使覽者壯氣憤然，扼腕切齒，欲與彼韓蘇諸公相馳逐焉。

柴允升□□曰：天才縱逸，又於韓蘇得力，故五七言古體尤飛動縱横，往往使人鼓舞不已。烏可及哉！

劉燾□□曰：奇想奇語，絢爛奪目。

菅晋帥禮卿曰：詩律巧緻，似費工夫，子成則咄嗟而辨，是爲異他人耳。

池桐孫無絃曰：子成詠史詩律，則半生史學，一時陶鑄出來。殆如讀集句，又似誦李滄溟文，碎錦斑斕，使人眼眩，實千古伎倆。

後藤機世張曰：先生之詩，率然讀之，有若澹泊無味者，有聱牙不可解者，然皆相題行文，隨物賦形，寓天倫於風月，寄人事於比興，讀者一踐其境，歷其事，則知向之聱牙者皆平易而澹泊者皆滋味也。

角田簡大可曰：山陽卜居於三樹坡，仰望叡岳，俯臨鴨河，晨夕對坐，感悼古昔，鬱勃之情發於詠言，一時傳誦。晚患咯血，群醫以爲難起，因作《咯血歌》曰：「吾有一腔血，其色正赤其性熱。不能瀝之明主前，赤光燦向廟堂徹。又不能濺之國家難，留痕大地碧弗滅。鬱積徒成磊塊凝，欲吐不吐熱愈熱。一旦咯出學李賀，難收糝地紅玉屑。或曰先生閲古遭奸雄漏天罰，睢陽之齒數嚼嚙。渠無存傷已自殘，憤懣遂成肺肝裂。或曰先生雖殺人手無尺鐵，發奸摘伏由筆舌。以心誅心人不知，靈臺冥冥瀦陰血。吾聞此語兩未領，童子進曰走意別。先生肉中本無血，腹中有字僅可剟。賺得杜康争載醇，劍菱如劍岳雪雪。大福藏府受不起，溢爲赤漿警饕餮。咄哉此意慎勿説。」又作己像贊曰：「躬偃仰一室，而心關百世之失得。不恤己醢虀，而憂人家國。文章滿腹，不濟乎飢。枉尺直尋，則所不爲。噫！是何物迂拙男兒乎？雖然，烏知無念此迂拙者之時哉？」又曰：

「此膝不屈於諸侯，聊答故君之德。此眼竭之於群籍，不虚先人之囑。此脚侍母輿，一躋芳山，五踔太湖，十上下澳灣，而未曾踵朱頓之門。此口不能餂殘杯冷炙，而此手欲援黔黎之餓寒也。」其友筱崎小竹曰：「所謂笑謔罵詈皆成文章韻語，山陽在焉。」

《錦天山房詩話》：享元之際，服南郭專唱李王體，主高華，率多浮響而乏實際。末流之弊，卑庳猥凡，至明和天明而極矣。六如、茶山務矯其弊而力有未逮，山陽繼其後，才高學博，刻意韓蘇，魄力雄闊，最邃史學，故運用古事，熔鑄剪裁，别開生面。七古排奡縱横，沉鬱頓挫，具有昌黎、眉山之格律。近體亦精鍊雅健，聲調鏗鏘，寓綺麗於雄渾，實不忝近世之哲匠矣。

樫田命真卷八十六

字伯恒，號北岸，加賀人，著有《瓶花庵集》《旗山集》等。其弟太田錦城梓而行世。

龜田興□□曰：伯恒之格乃古澹也。而其直者淡者陗者寂者清者閑者蒼者，不敢以其質而浮其情；麗者綺者沉者壯者正者靡者大者，不敢以其華而剽其辭。古澹者伯恒之格也，而渾厚雋永淵乎在其中。所謂偏者，蓋於此焉亡矣。

太田敦□□曰：我邦曩昔有一霸偏起，唱盛唐格調之學焉。不幸而其説蔓延，遂遍及于海内矣。自是以後，隨波逐浪，雷同不已。天下之作如出一手，摸擬蹈襲，陳腐極矣，而新進後生猶慕殘賸不已。吾北岸先生慨然而憂之，起于加之僻陬，疾呼以麾之。其後一二名家相踵而起，力詆而痛駁之，格調之學遂熸矣。然其始唱之者，則吾北岸先生實爲諸人之嚆矢，後之從正學者相與尸而祝之，社而稷之可也。

鈴木恭

字遠耻，江户人，父雍字文熙，號芙蓉，以善畫著。遠耻少好讀書，受業柴栗山，年十五作《性論》寄示京師皆川淇園。淇園驚異，爲下評語曰：「騏驥之駒，其步驟一日已見千里之能。」及年二十，遊學京師，從淇園而學，於是業大進。享和癸亥六月，患麻疹而殁，年僅二十五。遺集題曰《昨非稿》，友人葛質子文更題曰《小蓮殘香集》。小蓮，其别號也。

葛質子文曰：遠耻幼好讀書，十二三能屬文，十八九屹然知志學之方，常云：「經學文章，通爲一途。分爲二途者，後人之妄見也。聖門四科，亦單立文學一科矣，未聞雙立明經文章二科也。世有不能文章而稱通經學者，吾未之信也。世有不通經學而稱善文章者，吾亦未之信也。」

曾槃□□曰：遠耻詩原本二唐，覃思古詩，而以少陵爲宗。其文温雅疏通，無擬傚蹈襲之僻，無浮囂鈎棘之弊。

《錦天山房詩話》：遠耻嘗著《志學自警》有云：「生平宗唐詩，但近體傚錢劉，貴格調俊爽，不爲板大詞句，意欲懲宋明流弊。古詩專尚少陵，仍仿唐調，事氣象峥嶸，詞句勁拔。上不援漢魏，下不托韋柳。此是吾胸中壁立處。」不幸夭折，雖所作不符所言，亦可見其所志不凡也。

市河世寧卷八十七

字子静，一字嘉祥，號西野，寬齋、半江皆其别號，稱小左衛門。其先甲州武田氏支族，世居上州甘樂郡南牧山中。父好謙，號蘭臺，好筆札，受業細井廣澤。子静少志學，負笈遊學，補昌平學員長。居五年，以病解去。寬政三年，富山侯聞其名，徵爲黌舍教授，在職二十餘年，以老致仕。性温厚和易，不喜忤於物。然内懷氣節，每見小人作慝，指摘無所避。由是失意落魄，亦晏然不動。一友以冤繫獄，奮身往救，人皆危之，决然不顧。又耽山水，屢遊上毛，晚又遊長崎一年。文政三年七月病卒，年七十二，門人私謚曰文安先生。著有《日本詩紀》五十卷、《全唐詩逸》三卷、《陸詩意注》七卷、《陸詩考實》三卷、《宋百花詩》七卷，《金石私誌》《青蚨私誌》各六卷，《半江暇筆》五卷、《瓊浦夢餘録》一卷、詩文集十卷。長子三亥善書，次子祥胤出嗣鏑木氏，善畫，皆名於一時。

林衡公鑑曰：子静於學精敏，最長乎詩，篇什頗富，清麗奇峭，無所不有。其初爲樊川，一變而香山，再變而劍南，終又鎔陶諸家，别出杼軸，亦非一體。後進推以爲領袖，承其指畫，粗能成家者不少。

菅晋帥禮卿曰：木蓑二社詩，輝映一時，然率多虚飾而乏實際，子琴、六如始能振之，而孤唱寡和。及寬齋先生出，其徒相踵而起，諸州翕然風靡。夫詩言志，而言怫其志，得無内愧乎？先生之詩壇功亦偉矣。

池桐孫無絃曰：先生之於詩，春容都雅，毫無驕傲任放之氣。其詩如人，其人如詩，表裏透徹，何啻冰壺。

又曰：先生壬戌歲重赴越中。時患臂痛，乞暇浴南山，有《南山紀遊》一卷。其中《窮婦嘆》七古，悲詞痛語，令讀者動色。未幾詩達其君，詰問官吏，遽周恤之。爾後封内無告之民，及孝子力田皆得聞以賜錢物，實由先生之力也。詩裨風教，蓋乃如此。世之以詩爲弄具者讀之，能無警乎？

《錦天山房詩話》：大窪行天民題其肖像略云：「少日學嘉萬七子詩，不是他人，維河先生；排擊七子，首唱清新，不是他人，維河先生。先生之老，益變益妙，混化諸家，金玉其聲。嗚呼偉哉！先生於詩變化無窮，猶龍難名。」賴襄子成寄詩略云：「西野先生東隅起，藝苑不復説七子。登壇老將世稔聞，天明文政幾四紀。陶娱菴鑄詩佛，左提右挈變詞風，享保餘黨膝盡屈。譬如二十四考中書令，誠燧總自部下出。東北宿寇待勦殄，撥亂反正作又述。」二子之語皆極其推重，其如誘進後進，一變詩風，則或然。然氣運所趨，豈特人力乎哉？今閲其集，力弱而幅窄，時涉纖佻，殊不稱其聲。昔歲嘗見池無絃，曰：「生前互相排擊，及遺集出，則不覺心折者，陰山文熙也。生前極相推尊，及遺集出，則大不滿人意者，寛齋先生也。」然則公論之在人，雖其徒亦不能諱也。

菅晋帥 卷八十八

字禮卿，稱太中，號茶山，備後神邊人。父扶好，稱久助，本高橋氏，嗣菅波氏，頗涉書傳。母佐藤氏，又喜國史，能訓導其子。禮卿少小善病，而喜讀書作詩。年十九遊京師，從那波魯堂受濂洛之學，與京攝名家交。既歸，委家事於其弟，而益讀書教授。其塾面於黄葉山，因曰黄葉夕陽村舍，山陽、南海諸州人來學者甚多。素好詩，詩名尤高。福山阿部侯與林祭酒論詩，祭酒曰：「當今詩人當以菅某爲魁。」侯命吏廉問，悉得其學行兼茂狀，乃賜月俸五口，後命準儒官賜章服，凡增俸至三十口，準大目附數賜金及衣，來往東都者凡再。又遊京師及和濃尾常諸勝。文政十年八月十三日病卒，年八十，門人私謚曰文恭。曾奉藩命脩《福山地志》，他所著有《黄葉夕陽村舍詩》二十二卷、文二卷、《遊藝記》一卷、《室町志》四卷。

賴襄子成曰：自享保正德，諸大家輩出，大抵本嘉萬七子而摸擬唐賢，大而未化。葛蠹庵一變之，六如師二變之，而江湖社諸子更相標榜，海内喁然，非復舊習。然論其剛柔互用，洪纖悉有，而風格高逸，有一唱三嘆之意者，識者獨推先生焉。

釋慈周六如曰：他人吟卷讀之未過兩三號已倦而睡，若禮卿詩，似啖甘蔗只恨其易了，又如石蜜中邊皆甜，每奇瑰横陳，往往使人自視欿然。

《錦天山房詩話》：自六如師唱宋詩，茶山繼起，詩風一變，其詩亦在伯仲之間。賴子成贈詩云：「唯許周公難兄弟，遠神獨覺幾籌贏。」蓋六如專宗劍南，上溯樊川，茶山則間出入韓蘇。故縱橫勝此，而穩秀不及焉。其精鍊蒼老，善道人所難狀，固屬獨步，然如瞽僧叫賣按摩行等類涉乎卑俚者，亦復不尠。如夫芟蕪擷英，可謂一代鉅匠矣。

山村良由 卷九十

字君裕，號蘇門，本姓大江氏。七世祖宗用，關原之役屬東照大君，有功賜食邑於濃州。世住木曾，治邑政，兼司福島關。及木曾入尾封，亦從屬尾，世襲相承。君裕幼好讀書，常憂僻邑乏師友。弱冠如東都，師事大内熊耳，又納交諸名家而歸。會其臣石作貞遊學業就而歸，於是日夜切磋。又通書南宫大湫、江村北海問業。天明元年襲父職，會東北諸州大饑，木曾尤甚，君裕振恤盡力，民賴活者甚多。尾公聞而喜之，賜物賞焉。尾公欲召委國政，而事在異典，乃請大朝，使其子襲職，引君裕爲國相，别賜禄三千石。相尾十餘年，大著聲稱，叙從五位下，任伊勢守，後以疾辭職，尾公優命給養老禄。文政六年正月十六日卒，年八十二，所著有《清音樓忘形集》等。

石作貞

字士幹，稱貞五郎，岐岨人，世仕福島山村氏。少而好學，負笈遊學四方，結交名士，學成歸鄉。其君知其有才幹，擢爲計長。時三村氏負財甚重，士幹竭力計度，用度無匱。素長詞賦，簿領之暇，吟詠不廢。著有《翠山樓集》。

山村良由君裕曰：士幹居常事母盡孝，信於朋友，而爲人剛直公清，犯余顔者數，苟見義則常奮不顧身，蓋自家老莫不肅然敬憚之。然則士幹之詩，非世之輕薄輩舐筆和墨，無皮傅毛者之比矣。

江村綬君錫曰：有吏才者無文才，論儒術者未必講治民之術。士幹能媲美於此，不亦偉乎？况其施爲一根柢于四經，是以國用亨而民不知戚，難乎哉！加之其爲人質直好義，儉樸率物，又傍精通于武伎，然則瑣瑣詩篇在士幹實緒餘耳。然而緒餘亦有如斯，是可論士幹者歟！

東龜年□□曰：石士幹之深於詩，遠韻高致，不汲汲於唐，不區區於明，雖乃宋元之語，有時乎不復棄之。其發纖穠於簡古，寄至味於澹泊，非特使人誦之弗能自止，清新澹蕩，夢不可忘者，實有之。

佐佐木俊信

字逸平，號龍原，又號鹿野山人。本姓國重氏，周防人，其先出自陝中武田氏，源四郎信正者始移藝之國重里，因氏焉。仕長州侯。幼而患痘，手足不良，不得學武伎。乃發憤讀書，入國學，事田鹿門，勵精刻苦，業日益進。鹿門薦爲都講，又轉助講。侯嘉其篤學善誘，給歲俸若干。後攝儒官佐佐木氏家事，冒其氏，擢國學講師，請業者益多。寬政十二年九月十四日疾卒，年五十一，著有《龍原文集》五卷。

繁澤規世□□曰：龍原詩淡而不華，文則簡而不縟。其於書也，手雖不如人，加人一等，其它所學亦非人所及也。

《錦天山房詩話》：龍原發憤奮身，司業泮宫，雖其志氣才力固有過人者，然亦遇其時也。如其詩過於摹擬，拙於用才，不及青郊遠甚矣。

脇長之卷九十一

字子善，豐後人，號愚山，遊學肥後，又從中井竹山學。所著有《蘭室集略》十二卷。

《錦天山房詩話》：蘭室詩蒼潤具有風骨。

松山造卷九十三

字茂肅，越後人。

江村綬君錫曰：松山茂肅，越後絲魚川邑長，家業農賈，非不塵擾，而天資好學，夢寐斯文。其子侄皆能詩詞。近創銷夏樓，博蒐典籍，漸將充棟，可謂風流偉人。

岡部正懋卷九十四

字公修，號四溟陳人，東都旗下士也。少喜任俠，閭里子弟從遊者甚衆。後折節讀書，刻勵白立，尤善詩，著《四溟集》，時年甫二十六。晚年爲僧，名素閑，鉢盂蒲團，蕭然自適。

井純卿□□曰：公修少喜任俠，一旦幡然改之，乃納交當世諸老。其慷慨不能自已，悉發之詩，煥乎雄者麗者悲者壯者！皆可以誦焉。

袁恭君愿曰：公修少而孤，與予年相若，居亦甚近，以故得交焉。後予從家君官于石州五年，及來東都，先往見之，試叩其所學。出詩若干首以示之，洋洋乎非尋常之聲也！且謂予曰：「予年十四五時，好爲放蕩不羈之行，自謂大丈夫磊磊落落當如日月，焉能枉其意而役於人乎？而意氣慷慨，以赴人之艱難爲急。又性好酒，酒後耳熱，氣壯意鋭，走馬鬥鷄，擊筑拊缶，自以爲適，不知其不可也。後稍聞詩書之義，慕長者之風，乃知遊俠之非正義，沉湎之不可耽，悉剔去舊習，惟新是謀。日講其學，矻矻不已。」予聞其言而大其志。公修之不憚改過，比之耽樂之徒終身不知其非者，不可同日而語也明矣。

太田覃子耜曰：公修與關叔成、森君叙及余不佞結交牛門，自號四友，其詩業已具體，每得一篇，莫不示夫三子者，乃相與稱爲我輩語云。

淺野長泰

字東君，通稱内記，錦谷其別號，世襲寄合班。淺野源氏，祖備前守長親充軍騎將。父中務少輔長富，西城侍中。君生席榮膴，然少長恬澹，雅不樂進取，身又善病，遂絶意當世而專精誦讀，文雅自將。爲人和而莊，治家莅下有法，諸胥粱薰習斬如也。天保三年七月卒，年僅四十有八。

野村温君玉曰：錦谷源君，振芳奕葉，蚤播嘉譽；展采清華，夙標妙質。垂紳端笏，亞五等之崇班；列鼎累茵，享萬鍾之美禄。秉性謙沖，褆躬淡泊。文腰頓減，不關蕭統多愁；班鬢將凋，實藉潘安善病。謝浮榮乎紱冕，敦宿好以邱墳。設蠅帷而夏晝忘劬，挑麝燭以冬宵廢寢。其陶情於範水模山，肆力於駢花儷葉。閉門撏撦，蹋壁推敲。昌谷之嘔心，虢州之覆面。滿胸冰雪，表潔章間；半腕煙霞，收奇字裏。調因清音倍遠，辭以淡味逾深。莫不轢宋凌劉，茹韋吐賈。况愛士不倦于推襟，延賓能勤夫擁彗。鶯風暖閣，蛩雨涼窗。邀伐木之清娱，發粲花之雅論。擊缽捶琴，八叉而呈妙伎；斫營摩壘，三捷以逞雄才。可謂追北郭之豪遊，踵西園之雅集矣。

《錦天山房詩話》：東君長身玉立，有朱霞天半之表。居恒小齋棐几，左右籤帙，香茗藹然。每逢美景辰良，輒饌具延佳士友于館，擘籤拈韻，卜夜維歡。時篁園野村博士，蟆園樓壇坫特盛，牛門諸子靡然翕縱。君家于冬青坂，相距伊邇，每一吟就，走長鬚片紙乞正。博士亦爲細心批還，日夕磨刮，逌然色喜。其於不佞，謬辱洋峨久矣，凡有綴述，屢命傳觀，使進其瞽説，必得而止，否則爲慼。蓋樂道崇藝，天彌其性。故其爲詩，凡近古諸體莫弗具，宜抒景託情，往往刻琢警新而居然渾成，終歸大雅。逮乎詠物，工而脱俗，當時同人中卓標一幟，要皆足以傳世也。平生亂藁山積，嘗手自録中年後所作，訂成一編，目曰《錦谷樵唱》，兹就中汰其二三，餘悉登載。

又云：肉食多鄙，自古興嘆。且武弁之於柔翰，擩染徑庭，其勢便爲然。故世之善弓刀而工于競病，視之○按：競病，恐有誤如同晨星也。至於《錦谷集》者，不特不可與其曹偶同日論，乃所謂憔悴專一之士，相共絜其短較其長，蓋可過而莫不及矣。宜乎霽莊先生恒深擊節，而余之采録多多。亦豈門户阿好之見云乎哉！

香川弘

字士毅，號樗山，稱清助，仕爲庖正之屬吏。文化丙寅受學問考試，賜賞銀。初受業川春川、篠竹堂，與大窪詩佛、菊池五山之徒友善。晚遊野篁園、龜望野及余社。天保戊戌五月病卒，年五十六，著有《樗山文集》三卷、詩集十卷藏于家，摘稿一卷梓行於世。

《錦天山房詩話》：翁之生也，當赤羽餘流未竭，故其詩仍沿其波，雖未能脱然出其範圍，然質而不俚，樸而不佻，見其詩而其人可想，尚不失先民之矩矱、言志之正路也。視夫之淫褻放肆有傷大雅者，豈可同日而論哉！余序其摘稿云爾。

荒木田興正 卷九十八

字董卿，號鼎湖，又號南陵，伊勢山田祠官，叙從四位下。荒木田息雅長子，有故爲伯父正富嗣，俗稱釜谷數馬。資性好學，孜孜晨夜。江村綬門人。有二弟，正肅、興雄，同好藝業。

北條讓 卷一百

字子讓，號霞亭，稱讓四郎，志摩人。少而好學，年十八負笈求師，不遠千里。遊江户及京攝，遍與諸名士交。遂卜居嵯峨，吟詠自娱。

菅晋帥禮卿曰：霞亭詩力寫實境而不逐時尚，余之所嗛於衆作者，霞亭或能言之。夫詩之隨時運，古人所謂固不誣也。我自爲我，而不省其體之入時，唐宋諸公爲然。我不能爲我，從人沉浮，安在其爲詩？霞亭蓋有見於斯矣。

伊藤幸猛

字寬叔，號鏡河，豐後岡人。本姓田近氏，九歲出爲伊藤氏養子。稍長，好學刻苦，崇尚物徂徠之學。冬夜讀書於屋後巖窟中，手抄口誦，達旦不輟。又善刀鎗，皆窮其奥祕。有至性，能事義父母，撫弟妹最篤。安永五年，藩侯始建國學，擇有文行者數人爲督學，寬叔亦與焉，時年二十五。後爲公子傅，甚有輔導之益，遷近臣長。内剛外柔，宏獎士類，喜談人之善。治家有法，儉素自守，每親故有急，竭力振救，無所少吝。歷事四君，恪勤罔怠。由大扈從進近習物頭，禄二百二十石。文政十二年卒，年七十八。

清原雄風

初名藏，字伯高，森氏，初號崑岡，後號雄風，豐後岡人。少承父業醫，稱楊伯，好學善詩。游筑前，與龜井道載交，道載以爲畏友。藩主聞其有文，舉爲學業司業，使其弟玄甫承醫業，更稱忠次郎。爲人踈誕不檢，面垢不濯，髮亂不梳，塵埃滿室。客至，僅容膝而已。坐事杜門，數日不勝鬱悶，潛出遊行，塗遇官長，即蔽面而走。居數年，益厭官務，即亡命，變姓名，韜跡山東，不定居止。初寓江都，藩醫堀宗本知其有才，欲以爲義子，雄風惡其爲人，乃剪己髻，以紙縷繫客舍窗格而行。後宗本果獲罪。雄風乃至上總，爲某寺廝養，與奴爲伍。一日，主僧沉思《半面美人詩》未得，雄風即作示之，主僧大驚曰：「明日招詩客，汝亦陪坐。」雄風辭謝。明日炊食未熟乃行，至下總銚子，爲酒家保。有暇即手不釋卷，主人奇之，使子弟受業，由是里人皆敬重焉。每坐，摇顫其膝，人目曰「顫顫先生」。後居香取，與江都橘千蔭結歡，詠歌酬答。寬政季年，徙居江户，作詩詠歌以自娱，後專治和歌。著《憐野集》，聲名漸著。諸侯延招以爲上客，藩主特命釋舊罪，使出入邸門。文化七年卒，年六十四。門人正木千幹集其和歌，號曰《雄風家集》，梓行於世。

《錦天山房詩話》：古昔欽明馭寓，佛法東漸，豐聰、馬子首先信奉之。故暫熸而愈熾矣。自此後，歷朝君相莫不崇奉尊信。方是時，高僧並出，龍象競興，最澄傳台旨，空海述密教，源空演浄土，榮西闡禪宗。下至親鸞、日蓮之徒，各立門户，争標異義以煽誘愚甿。於是寺觀遍海寓，沙門衆於編户。爾時宗風雖盛，文藻罕振。其詩偈傳于今者，不過智藏、辨正等七八人而已。保平以還，王室多故，四海糜沸，至應仁而極矣。當軸宰世者率多介冑武夫，目不識一丁，文字之權專在緇徒。由此，中津、周信、通恕、梵芳之徒，頗以詩著。及東照大君撥亂反正，偃武修文，海内生平，彬焉皆嚮文學，方外之徒，亦皆奮勵，各修其業，著撰日多，不下數十百人，然求其卓然成家者，厪厪不過四五人。才難，不其然乎？今就其專集及選録者略加檃括，以著於編。卷一百一

文之

號南浦，薩摩人，掌本州書記，薩侯與琉球及福建提督往復書牘，皆其所草。著有《南浦文集》。

《錦天山房詩話》：南浦詩俚俗可笑，以其在國初，姑録一二。

寂本

號雲石堂，住高野山，後徙居泉州蓮浦。著有《蓮浦集》。

湛慧曰：本公闍梨，野山之耆宿也。學識兼高，德望重一時。晚寓居泉之蓮浦，眼空榮辱，思返清静，得景物於自然之際，適性逍遥。其詞風浩氣冷然，俾讀者有出淤泥濯清漣之意也。

《錦天山房詩話》：《蓮浦集》三卷率多弘法大師以下密教耆宿贊偈，辭句俚俗，多不成語。今

就中録稍可者一首。

道成

號圓通，熊野人，鹽屋村光明寺開山禪師。初從禪林寺南谷得度，後參黄檗獨湛，入其室，爲一時禪傑。享保丙子寂，年八十四。所著《圓通語録》《角虎録》等，凡不下百卷云。

法霖

本名慧琳，號日溪，紀州關户村人。入鷺森道場祝髮，後赴京師，事桃溪若霖，博究内外典，在龍谷講堂領衆。元文辛酉寂，年四十九。江州日溪正崇寺，本桃溪所住，法霖嗣之，故號焉。其詩有《日溪詠録》，今此收其逸篇。

日政 卷一百二

字元政，自號妙子，又號不可思議，又號泰堂。俗姓菅原，氏石井。母夢一高僧來，曰賴哉，覺後有娠。元和癸亥生於洛陽桃花坊。生二歲，父携見東山送火曰：「兒識此字乎？」歸家書大字。六歲讀書，一習便誦。八歲遊彦根城下，閑於武伎。十三事井伊侯直孝。雅好典籍，樂山水，所至終日吟詠不倦。從母至泉州和氣，拜蓮師像，自發三願：「一，我必出家。二，父母壽考得盡孝。

三，閲天台三大部。」後皆如其言。時泉涌周律師講《法華》，政往聽之。慕師德，告以欲出家。師曰：「子甚少，出家未晚也。」後八年祝髮，從妙顯寺日豐，讀書有所不解，輒不擇僧俗長幼，就而問之，研究不止。故博通内外二典，兼明本邦典故。後剏瑞光寺於草山而居焉。常不脱袈裟，持律誦經，勤修不怠。王公貴人有招之者，皆不應。性至孝，迎父母，舍寺側，晨昏不廢。父母竝年八十七而卒，母卒後旬餘亦病卒，壽四十六，遺命栽竹三竿於墓上，不建塔。遺集三十卷，曰《艸山集》，其他所著十數部竝傳於世。

《錦天山房詩話》：世人多以政師方石丈山，蓋不特其高風清節相類，其詩亦頡伉。一則學晚唐而得其形似，一則摩石公而逼其神肖。自世諦觀之，則政師似遜一籌；自出世諦觀之，則丈山瞠若乎後矣。

日可

字宜翁，號竹庵，俗姓岡田氏，讃州丸龜人，父名吉勝。父出其母，宜翁聞其病也，躬往而候之，携而歸其母舊里。既死，葬畢，慟而歸，事後母而孝。父又逐後母，宜翁益不樂。性素好學，而父不喜之。每密讀書，覃思新建之學。父又逐之，乃來京師，自剗髮投西山義萃。又投興正寺拙堂，聽圓覺般若等説。未幾，慕深草元政，往受學，修行不懈。初其在洛，舊妻來求見，宜翁出見，乃恭言：「辱遠來，然此處不許女人入門，請自此辭也。」便入。妻慚恚而返。宜翁雖絶意世事，常悲失父歡心，時時跪讀《孝經》，獨盡其心矣。父嘗來京師，宜翁使人請謁，父不聽，於是日日躑躅其門而不能去。朝往而暮歸，及父歸，潛往送之至大阪，號泣而歸。寬文元年六月疾卒。臨終，畢會諸友告訣，整法衣，展坐具，向佛三拜，既而謂諸友曰：「我出家以來，梵行不缺，十年樂道。常自謂天地之間無可以代此者。風煙山水是我家鄉，豈離此土，別求寂光？」傍僧曰：「請遺偈。」笑曰：「向者數句即我辭世之語耳。」竟夜閒談，奄然而終，年三十八歲。元政甚悼惜，輯其詩文曰《竹庵遺稿》。

釋元皓 卷一百三

字月枝，號大潮，肥州松浦郡人，俗姓浦鄉氏。幼而穎異，年二十一，得法於龍津化霖和尚，住持蓮池龍津寺，後退居甘露山寺。善詩。與服南郭振藻東西，聲望頡伉。寂年九十一，著有《松浦集》。

釋道費無隱曰：元文庚申得《松浦集》以讀之，則知其才俊逸，其學廣博，其識高明。儒者見之謂儒，道者見之謂道，佛者見之謂佛。蓋一辭難可能讚云。近者有魯寮詩偈者，其爲體裁也，皆禪門伽陀。而見地脱洒，意味深長，含蓄無量妙義。較之於鼓山中峰而上，龍樹馬鳴諸大士，當與駢鑣馳騁，何啻不愧而已哉！

《錦天山房詩話》：大潮詩名大噪，與萬庵對峙東西，雖竝摸擬七子，尚隔一塵。然五言諸聯及五言小品亦有頗近唐詩者。

原資

號萬庵，住持品川□□寺，後退居芙蓉軒。著有《江陵集》四卷。

物茂卿曰：初睹尊者詩，在我東方古今無兩，不佞爲之吐舌矣。及讀其集，迺中華緇流所無。假使金面老子從事風雅，則不知其如何耳。其佗支公、休上人以下，悉瞠乎後矣。修多羅所謂淵才雅思文中王，要當屬諸尊者也。

服元喬子遷曰：初師少有千里駒稱，長以學德淵博爲海内所推服，而其詩最稱釋門無與二焉。乃師之淵博，既已莫不精覈矣，莫不自擬以試矣。今操觚家一有能當於詩者乎？則非獨釋門無與二焉。

池桐孫無絃曰：偶閲書肆，見《古今二鳴編》一本，係安永丙申年刻，合集惟忠、萬庵二僧詩者，忠與義堂絶海同時，萬詩世有《江陵集》，全蹈襲明七子，此編所載絶不相類。如五言云：「細雨抽蘭葉，微風綻杏花」「茶鼎鳴還息，竹窗晴忽陰」「古廟馴狐出，寒枝怪梟啼」。七言云：「村煙籠樹市聲遠，野水拍堤山影寒」「巖罅月明松鼠出，墻陰風度木犀香」「松影步雲知月上，簟紋凝水覺涼生」「雁雲蛩雨秋將老，白髮青燈意未平」「枕上有時排句律，燈前無事檢醫方」「功名强醉猩猩酒，禄位争營燕燕窠」，皆有放翁風味。蓋萬晚年歸依宋詩，自云深慚往見之謬，此與王弇州臨終猶手握蘇子瞻集一般見解，亦幾乎朝聞夕死之意矣。世尚有宿儒皓首迷不復者，不已騃乎？

《錦天山房詩話》：萬庵與服南郭齊名，造詣殊深，才力亦超，不特逼肖七子，最工《選》體。名下無虚，信不誣也！

義寛 卷一百四

字起教，號桃溪，居東叡山，後住持尾張觀音寺。歲旱，郡民請祈雨，謝曰：「貧道力不能動佛天。」民懇求不已，乃作牀於海心，坐其上曰：「明日申時必雨。」至明日未後，雷雨果大作，風怒濤湧。衆恐其漂没，争舟而行，見端坐合掌如死狀，衆皆感泣，各負米來謝。義寛每人受一掬曰：「天應衆誠，貧道何德膺之？」

大龍 卷一百五

號拙庵，筑後人。善詩及書，性豪傲物。

龜井魯道載曰：歲甲午，拙庵北遊本藩，説法瑞雲教寺。余素聞其名，往謁，時年六十，英氣勃勃，視人如蟻。譬諸國狗之瘈，無所不咬。余幾缺望，而亦奇其膽氣。一日邀會于野大夫望海樓，分韻賦詩。樓臨北海，景勝絶美。時五月天晴，陽侯霽威，馮夷負氣，四美殆備。拙庵大悦，作七言絶句二首，而大言傲物如平常，竟座無一美譚稱人意。詩惟絶句得妙。

顯常卷一百六

字大典，近江人，受業於宇士新兄弟。研鑽不怠，於此名聲大振，海内推爲巨匠。片山猷孝秩曰：禪師之文，温雅純粹，其詩和諧清麗，而天機活動以斡旋之，猶丸之轉盤者，乃其道之所致乎？

藤元穡秋卿曰：禪師之於詩也，才贍思精，風神清遠，音響遒亮。汰浮華而不僻，去險詖而不靡。其於文也，淳正雄渾，自左氏、司馬、莊騷，以及韓柳之長，集而成之，菀而出之，豈不比諸濯濯凈植者哉！師實天縱之才，加以精鍊，不惟爲巨擘於當今，使其在古作者之間，安知不相竝頡頏哉？

《錦天山房詩話》：今閲《昨非集》，雖沉著有自得之境，然殊乏高華，竊怪其名浮於實矣。後讀《小雲棲稿》似更長一格，蓋晚年所著也。因知禪師老而益精詣也。文最妥帖，絶無支離之病，當時推爲巨匠亦非虚美矣。

釋慈周卷一百七

字六如，近江人，俗姓苗村氏。父介洞，嘗受學伊藤東涯，以醫爲業。母駒井氏。幼而神彩穎悟，父母奇之，屬之觀國大僧正。延享元年，祝髮天台，時年十一。三年，從大僧正徙武之仙波。

寶曆七年住善光院，明和中，東叡有革律之事，不奉教而削籍者十四人，師亦在其中。未幾，准三后法王再住東叡，律制復初，被斥逐者皆召還，師監天台正覺院。安永三年，召來東叡。九年，法王退老淺草寺授院家，待以賓禮，寵遇優渥。師性清恬，不樂富貴，雖居清班，如在草莽。少好學，廣通二典，以博學洽聞著稱，最好詩賦。初從劉文翼游，後悟其非，乃更體格，專宗劍南，海内詩風爲之一變。著有《六如庵詩鈔》《葛原詩話》。

江村綬君錫曰：釋門之詩，在元和已後，獨海雲禪師《漁家傲》嬌嬌乎絶塵而上，無與之抗者。今而有此詩，可謂頡頏不相下也。但《漁家傲》稍過枯淡，又間失諸尖詭，尊者詩無其弊，而雜以華腴之言，以余見之，則謂之「釋門無二」恐非誇言也。

松村延年子長曰：余竊論上人體裁根柢老杜，輔以香山、渭南、蘇黄、范陽，下自青丘、天池、唐解元、袁石公，至于錢牧齋、程松圓，苟名其家者，無不摘取其長。

東龜年□□曰：飄飄奇思用巧乎，致若風之恬而霞之蔚，倏忽變换不可端倪也。

井純卿□□曰：當世作者，培塿山岳，流潦江海，皆同其辭。千篇雷同，無一可感人心。要之，徒知美其辭而不顧其志，何如？鍛字煉句，終失其所以言之。今也上人特能不踏世習，千變萬化不可窮極，亦惟取之其杼軸，豈不得《三百篇》之遺意乎？

池桐孫無絃曰：六如禪師詩名籠罩一世，人以「鉢盂中陸務觀」稱之。余誦其詩，景仰非一日，或傳師爲人矜情作態，見便可憎，余不欲覿面，恐回慕悦之心也。

又曰：詩用生字者，六如之癖也。其人淹博該通，雖不無鑿據，然亦古人所無。古人以意勝，不以字勝，六如則挾字鬬勝，僅可以悦中人，而不可以牢籠上智也。蓋渠一生讀詩如閱燈市覓奇物，故其所著詩話只算一部古董簿，殊失詩話之體也。

畑維楨橘洲曰：上人之於詩也，鏘鏘乎世者久矣。振古叢林之間，罕見其倫。是以世之人每觀一篇，如得一摩尼焉。上人晚暮自悔綺語之過，擯關枯坐謝交遊，一穗篆煙，蕭閒竟日。其詩不復刻苦費工夫，信口一吟以遣興已。杜少陵云：「老去才雖盡，秋來興甚長。」上人之意其在于斯與？視諸前集，則張錦郭筆都用盡，似黯然亡彩，泊然無味，迺是無上真性，可謂詩菩提者矣。

《錦天山房詩話》：自蘐老唱李王以來，海内靡然以摸擬爲巧，及末流，萎苶殊甚。所謂黄茅白葦彌望皆是也，有識者往往病焉。及尊者一旦起而麾之，和者繼作，詩風由是而一變，可不謂豪傑之士乎？尊者詩，初年猶作時調，中年變格，專出入於香山劍南之際，其七言律有逼肖放翁者，晚年漸流頹唐，故今所選多中年作云。

志岸卷一百九

字圓超，近江人，少學台嶺，後爲廣福親王侍讀，殊蒙寵眷。晚住持勢州西來寺。著有《松溪集》。

源之熙君績曰：圓超上人夙振衣台嶺中，潛跡松溪，爲人智度沖深，行無權實，稱爲台學之領袖。其詩流麗而幽暢。

《錦天山房詩話》：圓超詩學步南郭，徑蹊未化，論其品格，應在下中間。

敬雄

號全龍道人，美濃人，著有《雨新菴集》。

釋元皓月枝曰：洛自五嶽諸師而後，尠不從事詞翰者，而教師超乘上之也。蓋其人教外自該，不欲以教者自囿，游心三藏，寓目四庫。其詩若文，海湧濤騰，其才洵不可測也已。體無所不具，辭無所不麗，黽勉氣格，精詣風調，乃鏗鏘乎中土之音也。

江村綬君錫曰：高華明暢，一以唐明諸名家爲標的，嬌嬌乎亦釋門之俊也。

元明

字悟心，勢州人。少遊東都，學詩於服南郭，與高蘭亭、瀧鶴臺交厚。既西歸，住持勢之法泉寺，去結一雨庵於鴨水東紫雲山下而居焉。後又住持近江鳳翔山，著有《一雨餘稿》。

釋元皓月枝曰：心公資已英特，學復富贍，少以見性爲期，與衆見推，一意祖述，以夢寐明李王，交一臂而失之，是其憾，即以至於廢寢食耶？猶且孜孜弗已也。則數歲而業成，成則與李王旦暮相遇，出其禪餘以名吾道之盛耶？

龍公美君玉曰：師禪誦之暇，善詩文，巧篆刻。厥少壯之日，麻衣草鞋，與終南禪師東遊武都。及南郭服子之門，飽受其教，而猶且與厥門之諸子高蘭亭、龍彌八之徒切劘，所學咸盡厥蘊而還焉。厥臨別也，服子送以詩曰：「一乘應相照，雙珠返海南。春天連上國，華界入名藍。」禪結山中坐，清留江左談。縱甘溷默跡，難晦二龍潭。」於是乎厥名虓虓乎馳騁于叢林之間者三十年于今矣，豈不可謂吾東方之道林、惠遠耶？

宮奇子長曰：正瑞心公，理識宏深，而學義廣博。故發而爲文爲詩者，辭旨自是要妙勝絶也。公緇門之名望，其志自有所立，其於文辭，豈區區爲之者哉？蓋出於其緒餘，所謂用於既足之後，發持滿之末者也。

《錦天山房詩話》：悟心詩雖得法赤羽，薰染未深，故其七絶沖澹，間有似元人小品者，賢圓超、敬雄輩遠矣。

閨秀卷一百十

《錦天山房詩話》：自古淑媛以善國雅著稱者世不乏人，最盛於□□□□之間。伊勢、赤染、紫姬、清女之流，彤管之美照映千古，然而未聞有篇章傳于後世者。孝謙天皇「惠日照千界，慈雲覆萬生」一聯，實俊語也。其他亦唯讚佛偈耳。上下前年，獨有内親王有智子而已。公主，嵯峨天皇第三女，以英妙之年掞綺麗之藻，假令文人騷客竭才殫思，未能有之先，實可謂曠世奇才也。况其薨也，遺令薄葬，且辭護葬使，其賢明不特藻繢之美。其他所傳紀氏、大伴氏、惟氏寥寥數首耳。後數百年，小野阿通有《幽志賦》一篇，又作詞曲數齣，亦屬罕覯。元和以還，文運漸盛，閨閣中亦有弄文墨者。然當時風俗敦樸，多不尚女子以詞章傳播人間，故傳者甚少。至近世則稍知操翰，則競衒聲譽，甚至倩人藉手以相誇矜，亦可以驗世俗之醇醨。慧海尼者，後西院天皇皇女，號默堂，住持曇華院。其《冬日書懷》曰：「寒林蕭索帶風霜，幽竹窗前已夕陽。翫月秋宵猶恨短，尋花春日尚思長。榮枯過眼百年事，憂喜傷心一夢場。静對爐香禪坐久，細煙裊裊繞孤牀。」江村君錫評其詩曰：「理趣超凡，不啻脱紅粉之習，兼遠煙火之氣。」實然。余藏望玉蟾畫山水，默堂題唐句於上，筆力遒勁，殊無軟媚之態，可想其造詣之深。又平松亞相時章之女方子，稱飛鳥井，奉仕文恭大君後宮。或傳其《宮中夜坐》詩曰：「沉沉玉漏到三更，上苑秋風吹面清。銀燭朱簾光月静，不聞絃管聽蟲聲。」亦頗可誦。一係貴主，一係宮嬪，不便登載，故附見。

井上氏

名通，讃州丸龜士人女，幼給事其侯後宮。在東都九年，侯卒歸丸龜，道中以國字紀行，名《歸家日記》。後爲豫三田氏妻。

《錦天山房詩話》：余讀《歸家日記》，辭旨婉至，立意正大，非涉學淺近者之所能辨也。其中載詩十二首，語多胸臆，卒不足采，因録其差可傳者，後附録其少作數首。有《感興》一絶云：「改來身上非終是，争止胸中瘦亦肥。將學春風含暖氣，豈堪秋日作霜威。」不啻無脂粉之習，宛然醇儒口氣，可以見所涵養深也。

多田氏

名順，字季婉，黑川侯臣，佐野源内之妻。自幼讀書，善詩及和歌。及長，通諸子百家，好讀《通鑑》《源語》。出入侯第，教女公子者數家。安永丙申卒，所著有《綽約集》。

太田覃子耜曰：昔皇朝之盛，僅有有智子一律照映千古，其餘女流若清紫者，口多微辭，徒步趨國風，而未嘗陶鑄唐詩也。及東都起，《桃仙》《中山》二稿行於世。今閲《綽約集》，可爲之執箕帚矣。嗚呼！上下千載，有一婦人，彤管有煒，閨閤生色，才難，不其然乎？

岡田挺之□□曰：余讀季婉之詩，句協字穩，無生硬之病，實閨秀中所罕覯也。所謂清淑之氣鍾婦人也。

尼元總

號了然，又號大休，俗姓葛山氏。父長次，隱居京師，以精鑒書畫著。元總幼奉仕東福門院。院崩後，辭仕家居。性貞静，好歌詩。後嫁松田晚翠，生子三人，削髮爲尼，晚創武州落合村泰雲寺而居。正德元年九月十八日寂。

《錦天山房詩話》：了然少有出塵之志，其議姻也，先約曰：「妾如爲君生三子，則願乞身出家。」夫許之。年二十四五既生三子，請如約，夫不能止。於是雲遊四方，遍參黄蘗諸老。時弘福寺鐵牛和尚名噪禪林，遠來問法，鐵牛見其年少美色，不許入門。木庵禪師之弟子白翁和尚在駒籠，乃往參禪，白翁亦見其貌美，不肯納。元總即爇銅灼面，面悉焦爛，作偈曰：「昔遊宮裏燒蘭麝，今入禪林燎面皮。四序流行亦如此，不知誰是箇中移。」白翁大嗟嘆，遂許留在寺。其鋭志求道如此。

尼正慶

名阿雪，俗姓三好氏，浪華長堀商家稱木津屋女也。性任俠，常凌强扶弱，終以女俠聞。時有劇盜，官屢逐捕不能獲。阿雪縛捕送於官，人服其勇。好讀書，兼善書畫，然頗自矜重，不肯輕寫。終身不嫁，晚年削髮爲尼，號正慶，住難波村。享和二年年七十四歲，行步輕捷，尚如少年時，後數年病卒。常謂人曰：「我於物無擇，唯惡酒客與猫而已。」

《錦天山房詩話》：浪華風俗尚任俠，先時有雁金文七等，世稱爲五丈夫。阿雪亦慕其風，恐人見其姿色而易之，乃以墨塗面，而後施粉。短衣長刀，往來市中。好爲人解紛息鬭，以此名噪一時，稱爲奴小滿，今雜劇所演即其人也。余素聞其名，意謂一奇女子，而不知其旁好文墨。偶讀《蜕巖集》，載《贈尼祥圭詩並引》云：「祥圭，大阪人，姓三好氏，貞烈有骨勇。初在家，每過寺觀街巷，高髻長袖，翩翩自喜。雖惡少年不敢侮嬲，遂以女俠聞。既披剃折節，持戒精進不懈云。寶曆乙亥夏，余遊浪華，主倉氏莊。會圭以岡子蘭爲紹介來見，其色温而恭，其氣舒而嚴，其聲容婉婉而雅馴，可謂法爾女僧哉。因嘆異久之，乃賦二絶以贈：『怒髮衝笄氣壓人，肯將艷態媚青春。一朝抛卻護心鏡，頓現空門忍辱身。』『蓮華輪下獻珠遲，蹴盡人間千潑皮。休問南方無垢界，佛身已在變男時。』」按祥圭與正慶音相近，必其人無疑，觀此可見其槪。又聞與柳里恭、木世肅諸名士交好，仍意其詩詞必有傳者，遍索未得。頃日，梅堂淺野君鈔《羈旅漫録》中所載事跡及詩見示，詩雖淺陋，然其人故可傳，因編録。

詩山堂詩話

小畑詩山

《詩山堂詩話》一卷，小畑詩山（一七九四—一八七五）撰。據文會堂《日本詩話叢書》本校。

按：小畑詩山（おばた しざん OBATA SHIZAN），江户時代後期醫師、儒者。陸前志田郡古川（今屬宫城縣大崎市）人，名行簡，字居敬，世稱「良卓」，號詩山、真隱、居敬堂。早年於江户學醫，並修經史詩文，結識龜田鵬齋、朝川善庵、賴山陽、大窪詩佛、廣瀨淡窻等人。於江户鐵砲洲（今屬東京都中央區）行醫並設醫塾，同時教授子弟儒學，善詩。寬政六年生，明治八年七月四日殁，享年八十二歲。

其著作有：《漫遊詩草》三卷、《東海道中詩》一卷、《雪月奇談》三卷、《雪月華詠》三卷、《百人一首詩詠》二卷、《詩山文草》二卷、《詩山詩草》三卷、《詩山堂詩話》一卷、《詩山堂叢書》五卷、《詩山雜詠》一卷、《居敬堂隨筆》六卷、《詩山遺稿》五卷、《傍譯春秋左氏傳》三十卷、《傍譯孫子》一卷、《論語湯雪解》四卷、《孟子湯雪解》四卷、《孝經》一卷、《福惠全書》十八册（校）、《韓客筆盟》一卷、《傷寒論諺解》三卷、《傷寒論精奥》二卷、《種子良法》一卷等。

詩山堂詩話序

有詩而後有詩話，故古所謂詩話者，詩之自話也，非人之話詩也。曰：「詩無口也，焉能自話乎？」曰：古之能詩者，其話精當不易，皆其詩從腹中流出故已，豈詩之自話者非耶？後世詩未窺古人垣墻，而話則倍蓰之，是無詩而口有話。人之與詩相去絶遠，而其話非襲斯鑿。襲者陳因可厭，如腐粟之在倉；鑿者謬妄百出，如盲者之辨色。詩乃屏默，而話獨孤行，甚矣人之話喧，而詩之話閴也！如詩山小畑君則不然。君刀圭餘暇，能攻詩，其集繡梓行世者若干卷，雖則一支半節，亦其詩所現成，是謂「其口即詩之口」亦可也。君西遊所獲名家之詩，一開其口而評騭之，鑿鑿中綮，彙爲一卷，則是非君之話也，乃其詩之自話也。噫！聽話者苟腹無詩而徒聞諸耳而已，安保不以襲爲確、以鑿爲奇耶？余詩未能滿腹，而與洞然枵腹、聞厥話褎如充耳者有間矣，安可無序？

嘉永庚戌之春二月仲浣。齋藤馨撰。

自序

詩話者，詩中之清談也。蓋讀此則足以察作者性情，又足審其實跡矣。近來，窪天民、池五山二翁著詩話數卷，膾炙人口。若余所著則土苴，真足發汗愧。然我日東，惜高名大家隕歿而不顯者，輯漫遊中所得之詩以罪梨棗，於是乎其實跡難知者晰然而明矣，其性情難察者的然而敞矣。是亦千里比肩，慰泉客之功德，自代建五重之寶塔耳。

嘉永庚戌之春，南枝北枝齊開，東風西風頗暖。小畑行簡。單山常書。

九州三家之作，學士嘖嘖稱之天下三絶。其一，肥後藪孤山《赤馬關》云：「長風破浪一帆還，碧海遥回赤馬關。三十六灘行欲盡，天邊初見鎮西山。」其二，筑前龜南冥《鹿兒島》云：「誰家絲竹散空明，孤客倚樓夢後情。蛟月南溟浪不駭，秋高一百二都城。」其三，肥後維章輔《姬島》云：「大海中分玉女峰，峨眉翠黛爲誰容。我將明月遥相贈，影湧瑶臺十二重。」品格高古，雄渾流暢，頗足與唐明諸名家相抗衡矣。蓋三傑數十年前既落泉下，有詩如此，未經刊鏤，故今録以貽後來諸雅友。

備後菅晋師，字禮卿，號茶山，詩名蔚乎震爆海内。余前年西國漫遊，偶訪翁居，譚論今古，傾蓋拊髀焉。翁示詩稿，《蘆川即事》云：「月色朦朧波影明，渡船野彴客分行。砂禽未穩蘆中宿，驚起長篙刺水聲。」余誦而嘆曰：「翁之於諸作，風味有力，實非近日詩家之所及，可謂履轍於東坡、放翁，競美于石湖、誠齋也。」又《今村綽夫過訪，次見贈韻》云：「傔從輕裝行部來，敲門村巷潤流隈。慚吾日廢涉園課，翻被吏人先問梅。」至其俗吏尋問梅花，則暗含蓄乎塵埃涴仙姿之意，而不面折之。此其温藉淡雅，特使聞者自遺憒懣焉。《自君之出矣作》云：「自君之出矣，不復開房户。思君如老荷，花落心空苦。」《户崎》云：「四百皆嶄絶，河邊繫短篷。幸餘沽酒路，鄰島一條通。」《柳津》云：「翠微家斷續，碧渚水清澄。火影林間閃，知佗補網燈。」《送賴千棋遊芳野》云：「遠尋春事入皇畿，妙思名花鬭麗奇。釋岳峰前千嶺雪，奚奴擔上一囊詩。」《送宫太夫之浪華》云：「春風二月向京畿，到處韶光好賦詩。芳野嵐山花世界，願君遍記作歸遺。」何言之巧而不纖，又趣之淡而有味也！臨别，翁揮筆録詩爲贈云：「島分三萬六千區，棋點扶桑東海隅。中有山雲常五色，的知此處是方壺。」其序云：「岩木島醫人來，誕辰壽言，東武小畑詩山之長崎，迂舟路百里，來乞余書蕉詩。余意耄，有索每辭。君遠人也，再會難期，乃力疾强拙，余慰其思有作云：詩依絶妙名能聞，洛誦操觚士作鄰。莫謂關東途邈遠，見翁猶勝近邦人。」相共傾杯約再會而去。其秋復問翁處，則翁從與余分襟後，患嘔血證，今也殆絶食，惟僅啜酒漿以繫性命，其序中之語果成永訣。《絶筆作》云：「月露秋容嫩，風軒暮色敷。少閒離病褥，俄頃隱書梧。幽澗泉聲小，遥村火影孤。從兹經幾日，轉惜此宵徂。」凡人病至危篤，則必全放心不省人事，而翁之賦詩，精神自若，平仄韻頭不一謬者，深足以感人心。翁又所著《黄葉夕陽村舍詩》，前篇既行於世，後篇乃京攝書肆争覓而梓之，共稱金玉之撰也。黄葉夕陽村舍，翁之堂號。

雲州松井有禪僧稱道光，聽松庵其號也。與茶山翁締交數十年，翁稱曰「大潮以來之一名家」。《詠櫻》云：「自是三春第一芳，杏桃粗俗豈争光。若使唐山生此樹，牡丹不敢僭花王。」蓋近來諸家詠櫻花者居多，其獲珠玉者幾少。《詩聖堂詩話》「千重積雪無融暖，一簇輕雲易碎風」，自負曰「不愧古人」。然以余觀之，詩佛之句唯一對入妙，其餘不足見耳。若道光，則頓覺趣味自有神。余亦嘗賦七律一首云：「可許花中第一王，偏嫌春雨愛春晴。桃紅俗態元成弟，李白凡妝豈競兄。起雷籠霞争色朵，欲呼無語送香情。唐山若用扶桑辨，不使牡丹有僭名。」余平日鼻間栩栩曰：「扶桑詠櫻者，於絶句則道光，於律詩則我獲其粹，末句俱用意較同而入妙者，豈非思精之極，鬼神通之耶?」又道光《渡硫黄洋》云:「帆風美滿海天長,東望硫黄正淼茫。一睡飛逢三百里,推篷前島是周防。」《伯州道中》云:「一路春風旅服輕,前峰紅旭上新晴。自櫻花外山如沐,人向黄鶯聲裏行。」《謝玉木氏惠米》云:「荷君送米勸加飡,使我翻忘有待煩。歲暮天寒閭里遠,免擎鐵缽立門門。」《花瓢》云:「顔回作飲器,唐球代詩囊。吾好異二子,懸壁活群芳。」委婉典雅,摹寫妙趣,而深入宋元之堂奧。

山水渺邈,風景奇絶,則騷人眩惑,詩情澀縮,古今皆盡然。余平日欲脱此窠窟者,年既已久,每遇絶勝必心思刻苦,好詩佳句弗得弗措也。凡賦詩者,置心於一層上,而不被景色拘繫則可也,被景色緊縛則不可也。古人云「上太山而小天下」,此其義所存雖有兩端,詩魂之所遊,不如此則不足以爲詩人也已。

賴春水有二弟,仲杏坪爲邑宰,季春風業醫,藝州人謂之三傑,共有儒雅詩賦之妙,兼善書。春水五絶云:「竝蒂花何處,近在鴛鴦傍。欲采采不得,恐驚起鴛鴦。」《淀舟口占》云:「獨聽閣舟裏,話談各異倫。桑麻田舍漢,華柳上都人。」《寄家君及萬》云:「扶老將探勝,芳山久有期。裁書寄風便,檢曆計花時。鳩杖翁應健,奚囊弟只隨。分明前夜夢,堂上拜厖眉。」杏坪《行郡雜詩》云:「邑官講利策無遺,迂拙我曹何所爲?自笑書生餘舊態,半思民苦半思詩。」《鎮臺遠山公有旨,使余縱觀唐山、紅毛兩館。唐船主劉培原歡迎置酒,同船陸品三善書,爲余揮筆染書數十紙,皆袖而歸,寔公之賜也,恭賦一律奉呈執事》云:「千棟長樓四面藩,來遊半日别乾坤。異宜竝執東西禮,待譯始通賓主言。每柱新聯懸草隸，滿盤簇飣列鷄豚。風流不管奸闌事，稇載瓊瑶出館門。」《謝石崎士齊惠詩畫》云：「瓊浦文人鬱作圍，風流温藉似君稀。瘦尖時弄青羊筆，輕暖何求銀鼠衣。詩賊三偷寧效咎，畫家六法已傳微。相思他日須披翫，好句新圖送我歸。」余偶客藝陽訪杏坪，呈一絶云：「知君閑地事無煩，笑對盤肴酒一樽。霜夜貪看滿林月，時聞松子落松門。」春風《夜發廣府赴宮隝》云：「月落城頭參已横，篷間一夢在蓬瀛。須臾假境成真境，紫府丹臺曙色明。」杏坪《村行》云：「城外薰風十里餘，午鷄聲近入田閭。會集鑾童何事業？主翁憑几寫村書。」《和長川氏見寄韻》云：「三山碧海渺相思，萬里一聲傳好詩。蜑雨蠻煙碕港外，高飛仙鶴想風姿。」風味清雅，品調各適，真逼乎宋元諸家下。○按舊本杏坪詩「賊」字作「賦」，今據《春草堂詩草》改。

迴文詩，以坡老七絶數詩爲最，而其他未見趣意。作法悉兼備者，崎陽白龍道人，西勝寺住僧，老齡矍鑠，性耽吟詠，頗得此體矣。《春夜》云：「茶鼎烹閑室，笑談入古今。花前風細細，月裏霧陰陰。鴉宿知林近，鹿鳴思澗深。紗窗對静夜，覺睡且成吟。」冠履韻頭確然備，風境趣味爽然而至。此其難裁，不亦宜哉？今存以廣流傳。余亦嘗賦《雨後》云：「忙中閑處在吟行，雨歇昏天日色晴。長水春川青瀲瀲，楊花簸雪亂輕輕。」一日訪白龍道人，呈七絶一首云：「街中賣講日西斜，旁午多情少在家。堪羡梨園閑隱士，貪看雪樣滿天花。」

龜井道載，號南冥。淹通博雅，詩文太富，學慕明風，磊魄驚人。七言云：「苞樓星下野橋東，數處寒梅煙月中。未審玄洋鳴徹曉，不爲大雪定飆風。」又云：「孤舟蒼海駕鴻蒙，天盡東南一碧空。風正征帆夜不泊，防長山水月明中。」《謝草雄介惠朝鮮木綿》云：「藍島曾迎韓使舟，儒曹法服木綿裘。君今持贈何情況，千載風雲感舊遊。」《題東洞翁像》云：「東洞先生老學醫，經方祖述漢張機。春秋七十窮逾固，弟子三千信且疑。萬病有源惟一毒，私言雖好奈公義。英雄心事猶堪思，目睫依然鸞鳳姿。」《赤城義士墓下作》云：「英雄一死羽毛輶，忠勇憐他殲國讎。幾歲共嘗句踐膽，半宵争酌月支頭。寧言能敵人神愾，恰好兼休廊廟憂。來弔悲風荒艸夕，秋深四十七墳丘。」《赴瓜生野途中有感》云：「世事縱横似亂麻，栖栖無日弄年華。江城晝暗常多雨，山樹春寒未見花。曾慣雲遊凌海上，徒教霞想滿天涯。肩輿偶出封疆外，興廢關情舊識家。」《訪草雄介廬》云：「醉攀垂柳繫驊騮，書館蕭然野水頭。邀我欲傾千斛酒，避人誰假一丘幽。朝披蕙帳雲生席，夕浴蘭湯月滿樓。別有陽春兼絶唱，芳聲應更菟園流。」語氣豪爽，境致渾成，真愜明家之口吻矣。

博多宗福寺主幻庵上人，龜南冥之弟，青年善詩。《太宰府雜詠》云：「池水迴通廟路中，一橋如砥二橋虹。朝來滿掬投芳餌，無數金鱗西又東。」《春曉》云：「林扃夜静伴花眠，夢落江南緑水邊。二十四橋行欲盡，黄鸝唤起曉窗前。」余曾遊筑紫之時，某生偶齎此數詩曰：「師之没也既在數年前，子若傳之不朽，則其功德不亦大哉？」依提出以録。又見某家所藏上人初出家圖，席上走筆題云：「鷄足詩僧行道賒，緇衣背負一囊斜。俗事胸中無蔕芥，雲山到處是吾家。」

龜井昱，字元鳳，號昭陽，明經博史，其著書已等身。余一日訪元鳳，席上呈七絶云：「蜚譽知子筑前珍，藝苑談經絶比倫。別有芝蘭兼玉樹，滿堂薰得去來人。」《昭陽竹贊》云：「竹使人冷，人使竹清。不夜迎月，無風送聲。山陽千古，其人如生。」《題海棠圖》云：「染我春風筆，灑之妙畫傍。果然花葉動，吹起一堂香。」《蘭贊》云：「石無求于蘭，蘭豈求于石？一薰一峻，相視無逆。幽人之心如鏡，物至而適，是以上爲風月之友，下爲山水之客。」《寄鳳嶺山人》云：「峨眉天際一峰懸，下有真人意豁然。是爲形骸同土木，能令丘壑著風煙。」詩雖非本色，風趣自有明人之顰蹙焉。其弟泰壯者，業儒醫，寓太宰府街中，余偶訪訊，上下議論，日以繼燈。泰壯席上賦五絶云：「關東雖邈遠，文字有朋來。此日真奇會，古今銜口陳。」又《讀西行和歌作》云：「莫對愁時月，何爲又泣人？袖襟珠耐掬，自怪淚痕頻。」造詣拔凡，聲調悉備。余亦席上呈一詩云：「數米爲炊簡髮梳，怪君功業不終譽。願將鵬鳥圖南意，奮出名聲上太虚。」

文字華美，則情意或無餘蘊；情意餘蘊，則文字或無華美：是近時通癖。余偶讀宋三家集，其詩各有得失焉。石湖、誠齋，專懋華美，或鮮餘蘊；放翁壹事餘蘊，或鮮華美。能適其權錘而品調更進一層者，獨以東坡翁爲然也。今時詩客徒尊崇東坡及三家如拱璧，而未知有彼此軒輊。故其言多繡錦、字或綴玉，喻之妖娣，巧笑求售，稍無情實。若夫淑女窈窕，假妝美艶，則始可與議已。

瓊浦長川氏，號醉月，學詩吉村迂齋，與余屢有風月之談。《題遠山公詩卷後》云：「仙家詩卷落人間，吟罷胸中不等閒。筆底收來海外勝，蝦夷絶島朝鮮山。」寄示余作云：「問余何處結茅廬？答謂西山三里餘。祇樹林過超一徑，溪橋渡盡有吾居。」境致清幽，殊出新裁。余寄一絶云：「天爵偏嫌人爵煩，卜居數歲在山村。山村卻有秋來富，樹樹錦堆貧士門。」頗漏醉月之幽事。醉月又示詩曰：「此是先師迂齋翁之作也。」迂齋，正隆之號，人能知其名。《瓊江舟行》云：「三十六灣灣接灣，扶桑西盡白雲間。青天萬里非無國，一髮晴分吴越山。」《長相思一曲寄清人黄定甫》云：「水盈盈，思盈盈，人在仙樓遥寄情，唯聞龍笛聲。　秋雲清，秋雲清，對此江天夜月明，爲君睡不成。」又《長相思一曲送志五城歸仙臺》云：「雲漫漫，水漫漫，地闊天長來往難，與君今會言。　乍交歡，乍失歡，自謂蓬萊降謫仙，無心滯世間。」清趣悠遠，品調特隆，蓋填詩之盛昉于迂齋翁。嘗聞菅茶山翁亦欲閱此諸作。「名，實之賓」，信哉！

菅堯輔，茶山翁之義子，號焦鄰。余嘗謁見，論文談詩，頗見其雄才。臨别寄示近作，《春夜讀書》云：「夜短三更課未了，伊吾聲散落花風。過窗月色澹無影，一穗書燈香霧中。」《春水》云：「河豚隨日上漁舠，錦浪春暄兩岸桃。卻恐明朝難下網，漲江雪水晚翻濤。」《春月》云：「春梢月出淡清暉，甚事飄然雪撲衣。影透枝間香霧散，栖禽驚起踏花飛。」《春山》云：「尋春幾伴入峥嶸，曾是蕭條狐兔逕。煙靄籠花花不見，香風隔谷遞歌聲。」嫻雅縝密，詞氣温藉，其居處常習與性成，信哉！

余向遊藝陽，在山田文貞家，而講義詩書。某日與豐偉元、岡嘉輔、阪井楨，俱會横田正虎之曠眙樓。横田氏，世所謂大石良雄之後胤也。各自有隨題隨韻之詩賦，余詩先成云：「一天一握賞多哉，舌吐錦言吟幾回。仙客問余君飲否？髦童笑指未傾杯。」偉元賦一絶云：「一道涼風送夜潮，月明二十四華橋。橋頭如玉誰家客，吹徹仙人紫鳳笙〔一〕。」嘉輔《詠竹》云：「濯濯傲冬雪，青青聳夏天。唯依君子愛，不覓俗人憐。」阪井楨《山寺納涼古詩》云：「指點遠公三笑亭，香爐高處佛燈青。石門壁立一千仞，瀑布飛流注翠屏。登登路盡虎溪上，隔水松門霧半扃。童子出汲井華去，老僧八十誦殘經。幡幢不動篆煙起，白鹿青鵝眠且聽。翻然引我坐禪榻，片石孤雲苔滿庭。翠樹陰陰午雨後，白蓮花搖晚風馨。上頭月出山寂寞，唯有澗泉響泠泠。塵緣本由無心絶，熱惱初聞法語醒。緇衲縫掖寧論異，從來神友外其形。」又《江樓納涼》云：「結宇莫背山，起樓須枕江。江上樓高百餘尺，青山滄海立在窗。夏天偏宜夜，夜深絶紛哤。月出弄金波，潮來没石矼。上有誦詩之高客，下有載妓之歌艭。一片江雲不飛度，鷗鷩鷺卧幾雙雙。樓上舟中坐自得，新翻古調不同腔。五更月落長江靜，隔水鐘聲斷續撞。」興味酣闌，坐客酩酊，共携手而歸，今併録爲奇會之話種。

山口氏，藝陽之學士，昆季共有清才。昆曰恕輔，季曰清輔，恕輔躬撰《宫隝記》，使清輔揮筆，臨別贈之於余，洵案頭雙璧也。清輔亦贈七絶云：「尋窮地理漢張騫，卻勝妄誇司馬遷。知子多年修國史，眼中山水忽成篇。」余和韻云：「無限離情無限天，滿堂明月酒開筵。明日縱分襟手去，雁鴻時也寄詩篇。」清輔《雨日過野渡》云：「漁鄉十里水風腥，列次松扉鄰竹扃。堤柳斜邊立待渡，一

〔一〕笙：失韻。似當作「簫」。

篷暮雨滿江暝。」恕輔見示舊作云：「夫耕婦織長兒孫，投種育蠶亦事煩。詞客不知農務苦，行行謾問有花村。」凡雅人風逸雖似不知農苦，卻覺其不然。且風味清妙稍堪浣塵腸，録以供後日之遺忘。

西國出南冥之塾而早蜚名譽者，江苓洲、原古處、廣元簡，其餘無聞焉。苓洲、古處二士既已下世，獨元簡建旗於豐後，專唱歐陽之説以導弟子，其徒在門者已滿數百人云。苓洲有作七絶云：「誰言日本九夷濱，日出之邦月亦新。三五夜中新月色，餘光纔假大唐人。」古處《寄龜雲來》云：「五更三點著朝衣，古處城高雪掩扉。何似雲來閑隱士？訪花尋柳弄春輝。」元簡七絶云：「百派分流西又東，須知洙泗一源同。寄言縫掖諸君子，莫仿當年洛蜀風。」《初春雨中作》云：「鳥未遷喬花未開，墻頭殘雪尚成堆。誰知東帝回春處，卻自空濛蕭瑟來。」《筑前道上》云：「野店蒲萄架，驛亭枳殼墻。有人來弛擔，言語似吾鄉。」余亦嘗讀元簡所著《遠思樓集》有感，遥寄一絶云：「遠思樓集妙詩章，趣自無鄉入有鄉。知是其人宛如玉，空勞遐想坐書堂。」元簡有弟名謙，字吉甫，號旭莊，又號梅墩。性專嗜詩賦，《廉塾逢添拙堂》七言古詩云：「千里枉路訪吾宅。記得花溪溪上橋，共步月明江碧夕。一自君向火國行，冥鴻杳然無蹤跡。今年我作東遊人，飄然來著神邊驛。何圖君在菅子家，邂逅相遇手加額。此行幾處閲青衿，曾無一箇有風格。若微君來在此中，我與亦應太蕭索。縱經千山萬壑間，瘦木僵草互狼藉。忽然雪消斷橋邊，一枝梅花横絶壁。契闊談長忘夜深，西窗落月殘香白。亂帙堆卷小室中，不解衣帶眠君席。夢返故鄉步花溪，復弄月明與江碧。」

《寄題辻氏豁然樓五律》云：「四方多少景，收入一樓間。暮色鴉邊樹，秋天雁外山。夢隨流水遠，心逐岫雲間。應有瀛州客，時時此往還。」《除夜作》云：「天涯歲月又峥嶸，阪府江都居屢更。雖慣東西蹤跡徙，亦違彼此友朋情。愁如川至斷時少，債似影隨行處生。欲向古人論我意，五更猶對短燈檠。」梅墩又嘗遊荏户之時偶訪余居，余席上呈一絶云：「吟笻度水超山巒，不厭風餐露宿難。聞得西邦千里野，執詩牛耳在盟壇。」梅墩和余韻云：「詩興唯知多逸宕，世途何問有艱難。柴門春映桃花水，漁棹秋過杏樹壇。」此皆宛然唐明之詞響也。

余輩平生每賦詩必極鍛鍊，全詩將就，而其力之屯束纔在一二字間，其思之不得，熟思移時，幸得填嵌，則喜快交集，亦較之古人詩，則疵瑕累出，患其不能進步，欲燒筆硯，束之高閣，卻過一二日，則興味復發，其煉之如故，力亦窮如前，而始得成佳詩也。余年已過知命，而纏縛於兹不知幾回。嘗訪茶山翁，請閲其吟稿，翁不敢可，强而檢之。每詩字句間雌黄塗竄，難一分明，詰問切思，得誦若干首，於是知得力於窮一字，吾人無相異。孟子所謂「先苦其心志」者歟我乎？果不我欺也。

崎陽譯司太田氏，通稱仁輔，號春畊。性嗜詩，最長詠物，客年與余結水魚之交，時時訂鷗盟。其子春山數訪余寓居而質問《左氏傳》，余亦代受以小説家之言。春畊《新月》云：「遥天雲散盡，晴色正黄昏。素女未開鏡，爲誰劃爪痕。」《冬夜廻文》云：「旁牖圖梅竹，輝輝月色寒。訪尋無客過，詩賦坐宵殘。」《子規啼》云：「雨歇風收巫峽分，子規啼處月離雲。方知天際孤舟客，十二峰前停棹聞。」《聖人盤》云：「盤中指斗獨横鋒，彫鑿支干護九重。磁石氣靈銜赤羽，玻瓈影冷動蒼龍。揚帆先按途邪正，築室預占方吉凶。尊爲被稱天聖號，大哉規矩屬中庸。」《公平》云：「雙柱亘銜鈎挂盤，毫銖錢兩兑平看。握來齊叠銀花燦，鎚擊宛聞金石彈。富貴筐方排潤屋，鞦韆繩直上清壇。」《豆腐》云：「磨豆加鹽煉比酥，筐中截出象方珠。寒宵添火雲翻鼎，暑月湔泉雪叠盂。焦製龜文齎市店，油煎金色貯僧厨。羹湯一飽無魚美，没齒衰翁好啜無。」《紙帳》云：「清清皎皎四顧門，曉色常迷晝與昏。滿目無邊雲世界，一塵不染雪乾坤。寒氈驟暖回春氣，倦枕照過明月痕。風致仍思林下卧，羅浮夢返冷冰魂。」《詠象》云：「明王慎德遠人臻，異獸由來非所珍。旋出西洋供禹貢，今過東土戴堯仁。圓蹄剪鐵踢還去，長鼻欺蛇卷又伸。恰命畫圖無育國，翻崇太保典言陳。」造語緻密，風味幽妙，皆可與宋清詩家相翺翔。春畊一日招飲余，出其所藏清人《稼圃菊花圖》乞題詩，余席上染一絶云：「露洗黄葩香自淨，風吹翠葉態還加。竹門柴户孤村晚，隱者精神此是花。」

豐後儒員田村憲，號竹田，以文人畫名于海西。時遊崎陽，與余屢爲贈答，且就譯官劉吉甫折衷《福惠全書》。竹田《所見》云：「鶯去鶻來萬緑匀，松魚早已入時新。彩簱高插竿千尺，打鼓鳴鑼祭水神。」《臼城途中所見》云：「緑漲平田白鷺飛，楊梅子熟赤離離。入村先見愛民意，高築川頭禹稷祠。」《宿黄葉夕陽村舍》云：「育才真可樂，問字客如雲。燭影分窗映，書聲夾水聞。露温吟案膩，花近研池薰。依戀何堪去，回頭望夕曛。」又七言贈余云：「東西隔絶在天涯，偶聚鴻蹤如有期。共語平生希遇事，果然樂趣屬新知。」余亦呈七絶二首云：「漂泊能生妙妙思，江山縮入一囊詩。逢君堪喜還堪恨，剛逼歸帆屈指時。」「筆朁腰刀擬畫人，徜徉二歲在瓊津。知君非啻探奇貨，墨妙奪將山水新。」

水野勝，號媚川，瓊浦譯司，與田村竹田結詩盟。竹田某日示諸作曰：「此是媚川所嘗與清人江芸閣贈答者，請君以此爲鄉國之歸遺，記以示指占之嗜。」江芸閣《奉憶》其一云：「人雖異域性偏親，手足情深憶海濱。寄託花枝青眼看，莫教隨意落紅塵。」媚川和前韻其一云：「從宿花深相共親，劉郎猶憶舊溪濱。爲傳仙子本冰骨，不向人間汙點塵。」芸閣其二云：「天生靈慧若爲儔，文苑應推第一流。書畫詩詞賦入妙，掀翻瓊浦也難求。」媚川其二云：「詠月吟花幾許儔，吴門無客不風流。最憐春水緑波句，除卻江郎也孰求？」芸閣其三云：「明夏乘風續舊歡，仍勞車馬駐江干。新詩遞换相思句，茶熟香温各自看。」媚川其三云：「唤酒徵歌魚鼈歡，换心山下小欄干。青樽再對知何日，一笑樽前話舊看。」芸閣其四云：「辛盤椒酒試題詩，寒鵲争春占一枝。楊柳乍黄梅乍白，一年歡賞動頭時。」媚川其四云：「漫擘紅箋和妙詩，壓軒柹葉緑枝枝。果然歡賞回頭過，不復柳黄梅白時。」結二句用原詩隱括，芸閣改定舊詩云：「一百六日鴛鴦譜，二十四番梅信風。何事乍開還乍落，無端成色復成空。紅樓月冷霜凝面，綃帳衾寒石作胸。清夜捫心鄉自想，真心爲我幾人同。」望媚川先生面諭老杉板，乞可個教他將百鶴用心收管，不可胡亂接客，不可爛宿茶屋爲要。我明夏來崎，自當重重酬勞。此字看過即行焚去，不可暫留也。」媚川長句一首次韻示意云：「尤雲殢雨須臾夢，梅雪桃霞次第風。雲海三千疑隔世，因緣十二怕成空。笑從柳葉開盈面，恨學蕉心卷在胸。緑樹成陰時已近，來遲勿與杜郎同。　諭老杉板之語，逐一面命，事事金諾，幸勿勞念。會晤在邇，話不絮，唯結一句如意可也。」芸閣《寄懷》云：「瓊浦名花依緑水，姑蘇人暫倚樓臺。重洋不隔相思夢，萬屋町前夜夜來。」媚川次韻云：「人世春風吹老後，依舊花開耶馬臺。仙棹重福知幾日，雲鬟晚掠待君來。」芸閣《戲簡袖笑妓》云：「丸山街畔牡丹披，一根花開爲底遲。應是東皇深護惜，妒花風雨欲來時。」媚川次韻云：「春風吹盡百花枝，要聽彈琴來那遲。才調文園真一軸，唯愁有詠白頭時。」芸閣《戲簡袖扇妓》云：「菊花天訂雪花天，孤負鄉鄉織力綿。明歲分瓜涼露下，牽牛織女又相連。」媚川次韻云：「倚欄細數女牛天，不惜寒窗早織棉。寄語王郎兩迎取，桃根桃葉本相連。」芸閣《戲簡百鶴元旦作》云：「吴山瓊浦兩相望，元日同看天一方。唐屋歡呼田屋靜，今朝可否憶蕭郎。」媚川次韻云：「惟悼三春猶跂望，欲醫儂病奈無方。朝來喜迎吴中信，讀得郎書似看郎。」詩之得失，自備人性。法之裁斷，必極唐山。崎陽瀕海，毛人所輳，土俗閒逸，悉存雅風。所謂丹之所藏者赤，漆之所藏者黑，豈其虚語哉？

南部彝伯民受業皆川淇園翁，以經術垂帷周防，其學尤長於考據，嘗著《技癢録》，茶山翁有序，今行於世。詩雖非所得，亦稍有風味。《東山後花》云：「廿年修就東山屐，海上春風經幾秋。〔一〕千手院中梅百株，花花落盡葉如席。」《清末道中作》云：「柴門架樹傍江干，村遠人稀心事安。春

〔一〕秋：失韻。似當作「奕」。

夢漫漫起常晚，紅梅花上日三竿。」某生齎示此諸作曰：「是不知何人詩。」後遇茶山翁問之，伯民之作也。於兹録之，示余一臠之嗜。

九州女史知名者，筑前少琹及采蘋，共有風月之趣。少琹，龜昭陽之女，采蘋，原古處之女也，俱出乎南冥堂之門。少琹有作，七絶云：「雷岳丸丸松柏茂，蔚藍堪與徂徠鬪。閑人獨有少琹愚，詆毁英雄嚙炒豆。」又少小時賦五絶而名聲隆起。詩云：「扶桑第一梅，今夜爲君開。欲問花真僞，五更踏月來。」此其志高邁，其旨卓絶，特似非女子語氣。采蘋《美人調馬》云：「黄金之埒弄新晴，玉手探鞭舞影輕。汗血猶知惜春色，四蹄總避落花行。」《題延齡松》云：「薩藩世子手曾栽，閲盡風霜已幾回。弱植慚吾蒲柳質，夭嬌羨汝棟梁材。蟠根將化老龍躍，翠蓋時迎五馬來。此際莫教俗人飲，青蛇恐影掌中杯。」嫻雅清新，稍有明末之家風矣。

龜南冥曰：唐人盧僎句「傷心江上客，不是故鄉人」之「不」字，有人以「非」字爲訓譯者。宿儒雋士，雷同其説，昏昏懵懵，不曉其非。余以爲「不」即「不」義，全非「非」義，言以江上旅客，認疑是故鄉人乎？若以「非」字解「不」字，則疑見江上客爲故鄉人，即非故鄉人之義。此其議端，多雖近似，至其風趣，則余説幽妙，自覺倍蓰。又杜甫句云「昔歸相識少，蚤已戰場多」，「少」是「多」之反。凡裁詩之法，上句舉示則下句略之，此亦上舉「相識」二字，而其下句「戰場」下略之，言昔日歸鄉國相識者幾稀少，今蚤已於戰場相識者卻得太多也。古來諸家皆謂，今時蚤已處處戰場殊多而干戈塗血，然則昔歸相識至少，今也必知斷而亡。此非啻熟字不反對，意味亦平淺，類似迂拙。得此解，義理判然，初霽俗儒五里霧也。今爲讀詩者録，以便後世。

筑紫名僧千崖者能持戒律，善文人畫，聞于王侯間。王侯以威召畫，則上人每謝絶焉，人皆稱其智識。性亦好詩，《西都府覽古》云：「稻收田鶴濕衣秋，基古千年紫府樓。郊外猶餘觀世寺，暮鐘聲落帝王洲。」《望蒙古山》云：「憶昔太元寇九州，樓船十萬欲加憂。神風那識東南起，蒙古山亭是髑髏。」豪爽可見。余嘗訪上人，上人親披户而延，談及古今。余乞揮畫，上人直染數紙以惠，上人亦乞余書舊稿，上人謬稱曰：「非余輩所及。」復索即賦，乃賦一詩曰：「蜉蝣一日鶴千年，所賦存亡皆是天。平等源委長短説，南華三昧結前緣。」

賴襄，字子成，號山陽，藝州之産。嘗下帷京雒，專業教授，其才拔群。性尤工文章，而詩賦亦篇什頗多焉，余録其尤可愛者。七言云：「春風春雨已開花，春雨春風復散花。昨日知音今日寇，人間萬事恰如花。」此其幼時所賦。當其時也，名聲勃然，特有奇童之稱焉。已長辭禄，去邦如敝屣。其卓犖高邁，精神活動，令人直發感嘆。《詠鷹述懷》云：「秋天高處自雄飛，食有霜禽棲有枝。何必侯門貪一飽，碧縢三尺見人羈。」《崎陽雜詠》云：「肥海松魚漸上街，火雲看作亂峰堆。連朝少女風方熟，等待洋船入港來。」《過關原》云：「村村有酒是誰恩，弛擔籏亭醉午暄。不識血戈汗馬地，竹輿舁睡過關原。」《鴨東即事》云：「鴨堤花落曉煙馨，多少佳人睡未醒。杜宇一聲過水去，大和橋北數峰青。」《題利休居士像》云：「杯碗經評即百城，可憐菹醢先韓彭。卻勝猿郎鬼長餒，松風傳得一家聲。」《贈深壽卿》云：「一榻燈花落復生，談餘茶鼎似蟬鳴。窗前知有芭蕉樹，夜静時聞墜露聲。」文人無詩，詩人無文。今觀此諸作，卻覺其不然。風韻清致，雄才餘蘊，文事有詩備亦快哉！余亦嘗訪山陽，席上呈一詩云：「詩文書畫奇中妙，海内有君君筆端。早去廣陵何等趣，洛陽坐作太山看。」

賴協號春嶂，山陽之嫡子，躬在藝陽，克不墜家學，列儒員。少小耽詩，其七絶云：「芙渠影裏水如錦，雨歇香風自在飛。日暮橋邊迎月出，滿船笑語載花歸。」亦清才也。

吾邦方伎家，以外科爲專門者，多無不知崎陽有楢林榮哲者。又比歲負笈而扣其門者，不知幾許，業成而分散諸邦焉。其於崎陽善風詠，亦莫榮哲若矣。榮哲號崍山，齡過耳順，其雅興迨今不衰。余嘗訪之，年已七十，門人朋友等選吉辰上堂稱誕辰之觴。時有《述懷作》云：「四月薰風緑樹鮮，誕辰開宴此招賢。從遊弟子喧門下，撫育兒孫擁膝前。庭上芝蘭同臭味，屏頭錦繡揭詞篇。往時辛苦嘗堪畫，七十如童眠食全。」其友有業内科者，姓武田，名作八，字孟文，號嵋山。嵋山《賀楢林崍山七十初度，贈桃饅七枚》云：「欲向丹房獻壽杯，村翁乞藥接鞋來。忽思朱雀窗前興，仙菓相攀捧七枚。」又云：「我隱西山已十年，時思舊友夜無眠。老齡報至桃花日，華誕逢來槐葉天。瓊海儒醫君獨健，榮城鯖鱧世相傳。尚追容祖宜頤壽，孝養元存桂子賢。」余亦暮春訪武田孟文居，席上呈一絶云：「濁醪終日傾春盞，比得高陽免解嘲。破卻貧家無一物，籬邊摘菜當魚肴。」崍山《題山水圖》云：「糢糊殘雪擁山明，隔水樓臺老樹横。收鈎野橋人度處，半天孤月雁歸聲。」又在東都賦七律云：「曾聽芳原燈火名，家家奇巧各堪争。當軒作浪登龍勢，環柱生風走馬聲。翡翠簾垂花影動，玻璃障朗月華明。此鄉况有温柔樂，便是人間不夜城。」嵋山《賀進藤新介九十誕辰》云：「遥聞壽考欲神飛，過艾初裁賀耄詩。潤體心田耕道德，扇牀孝養育賢兒。長齡豈劇三椏草，故典曾諳五總龜。恨不撑杯關此讌，重携餳酒及期頤。」俱有清秀之氣。楢林氏多賢子。長榮健，號静山，善纘其業。弟榮叔，號桐園，開業浪津，以和蘭窮理教導醫生，共有雅優之致。静山五絶云：「古木寒山秀，幾家依水濱。此中幽景足，不羨武陵人。」桐園《梅鶴圖》云：「仙禽獨立玉條斜，應是孤山處士家。不啄稻糧爲飽滿，更甘清味喫梅花。」余歸鄉時，崃山以自製蘭藥數品爲贈，又併録爲應接雅交之話種。

肥後疾醫，村井大年，號杶壽，其嫡烜吾，父子俱爲博學穎才，亦善風詠。杶壽《送池蘭陵之筑前》云：「鳥啼花落兩無情，水繞山迴互送迎。玄海東西南驛路，紫州三百二行程。銀鞭白馬留將去，緑酒金杯醉屢傾。此别縱非燕市飲，歌悲筑後筑前聲。」《春盡山莊即事》云：「我是人間度外人，飄然獨往自由身。牀無俗客唯高卧，食有園葵不厭貧。鵑哭鶯歌歸去日，花殘柳暗老來春。鄰村酒美須供醉，重對嵐光樹色新。」《春盡日偶作》云：「昨風纔見百花開，今雨還聞杜宇催。坐似僧氈常兀兀，觀如佛界只恢恢。清遊願足酹過去，熟睡緣堪結未來。貪酒耽詩禪亦會，乃公偏自笑多才。」《山莊初夏》云：「流光不獨愛春花，更愛園林緑葉加。昨夢鶯兼鵑共别，今遊月與水尤佳。青繒繪雪涼生扇，玉鼎焚香篆起紗。賞事無過初夏景，風情故在煮新茶。」《酬竹田見寄》云：「吾寧僻住紫溟陽，求道不弛又不張。開此二千年眼目，傳夫一萬首和方。酒唯任取時時醉，茶是愛分品品香。自笑雖非湖海士，未除豪氣卧高牀。」烜吾《春日山園》云：「艷陽二三月，好聞黄鶯囀，莫使落花深。新花與舊識，絃上有知音。」才雄氣豪，有詩亦如此。世醫動輒語及醫事，賦詩何益？實可愧之至也。今余爲瞽醫，揭出龜鑑以爲話種。

筱崎弼，字承弼，號小竹，又號畏堂。業儒教詩，書生蟻慕。浪津内，人讓臯比，立其下風。嘗批評頼山陽詩文集，而早有芳聲，實一鉅儒也，亦好詩賦。《題嵐山圖》云：「翠滴水逾清，花明山未暮。長橋野寺西，先自幾人度。」《與詩佛山陽舟游》云：「霞彩追舟映細淪，涼風勸酒起青蘋。快哉今夕知何夕，相遇三都三故人。」《題畫》云：「夜深寒氣烈，人語四鄰無。只有梅花在，書窗月不孤。」《胡枝花圖》云：「野花秋亦好，紅紫媚金風。片片追香蝶，沈沈咽露蟲。」《中秋泛舟城東》云：「新渠通郭外，畫舫繫城隅。月出天如畫，潮來水似湖。桂香添酒味，草露任衣濡。更鼓君休數，此晴近歲無。」皆有佳興。余嘗寄呈七絶一首云：「想像吾心曾不忘，伊人宛在水中央。何年相賞佳風月，握手江樓泛一觴。」

三宅邦，號橘園，加賀之産。嘗遊京洛，受業淇園翁，别建見解，開講筵於兩暫街，雋才博識，暗誦經史，義理分明，非今日俗儒之所及。其著書《鷄林情盟》《博遊漫載》《助語審象》，既經刊鏤，世多流傳。性亦好詩，送余遊長崎云：「出日逐輝自奥臻，更追月朏向崎鎮。梳風沐雨三千里，羨汝鞋蹤跨兑震。」當此時，而余崎陽無知己，翁乃與尺一轉以客崎陽，書中云：「詩山性嗜詩文，涉獵經史，請諸士留聽講義。」於是羈寓數年，衣食不匱，又得盤纏資，皆翁之賜也。歸路重訪翁，翁復留余曰：「竹履二儒既已物故，浪華無人，子其揭旗幟，鳴鼓諸生。」余歸鄉思勃然不止，遂約再會而去，留別云：「橘翁誘我浪津涯，教導諸生更下帷。不耐秋風黄葉節，乍振袂去只留詩。」又橘園者，朝鮮學士所贈于翁之號也。余戲呈一詩云：「曾與鷄林鬪筆時，橘園名號贈來奇。慕君猶比江南菓，懶癖全將酸味醫。」橘翁《月下小酌》云：「妻奴賞夜擁余環，也寵麴生勞侍鬟。松影抹筵祛不去，何嫌月姊笑酡顔。」操觚之風儼見本相，然其詞氣温潤，亦可能誦。蓋翁之爲人質直謙讓，實君子儒也。余嘗所師友者，去今將數十年。近有東來者曰「翁既就木」，余愴然自失。嗟！天若假年，其著詩文集諸注解，層見重出，可必期矣，録以存希世之名士。

琴希聲，字廷調，號春樵，近江人。壯歲挂冠，以經術下帷京師，生徒滿門。性本嗜詩，善屬文，繡梓行世，總若干卷，隆名轟三都。《宿松靄山房》云：「一宵幽夢乍醒初，澗水聲中杜宇呼。蓑笠將歸歸不得，滿山煙雨緑糢糊。」《阿漕浦》云：「佛燈一點影淺闌，海風吹腥飛雨寒。想得當年如此夜，孤舟提網上空灘。」《歸省台麓，誦王昌齡「秋在水清山暮蟬」句爲韻，予得「水山」二字》云：「琴牀石古青苔美，想起當年彈緑綺。舊夢不歸人老來，餘音只有前溪水。舊棲無恙占清閒，倦鳥有時空自還。壯大水聲涼滿谷，老蒼秋色日傾山。」風致清妙，老鍊可愛。余嘗寄呈七絶一首云：「歷歲期君離世事，東遊再越函關巒。墨江風月煙波上，共放漁舟垂釣竿。」翁又嘗蒙廣福王命，撰愚著《漫遊詩草》序以贈，文云：「其人性急才敏，言語喧噪，突突逼人，使人應答無暇。余寄一簡以詰其不遜，翁答書云：『余性不諂王公，不畏彊禦，只演述平生實事耳，請子勿尤之。』其爲人真率剛斷，頓堪感服。」又春樵翁有賢弟祝希烈，字廷耀，號星舲，亦讓世寓京，以業儒術。性嗜詩文，上木數卷，流布世上。星舲在近江之時，余偶訪訊，議論古今，頗至佳境。星舲示六言一首云：「楓葉半江水冷，月升一帶煙霏。忽聞柔櫓伊軋，知是漁翁夜歸。」幽閒清暢，有味可愛，可謂京地之聯璧也。余亦寄一絶云：「飢渴荐臻二十年，夢遊台麓碧湖邊。聞君近況詩文妙，一寸方心別有天。」一別以後歷星霜，久絶無音信。星舲頃自製竹圖題七絶，介山田法眼轉以寄贈，詩云：「春雷昨夜駭癡龍，鱗起捎雲淩碧空。老去虚心何所賴，枝枝葉葉有清風。」余亦賦一絶遥鳴謝云：「千里通情贈惠珍，詩篇竹畫染紗新。書堂手酌三杯酒，認畫認詩爲故人。」

貫名苞，字君茂，號海屋，阿波人，寓居京地，專講儒學，屬詩文，兼善書，且以文人畫高名驚人。《春夜》云：「光風綺月度林頭，花影溶庭踏欲流。半夜玉人猶未寐，笛聲遥在水晶樓。」清妙逼真。又《題山水圖》云：「春寒花蕊未飛香，山氣自然經雨芳。繞屋千竿不虚設，幽人早課聆鶯簧。」閑適隱者之趣自然溢乎筆端。余一日訪僦居，呈一絶云：「有神有肉供書法，不可書家無此書。珍重世間稀少筆，休將粗樸墜名譽。」

北小路大學介，號竹窗，洛陽之儒，特心折淇園翁之説，間亦有補翼，能發明莊子，屢吐奇説。又嗜詩文，《買蓑》云：「千疊青山萬頃湖，老來擬逐釣漁夫。今朝購得蒙茸緑，已覺此身登畫圖。」《從星使之東武歸後作》云：「二月出都三月回，櫻花已謝楝花開。可憐京洛好時節，日日與窗數盡來。」《龜嵐觀花》云：「一川波影皴紅霞，選杖暮汀踏白沙。可羨歸來樹間鳥，滿身風露夜棲花。」

《畫山水》云:「霜嚴山忽瘦,水涸岸偏高。來往幾多客,風威冷似刀。」《雪鴛鴦》云:「縞襟素領伴冰霜,一隊可憐鴛與鴦。深愛元聞相思鳥,雙飛忽下白雲鄉。瑶姿掩映蘆花底,篆跡有無琪樹傍。借問合歡機上巧,今朝應讓此殊相。」亦俊才也。余嘗席上呈一絶云:「七旬以上老星霜,仍是容顔如截肪。一一折衷經籍説,高談時解智心囊。」

梁緯,字公圖,號星巖,美濃人。遊歷諸國,今也僦居洛下。專鳴詩鼓於壇坫,頓奏凱聲於筆陣,其所著詩已有甲乙丙丁若干集。前年寓江都玉池之時,題余東海道中詩云:「鈴聲火影宵征處,店月橋霜早發時。何似向陽窗下卧,讀君東海道中詩。」品調頗高,趣味特幽,可不謂詩中傑哉? 余亦寄一絶云:「美髯烏首老詩仙,落魄曾知命在天。五柳陰陰玉池宅,志懷高尚比前賢。」

京師摩島弘,號松南,詩名頗高,又有篤學之風。《棋》云:「山堂晚迎客,一局對寒釭。忽覺子聲重,溪頭宿夜雲。」《山行》云:「秋山奇絶處,隔在水西方。探勝情未去,溪橋度夕陽。」《冬日偶題》云:「滿窗愛日透幽齋,些暖催人下小階。苦學十年成底事,手携稚子拾松釵。」《白鶴歌壽某誕辰》云:「東山天已曙,日氣若成雲。〔一〕中有雙白鶴,皓羽刷霜葩。一鶴離松頂,一鶴息碧崖。飛者入青雲,息者啄松花。各從意所之,豈有升沈耶? 有飛必有息,自然無所加。優游安此裏,可

〔一〕雲:失韻。疑「霞」之訛。

以養精華。我歌雙鶴詩，爲君祈福遐。」聲調趣味，悉入清妙。名之有實，實之無虚，信哉！

平安儒家，松本氏，號愚山，淇園翁之門也。《四條納涼》云：「蘭麝香翻水晶棚，人淩歌吹海中行。河傾月落誰知曉，兩岸紅燈數點明。」《七月十六日東山寓目》云：「悲哉何處占秋光，家送靈魂逐晚涼。薪火滿山大文字，也教青女試紅妝。」句句真摹出京華之妙，使讀者神魂飛揚。

中島規，字景寬，號棕隱，亦京地之詩人。其吟稿既上木，而趣意品調，心折宋風。五絶云：「落日霜梢影，只成三兩叉。危橋駕空處，行客躡飛霞。」《鴨東竹枝》云：「樓燈無影水聲饒，一片殘蟾照柳梢。小女十三能慣客，不辭風露送過橋。」《雪夜宿漁家》云：「蘆花被冷睡難成，阻雪枕頭多旅情。罾步一灣纔隔壁，歸篙半夜碎冰聲。」《嵐峽舟中作》云：「入溪沿嶺極瀠洄，花斷松蘿闔且開。轉艇歸時更奇絶，香雲挾翠復舒來。」《雪鴛鴦》云：「黄雲一朵是良媒，非夢非真匹鳥來。六出空花妝六翮，奇寒粹氣結奇胎。虚心守素孤鷗愧，雙瑞占豐獨鶴猜。物忌鮮明元腐説，好誇高卧弄毰毸。」詞氣平淡，纖尖巧况使人爽然。余偶訪棕隱軒，呈七絶一首云：「吟朋來叩玉樓中，開户眼明正面東。三十六峰含積翠，讀詩高卧枕屏風。」

京師學醫，宇津木益夫，號昆臺，噸親炙老莊，已有注解，又以俚辭譯《傷寒論》，鋟梓行世，名施海内。於是，諸邦醫生負笈而入門者殆盈數千云。某生偶齎《傷寒論諺解》曰：「此是昆臺翁曾所著者。」余取閲之，其説諄諄益於治術，爲醫者不可不讀焉。余未接芝眉，遥寄呈七絶一首云：「編就傷寒説發明，轟名今日洛陽城。蔡倫紙染陳玄墨，無腳無翎萬里行。」昆臺亦次韻答謝云：

「才敏曾聞君聰明，錦唇繡舌壓江城。愧吾跛鼈駑駘質，何及漫遊自在行。」後又寄贈愚著《百人一首》詩，則昆臺亦贈其所刻林和靖《省心録》一本，互通交誼。余即席走筆，題《省心録》卷首，卻以寄贈，詩云：「庶士離塵了一生，隱身幽境愛梅情。奇文警世省心録，語氣薰人特絶清。」

新唐宋聯珠詩格

東條琴臺　東條士階

《新唐宋聯珠詩格》二册二十卷，亦稱《續唐宋聯珠詩格》（附言及卷下首行）、《新聯珠詩格》（封面）、《續詩格》（版心），東條琴臺（一七九三—一八七八）、東條士階（一八二九—一八九七）撰。書前有大窪詩佛天寶甲午（一八三四）序，序後有東條升（士階）辛卯（一八三一）附言。據大阪青木嵩山堂嘉永五年（一八五二）刊本校。底本缺下册開始部分，自卷十五始有。

按：東條琴臺（とうじょう きんだい TOJO KINDAI），江户時代末期至明治時代初期儒者。江户（今屬東京都）人，名信耕、更耕，字子藏，世稱「文左衛門」，號琴臺、呑海翁。係江户醫師東條默齋（名庸貞）之三男，生於芝宇田川町（今屬東京都港區）。自幼即隨其父學讀四書五經。後師事山本北山諸儒，從學於「折衷學派」泰斗大田錦城、龜田鵬齋時間最久，尤其敬慕龜田鵬齋。二十三歲成爲巖村藩儒平尾信從之養子，然後因學派不同而解除養父子之關係。弘化四年（一八四七）出任高田藩（今屬新潟縣上越市）儒臣。嘉永三年（一八五〇）雖因著《伊豆七島圖考》觸及幕府忌諱，後獲原諒，爲士庶教育作出貢獻。慶應二年（一八六六），高田藩設立藩校「修道館」，任教官。寬政七年六月七日生，明治十一年九月二十七日殁，享年八十四歲。

其著作有：《先哲叢談後編》八卷、《先哲叢談續編》十二卷、同序目年表一卷、《儒林小史》十卷、《逸人小史》十卷、《近世書畫小傳》五卷、《近世書畫一覽集成》八卷、《近世臨池諸家傳》四卷、《近世名家著述目録後編》八卷、《古今人物誌補》八卷、《續諸家人物誌》三卷、《重訂日本人物誌》、《皇朝學原補注》一卷、《皇朝藝文誌》十四卷、《皇朝經籍通考》六卷、《經籍通誌》二十卷、《諸藩藏版書目筆記》四卷、《津逮書目》二十卷、《談藝折衷》六卷、《藝圃談苑》、《藝圃後集》、《文苑雜談》、《裳陰比事集解》三卷、《獻徵先賢録》、《説教問答》二卷、《宋名臣言行録集解》十四卷、《廣唐宋聯珠詩格》二十四卷、《幼學詩話》一卷、《幼學詩韻三編》一卷、《新編幼學詩韻》四卷、《新增幼學詩韻》一卷、《詩韻囊括》二十卷、《新定詩語粹金》二卷、《唐鑑音注集解》二十四卷、《宋千家絶句》四卷、《清千家絶句選》十卷、《金千家絶句選》四卷、《宋稗類鈔》十六卷、《聯珠詩格拾遺》二卷、《女三字經》一卷、《佩文齋兩韻便覽》六卷、《伊豆七島圖考》一帖、《四書注考》、《易説問答》、《白鹿洞掲示》一册、《尺牘新裁》一卷、《華前詩集》十一册、《閑散餘筆》十卷等。

東條信升（とうじょう しんしょう TOJO SHINSHO），江户時代末期至明治時代後期人，東條琴臺之子，字士階，稱鉷二郎。文政十二年生，明治三十年十月十七日歿，享年六十九歲。其餘不詳。

其著作有：《續唐宋聯珠詩格》二卷（東條信升編集、大野賴行校字）等。

新唐宋聯珠詩格序

一介不取，義也；一介不予，亦義也。義之當否，權衡於中，不賴於外矣。直不疑之還郎金，徐節孝之償金葉，達士通人所難處也。律之名教，顔路之請車，婉辭不與；微生之乞醯，不得爲直。豈不已過乎？數子之過，皆過于厚。過于厚則猶不失爲長者，過于薄將無所不爲矣。詩學一途，庶幾于此。東條信升講經之暇，旁通詩學，研窮精覈，商榷歷代，能知諸家之短長。其論近體，一詩不予義也，一詩不取亦義也。參之風雅《三百》，考之漢魏六朝，所見殊博，所識最厚。頃者因宋于默齋、蔡蒙齋二子之體例，編輯斯書爲二十卷，題曰《續唐宋聯珠詩格》，尚別有廣、餘二集，各二十卷。其所採摭宏贍繁富，遠勝于蔡矣。余曩者入江湖詩社，與松浦篤所、柏如亭等首唱清新流麗之真詩，矯揉模擬飣餖之僞習，海内之詩爲之一變。於是乎于、蔡《詩格》盛行于世，而世人或病其採摭不多矣。且亦李王遺毒傳染已舊，不易療癒，故雖有作者，未嘗有及斯舉者。信升博綜之餘，著眼于此，補葺原撰之所遺漏，豈不偉乎？信升以宏覽洽聞被稱，自不欲以辭藻著顯于世矣。雖然，其有詩學業已如此，余序而傳焉。

天寶甲午孟春，詩佛老人大窪行撰。

附言

一、詩不可滯于格法字例，而亦不可廢于格法字例。李虛杜實，觸物感興，情見乎詩，豈有格法之可言乎？又有字例之可論乎？雖然，無法之中而法存焉。自唐以降，才子文人盡力於此，名於其家，則是兩者所以不可不講也。按《唐書・藝文志》王昌齡、元兢、白居易、王起、鄭谷皆有《詩格》，然今不傳。又若姚合《詩例》、僧皎然《詩式》、司空圖《詩品》，不一而足。皆能論聲律韻調，併及格例焉。豈無格法之可言乎？又無字例之可論乎？及至宋元，講者不絶。元大德中，宋遺民番易蔡氏，原於建安于氏之稿本，標揭七絶之詩可入於格者，自唐迄宋三百三十條，題曰《唐宋聯珠詩格》。其書以起聯平側、後聯對句等謂之格法，固宜如此。但舉虛字概爲之格，殆不可解。雖然，格法字例本非二致，蓋非有格而後有例，亦非有例而後有格。則兩者錯綜，不可謂無所見矣。余每讀唐宋諸家詩，隨見鈔謄格法、字例，得一千二百餘條，皆蔡氏之所遺者也。而字例居多，兩者固不止於此。以供自讀。頃取其要爲三百九十條，題曰《續唐宋聯珠詩格》。吾徒之士與蔡氏之書并讀，則不必爲無裨益矣。

一、一句中有格必三，三字連屬、四字連屬不在此例。以二字連屬言之，第一二字一格，三四字一格，五六字一格，六七字一格，起承轉合通爲十二格。今一切列之，則不堪繁。雖然，無數、惆悵、斷腸等格，欲以示其一斑，故姑存之。而所不載於此，別有《續唐宋聯珠詩格》及《拾遺》各二十卷，〔一〕他日當陸續而刊之。

一、蔡氏之撰採摭不博，詩有再三出者。所揭之格，各句之中，僅一格耳。且其所記詩人姓名，或以官以字以別號，前後混淆。宋人還在唐人之上，皆無定例。今不效之。詩多者七八首，少者二三首，皆以時代前後記之。編輯之意，原欲格法字例，不闕一而盡隱栝於此，故雖首之唐宋，不必限之。唐宋所無，則不得不以金元而補之。然是百中之三四，實出於不得已。所以不問大家名家與方外閨秀，以詩傳其人，不以人傳其詩也。

一、詩錯一字，意味索然，遂使作者意不可知，而况於數字乎？余讀周弼《三體唐詩》、高棅《唐詩品彙》，暗記數詩，至今漫然不覺其佳者多矣。杜常《華清宮》詩「行盡江南數十程，曉風殘月入華清」，楊慎《丹鉛總録》作「東別家山十六程，曉來和月到華清」；熊孺登《祇役遇風》詩「比來天地一閒人」，伍涵芬《讀書樂趣》作「比來天地少閒人」；賈島《渡桑乾》詩「客舍并州既十霜」，令狐楚《御覽詩》作「客舍并州數十霜」，又結句「是」作「似」；元稹《聞白樂天左降江州司馬》詩「垂死病中驚坐起」，洪邁《萬首絶句》作「垂死病中驚起坐」。四詩收入兩家選，殊不覺其佳。今讀其不錯者，精神初見，風旨動人。唐宋之詩此類極多，斯編採摭一從其佳者，不苟一字，故與近世諸鈔本間有

〔一〕續：似當作「廣」。按東條琴臺有《廣唐宋聯珠詩格》及《聯珠詩格拾遺》。

異者，皆爲此故也。

一、唐人之詩，不差一字以爲宋人之作者，往往有之。賈至《春思》草色青青云載黄庭堅《山谷集》，陸龜蒙《春夕酒醒》幾年無事云載李之儀《姑溪集》。蓋黄李生前手録古人之詩者也，編時不察，誤收集中。後人選詩者再誤，以此爲彼，至今不可知者極多矣。斯編多採總集，則或襲其誤，亦不可知。慧眼之人能檢勘之，是正余之所不及。

一、有同格同字，隨其所用，意義異者。試舉其一二。曰「便有無窮求福人」「黄蝶無窮戀故枝」，皆無窮極之謂也。而「洞庭一夜無窮雁，不待天明盡北飛」「背人照影無窮樹，隔屋吹香併是梅」，此無窮猶言無數也。「驚起沙灘水鴨兒」「驚起暮天沙上雁」，皆驚飛起之謂也。而「必若有蘇天下意，如何驚起武侯龍」「半夜五侯池館夢，美人驚起爲花愁」，此驚起猶言驚覺也。「一川新漲慰秋光」「一川煙水自灣環」，皆如字無別意也。而「倚杖卻尋山下路，一川風雨濕征輈」「萬里秋風菰未老，一川明月稻花香」，此一川猶言一村也。是等之類，不可拘泥。初學之士勿以辭害意。

一、諸家選本，好尚爲偏，各取合於己之格調者，以爲善盡於此。古今詩人爲之銜冤者，不知幾多。余懲其如此，於古今無所偏好。唐宋金元明清諸家，凡可以悦心志者，不問格調意趣之同異，而無不取於其所長。故若此編，高華、雄渾、飄逸、悲壯、含蓄、精緻、新清、流麗、孤峭、幽獨、尖巧、奇僻，兼收并取，所以備衆美也。夫吾人陶瀉性情，隨各所好耳。而要其所期，至思無邪而止，安能使天下之心如一人之心乎？老杜，詩聖也，言詩者莫不尸祝，而歐陽六一獨不喜杜詩。人各有所見也。譬之飲食，淡鹽甘酸，均是適口。設以我不嗜而笑人之所嗜，則不甚駭乎？宋雪嵓曰：「詩如五味，所嗜不同。」知言哉。讀詩者當作如此意。

一、古人見一善而忘百非，善善之心長，而惡惡之心短〔一〕。今人見一非而棄百善，惡惡之心長，而善善之心短。亦可以見其不好善。唐宋之人褒同伐異之弊少，李杜韓白蘇黄楊陸之輩，以其異趣，不厭唱和，故美其所長而棄其所短。明清之人伐異褒同之弊多，李王袁鍾錢吴王袁之徒，較争得失，視若仇讐，故攻其所短而廢其所長。大抵主風格聲調者，不悦巧緻琢磨；主巧緻琢磨者，不悦風格聲調。互相譏詬，不知各有其美也。要之狹隘之見，以己之所好能褒貶於人，其異者高才必擯棄，同者下里必賞譽，是之弊習，大家名家亦所以不免也。其猜忌媢嫉，雖固出於沉湎名利之深，然亦其資性使之然也。今世之人，此弊尤甚。不持詩藻，是余所仰屋而慨嘆也。夫百人之修好，不足以銷一人之妒；百言之告悔，不足以購一言之失。雖高明之君子，不得不警而省之，况於余輩乎？今若斯編，瑣瑣册子，固不足以示大方之諸賢，又安知不有狹隘之人而好作莠言，憸妒余輩乎哉？故併及之云。

一、所採用書，積以歲月，既及數十種。今載之卷首，示其所據。其餘别集、詩話、隨筆、雜記之類，雖或取之，不悉記之。集採蓋以總集爲主也。

辛卯之歲陽月，東條升識。

〔一〕之心：底本錯作「心之」，按上文「善善之心」，下文「惡惡之心」，據改。

續唐宋聯珠詩格採用書目

篋中集 唐元結
河嶽英靈集 殷璠
國秀集 芮挺章
御覽詩 令狐楚
中興間氣集 唐仲武
又玄集 韋莊
搜玉集 無名氏
才調集 蜀韋縠
唐百家詩選 宋王安石
萬首絶句 洪邁
三體唐詩 周弼
唐詩品彙 明高棅
唐詩類苑 張之象

唐詩名花集 楊肇祉
唐三高僧集 毛晋
百家唐詩 無名氏
御定全唐詩 清聖祖。以上唐
江湖小集 宋陳起
江湖後集 同上
谷音 元杜本
濂洛風雅 明劉子言
二家宮詞 毛晋
宋詩删 清顧貞觀
宋詩鈔 吴之振
宋百家詩存 曹庭棟
宋十五家詩選 陳訏

宋詩記事 厲鶚
宋詩略 汪景龍
宋詩百一鈔 張景星。以上宋
中州集 金元好問
河洛諸老詩集 房祺
御定全金詩 清聖祖
金詩選 顧奎光。以上金
元詩選 清顧嗣立
元詩選 顧奎光
元詩百一鈔 張景星。以上元
聲畫集 宋孫紹遠
江湖風月集 元僧宗憩
名媛詩歸 明鍾惺

石倉歷代詩選曹學佺

三家宮詞毛晋

御定題畫詩聖祖

御定佩文齋詩選聖祖

御撰唐宋詩醇清高宗

唐宋八家詩鈔姚培謙

宋金元詩永吴綺

新編濂洛風雅張伯行

凡四十七種

新唐宋聯珠詩格目次

上册

卷一

卷二

卷三

後聯用方位字格　同上又格　同上又格
同上又格
後聯用色品字格　同上又格　同上又格
同上又格
後聯用數目字格
後聯用國號字格

卷四

用等閒字格　同上又格　同上又格　同上
又格
用指點字格　同上又格　同上又格　同上
又格　同上又格
用指點字又格
用點檢字格　同上又格　同上又格

卷五

用牢落字格　同上又格　同上又格　同上
又格

用零落字格　同上又格　同上又格　同上
又格　同上又格　同上又格　同上又格
同上又格　同上又格
用寥落字格　同上又格　同上又格　同上
又格

卷六

用笑殺字格　同上又格　同上又格
用羞殺字格
用羨殺字格
用看殺字格
用惱殺字格
用愁殺字格　同上又格　同上又格　同上
又格　同上又格
用印破字格
用枉破字格
用舞破字格

用商略字格
用商量字格
用思量字格　同上又格　同上又格
用憑仗字格　同上又格
用辛苦字格　同上又格
用怪底字格　同上又格

卷十六

用魂斷字格　同上又格
用斷魂字格
用斷腸字格　同上又格　同上又格　同上
又格　同上又格　同上又格　同上又格
同上又格　同上又格
用腸斷字格　同上又格　同上又格　同上
又格　同上又格　同上又格　同上又格
同上又格

卷十七

用多謝字格　同上又格　同上又格
用多情字格　同上又格　同上又格　同上
又格　同上又格
用多少字格　同上又格　同上又格　同上
又格　同上又格
用憔悴字格　同上又格　同上又格　同上
又格　同上又格　同上又格　同上又格
同上又格　同上又格　同上又格

卷十八

用懊惱字格　同上又格　同上又格　同上
又格
用拆開無有字格　同上又格　同上又格
用拆開有無字格　同上又格
用拆開水不流字格
用拆開水流字格　同上又格　同上又格
用拆開雨聲字格

新唐宋聯珠詩格　上册

卷一

四句俱用地名字格

刪　永王東巡歌　李白

帝寵賢王入楚關，掃清江漢始應還。初從雲夢開朱邸，更取金陵作小山。

遇　送朱越　王昌齡

遠別舟中蔣山暮，君行舉頭燕城路。薊門秋月隱黄雲，期向金陵醉江樹。

寒　封大夫破播仙凱歌　　岑參

官軍西出過樓蘭，營幕傍臨月窟寒。蒲海曉霜凝馬尾，葱山夜雪撲旌竿。

蕭　寓懷　　高駢

關山萬里恨難銷，鐵馬金鞭出塞遥。爲問昔時青海畔，幾人歸到鳳林橋。

四句俱用同字格

東　江花落　　元稹

日暮嘉陵江水東，梨花萬片逐江風。江花何處最腸斷，半落江流半在空。

庚　梅月吟　　姚宋佐

梅花得月太清生，月到梅花越樣明。梅月蕭疏兩奇絶，有人踏月繞花行。

刪　遊鍾山　王安石

終日看山不厭山，買山終待老山間。山花落盡山長在，山水空流山自閑。

灰　次韻安止春詞　郭祥正

青春又送一年來，不道春霜兩鬢催。春淺春深春自老，且將懷抱向春開。

四句俱用數目字格

支　浄觀堂效韋蘇州　蘇軾

弱羽巢林在一枝，幽人蝸舍兩相宜。樂天長短三千首，却愛韋郎五字詩。

尤　四休居士詩　黄庭堅

一病能惱安樂性，四病長作一生愁。借問四休何所好，不教一點上眉頭。

庚　寧川驛舍　華岳

峰回路轉六七里，林静鳥啼三四聲。遊女不知千里恨，一茶留我話平生。

起聯用雙字格

文　山店　盧綸

登登山路何時盡，决决溪流到處聞。風動葉聲山犬吠，幾家松火隔秋雲。

寒　伍相廟　僧常雅

蒼蒼古廟映林巒，羃羃煙霞覆石壇。精魄不知何處在，威風猶入浙江寒。

麻　漢荆王墓　王琮[一]

落落廟陰摩瘞鶴，陰陰宰木宿神鴉。可憐寶劍淩雲氣，散作金燈滿地花。

[一] 琮：底本訛作「宗」，據《宋百家詩存》卷十五改。

微　歷崎道中　方豐之

漠漠春陰接海低，濛濛晚雨傍山飛。半畝古埭無人過，時有村童護鴨歸。

支　二月己亥曉出城祀高禖　彭汝礪

嫋嫋溪邊楊柳絲，紛紛墻外小桃枝。流鶯恰似無機械，春滿人間亦未知。

起聯用雙字又格

真　精舍遇雨　僧清江

空門寂寂淡吾身，溪雨微微洗客塵。卧向白雲情未盡，任他黄鳥醉芳春。

齊　春日閒居　何基

輕陰薄薄籠朝曦，小雨斑斑濕燕泥。春草階前隨意緑，曉鶯花裏盡情啼。

陽　湖上寓居雜咏　　姜夔

荷葉披披一浦涼，青蘆奕奕夜吟商。平生最識江湖味，聽得秋聲憶故鄉。

麻　玉津園　　劉敞

垂楊冉冉籠清籞〔一〕，細草茸茸覆路沙。長閉園門人不入，禁渠流出雨殘花〔二〕。

元　故人李世南畫秋山平遠圖　　李之儀

晚煙拂拂聚無痕，瘦骨稜稜見徹根。細路縈紆飢馬疾，舉頭新月是前村。

起聯用雙字又格

〔一〕冉冉：底本訛作「再再」，據《公是集》卷二十九改。

〔二〕殘：底本訛作「濺」，據《公是集》卷二十九改。

東　寓言又作嘉陵夜有懷　吴融又作白居易

不明不暗朧朧月，非暖非寒慢慢風。獨卧空牀好天氣，平明閒事到心中。

庚　江城夜泊　陸龜蒙

漏移寒箭丁丁急，月挂虚弓靄靄明。此夜離魂堪射斷，更煩江笛兩三聲

陽　得閑亭　許棐

柳風雖小絲絲裊，花雨無多點點香。惟有吟毫閒未得，染紅濡緑一春忙。

麻　永春路　徐璣

路行僻處山山好，春到晴時物物佳。秀色連雲原上麥，清香夾道刺桐花。

肴　自嘲　陸游

清心不醉猩猩酒，省事那營燕燕巢。惟有著書殊未厭，暮年鐵硯亦成凹。

微 夢中作 許顗〔一〕

春草閒花日日盡〔二〕，秋鴻社燕年年歸。青天露下麥苗濕，古道月寒人迹稀。

起聯用雙字又格

覃 錢塘雜興 施肩吾

酒姥溪頭桑嫋嫋，錢塘郭外柳毵毵。路逢鄰婦遥相問，小少如今學養蠶。

青 憶錫山 皮日休

暗竇養泉容决决，明園護桂放亭亭。歷山居處當天半，夏裏松風盡足聽。

〔一〕顗：底本訛作「凱」，據《彦周詩話》改。

〔二〕春草閒花日日盡：他本多作「閒花亂草春春有」。

灰 吴興舟中 仝

笠澤高風寒凛凛，苕溪凝雪白皚皚。扁舟我獨乘歸興，自是不因安道來。

侵 長信宫 高蟾

天上夢魂何杳杳，宫中消息太沉沉。君恩不似黄金井，一處團圓萬丈深。

尤 絶句 劉弇

直取浩歌論纂纂，肯容三爵徑油油[一]。送花明月憐人殺，帖體紅波凝不流。

陽 漢武帝 葉紹翁

殿號長秋花寂寂，臺名思子草茫茫。尚無人世團圞樂，枉認蓬萊作帝鄉。

〔一〕三：底本訛作「王」，據《龍雲集》卷九改。

起聯重用雙字格〔一〕

微 聞雁　　吴融

渺渺高翔雲羃羃〔二〕，瀟瀟低渡雨微微〔三〕。莫從思婦堂邊過，未得征人塞外衣。

質 送人　　方仲謀〔四〕

遞遞秦城風淅淅〔五〕，迢迢薊州雲羃羃〔六〕。君今得旨歸故鄉，反鎖衡門勿輕出。

〔一〕重：目録作「疊」，下三又格同。
〔二〕渺渺：他本均作「紫閣」。按此詩本爲律詩後二聯，疑詩格編者截爲絶句，又故意改首二字爲雙字，以就成其「起聯重用雙字格」。下注同。
〔三〕瀟瀟：他本均作「灞川」。
〔四〕仲謀：《全宋詩》七十册作「妙静」。
〔五〕遞遞：他本均作「萬里」。以標題「起聯重用雙字格」，姑從底本。下注同。
〔六〕迢迢：他本均作「一望」。

起聯重用雙字又格

青　灘聲　白居易

碧玉班班沙歷歷，清流決決響泠泠。自從造得灘聲後，玉管朱絃可要聽。

侵　秋聲　余林塘

黄葉颼颼風瑟瑟，悲蟬咽咽雨淋淋。不知窗外梧桐上，攪碎愁人幾寸心。

起聯重用雙字又格

先　題苕溪漁隱圖　胡仔

溪邊短短長長柳，波上來來去去船。鷗鳥近人渾不畏，一雙飛下鏡中天。

麻　絶句　王銶

津頭短短長長柳，陌上朱朱白白花。一段風煙三百里，杜鵑愁絶客思家。

起聯重用雙字叉格

麻　春日隄上　項安世

高高下下十五里，白白紅紅千樹花。總在疎籬斷垣裏，背隄臨水小人家。

東　即事　俞桂

薄薄輕輕寒露雨，微微颯颯蚤秋風。小舟辦了松江去，占取三高作釣翁。

庚　詠桂花　高文虎

溶溶漠漠秋光澹，耿耿寥寥夜色清。不是靈根涵爽氣，如何醖得此香成。

起聯用國號字格

微　題攲器圖　劉禹錫

秦國功成思稅駕，晉臣名遂嘆危機。無因上蔡牽黄犬，願作丹徒一布衣。

尤　桃花曲　顧況

魏帝宫人舞鳳樓〔一〕，隋家天子泛龍舟。君王夜醉春眠晏，不覺桃花逐水流。

灰　題授陽鎮路　崔塗

越鳥巢邊溪路斷，秦人耕處洞門開。小桃花發春風起，千里江山一夢回。

東　寄恨　韓偓

秦釵枉斷長條玉，蜀紙空留小字紅。死恨物情無會處，蓮花不肯嫁春風。

覃　送鄭錫　司空圖

漢陽雲樹情無極，蜀國風煙思不堪。莫怪别君偏有淚，十年曾事晋征南。

〔一〕宫：底本訛作「官」，據《華陽集》卷中改。

陽　和道矩紅梨花　司馬光〔一〕

蜀江新錦濯朝陽，楚國纖腰傳薄妝。何事白花零落早，同時不敢鬭芬芳。

起聯用國號字又格

東　贈無表禪師　薛能

笠戴圓陰楚地椶，磬敲清響蜀山銅。秋來説偈寅朝殿，爽爽楊枝滿手風。

陽　偶題　杜牧

甘羅昔作秦丞相，子政曾爲漢輦郎。千歲更逢王侍讀，當時還道有文章。

之　雜興　張藴

杜荀鶴去唐風晚，張季鷹歸晉日危。斯人已矣何嗟及，千古論心酒一巵。

〔一〕馬：底本訛作「空」，據《傳家集》卷七改。

起聯用地名字格

庚　夔州歌　杜甫

白帝夔州各異城，蜀江楚峽混殊名。英雄割據非天意，霸王并吞在物情。

冬　餘干别張侍御　權德輿

蕪城陌上春風别，于越亭邊歲暮逢。驅車又愴南北路，反照寒江千萬峰。

庚　獻秦益公　曾惇

黄泥坂下雪猶深，赤壁磯頭江欲平。驛吏西來聞好語，番人已出蔡州城。

新唐宋聯珠詩格卷二

起聯用無有字格

東　春草　　開靖

無名野草依人緑，有種山花稱意紅。春到人間無棄物，人心安得似東風。

微　無山　　許月卿

無山平野雲天闊，有月高樓煙水微。渴睡車中鶯一囀，愁吟路上蝶雙飛。

起聯用無有字又格

元　參軍廳新池　　薛能

簾外無塵勝物外，墻根有竹似山根。流泉不至客來久，坐見新池落舊痕。

歌　書旅邸壁　　王紘

雁外無書爲客久，蛩邊有夢到家多。畫堂玉佩縈雲響，不及桃源欸乃歌。

東　對雪　　僧子蘭

密密無聲墜碧空，霏霏有韻舞微風。幽人吟望搜辭處，飄入窗來落硯中。

起聯用無有字又格

麻　旅懷　　雍陶

舊里已悲無産業，故山猶戀有煙霞。自從爲客歸時少，旅館僧房卻是家。

蒸　憶漢月　　李紳

花開花落無時節，春去春來有底憑。燕子不藏雷不蟄，燭煙昏霧暗騰騰。

真　瓜洲夜泊　　高蟾

偶爲芳草無情客，況是青山有事身。一夕瓜洲渡頭宿，天風吹盡廣陵塵。

起聯用無有字又格

庚　曲江早春　　白居易

曲江柳條漸無力，杏園伯勞初有聲。可憐春淺遊人少，好傍池邊下馬行。

庚　夜坐憶劉玉淵　　葛長庚

多多瀉酒愁無況，久久吟詩淡有情。花作雪飛深一寸，月隨雲上恰三更。

魚　翠微山居　　僧仲遜

一池荷葉衣無盡，數樹松花食有餘。卻被世人知去處，更移茅屋作深居。

起聯用有無字格

麻　堂公有女爲尼在汝州　韓愈

中郎有女能傳業，伯道無兒可保家。偶到匡山曾住處，幾行衰淚落煙霞。

微　入城　楊萬里

杜鵑有底怨春啼，燕子無端貼水飛。不種自紅仍自白，野酴醾壓野薔薇。

庚　越泉寺看泉　劉季孫

龜溪有路蓮花引，鷲嶺無時雲霧生。聊放一身留舴艋，不逢人處聽泉聲。

微　夜讀范至能《攬轡録》〔一〕，言中原父老見使者多揮淚，感其言作絶句　陸游

公卿有黨排宗澤，帷幄無人用岳飛。遺老不應知此恨〔二〕，亦逢漢節解沾衣。

〔一〕轡：底本訛作「輿」，據《劍南詩稾》卷二十五改。
〔二〕知：底本訛作「如」，據《劍南詩稾》卷二十五改。

庚 遊大滌 趙善仍

黄簾有影金燈暗，碧殿無人玉磬清。我亦三生羽衣客〔一〕，夢魂久已到瑶京。

起聯用似如字格

江 奉和武功學士舍人寄贈文懿大師 徐鉉

文似春光鋪曉陌，思如泉涌注長江。詩情道性知無夢，頻見殘燈照曙窗〔二〕。

庚 玉糝羹 蘇軾

香似龍涎仍釅白，味如牛乳更全清。莫將南海金虀膾，輕比東坡玉糝羹。

〔一〕生：底本訛作「世」，據《劍南詩稾》卷二十五改。

〔二〕曙：底本訛作「書」，據《騎省集》卷二十一改。

尤　贈石敏若　黄庭堅

才似謫仙惟欠酒，情如宋玉更逢秋。相看領會一談勝，注目長江天際流。

删　送劉簹嵥　馮取洽

來似孤雲出岫間，去如高月耿難攀。若爲化作修修竹，長伴先生簹嵥山。

起聯用似如字又格

齋　登觀音堂　白居易

百千家似圍棋局，十二街如種菜畦。遥認微微入朝火，一條星宿五門西。

寒　畫木蓮圖寄元郎中　仝

花房膩似紅蓮朵，艷色鮮如紫牡丹。惟有詩人應解愛，丹青寫出與君看。

庚　馬上口號呈建始李令　黄庭堅

驛亭新似眼波明，箐路開如掌樣平。誰與長官歌美政，風摇松竹是歡聲〔一〕。

起聯用似如字又格

微　入蒲關寄故人　岑參

秦山數點似青黛，渭水一條如白練。京師故人不可見，寄將兩眼看飛燕〔二〕。

陽　大湖沿檄西原道即事　程俱

道旁甕盎似汝陽，石間黿鼉如吕梁。不知身世在何許，舉頭四山鬱蒼蒼。

〔一〕摇：底本訛作「動」，據《山谷集》卷十改。
〔二〕兩眼看飛燕：底本訛作「兩銀紙看燕飛」，據《全唐詩》卷一百九十九改。

尤　讀史　　陸游

南言蓴菜似羊酪，北説荔枝如石榴。自古論人多類此，簡編千載判悠悠。

起聯用似如字又格

先　別青州妓段東美　　薛宜僚

阿母桃花方似錦，王孫草色正如煙。不須更向滄溟望，惆悵歡情恰一年。

尤　送舉老歸廬山　　范成大

二千里住回似夢，四十年今昔如浮。去矣莫久留桑下，歸歟來共煨芋頭。

月　漁舍　　葛長庚

江上蓼花紅似血，江頭沙磧明如雪。前山後山寂無人，一犬夜吠松梢月。

起聯用如似字格

庚 山枇杷花　白居易

葉如裙色碧綃淺，花似芙蓉紅粉輕。若使此花能解語，推囚御史定違程。

先 方鏡　賈島

背如刀截機頭錦，面似升量澗底泉。銅雀臺南秋日得，照來照去已三年。

庚 符亭　薛能

山如巫峽煙雲好，路似嘉祥水木清。大抵游人總應愛，就中難説是詩情。

庚 泊姚江　王安石

山如碧浪翻江去，水似青天照眼明。喚取仙人來住此，莫教辛苦上層城。

東 病酒呈晋州李八丈　司馬光

身如五嶺炎蒸裏，心似三江高浪中。誰道醉鄉風土好，舟車常願不相通。

起聯用如似字又格

庚 望平驛作　張籍

茫茫孤草平如地〔一〕，渺渺長堤曲似城。日暮未知投宿處，逢人更問向前程。

尤 寄遠　李九齡

滿城春色花如雪，極目煙光月似鈎。總是動人鄉色處，更堪容易上高樓。

〔一〕地：底本訛作「草」，據《張司業集》卷七改。

真　小雨　　陸游

川雲疊疊密如鱗，山雨霏霏細似塵。未必便爲畊隴喜，天公分付與詩人〔一〕。

起聯用方字格

庚　奉和榮陽公離筵作　　元稹

南郡生徒辭絳帳，東山妓樂擁紅旌。鈞天排比簫韶待，猶顧人間有别情。

東　奉和大梁相公送人　　裴夷直

北津楊柳迎煙緑，南岸闌干映水紅。君到越中秋已盡，始應回首憶羊公。

尤　黄鶯　　梅堯臣

西舍少年今出遊，東家女兒未識羞。門前烏臼葉已暗，日暮問誰墻上頭。

〔一〕詩：底本訛作「諸」，據《劍南詩稾》卷七十六改。

蒸　以雪水烹茶招彦章　　周孚

南都舊事君須記，東潁新詩我未能。來伴支筇眺斜日，晚山相對玉崚嶒。

陽　題黄相山　　閻孝忠

東帶連山接五羊，西分郴水下三湘。路人到此休南去，嶺外千峰盡瘴鄉。

起聯用方字又格

庚　送張侍郎　　韓愈

司徒東鎮馳書謁，丞相西來走馬迎。兩府元臣今轉密，一方逋寇不難平。

真　臨水坐　　白居易

昔爲東掖垣中客，今作西方社裏人。手把楊枝臨水坐，閒思往事似前身。

庚　壽山　　楊繪

壽山北望侵隋碧，涓水南流接漢清。宋玉陽臺猶暮雨，子虛夢澤已春耕。

麻　絶句　　韓駒

憶將南庫官供酒，共賞西垣敕賜花。白髮思春醒復醉，豈知流落到天涯。

起聯用方字又格

先　送僧歸南嶽　　僧清塞

草履初登南客船，銅瓶猶貯北山泉。衡陽舊寺秋歸後，門鎖寒潭幾樹蟬。

支　南浦　　朱松

鱗生雨後東西港，雪落竹間南北枝。將母方勤弟行後，春風應滿錦囊詩。

先　奉使過汴京作　　龐謙孺

蒼龍觀闕東風外，黃道星辰北斗邊。月照九衢平似水〔一〕，胡兒吹笛内門前。

起聯用色字格

删　偶題　　李郢

白玉先生多在市，青牛道士不居山。但能共得丹田語，正是忙時身亦閒。

先　望湖樓醉書　　蘇軾

黑雲翻墨未遮山，白雨跳珠亂入船。卷地風來忽吹散，望湖樓下水如天。

真　叙事獻同州侍御　　趙嘏

青雲席中羅襪塵，白首江上吟詩人。登樓不及三千士，虚度膺門二十春。

〔一〕似：底本訛作「於」，據《詩人玉屑》卷二改。

灰　翫花　　徐凝

朱霞焰焰山枝動，緑野聲聲杜宇來。誰爲蜀王身作鳥，自啼還自有花開。

删　贈五羊太守　　邱濬

碧睛蠻婢頭蒙布，黑面胡兒耳帶環。幾處樓臺皆枕水，四周城郭半圍山。

侵　次維得禽字韻　　曾鞏

黄蜀葵開收宿雨，紫桑椹熟轉新禽。看花看水非無事，猶勝紛紛别用心。

先　呈李公擇　　秦觀

青箋擘處銀釭斷，紅袂分時玉筯懸。雲脚漸收風色緊，半規斜日射歸船。

寒　重九再到萬杉寺張已隔世書詩牌之後　　王阮

碧紗籠底墨才乾，白玉樓中骨已寒。淚盡當年聯騎客，菊花時節獨來看。

起聯用色字又格

支　鄜城晚飲贈副使馬侍郎及馮宿李宗閔二員外　韓愈

城上赤雲呈勝氣，眉間黄色見歸期。幕中無事惟須飲，即是連鑣向闕時。

麻　破陳　汪遵

獵獵朱旗映彩霞，紛紛白刃入陳家。看看打破東平苑，猶舞庭前玉樹花。

文　上黄堆峰　李益

身期紫閣山中月，心醉黄堆峰上雲。年鬢已從書劍老，戎衣更逐霍將軍。

魚　贈朱道靈　杜牧

劉根丹篆三千字，郭璞青囊兩卷書。牛渚磯南謝山北，白雲深處有巖居。

齊 春日北山 高翥

人緣白石渡清溪，手剥青苔認舊題。春色滿山歸不去，折桐花裏畫眉啼。

起聯用色字又格

真 九日宴 張謂

秋葉風吹黄颯颯，晴雲日照白鱗鱗。歸來得問茱萸女，今日登高醉幾人。

寒 悲秋 盧隱

秋空雁度青天遠，踈樹蟬嘶白露寒〔一〕。階下敗蘭猶有氣，手中團扇漸無端。

〔一〕露：底本訛作「雲」，據《萬首唐人絶句》卷三十六改。

覃　寄清溪道者　僧齊己

萬重千疊紅霞嶂〔一〕，夜燭朝香白石龕。常寄溪窗凭危檻，看經影落古龍潭。

陽　春懷呈趙達夫　劉弇

魂先絮怯青樓女，命爲花輕白帢郎。春色不應疎病客，正緣生計紙千張。

〔一〕重：底本訛作「里」，據《白蓮集》卷九改。

新唐宋聯珠詩格卷三

後聯用雙字格

麻 秋日 崔鶠

秋草門前已没靴，更無人過野人家。離離疎竹時聞雨，淡淡輕煙不隔花。

麻 和楊公濟梅花十絶句 蘇軾

春入西湖到處花，裙腰芳草抱山斜。盈盈解佩臨煙浦，脈脈當壚傍酒家。

東 春静 吕大臨

花氣自來深户里，鳥聲長在遠林中。班班葉影垂新蔭，曳曳絲光入素空。

真　春晚即事　陸游

桑麻夾道蔽行人，桃李隨風旋作塵。熤熤紅燈迎婦擔，鼕鼕畫鼓祭蠶神。

後聯用雙字又格

虞　寒食汜上作　王維

廣武城邊逢暮春，汶陽歸客涙沾巾〔一〕。落花寂寂啼山鳥，楊柳青青渡水人。

虞　永王東巡歌　李白

王出三山接五湖，樓船跨海次陪都。戰艦森森羅虎士，征帆一一引龍駒。

删　客中作　杜儼

書劍催人不暫閒，洛陽羇旅復秦關。容顔歲歲愁邊改，鄉國時時夢裏還。

〔一〕沾：底本訛作「濕」，據《王右丞集箋注》卷十四改。

先　資山　　范祖禹

資山岩谷多神仙，鸞車鳳馬隨飛煙。神女蕭蕭來暮雨，浮邱往往下雲軿。

後聯用雙字又格

齊　尋花　　杜甫

黄四娘家花滿溪，千朵萬朵壓枝低。留連戲蝶時時舞，自在嬌鶯恰恰啼。

微　夏日登車蓋亭　　蔡確

來結茅廬向翠微，自持杯酒對清暉。水趨夢澤悠悠過，雲抱西山冉冉飛。

先　讀書　　盧祖皋

細字燈前老不便，小齋新冷夜無眠。數聲墻竹蕭蕭雨，一縷銅爐淡淡煙。

庚 柏 彭汝礪

落盡桃花梅子英，一枝霜雪自光榮。猛憐夜月紛紛影，頻聽秋風細細聲。

删 題倅廳吏隱堂 趙衆

滿耳江聲滿目山，此身疑不在人寰。民含古意村村静，吏束刑書日日閒。

元 水心即事 葉適

聽唱三更囉裏論，白榜單槳水心村。潮回再入家家浦〔一〕，月上還當處處門。

真 輦下春懷呈趙達夫〔二〕 劉弇

岸柳禁持人學舞，墻花勾引客窺鄰。速將事當悠悠夢，勝買歡歸衮衮身。

〔一〕浦：底本訛作「酒」，據《水心集》卷八改。

〔二〕達：底本訛作「建」，據《龍雲集》卷九改。

後聯用雙字又格

蕭 夔州歌　　杜甫

東屯稻畦一百頃，北有澗水通青苗。晴浴狎鷗分處處，雨隨神女下朝朝。

侵 絶句　　孫發

林亭長夏愛重陰，來引茶甌一散襟。忽去忽來蜂个个，自啼自往鳥深深。

魚 春寒　　陳造

清明寒色經旬是，笑問風雨更幾餘。小杏惜香春恰恰，新楊弄影午踈踈。

先 霜月次擇之韻　　朱熹

蓮華峰頂雪晴天，虛閣霜清絶縷煙。明發定知花簌簌，如今且看竹娟娟。

後聯用似如字格

箇　冬夜即事　　呂温

百憂攢心起復卧，夜長耿耿不可過〔一〕。風吹雪片似花落，月照冰文如鏡破〔二〕。

東有感　　牟巘

大雅僅存賴此翁，醉鄉日日慚無功。衣冠舊社似雲散，蓑笠江湖如水空。

後聯用似如字又格

江　連得公濟出山道中見示二篇鄙意枯涸奉和不暇且乞罷唱　　僧契嵩

詩篇流落野人窗，又得虞卿璧一雙。怪似蛟龍出古水，清如日月浸秋江。

〔一〕過：底本訛作「過」，據《呂衡州集》卷二改。
〔二〕月：底本訛作「日」，據《呂衡州集》卷二改。

尤 寄題劉詔寺丞濫泉亭 趙抃

泉名從古冠齊邱，獨占溪心湧不休。深似蜀都分海眼，勢如吴界起潮頭。

支 晴 潘筠

西風一夜與晴期，紅日當天曉陸離。雲似敗棋無著處，山如宿酒頓醒時。

後聯用似如字又格

文 寄子高秦州從事 胡宿

雪裏詩筒至自秦，仲宣佳句樂從軍。北闕舊遊孤似月，西州迴望遠如雲〔一〕。

〔一〕按《文恭集》卷三此詩本爲律詩：「雪裏詩筒至自秦，仲宣佳句樂從軍。谷鶯漸喜遷高處，塞雁猶嗟失故群。北闕舊遊孤似月，西州迴望遠如雲。一枝春色無由寄，手弄梅花卻自薰。」

齊　與晋卿相分忽復書見邀　李之儀

邀陶淵明把酒碗，送陸修静過虎溪。胸次九流清似鏡，人間萬事醉如泥。

後聯用如似字格

庚　送東林珪老游閩　韓駒

直自三湘到七閩，無人不道竹菴名。詩如雪竇加奇峭，禪似雲居更妙明。

侵　敷文閣學士李仁甫挽詞　周必大

嗚佩甘泉不乏人，誰能博古復通今。直如汲黯非遊俠，忠似更生不鑄金。

真　竹園　葛長庚

自笑園丁職事新，一春風雨爲供申。笋如滕薛皆争長，瓜似朱陳已結親。

真 苦竹　　高士談

密葉脩莖雨後新，肯因憔悴損天真。清如南國紉蘭客，瘦似西山採蕨人〔一〕。

後聯用如似字又格

蕭 漢陰庭樹　　趙嘏

掘溝引水澆蔬圃，插竹爲籬護藥苗。柳絮如絲風易亂，梅花似雪日難銷。

陽 上元夜　　崔液

神燈佛火百輪張，刻像形圖七寶裝。影裏如開金口説，空中似散玉毫光。

〔一〕蕨：底本訛作「薇」，據《中州集》卷一改。

後聯用如似字又格

先　望月懷舊友　雍陶

往歲曾隨江客船，秋風明月洞庭邊。爲看今夜天如水，憶得當時水似天。

麻　汎松江　范致虛

黛潑峰巒安用染〔一〕，鏡澄湖面不須磨。已驚張翰鱸如玉，想見西施髻似螺。

刪　戎州歌　汪元量

錦殼中間玉一團，樹高數丈實難攀。瀘戎顆顆甜如蜜，夔梓纍纍味似酸。

〔一〕染：底本訛作「深」，據《宋詩紀事》卷三十二改。

後聯用方字格

灰　踏歌詞　張説

帝宫三五戲春臺，行雨流風莫妒來〔一〕。西域燈輪千影合，東華金闕萬重開。

文　喜聞賊盗蕃寇總退口號　杜甫

蕭關隴水入官軍，青海黄河捲塞雲。北極轉愁龍虎氣，西戎休縱犬羊群。

尤　上皇西巡南京歌　李白

濯錦清江萬里流，雲帆龍舸下揚州。北地雖誇上林苑，南京還有散花樓。

真　奉和家君遷居書堂道中作　胡寅

五峰收盡萬層雲，一水流通四海春。南極有星天地久，東風無際柳梅均。

〔一〕行雨流風：底本訛作「行雲流水」，據《張燕公集》卷十改。

真　遊鍾山題八功德水菴壁　陳序

十年塵土暗衣巾，亂走江鄉一病身。西第將軍成底事，北朝開府是何人。

支　紅梅　毛澤民

好處曾臨阿母池，渾將絳雪點寒枝。東墻羞面逢人笑，南國酡顔强自持。

麻　花石詩　鄧肅

皇帝之國浩無涯，日月所照同一家。北連幽薊南交趾，東極蟠木西流沙。

後聯用方字又格

灰　從宴桃華園　趙彦伯

紅蕚竟然春苑曙，粉茸新吐御筵開。長年願奉西王母，近侍慚無東朔才。

尤　上元夜　　崔液

金勒銀鞍控紫騮，玉輪朱幰駕青牛。驂驔始散東城曲，倏忽還來南陌頭。

東　入關　　杜牧

東西南北數衢通，曾取江西經過東。今日更尋南去路，未秋應有北歸鴻。

後聯用方字又格

尤　渡湘江　　杜審言

遲日園林悲昔游，今春花鳥作邊愁。自憐京國人南竄，不似湘江水北流。

微　春日思歸　　劉長卿

一尉何曾及布衣，時平却憶卧柴扉。故園柳色催南客，春日桃花待北歸。

灰　石頭城　　汪元量

石頭城上小徘徊，世換僧殘寺已灰。地接汴涯山北去，江呑吴越水東來。

後聯用方字又格

先　書劉君佐小女裠帶　　蘇軾

任從酒滿翻香縷，不願書來繫彩箋。半接西湖横緑草，雙垂南浦拂紅蓮。

東　皇帝閤春帖子詞　　宋祁

望春臺下春先到，玂玂青旂倚漢宫。水自北涯生暖溜，花從東面受和風。

支　五二郎生日按文公也　　朱松

夢覺牀頭無復酒，語終甑底乃餘糜。已堪北海呼爲友，猶恐西真喚作兒。

後聯用色字格

歌 歡喜口號 杜甫

東逾遼水北呼陀，星象風雲喜共和。紫氣關臨天地闊，黄金臺貯俊賢多。

寒 蘄州行營作 戴叔倫

蘄水城西向北看，桃花落盡柳花殘。朱旗半捲山川小，白馬連嘶草樹寒。

尤 戰城南 汪遵

風沙刮地塞雲愁，平旦交鋒晚未休。白骨又霑新血戰，青天猶列舊旄頭。

微 望中有懷 朱長文

龍向洞中銜雨出，鳥從花裏帶香飛。白雲斷處見明月，黄葉落時聞搗衣。

魚　書沈東老壁　呂嵒

西鄰已富憂不足，東老雖貧樂有餘。白酒釀來緣好客，黄金散盡爲收書。

灰　題水西周三十三壁　陳與義

不管先生巾欲摧，雨中艇子復撑開。青山隔岸迎人去，白鷺銜煙送酒來。

陌　紫閣峰　邵謁

壯國山河倚空碧，迴拔煙霞侵太白。緑崖下視千萬尋，青天只據百餘尺。

後聯用色字又格

微　同武平一遊湖　儲光羲

朦朧竹影蔽巖扉，淡蕩荷風飄舞衣。舟尋緑水宵將半，月隱青林人未歸。

蕭　澄邁驛通潮閣　蘇軾

倦客愁聞歸路遥，眼明飛閣俯長橋。貪看白鷺横秋浦，不覺青林没晚潮。

灰　暮春　謝薖

晚雨墻東暗緑槐，清陰庭院鎖莓苔。委階紅藥將春去，貼水青荷與夏來。

後聯用色字又格

支　送外甥鄭灌從軍　李白

月蝕西方破敵時，及瓜歸日未應遲。斬胡血變黄河水，梟首當懸白鵲旗。

真　夫人閣　宋祈

日照觚稜萬户春，細風輕露淡嘉辰。一番宫柳黄煙重，百種盤蔬紫甲新〔一〕。

〔一〕甲：底本訛作「雨」，據《景文集》卷二十四改。

虞　鬱林郡城　廖德明

荒煙漠漠雙江上，往事悠悠野戍孤。春到偏臨青草渡，夢醒猶記白鷗湖。

後聯用色字又格

文　送司馬先生　李嶠

蓬閣桃源兩處分，人間海下不相聞。一朝琴裏悲黄鶴，何日山頭望白雲。

先　傷曹娘　宋子問

前溪妙舞今應盡，子夜新聲遂不傳。無復綺羅嬌白日，真將珠玉閉黄泉。

删　征人怨　柳談

歲歲金河復玉關，朝朝馬策與刀環。三春白草歸青塚，萬里黄河繞黑山。

後聯用數目字格

陽　登封大酺歌　盧照鄰

明君封禪日重光，天子垂衣歷數長〔一〕。九州四海常無事，萬歲千秋樂未央。

真　偶作　程俱

老向甘泉補侍臣，歸來還作卧雲人。一重一掩藏煙雨，三沐三薰屏世塵。

庚　雪中吟　葛長庚

曉來紅日猶羞明，四外彤雲欲放晴。一夜九天開玉闕，六花萬里散瓊英。

〔一〕衣：底本訛作「拱」，據《盧昇之集》卷三改。

後聯用國號字格

尤 奉和聖製幸韋嗣立山莊　武平一

鳴鑾赫奕下重樓，羽蓋逍遥向一邱。漢日惟聞白衣寵，唐年更睹赤松遊。

支 送崔十一弟歸北京　李嘉祐

潘郎美貌謝公詩，銀印花驄年少時。楚地江皋一爲别，晋山沙水獨相思。

新唐宋聯珠詩格卷四

用等閒字格

支　讀老莊　元稹

等閒緝綴閒言語，誇向時人喚作詩。昨日偶拈莊老讀〔一〕，萬尋山上一毫釐。

陽　贈成練師　劉言史

等閒何處得靈方，丹臉雲鬟日月長。大羅過却三千歲，更向人間魅阮郎。

〔一〕莊老讀：底本訛作「老莊讀」，據《萬首唐人絶句》卷四十三改。

用等閑字又格

蕭　逢歸信偶寄　顧況

無事將心寄柳條，等閒書與滿芭蕉。鄉關若有東流信，遣送揚州近驛橋。

侵　中秋夜戲酬顧道士　孫蜀

不那此身偏愛月，等閒看月即更深。仙翁每被嫦娥使，一度逢圓一夜吟。

先　夜步內門　王周祖

静夜孤燈人未眠，等閑行過內門前。一聲唱徹連珠喏，碧月朱欄綠柳邊。

蕭　絶句　陳孔碩

臘雪逢春次第消，等閒著腳上溪橋〔一〕。柳條畢竟如兒女，一夜東風眼便嬌。

〔一〕腳：底本訛作「卻」，據《宋詩紀事》卷五十四改。

用等閑字又格

支　書樂天紙　元稹

金鑾殿裏書殘紙〔一〕，乞與荆州元判司。不忍拈將等閒用，半封京信半題詩。

灰　小遊仙詩　曹唐

青童傳語便須回，報道麻姑玉蕊開。滄海成塵等閒事，且乘龍鶴看花來。

用等閑字又格

東　劍池　李嶼

闔閭葬日勞人力，嬴政穿來役鬼功。澄碧尚疑神物在，等閒雷雨起潭中。

〔一〕紙：底本訛作「書」，據《元氏長慶集》卷十八改。

陽　古瓦硯　晏殊

鄴城宫闕久荒涼，縹瓦隨波出禁墻。誰約蘇文成古硯，等閒裁破碧鴛鴦。

灰　下山　程顥

襟裾三日絶塵埃，欲上籃輿首重迴。不是吾儒本經濟，等閒争肯出山來。

删　常州郡齋　陳襄

史君非是愛山閑，道在盈虚消息間。不見白雲無一事，等閑爲雨却歸山。

支　雙節　王銍

春花秋葉不同時，高節偏於墨色宜。莫遣世間丹緑事，等閒俗却歲寒枝。

尤　次子泉韻　葛起耕

一聲鶗鴂又春休，風簸榆錢滿地流〔一〕。燕子不知花落盡，等閒飛過柳邊樓。

〔一〕地：底本訛作「池」，據《宋百家詩存》卷二十七改。

用指點字格

元　偶見　韓渥

鞦韆打困解羅裙，指點醍醐酒一尊。見客入來和笑走，手搓梅子映中門。

蕭　次韻亭上人長沙雪中懷古　僧惠洪

數峰江上曉不見，指點先煩榔標條。却望蒼崖尋折幹，偃松稍重壓龍腰。

虞　郙中　馬臻

餉留兒女自喧呼，指點春禽又引雛。郙婦相逢還笑問，抱蠶今歲是三姑。

用指點字又格

尤　題周文翰郭熙山水　張耒

洞庭葉落萬波秋，説與南人亦自愁。指點吴江何處是，一行鴻雁海山頭。

庚　雜題　陸游

松肪釀酒石根醉，槲葉作衣雲外行。指點人間一長嘆，秋風先到洛陽城。

尤　城市　朱繼芳

王孫公子少年游，醉裏撁蒲信采投。指點某莊還博直，明朝酒醒到家求。

用指點字又格

寒　船中看廬山　彭汝礪

翠色蒼茫杳靄間，船人指點是廬山。浮雲作意深藏護，未許行人取次看。

灰　泛舟武夷九曲溪　陸游

一葉凌風入峽來，山童指點幾崔嵬。急流勇退平生意，正要船從半道回。

用指點字又格

先　驪山道中　唐彦謙

月殿真妃下彩煙，漁陽追虜及湯泉〔一〕。君王指點新豐樹，幾不親留七寶鞭。

齊　武陵溪　司空圖

橘岸舟間罾網挂，茶坡日暖鷓鴣啼。女郎指點行人笑，知向花間路已迷。

先　獻秦益公　曾惇

百丈峕峨賈客船，張帆打鼓下長川。路人指點幾垂淚，江道無來十六年。

〔一〕湯：底本訛作「陽」，據《全唐詩》卷六百七十二改。

删　次桐廬　沈與求

決決溪流不滿灘，獨憐舟子上風灣。日斜指點西村路，竹户茅墻趁碧山〔一〕。

用指點字又格

文　路中問程知欲達青雲驛　雍陶

行愁驛路問來人，西去經過願一聞。落日回頭相指點，前程從此是青雲。

青　解石山曉望寄吕侍御　薛濤

曦輪初轉照仙扃，旋擘煙嵐上窅冥。不得玄暉同指點，天涯蒼翠漫青青。

〔一〕户：底本訛作「廬」，據《龜溪集》卷三改。　碧：底本訛作「君」，據改。

用指點字又格

先 田侍郎　王建

鼓吹旗旛道兩邊，行男走女喜駢闐。舊交省得當時別，指點如今却少年。

先 商山　司空圖

馬上搜奇已數篇，籍中猶愧是顽仙。關頭傳説開元事，指點多疑孟浩然。

鹽 宫詞　王珪

鼓角三更夜奏嚴，夕齋清廟宿重簷。殿前大尉横銀仗，指點金盤御水添。

侵 旅舍抒懷　胡朝穎

十日春光九日陰，故關千里未歸心。遥憐兒女寒窗底，指點燈花語夜深。

用點檢字格

侵　還家夜同趙端行分韻　翁卷

莫怪繁霜滿鬢侵，半年長路幾關心。還家檢點家中物，依舊清風在竹林。

寒　春寒　陳造

掃雪階頭曉未乾，東風作惡鼻仍酸。西園點檢江梅後，秪有櫻桃不避寒。

麻　草萍驛　盧琦

林外輕風帽影斜，客衣近染紫山霞。等閒點檢春多少，墻角薔薇幾樹花。

用點檢字又格

先　贈鳳翔柳司録　朱慶餘

杏園北寺題名日，數到如今四十年。點檢生涯與官職，一莖野竹在身邊。

尤 春晚偶題　范成大

寂寥春事冷於秋，雨打風吹斷送休。點檢梨花成一夢，蘸紅新緑滿枝頭〔一〕。

先 晚次丹陽縣　楊萬里

風從船里出船前，漲起簾幃紫拂天。點檢風來無覓處，破窗一隙小於錢。

尤 春日雜書　朱淑真

一年好處清明近，已覺春光大半休。點檢芳菲多少在，翠深紅淺似關愁。

用點檢字又格

東 楊柳枝　孫光憲

有池有樹即濛濛，浸潤翻成長養功。恰似有人長點檢，著行排立向春風。

〔一〕紅：底本訛作「江」，據《石湖詩集》卷十改。

冬　出郭　劉克莊

江邊一雨洗愁容，北郭東郊野意濃。老大怕陀人點檢，隔溪隔柳看芙蓉。